De l'Autre Côté - la Vie

N° ISBN : 979-83-974-9516-5

Dépôt légal : Juin 2023

Parce que chaque être de ce monde est partie intégrante du Grand "Tout", nous sommes tous une poussière dans le corps de Dieu.

A mon épouse

Aux femmes courageuses et dévouées

DACLV

De l'Autre Côté
la Vie

Des rencontres inattendues
Des rencontres inoubliables

Autobiographie

Stéphane GIRAULT

Préambule

À travers le récit de ma merveilleuse et Ô combien particulière expérience, grâce à ce qu'il m'a été accordé de vivre, de découvrir et de voir, je m'adresse à tous les peuples de notre monde, qu'ils soient croyants ou non croyants, à toutes les catégories de personnes à travers la planète.

Pour tous ces jours que Dieu m'a donné de voir chaque matin, par ce temps de vie supplémentaire qui m'a été accordé depuis quasiment cinq années, je reste toujours aussi émerveillé, autant époustouflé de ce qui m'est arrivé tout en restant bien conscient, les pieds sur terre, que c'est un privilège.

Depuis, je remercie chaque soir avant de m'endormir, et même parfois dans la journée si le moment s'y prête : Dieu notre créateur, Jésus ce fils qu'il nous a envoyé il y a bien longtemps, Marie sa mère ainsi que mon ange gardien.

Ce sera comme ça jusqu'à ce que mon corps s'endorme définitivement puis me libère.

Ces quelques jours passés, entre le vingt-trois janvier et le premier février 2016, ont véritablement chamboulés ma vie. J'ai vécu là un bouleversement incroyable depuis cet épisode malheureux, mais aussi heureux d'ailleurs.

Vie que je ne vois plus du tout de la même manière. Je ne l'aborde plus de la même façon et n'en ai plus la même perception.

Malgré ce qui m'a été révélé sur cette courte période, je suis à ce jour resté le même, identique à celui que j'étais auparavant. Mon caractère est resté dans son jus. J'ai gardé mes défauts et toujours mes bons côtés.

Certains m'ont parfois dit : « *Avec ce que tu as vécu et vu, tu devrais au contraire être aussi doux qu'un agneau, aussi compréhensif qu'une mère avec ses enfants adorés* ». Et bien non ! Ça ne fonctionne pas spécialement comme ça.

Par contre, c'est ma vision de la vie qui a été littéralement métamorphosée, bousculée, retournée, devrai-je dire ! Alors que je me voyais poursuivre ma vie presque ordinairement avant ces événements.

J'ai pris pleinement conscience de ce qui nous attend lorsque l'on fait le choix de venir ici-bas, combattre le mal par le bien dans le but de le répandre en apportant aux autres ce qu'il peut y avoir de meilleur en nous comme dans ce monde. Ceci n'est pas une mince affaire parce qu'œuvrer en ce sens est sacrément ardu. C'est à cette tâche qu'il faut consacrer notre si précieuse vie. Nous consacrer à débusquer le mal partout où il se trouve, puis l'affaiblir et l'anéantir si possible.

C'est en ayant toujours en ligne de mire l'aspect très provisoire de notre vie sur terre, que nous devons essayer de tout mettre en œuvre pour nous la rendre meilleure, tant pour nous-mêmes, que pour celle de notre voisin, d'un ami, de notre famille, et de bien d'autres encore.

Nous devons aimer notre prochain avec pour objectif de rendre acceptable les différences de chacun, de les atténuer, de les comprendre, faisant en sorte de s'accepter les uns les autres, tels que nous sommes afin de vivre de la meilleure façon possible tous ensemble.

N'oublions pas que nous sommes ici pour vivre l'amour du mieux que nous le pouvons, car sans amour il n'y aurait que haines, guerres et destructions.

Notre vie doit être également construite dans un but bien précis, celui de nous préparer à réaliser notre grand saut, notre départ, et puis n'oublions pas que nous ne sommes que de passage sur ce monde. Tout un chacun doit accepter cette idée, sans craintes, parce que la véritable vie n'est pas celle d'ici-bas.

Faisons en sorte de bien nous préparer pour accepter avec facilité de quitter cet univers visible afin de rejoindre l'univers invisible, celui dont nous perdons tous souvenirs en prenant possession de notre enveloppe charnelle.

Ce grand saut, ce grand départ ou voyage, c'est à la convenance de chacun, est ce que j'appelle dorénavant notre "transfert" : terme qui me semble être, à ce jour, le plus approprié lorsque nous quittons notre chrysalide. Parce que si l'on y réfléchit bien, le mot mort est inapproprié pour nous, en tant qu'êtres immatériels.

Ce terme ne correspond en fait qu'à une seule étape de notre passage sur terre, la fin de vie de notre corps ; corps qui meurt lorsqu'il rend l'âme, puisque de ce fait il la libère.

Au quotidien, il serait plus opportun de dire « nous » plutôt que « Je » ou « J'ai ».

Oui, notre corps ! Ce bon vieux ou jeune compagnon qui nous permet de nous exprimer en ce monde.

Il cesse tout simplement de fonctionner puis retourne à la terre. Certes, il est une formidable et exceptionnelle machine de très haute précision, mais rien d'autre qu'une machine qui fonctionne merveilleusement bien, moyennement, mal ou pas du tout. Nous, simples locataires de notre habitacle articulé, nous ne mourons pas ! Notre existence éternelle poursuit immanquablement son cheminement sans que nous ne puissions avoir une once de souvenirs d'avant.

Alors se pose assez rapidement cette question : *comment vivre après une telle expérience, après ces moments si particuliers ?* Certains remettraient tout en cause, par craintes, peurs ou espoirs.

D'autres conforteraient ce qu'ils supposaient, souhaitaient croire ou croyaient déjà sans en avoir la preuve.

C'est un point sur lequel j'aimerais, un jour, avoir l'opportunité d'échanger avec d'autres personnes ayant vécu des faits similaires aux miens parce que ceux qui n'ont pas eu la chance de vivre ce genre d'expérience ne peuvent que très difficilement, ou pas, me comprendre.

Je dois avouer que certains sujets ou morceaux de vie me paraissent un peu fades aujourd'hui et que j'ai toujours en moi le sentiment d'un événement inachevé, un manque certain de ce que je n'ai qu'effleuré du bout des doigts.

Évoquer cet autre univers, que je n'ai pas qu'entre-aperçu, mais bien vu, parce que l'on m'y a amené puis éloigné, n'est pas chose aisée, peut-être par crainte d'être montré du doigt puis, ridiculisé, également parce qu'il est très compliqué de trouver les bons mots pour en parler, les mots les plus justes, les plus précis.

Les gens, qui ne veulent pas chercher à comprendre ce qu'il peut y avoir après cette vie provisoire et limitée dans le temps, tournent systématiquement ce sujet en ridicule, en dérision.

En fait, peut-être ont-ils tout simplement peur de vouloir croire et d'entre-apercevoir ce qui peut exister après, au-delà d'ici.

Consécutivement à ce genre d'épreuve, aborde-t-on notre quotidien avec moins d'envies ? Moins intérêt ? Difficile d'y répondre précisément. Tantôt oui, tantôt non, mais la vie reprend toujours le dessus.

J'ai pris pleinement conscience de la chance que j'ai eue grâce à cette expérience, de ce qu'il me reste encore à faire en ce monde, et je m'y emploierai autant que possible. Est-ce un poids à porter ? Oui ! Ce n'est pas toujours simple, tout comme le regard de ceux qui me croient n'est pas évident à supporter, parce que je sens cette interrogation qui n'est jamais formulée, mais pensée :

Pourquoi ça t'est arrivé ? À toi ? Alors que de nous deux, j'étais mieux placé sur l'échelle de la foi, de la bonté, de la gentillesse, des bonnes actions, etc. Ma droiture de vie était exemplaire. Et la liste pourrait être longue.

Je comprends et accepte aisément que cela puisse paraître injuste aux yeux de certains : "*pourquoi n'est-ce pas arrivé à une belle personne d'âme, telle une sœur, tel un prêtre, par exemple ?*"

Il est vrai que de temps à autre je me pose encore cette question : "*pourquoi moi ?*"

Ici-bas, quoi que vous en pensiez, il n'y a pas de vies exemplaires, seulement des vies mieux menées que d'autres ; alors si j'ai été choisi, je pense que c'est parce que j'étais le bon candidat au bon moment. Celui qui avait le meilleur profil, corps très abimé mais réparable tant par la chirurgie que par l'action de l'esprit Saint, mais surtout corps qui ne resterait pas à l'état de légume par la suite. Un candidat à l'esprit comme au caractère qui ne s'en laisse pas compter. Peut-être un peu trop fonceur parfois, maladroit dans certaines situations, mais qui au final, ne recule devant pas grand-chose.

Ensuite il faut également accepter de témoigner, de coucher par écrit ce qui m'est arrivé ; telle est la mission qui m'a été confiée. L'accepter n'a pas été chose facile. Je dois rendre témoignage. C'est aussi peut-être parce que je vais toujours jusqu'au bout des choses que j'étais en partie le bon candidat potentiel du moment. Alors, comment vivre après cela ? Une chose est sûre, je le saurai l'instant d'avant mon transfert, au moment du bilan de ma vie terrestre.

Je m'adresse donc tout d'abord aux :

☙ Non croyants

Je souhaite avant tout commencer par cette catégorie de personnes, quel que soit le continent sur lequel elles vivent, celles qui ne croient absolument en rien ; même pas ne serait-ce qu'un tout petit peu en un minuscule quelque chose. Ce petit morceau de supposition qui ferait qu'elles pourraient s'accrocher à un infime espoir d'un "autre chose", un "ailleurs" après cette vie terrestre.

Pour elles, je suis véritablement attristé, parce que vivre ici-bas, pour n'avoir en quelque sorte aucune raison valable d'y évoluer est bien triste. Ne pas se donner la possibilité de pouvoir se projeter ne serait-ce qu'un chouia sur un futur autre, un *PLUS TARD*, cet *APRÈS*, cet *AU-DELÀ* de.... Que ça doit être triste. J'ose imaginer combien il doit être pénible et terriblement angoissant de vivre sans qu'il n'y ait véritablement de perspectives ni de sens à donner à la vie au-delà de celle-ci.

Alors oui ! Je ressens quelque chose de beaucoup plus particulier pour ces personnes qui vont rester toute une période dans cet univers visible sans savoir ce qui les attend après. Elles vont passer leur vie à s'imaginer un néant complet leur dernier souffle arrivé.

À vous, messieurs dames, j'espère juste que mon récit vous apportera une étincelle, une lueur d'espoir et qu'il pourra vous amener à la réflexion suivante :

D'où venons-nous ?

L'univers invisible.

Pourquoi notre présence ici ?

L'univers visible, une vie d'épreuves.

Et surtout : Où allons-nous ?

L'univers invisible.

Et s'il y avait quelque chose après ? L'idée d'une vie ailleurs n'est-elle pas rassurante ? Ne serait-elle pas là, au bout de votre chemin ? Si jamais cette réflexion vous interpelle après la lecture de ce manuscrit, c'est que quelque chose germe dans votre esprit, l'embryon d'une possibilité, jusqu'à ce jour refoulé, refusé, qu'un au-delà est envisageable, concevable. Si tel est le cas, alors je serai sincèrement heureux pour vous.

DACLV

☙ Aux croyants, chrétiens, qu'ils soient, catholiques, protestants ou orthodoxes

« Heureux celui qui croit sans jamais avoir vu ».

Je suis absolument d'accord avec cette phrase parce que pour ceux qui croient sans jamais avoir vu, la récompense leur en sera d'autant plus forte, surprenante et savoureuse.

Je sais également combien il est compliqué de garder une droiture de vie quotidienne, d'avoir une honnêteté au-dessus de tous reproches, d'être dans l'amour sans faille de son prochain, d'être irréprochable. D'être toujours droit dans ses chaussures avec comme objectif de mieux se préparer pour l'après, dans l'intention d'être reçu dans le meilleur des mondes et de la meilleure des manières.

Mais cette vie ne serait peut-être pas aussi intéressante s'il n'y avait pas une part de combat à mener sur nous-même tout en essayant, et la cerise sur le gâteau serait de rendre les autres meilleurs. Certains d'entre vous seront surpris par quelques révélations faites dans ce livre mais je voudrais sincèrement, qu'un jour, quelques-uns puissent vivre une expérience identique à la mienne.

Je souhaite de tout cœur que mon témoignage répondra à certaines de vos interrogations, vous renforcera dans votre foi chrétienne voire, vous donnera l'envie de la transmettre à votre tour, Cela serait tout simplement merveilleux !

DACLV

☙ Aux croyants d'autres religions

À la base nous croyons et prions tous pour un seul et même Dieu. Dieu notre père créateur, créateur de l'univers visible et invisible et de toutes choses.

Au fil des siècles, quelques individus voulant être à tout prix leaders spirituels et religieux, avec probablement une quête de reconnaissance, voire pourquoi pas, de pouvoir, ont fait prendre à leurs peuples des directions complètement différentes des autres.

Qu'importe, tant que ces religions ne mènent qu'à la paix, qu'au bien fait d'autrui et non pas à l'asservissement ou la soumission de l'autre, et encore moins à la supériorité de l'homme sur la femme.

À ces populations, comme pour toutes autres, je dis que si Dieu a créé cet homme et cette femme, c'est dans un but à multiples raisons. Tout d'abord, c'est celui d'apporter une différence radicale par la notion de corps et de sexe. Ensuite, c'est celui de créer un débat constructif entre ces individus physiquement opposés, puis, qu'une complémentarité indispensable s'établisse entre eux.

Et enfin, il a souhaité que chacun d'eux soit mis à l'épreuve sur une période déterminée ; mise à l'épreuve qui donnera à chaque être un sens et une direction à sa vie.

Si Dieu a fait l'homme physiquement plus fort que la femme ce n'est surtout pas pour lui donner le droit de se croire supérieur à elle, mais c'est surtout pour qu'il prenne conscience que ça ne lui donne aucun droit supplémentaire et qu'il agisse chaque jour auprès d'elle, avec honnêteté, attention et égalité, gagnant ainsi son respect. Lequel doit être réciproque.

C'est l'être qui habite le corps qu'il nous faut essayer de découvrir, pas son enveloppe dont il nous faut faire abstraction. Dès-lors, regardons uniquement l'âme. Et là ! Nous sommes tous égaux.

Je voudrais dire à vous toutes et à tous combien je serais heureux que quelques-uns d'entre vous ayez un jour, à votre tour, cette exceptionnelle et merveilleuse occasion de vivre ces moments privilégiés, magnifiques et incroyables auxquelles j'ai assisté et participé bien malgré moi. Cela bien sûr dans un seul et unique but, que vous puissiez à votre tour être enfin dans la vérité, la joie et l'amour de Dieu le père, de Jésus notre seigneur, tout comme celui de Marie ainsi que de tous les Anges qui nous accompagnent tout au long de notre vie. L'objectif ? Transmettre ces expériences pour ainsi faire découvrir la vérité à tous vos frères et sœurs, à vos semblables puis, leur montrer le chemin qui mène vers la foi.

DACLV

De l'Autre Côté - la Vie

Chapitre 1

ꩠ Le commencement ꩡ

Issu d'un milieu familial modeste, comme la majorité d'entre nous, ma vie le fut tout autant, sans trop de surprises, avec parfois un quotidien plutôt rasoir, aux journées lassantes et ô combien répétitives. Comme beaucoup d'entre nous.

À l'époque de ma jeunesse, pour les adultes qui ne vivaient pas chichement, c'était comme de nos jours, essentiellement du genre ; maison – boulot – dodo.

Pour les plus jeunes c'était plus du style ; scolarité – formation professionnelle – et le premier emploi si tout se déroulait bien, sans trop d'embuches.

En fait, les grandes règles dans l'évolution d'un individu sont immuables, elles traversent inexorablement les siècles et utilisent les mêmes rouages. C'est du cousu d'avance, une horlogerie au mécanisme bien huilé, réglé comme du papier à musique. Des expressions comme celles-ci, il y en a à la pelle.

Pour faire simple, nous étions l'ordinaire reflet de très nombreuses familles de la classe moyenne ou de celles du dessus, avec bien entendu, le portefeuille moins garni. Plutôt ratatiné comme un pruneau desséché.

Je suis né d'une famille italienne, croyante et pratiquante par ma mère d'une part, ainsi que d'une seconde famille d'autre part, Française, croyante et pratiquante par mon père. Les parents de maman avaient choisi de fuir l'Italie sous l'ère Mussolini au tout début de la seconde guerre mondiale. À cette époque ci, mon grand-père, Giovanni travaillait dans une assez grande entreprise de maçonnerie, près de Brescia, agglomération de près de 200 000 habitants du nord de l'Italie de nos jours.

Lui-même était issu d'une petite bourgade, tout près de la grande ville, seize kilomètres plus au sud, près de Bagnolo-Mella.

Lui, le Nonno, issu d'une famille extrêmement pauvre, connut très jeune sa promise, qui habitait non loin de sa minuscule maison familiale. Bicoque misérable que j'ai eu l'occasion de voir un jour. C'était à en pleurer tellement supposer y vivre était inconcevable par ses dimensions réduites à la coquille d'un escargot.

Le jeune Giovanni travaillait dans cette exploitation, au service des parents de celle qu'il épouserait plus tard. Ils possédaient une assez grande ferme qui nécessitait l'emploi de plusieurs hommes pour son bon fonctionnement.

Maman m'avait raconté l'histoire qui fit se rencontrer ses parents, une belle romance Ô combien triste et heureuse à la fois. Au fil des mois et de leurs brefs échanges glanés de ci - de là, naissait l'amour à travers leurs regards mutuels, perçants et accrocheurs, qui les reliaient à chacune de leurs rencontres.

Cupidon bouillonnait en eux, entretenant cette flamme, cette fièvre qui animait avec enthousiasme leurs sentiments amoureux. Amour, permis par la grâce de Dieu, tissé de cet invisible fil soyeux et solide. Leur toile protectrice ainsi formée constituait la base de leur petit cocon secret. Le cocon du bonheur. Écrin qui les protégeait à chacune de leurs rencontres volées et furtives à la barbe de tous, écrin magique où les doux mots échangés et les regards adressés vibraient de plaisir. Nul ne devait découvrir, dans leur entourage, cette relation interdite. Celle de deux êtres de deux milieux que tout opposait. Dès lors, ce bel amour croissant trouverait refuge un jour prochain au sein de cette toile devenue ce solide refuge qui constituait les bases solides de leur foyer futur.

Pouvaient-ils imaginer un instant que ces invisibles fils de soie les lieraient à jamais pour toute une vie ? Ainsi se connurent mes grands-parents, tombés follement amoureux l'un de l'autre.

Ils étaient issus de familles respectives très pieuses, pratiquantes, comme la quasi-totalité des familles Italiennes de cette époque. Lui le petit gars de la campagne, l'insignifiant, le simple, l'ordinaire, comme tant d'autres issus de la campagne profonde, le bon bougre pauvre jusqu'au bout des ongles, sans instruction, parce que travailler dès l'âge de huit ans était une nécessité absolue, vitale pour sa famille.

Lui, le petit Giovanni juste bon à offrir ses maigres bras autant que sa sueur. Son courage lui permettait d'abattre de longues journées harassantes d'un dur labeur à lui briser le dos.

Elle, Maria, fille d'un couple de la classe supérieure aisée d'éleveurs et propriétaires terriens.

La Nonna, ma grand-mère devant qui, enfant, j'étais en admiration. Jeune et belle femme insouciante du monde du dessus qui allait à l'école étudier, chaque jour que Dieu faisait en ce pays pieu. Elle était de celles qui, en temps normal, n'auraient jamais pu ni dû poser les yeux sur un tel homme, l'invisible des lieux boueux et malodorants. Lui, l'employé occupé à passer son temps douze heures par jours au cul des vaches.

Relation impensable pour deux êtres que tout séparait depuis leur naissance.

La Belle et la bête – La Riche et le pauvre – Le Jour et la nuit. Deux mondes que tout opposait avec au centre, juste ces deux jeunes individus pour lesquels aucune relation ne pouvait ni ne devait normalement être envisageable.

Et pourtant ! Oui ! Et pourtant... l'amour est né. Amour croissant à chacun de leurs regards, au moindre petit contact provoqué de l'un ou de l'autre. Il œuvrait déjà pour leur avenir. Il était d'une puissance telle qu'il poussait ces deux êtres à braver les interdits, à manigancer des scénarios leur permettant ces rencontres, en principe innocentes. Rencontres qui devenaient à la longue nécessaires, obsédantes, jusqu'à devenir indispensables, primordiales et obsessionnelles.

Braver les interdits, qui mettent en danger deux êtres qui n'en font plus qu'un grâce à l'amour, leur était égal. Le leur était tout simplement de ceux qui déplacent les montagnes.

Ainsi, naquit l'histoire de cette belle idylle avec son lot de souvenirs mutuels. La pudeur fit qu'ils les ont tous emportés avec eux. Toutefois, leur amour, fruit de leur union, romprait définitivement ce lien familial qui unissait ma grand-mère à ses parents, à sa fratrie.

Dès à présent, la Nonna faisait un choix douloureux parce qu'irréversible, parce qu'il était à la hauteur de sa trahison, celui qui ne lui permettrait plus jamais de revoir son clan ; leur relation étant considérée comme une liaison de haute trahison.

Le dévouement total de cette jeune épouse envers son homme donnait alors des ailes à mon grand-père qui devint maçon par la suite.

Les semaines et les mois passèrent, plus ou moins difficilement dans un quotidien qui ne leur était pas favorable. Pour Maria, l'assentiment de ses nouvelles conditions de vie, construites de leur union réprouvée, n'en rendaient pas moins compliquée l'acceptation de son quotidien démuni de tout. Celui-ci était tellement différent de sa vie confortable d'antan, réglée comme du papier à musique. Disparue cette aisance de tous les jours qui lui ouvrait grand les bras, lorsqu'elle n'avait qu'à formuler le désir d'obtenir ce qu'elle désirait, pour n'avoir à manquer de rien. Cette période d'insouciance heureuse s'amenuisait de semaines en mois, puis de mois en années, pour n'être plus que souvenirs qui, petit à petit, s'estompaient à en devenir flous, jusqu'à enfouissement complet au plus profond de sa mémoire, soixante ans plus tard.

Le fruit de leur union donna tout d'abord une première naissance, puis une seconde. Comme tous les jours, Giovanni s'en allait au travail gagner son enveloppe de fin de mois, sa subsistance, leur pitance. Une poignée de Lires, bien maigre, mais elle permettait de subvenir aux besoins de ce nouveau couple affligeant aux yeux des Piantoni, les parents de ma grand-mère.

La catastrophe arriva par ce fameux matin déjà ensoleillé de début de semaine, à la température montante sous un ciel bleu immaculé. La montée du thermomètre présageait une nouvelle et difficile journée durant laquelle il devrait encore et toujours travailler sous un cagnard brûlant.

Ces gars-là savaient pleinement ce que représentait l'expression ''mouiller le maillot'' pour gagner le droit de manger.

C'est un matin qui bouleversera la vie de tous, sans qu'aucun d'eux ne puissent soupçonner, en arrivant de bonne heure, à la fraîche comme on disait, ne serait-ce qu'une bribe de danger. Même pas le moindre petit signe d'alerte, de soupçon d'inquiétude.

L'aube de ce jour-là ressemblait à tant d'autres. C'était un matin ordinaire. Attentif comme ses collègues, Giovanni, accompagné de sa gamelle du midi, lanière de cuir ajustée sur son épaule droite, main posée sur le couvercle d'aluminium, attendait la fin des instructions et consignes de son employeur quant à l'organisation de cette nouvelle matinée qui s'annonçait autant ennuyeuse qu'étouffante.

Le chef déroulait son sempiternel refrain matinal : qui ferait quoi, qui serait avec qui, sur quel chantiers se rendraient-ils, etc. Les gars avaient l'habitude d'être fréquemment séparés en deux équipes.

Giovanni appréciait particulièrement la compagnie de Paolo, un taiseux, de 10 ans son aîné, avec qui il s'entendait à la perfection dans l'exécution de leurs tâches respectives. Ensemble, ils avançaient vite et bien grâce à l'expérience de l'ancien.

Cependant, la litanie fut de courte durée car perturbée par un ronronnement sourd, semblable au grondement d'un tonnerre lointain qui se rapproche, à devenir plus puissant, plus bruyant, allant crescendo jusqu'à étouffer les paroles du patron des lieux.

Bourdonnement vibrant à faire trembler portes, vitres et fenêtres aux alentours.

"Bon sang, que se passe-t-il ?" Durent penser les employés. Les gaz d'échappement n'étouffaient pas que les paroles du taulier, plus effrayé que surpris à cet instant, mais tous toussaient de concert.

L'air circonspect, l'employeur prenait la pleine mesure de la situation, comprenant le sens tragique de ce qui se déroulerait chez lui. Son visage n'était plus que le reflet des autres, tous figés de stupeur. Les gars affichaient en premier lieu leur inquiétude. Les visages devinrent vite craintifs. Ils affichaient puis, exprimaient clairement la peur. Celle qu'aucun de ces garçons à la vie ordinaire n'avaient encore éprouvée !

Déjà ils ne formaient plus la boucle habituelle devant Angélo, le patron des lieux, parce qu'ils devaient faire place à ce gros camion militaire au diésel étouffant dont l'odeur nauséabonde empestait les lieux. Un véhicule flambant neuf, le fameux FIAT V.I, gros six cylindres de 5 750 cm3, le 626 NM, fierté de l'armée nationale.

Il trônait, maintenant à l'arrêt, devant le bâtiment principal qui abritait les stocks de marchandises, obligeant les employés à s'écarter puis à se séparer. Les deux groupes d'ouvriers ainsi formés firent place afin que le mastodonte ne les écrasât pas en pénétrant dans la cour de l'entreprise.

À peine le moteur interrompit sa musique funeste, qu'un homme d'âge mûr, la cinquantaine grisonnante sous sa casquette mal ajustée, sauta illico de la cabine du bahut. Ce militaire zélé au visage vieilli par des traits tirés, aux rides grasses, à la peau des joues brunie et front plissé, pinçait des lèvres, se forçant presque à afficher le visage sévère. À l'image du méchant bonhomme qui veut effrayer le petit gamin capricieux, près de sa maman à l'épicerie du quartier, croyant le calmer.

Il descendit donc lourdement de la place avant passager de ce véhicule de transport de troupes flambant neuf. Il avança, la démarche raide, dressé bien droit sur ses jambes dodues, un chouïa dandinant. Il faisait penser à celui qui n'était pas encore mon grand-père, à la démarche d'un jars nonchalant, suivi dans sa foulée de sa couvée, douze soldats aux treillis tirés à quatre épingles. De nouvelles recrues.

"Pas eu encore le temps de les user ceux là", pensa le Nonno qui reconnut, quelques instants après qu'ils eurent sauté de l'arrière du véhicule militaire, un jeune employé de la grande gare, celle de Brescia.

L'instant n'était pas à la plaisanterie, mais Giovanni ne put s'empêcher d'avoir un sourire intérieur en découvrant ce type grassouillet de la tête aux pieds. Il imaginait ce pédant gradé, à la démarche tendue, avec un concombre collé bien profond où l'on sait. Légume toujours en place parce que pris par surprise par son supérieur hiérarchique et la rapidité de l'ordre d'exécution donné. Injonction de se rendre chez ce chef d'entreprise ; alors ce petit officier de kermesse n'avait pas eu le temps de l'enlever pour assouplir le mouvement de son déhanché.

Celui qui plus tard, se révèlera n'avoir ni conscience, ni peur d'aucun danger, vit, tétanisé par la peur, Angélo son patron d' 1,85 m, cent dix kilos de muscles bien tassés sur la balance. Ce gaillard au corps taillé dans le marbre, à la poitrine et aux bras musclés à souhait, inspirait la puissance à l'état brut ; puissance mise en exergue par ses solides bras arqués comme pour impressionner l'adversaire.

Son buste était surmonté de deux larges épaules épaisses. Il fallait bien ça pour supporter son volumineux cou de bœuf, si large qu'il absorbait les maxillaires. Cet homme était figé. Empreint d'une émotion débordante, son visage ne laissait paraître aucunement ses sentiments, parce qu'il cherchait à deviner le sens de cette mise en scène et de ses possibles conséquences.

C'est le gradé qui en premier s'avança vers lui, jambes écartées et bras croisés dans le dos. Il s'arrêta à deux mètres de l'homme dont la stature en imposait, le menton légèrement relevé pour mieux le toiser, pour bien lui signifier sa toute puissante autorité.

Fusils en main, les soldats encerclaient à présent les employés qu'ils firent se regrouper autour de leur boss. Ils surveillaient ainsi cette chiourme pour prévenir de tous gestes malveillants, des fois que l'un d'eux eut été assez fou pour se jeter sur l'officier et lui régler son compte. De leur endroit, toutes tentatives de fuites étaient exclues.

Le kapo se mit donc à vociférer plus qu'il ne cherchait à s'exprimer clairement.

"Peut-être s'imagine t-il se faire respecter et mieux obéir", se demanda Giovanni, et de conclure, *"dans ce genre de situation, l'intimidation fonctionne toujours".* Sous un chaud soleil de plomb, les ouvriers maçons alignés transpiraient fort, mouillant de plus en plus leurs bleus de travail. Les larges auréoles de sueur qui apparaissaient sous leurs aisselles s'étendaient

maintenant jusqu'à l'avant de la poitrine. La trouille contribuait certainement à amplifier ce phénomène.

C'est debout, en rang d'oignon et le cœur serré, qu'ils prirent connaissance du message que le Kapo ne tardait pas à leur transmettre. Ce type était trop risible, vu de côté, avec ses pouces rentrés dans le haut de son pantalon, de chaque côté des hanches. Une large ceinture de cuir trop serrée mettait en valeur une épaisse pense débordante. Cette bedaine recouvrait largement la boucle de son ceinturon. Figé dans cette position, ce mannequin de service déblatérait nerveusement, d'un ton cinglant, son monologue hostile.

Lorsque j'avais 15 – 16 ans, j'aimais beaucoup questionner mon grand-père sur sa jeunesse, mais recevais bien peu de réponses de sa part. Sinon, celles-ci étaient évasives, sauf sur cet épisode tragique dont il ne fut pas avare de renseignements et de détails. Pourquoi ? Je ne le saurai jamais. En revanche, je savais une chose primordiale, en aucun cas il ne fallait l'agacer par trop de questions, et encore moins l'interrompre, parce que ce petit cochon de bonhomme avait un caractère explosif.

Jeune, Giovanni était un homme têtu comme une teigne, revanchard, au caractère bien trempé. Ordurier comme y a pas lorsqu'il s'emportait. C'est qu'il avait le sang chaud mon grand-père. Gare à celui qui le cherchait parce que la volée de bois vert arrivait bien plus vite que prévu, sans que jamais l'intéressé n'en connaisse l'auteur. Le Nonno rendait toujours la monnaie de sa pièce, et pas qu'un peu.

Ses traits de caractères ne disparurent jamais, il était dur comme fer. Je pense que je tenais une place à part auprès de mon grand-père, patient, gentil avec moi, attentionné, malgré ses sautes d'humeur imprévisibles. Il aimait toujours enrober ses phrases de ses injures préférées, tout comme le faisait Lucio, son neveu de Bagnolo Mella que j'ai eu le plaisir de connaître : Porco Dio, Vaca Madonna, et Diabolo bestia étaient ses préférées.

Grand-père était un tendu, un nerveux, il transpirait toute cette force intense, voire méchante, par ses coups de nerfs tant imprévisibles que fulgurants. Je savais que jeune, cet homme droit dans ses chaussures, celui sur lequel on pouvait compter, n'était pas un tendre, loin s'en faut. Il rendait toujours bien plus qu'il ne recevait. Ce jeune homme, pas bien grand et mince, n'en imposait pas beaucoup par son physique un tantinet gringalet. Il était de ceux pour qui la volonté d'acier et les nerfs de fer multipliaient par deux ou trois leur force.

Adolescent, je pense avoir été le seul avec qui mon grand-père se plaisait à converser avec plaisir. Quels beaux moments nous passions ensemble, mais il me fallait en permanence choisir le bon créneau. Surtout pas le matin, trop occupé à vaquer à ses petites affaires.

Rasage au vieux Gillette mécanique doubles lames, engin sensible à manipuler car plus tard j'en ai fait les frais. Séance accompagnée de son savon bol plastique gris pour blaireau. Produit moussant que j'ai moi-même utilisé en son souvenir pour mes premiers poils naissants.

S'en suivait le fameux débarbouillage "à la rote au chat". Je le vois encore faire, lorsqu'il trempait le coin de sa serviette de bain usée dans la vieille bassine aluminium d'eau chaude encore fumante. Déformée par des décennies de bons et loyaux services. Je le sais parce que j'ai eu bien des fois l'occasion d'y assister lorsque je dormais chez eux les veilles de week-end.

Cette corvée évacuée, Grand-mère lui servait alors son verre de café tout en posant sa fameuse bouteille sur le ciré usé de la table. Sacré ! Ce premier verre, mais bien moins que la suite.

Arrivait rapidement le pousse café, bien arrosé celui-ci. Ce kawa devenait bien vite un café mouillé, grâce à une nouvelle rallonge de cette eau de vie à réveiller un mort, puis se transformait en un café pâle, noyé par une énième rincette. Enfin venait celui qui clôturait la séance, le godet pur de cette petite gniolle distillée maison. Celle de derrière les fagots, la tombée du camion. Avec elle, plus de caries aux dents. Bouche désinfectée assurée grâce à ce tord boyaux largement répandu dans nos campagnes.

Il ne me fallait pas le questionner après le déjeuner, systématiquement accompagné d'une précieuse bouteille de ''Goulou''. Oui oui, son véritable nom à l'époque, vin bas de gamme de la communauté Européenne. Cette lavasse menait tout droit mon grand-père vers une bonne sieste salvatrice, bras calés sur les accotoirs de son vieux fauteuil Voltaire. Sacrée aussi, celle-ci ! Il n'était pas question que je me mette mal avec lui, je connaissais trop bien ses réactions toutes aussi fulgurantes qu'impulsives suivies de ses gros-mots préférés. Trop irritable, lorsqu'il naviguait entre deux eaux ce p'tit bonhomme.

Même mon adorable grand-mère préférait s'installer à l'écart pour ne pas déranger son époux, et si le temps le permettait, elle allait faire un petit tour dehors. Installée sur une chaise, cette douce femme s'assurait, par la même occasion, une tranquillité toute méritée au soleil.

Je ne choisissais jamais l'après-midi, moment pourtant propice pour l'interroger, parce que c'est moi qui avais à faire ailleurs avec mes camarades du bourg. Nous allions très fréquemment dans la forêt d'Hesloup à la découverte de quelques ruines d'un supposé village Gaulois disparu.

Nous avions découvert et mis à jour ce qui ressemblait à une ancienne place de village ou parvis de marché et de ses antiques marches. C'est donc en début de soirée qu'avec maman nous retrouvions mes grands-parents. D'un côté les femmes, alors ma mère discutait avec "Maria", prénom que le Nonno se plaisait tant à crier aux oreilles de sa femme. Un *"MARIAAAAA"* qu'il lançait d'une voix sèche, forte, pas commode pour un sou, et mal-aimablement lorsque quelque chose ne lui convenait pas.

Maria, la maman de ma mère. J'aimais énormément cette femme d'une grande douceur, gentille, sans cesse attentionnée avec moi. Brave femme toujours prête à se rendre utile dans le seul but d'être agréable aux autres.

Au vu de tout ce qu'elle a enduré, souffert et dû supporter tout au long de sa vie, je la voyais comme une petite Sainte.

J'aimais ce prénom qu'elle portait si bien et qui lui allait comme un gant. Il était fait pour elle, tel un voile blanc de mariée. Tulle immaculé qui l'envelopperait, puis la transporterait plus tard directement dans le meilleur des mondes ; car elle le méritait.

Le jour de son inhumation j'ai pleuré comme un enfant lorsque j'apprenais, pour la toute première fois de ma vie, son véritable et magnifique prénom. Prénom que prononcerait le prêtre durant la cérémonie, « Maria-Magdalena ». Comme se prénommait également la disciple de jésus.

J'accaparais donc mon grand-père juste après le dîner, lorsque nous passions la soirée ensemble. Il me fallait faire vite parce que sa consommation immodérée de ''Goulou'' l'envoyait fréquemment rendre visite à Morphée de bonne heure, ce qui mettait à mal l'histoire en cours. C'est qu'il en était friand le petit coquin.

Je devais donc bien réfléchir à la question que je lui poserais parce qu'ensuite, il n'était point judicieux de l'interrompre. La sanction ? Se voir affublé de noms d'oiseaux. Si cette dernière lui convenait, il partait pour un assez long monologue, toujours captivant et enrichissant parce que je découvrais sa vie passée. Dans le cas contraire, je devais rapidement en formuler une nouvelle qui lui convienne.

Giovanni, car tel était son prénom, me regardait droit dans les yeux et gare à moi si je les baissais. Commençait alors son récit, qui systématiquement, se déroulait de la manière suivante.

Grand-père levait son bras droit à mi-hauteur. L'index, dressé dans ma direction, pointait le ciel. Alors, ses premiers mots sortaient à chaque fois de la même manière. Il me fallait être attentif parce qu'il s'exprimait avec des mots d'un dialecte brescianais déformé, après tant d'années d'exil, et d'un Français qui ne l'était pas moins. Les deux réunis concoctaient une langue particulière, qui l'était encore plus s'il abusait de son Goulou anesthésiant. Pour des novices, c'eut été à n'y rien comprendre.

Après tant d'années d'isolement à ne baragouiner qu'ensemble, mes grands-parents avaient mis au point leur langage : le ''Francalien''. Mélange de Français et d'Italien d'une autre époque.

Il débutait donc sa narration d'une voix assez forte qui intimait toute mon attention :

Sculta mé, Stéééfanooo.

Puis d'une voix normale,

Sculta la paroléééé, Napoléon Mac Arthur.

Toutes ces dernières années passées à ses côtés, mon grand-père m'a en permanence affublé de ce pseudonyme en prélude à ses évocations. Pouvaient alors commencer ses anecdotes historiques.

C'est en débutant de cette façon, qu'il engagea son récit pour répondre à ma question du soir :

« Grand-père, pourquoi avez-vous pris tous les deux la décision de quitter l'Italie » ?

C'est ainsi que j'appris que ce salopard de "Kapo", – *comme il le désignait avec dédain plutôt que d'utiliser "chef" ou "gradé", termes qui auraient donné à ce meurtrier une grandeur qu'il n'avait pas, car pour le petit Giovanni, "Kapo" était LA grossièreté méprisante et insultante* –, s'était déplacé jusque dans cette entreprise pour débusquer puis, enrôler de force les hommes présents. Action ayant pour finalité de gonfler plus rapidement les rangs de l'armée de Mussolini par ces contingents d'italiens réfractaires au régime.

Une fois l'enrôlement effectué, les sbires du dictateur passaient à l'entreprise suivante de leur liste établie.

Mon grand-père m'expliquait que nombreux étaient ces hommes, à son image, qui n'adhéraient pas au régime et refusaient de servir ce dictateur fou furieux.

Comment ne pas obéir aux militaires devant les arguments utilisés en cas de refus.

Après les palabres enflammées du Kapo, les hommes présents exposèrent en pure perte leurs obligations familiales.

Tous refusèrent d'obtempérer. Ils espéraient ainsi gagner un sursit temporaire ou bien sa clémence.

Passés moult arguments avancés par ces chefs de famille et des échanges enflammés qui en découlèrent, l'officier, furieux de leur fin de non-recevoir, ne digérait pas cet affront. L'affront de trop. Hors de lui, il pointa du doigt, à la vitesse de l'éclair, un ouvrier maçon qui n'avait pas encore atteint la trentaine.

Fulvio, grand échalas, adorable garçon au caractère doux comme le miel, qui se dressait à la gauche de Giovanni, ouvrait grand ses yeux hébétés. L'officier lança un ordre qui ne laissait pas de place au doute. Les employés, abasourdis, virent six soldats s'emparer sèchement de ce pauvre bougre.

Ses yeux rougis exprimaient déjà l'horreur de ce qu'il venait de comprendre. Son cœur se mit à battre à tout rompre devant l'horreur mise à jour.

Avec force et sans ménagement, c'est à grands coups de poings, de coups de crosses et de coups de bottes, qu'ils le poussaient à l'écart des autres qui s'écartaient par crainte.

Chaque pas l'acculait un peu plus vers l'arrière, entre le bâtiment principal – *grande longère* – et le retour du mur d'enceinte. Dans cet espace angulaire, l'homme, vigoureux de son jeune âge se protégeait autant que ses forces le lui permettaient, implorant la clémence de l'homme qui le jaugeait sans humanité.

Les coups ne manquaient pas leur cible trop facile à atteindre. Maintenant pris au piège, il criait cette injustice, hurlant sa rage aussi longtemps que sa soif de vivre le lui permettrait, parce que Fulvio savait. Groggy, ses forces l'abandonnaient.

À force de coups reçus, coups aveugles et musclés, ce jeune père de famille se retrouva bien vite au sol, gesticulant comme il le pouvait, faiblement. Ce pauvre garçon refusait d'être déplacé jusque dans l'angle, refuge empoisonné ; peut-être espérait-il gagner un peu de temps, obtenir un pardon chimérique.

C'est à la surprise de tous que d'une ruade inattendue, celui qui ne verra jamais cette fin de matinée, se releva en titubant tel un pantin, tourné vers la sortie de cette cours. Probablement pensait-il pouvoir prendre la fuite, mû par une ultime étincelle de survie. C'est à cet instant précis que trois sbires levèrent les bras puis lui assénèrent à nouveau, avec précision, des coups francs et lourds de leurs crosses de fusils de guerre. Coups aveugles portés à la tête, à la nuque, et au dos du garçon.

Ces salopards se sont acharné jusqu'à ce qu'il soit mis à genou, tête courbée. Ses lèvres gonflées et fendues pissaient le sang à tout va. Ses doigts se recroquevillaient dans cette terre mêlée à la poussière de ciment.

Complètement estourbit, Fulvio avait peut-être déjà perdu conscience. Terrifié, Giovanni sentait son cœur battre la chamade. Contraint d'assister à cette scène qui l'écœurait autant qu'elle le révoltait. Il serrait ses poings à en faire pâlir ses articulations. Il savait qu'un geste d'attention envers son copain le condamnerait à coup sûr.

Un large filet de bave ensanglanté suintait de la bouche du condamné pour s'écraser quelques centimètres plus bas. Dans une flaque rouge.

La respiration haletante, Fulvio poussait un long râle, était-ce par désespoir ? Était-ce de douleur ?

Un de ses bourreaux choisit cet instant précis pour le pousser sans égard ni ménagement de sa semelle de bottes. Le soldat lui asséna ce coup sec dans les côtes. Coup qui eut pour effet d'arracher un dernier râle roque et sourd à Fulvio, puis le déséquilibrait.

Ainsi positionné, dos au sol, résigné, lèvres tremblantes comme pour exprimer un ultime *« pitié »,* les yeux face aux cieux qui deviendraient l'instant d'après sa demeure, ils l'on abattu froidement pour l'exemple, l'abandonnant à même le sol. Ils l'ont fusillé comme un chien devant ses camarades effarés.

Quelques-uns auront probablement fait comme Giovanni, fermé les yeux au moment fatidique où les doigts meurtriers pressaient les queues de détentes.

Les canonneries crachèrent leurs ogives assassines. Après cet exemple tant barbare que démesuré, tous savaient dorénavant à quoi s'en tenir en cas de nouveau refus. Sur le champ les hommes reçurent l'ordre de se présenter, dès le lendemain matin de bonne heure, à la caserne indiquée. Toute absence sanctionnerait le groupe qui subirait le sort infligé à leur compagnon d'infortune, femmes et enfants compris s'il le fallait.

Tous acquiescèrent. Mais après cette tragique conclusion, les hommes mirent à profit les quelques heures qui restaient devant eux pour fuir. Rester caché en ville ? Trop risqué ! Se réfugier à la campagne ? Ça ne valait pas mieux. Ces deux solutions équivalaient à se faire harakiri parce que tôt ou tard, ils se seraient fait prendre comme tant d'autres. Par dénonciation le plus souvent, puis passés devant le peloton d'exécution.

C'est donc dans la nuit, qu'ensemble, la majorité des gars traversa la frontière franco-italienne, y compris l'employeur et sa famille. Ils longèrent par le sud les grands axes que sont Milan et Turin puis, rejoignirent, via Briançon, Grenoble et enfin la ville de Lyon. Terminus où tous se séparèrent.

Commençait alors pour ce courageux petit bonhomme, jamais sorti de sa contrée, une assez longue cavalcade qui lui valait en permanence de jongler entre les petits boulots occasionnels qu'il trouvait de-ci de-là. Remplir chaque jour une frêle gamelle lui suffisait. À ses difficultés journalières s'ajoutait le temps qu'il passait à la recherche d'endroits plus ou moins certains où se réfugier, lieux où il passerait quelques nuits sans craintes.

En y songeant, Giovanni aurait très bien pu être, ce fameux triste matin, le "désigné" du Kapo en lieu et place de cet homme de même pas trente ans, posté à sa gauche. Lui, le Nonno, ce petit maçon d'un côté, et Fulvio, son compagnon de l'autre.

Si l'on excepte l'aspect ignoble de l'acte inqualifiable qui fit perdre sa vie terrestre à ce grand homme, lui, le délivré qui reçut en si peu de temps tous les malheurs des cinquante prochaines années qu'il ne vivra pas, et si l'on prend l'autre petit bonhomme qui, pour un court instant de chance, aura à surmonter tellement de galères et traverser d'innombrables situations dangereuses, à surmonter de multiples épisodes douloureux en perdant en ce temps de guerre plusieurs enfants, puis passera quelques années de fin de vie faites de souffrances terribles avant que son corps ne le libère, puisqu'il faut bien se séparer tôt ou tard ; et bien lequel de ces deux gars était en fait du bon côté ?

Quant à ma grand-mère restée en Italie, je n'ai pas su ce qu'elle était devenue, y compris pour ses deux enfants nés là-bas, en attendant de retrouver son époux en France.

J'ai su par maman que ses parents entretenaient une correspondance. Par quels moyens ? Par quels intermédiaires ? Je l'ignore.

Jamais je n'ai pas osé poser les mille autres questions qui me trottaient à l'esprit ; notamment sur ces fameuses correspondances. Où s'était réfugiée Maria-Magdalena suite au départ précipité de son mari ? Travaillait-elle pour survivre ? De quelle manière est-elle arrivée en France ? Etc.

Après qu'elle eut rejoint son courageux époux, leur vie ne fut pas un long fleuve tranquille. Tantôt parqués dans un centre de réfugiés où se mêlaient essentiellement des Polonais et des Italiens. Tantôt transférés ailleurs, vers un autre camp. Cette famille, comme tant d'autres, cherchait à fuir l'envahisseur et ses servitudes.

Une autre fois ils purent se réfugier quelques semaines sous terre, dans des mines, pour échapper aux bombardements aveugles des alliés comme à ceux des Allemands.

De quelles débrouillardises usait mon grand-père pour trouver la nourriture nécessaire à sustenter toutes les bouches affamées de sa tribu ? Autant de points sensibles que je n'osais aborder avec mes grands-parents.

En ces temps incertains, les grossesses de ma grand-mère se succédaient, nombreuses. S'en suivaient malheureusement, et presque au même rythme, les décès de ses nourrissons mis au monde. Soit dans les heures suivantes, soit le lendemain, parce qu'à cela se greffait un problème majeur, le manque d'hygiène absolu dû à leurs conditions de vie déplorable.

En ces temps de guerre où tout manquait cruellement, l'accès aux médicaments était déjà compliqué, voire impossible pour les autochtones, alors imaginez pour des étrangers sans le sou ? C'était exclu ! Se payer les services d'un médecin ? Avec quel argent ? Le peu de sous gagnés par le Padré di famiglia, grâce à un petit boulot de misère obtenu par aumône, suffisait à peine à nourrir sa famille.

La famine régnait sournoisement, elle s'abattait sur les plus faibles, les démunis de tout. Les denrées accessibles s'arrachaient au marché noir, les prix flambaient. Denrées inabordables pour cette populace désœuvrée qui manquait de tout. Mieux valait se rendre directement à l'hôpital en cas de complications sérieuses, toujours à pied pour arriver à la fumée des cierges.

Il y avait pléthore de familles d'émigrés comme celle de mes grands-parents Italiens, des Yougoslaves, des Autrichiens, des Hongrois, Slovaques, Tchèques, Polonais, et tous subissaient ces conditions de vie extrêmes. Pour ces populations clandestines, peu ou pas d'eau potable. Restait à faire bouillir ce que trouvaient les enfants dans les chemins ou les flaques d'eau, y compris ce que puisaient les mamans dans les mares, les ruisseaux ou les fossés.

Faire bouillir ces eaux impropres, d'accord, mais avec quel bois ? Quel charbon ? Le peu glané ici et là, ou bien encore quémandé aux locaux, suffisait à peine à faire chauffer la marmite. Maman me racontait que, la plupart du temps, leur repas du soir se composait d'une petite tranche de pain rassie tartinée d'une noisette de graisse de saindoux, ou accompagnée d'un petit bout de lard, et pas à tous les soupers.

Avoir ça à se mettre sous la dent pour calmer les petits estomacs affamés était déjà bien. Parfois Giovanni réussissait à piéger un corbeau que Maria mettait aussitôt à bouillir dans sa marmite en fonte. La viande partagée nourrissait les ventres vides et calmait les gargouillis d'un soir, tandis que le bouillon obtenu – surtout une eau chaude de peu de goût – servait à ramollir leur quignon de pain sec.

Chaudes et vite englouties, ces rations austères apportaient un réconfort salvateur. Bref, ces conditions de vie désastreuses ne changèrent guère jusqu'à la fi

n de la guerre.

Du côté de papa la vie était dure, même si son père, charpentier, avait sans cesse du travail.

Je me rappelle qu'enfant, nous allions à la messe tous les dimanches à l'église Saint Pierre du quartier Montsort. Elle était si belle, si grande. Bien des années plus tard, lorsque j'y suis à nouveau entré, je fus très déçu par ces dimensions réduites.

Je réalisais alors que ce que voit un très jeune enfant est souvent amplifié par sa petite taille et que le souvenir gravé n'augmente pas avec les années.

Au second semestre 69, nous sommes arrivés à Hesloup, un petit village de 400 âmes, là où habitaient mes grands-parents maternelles au lieu-dit "la Noé des Doués", au bout du chemin. Mes parents venaient de faire construire leur pavillon, au milieu des champs, sur un terrain acheté à un vieux gars du bourg, Mr Leroux.

Moi qui sortais d'une tour HLM à l'appartement minuscule, j'étais aux anges, que d'espace. Juste devant chez nous était implantée une petite usine de fabrication de parpaings. Les Andrieux. Dès qu'un camion en sortait, chargé comme une mule, je courais à la route pour le voir partir, puis lançais un petit coucou de la main au chauffeur qui me le rendait. Nous étions entourés de champs depuis le panneau d'entrée du village jusqu'à l'école communale. Elle-même séparée par un petit chemin de la première maison d'entrée de bourg, la famille C.

Habitation dans laquelle j'entrerai quelques années plus tard, en sautant par la fenêtre de la cuisine qui se trouvait pratiquement en rez de trottoir ; criant à la mort en pleurant à tout va, couvert de sang.

Arrivés à la campagne, nos rendez-vous dominicaux cessèrent assez rapidement pour je ne sais quelles raisons. Plus de messe.

J'eu un parcours scolaire classique, Hesloup pour les petites classes puis, à Moulins le Carbonnel jusqu'en troisième.

S'en suivra ma formation à Caen, deux belles années. Diplôme en poche, le CAP, mon activité professionnelle de coiffeur débute à Houlgate en juillet 80.

Cette même année je rencontre celle qui deviendra ma femme. Un premier garçon arrivera, le second suivra sept ans plus tard. Le mal être s'installe en moi. Si je ne suis pas heureux, mon entourage le devient encore moins que moi, rien ne va plus.

C'est au moment où je m'y attendais le moins que la foi m'est tombée dessus, d'un coup d'un seul, comme une chape de plomb. Dès lors j'étais revêtu d'une cape que plus jamais je n'enlèverai parce qu'elle portait en elle l'annonce de Dieu, son amour pour nous tous, tout comme celui de Jésus ainsi que celui de Marie qui, elle, tiendra toujours une place à part dans mon cœur. Ce voile invisible envoyé des cieux, déposé sur mes épaules était une providence, un signe Fort.

Je découvrais une joie nouvelle encore méconnue ; je ressentais un amour sans faille à l'encontre de ces propriétaires des cieux. Cieux… ou univers immatériel, dont nous serons à nouveau les humbles locataires un jour prochain, parce que nous ne sommes que de passage dans ce monde.

Ainsi capé, j'avais l'impression de renaître, d'éclore. Je devenais différent au fil du temps parce qu'ils étaient désormais en moi, parce que j'avais reçu ceux qui seraient à jamais mes guides, mes étoiles. Mon firmament personnel.

Comment aurais-je pu me douter un seul instant de ce qui m'attendait. Cela peut sembler bizarre pour certains(nes) d'entre vous, comme ce le fut véritablement pour moi, mais ça ne s'explique tout simplement pas. C'est comme ça, ça arrive alors que rien ne m'y prédestinait.

Mon amour envers mes hôtes augmentait de jours en jours, sans contrainte, juste avec plaisir et envie. Je les ai redécouverts après tant d'années d'oubli, de mise à l'écart.

Dès lors croissait inexorablement un sentiment inégalable de bien être pur dans mon cœur, à l'identique de ces âmes suprêmes qui sont « Tout Amour ». Le besoin de retourner à la messe le dimanche est devenu un moment incontournable, je ne pouvais m'en passer, et encore moins me l'expliquer.

De ces rendez-vous, Je boirai les paroles de la première lecture, de la deuxième, idem pour celles annoncées par les diacres, ainsi que les homélies prononcées par les prêtres. J'avais tellement soif d'apprendre. J'avais l'impression de sortir d'une traversée du désert en ayant été privé de cette eau salvatrice qui fait autant de bien au corps qu'à l'âme. Surtout à l'âme. Je me repaissais de la découverte de Dieu, de Jésus, de Marie et des Anges gardiens.

Bon…, je me lance ou je me lance pas. Mince ! J'ose pas. Ohlala, quel trac…Je suis sec de partout. Oooh…Trop tôt, j'peux pas. Allez, le temps de deux ou trois pages de plus et je me jette à l'eau.

ꕥ DACLV ꕥ

Chapitre 2

၍ Un jour, une présence ႖

Les mois s'écoulent malgré ce mal être croissant lorsqu'un soir tard, assez tard, je frappe à la porte de chez papa chez qui je resterai quatorze mois. Période durant laquelle, tous deux, nous rattraperons les années perdues.

S'en suivront jours, semaines, et mois durant lesquels nous construirons au quotidien de nouveaux souvenirs, de sacrées belles et bonnes tranches de vie, inoubliables, tout autant que nos prises de bec ou nos petit règlements de comptes. La plupart du temps pour des bêtises, des raisons futiles.

Chaque dimanche, je prenais toujours le même plaisir à vivre la messe à ses côtés ; nous débattions systématiquement de l'interprétation que nous avions respectivement de l'homélie du prêtre. Le plus marquant de cette période est que sans cesse j'ai regardé papa avec mes yeux d'enfants. Regard figé comme au jour de son départ de notre foyer.

J'avais en permanence cette douce faim de Jésus, de Marie, et lorsque je recevais la communion…, quelle sensation…, quel bien être. J'étais, et en suis toujours émerveillé !

Imaginez un instant cette eau vive bienfaitrice qui entre dans votre bouche, qui investit vos veines puis envahit tout votre corps. Jusque dans chaque cellule. Eau vive qui vous enveloppe et se mêle à votre âme. À chaque fois, j'ai l'impression profonde d'être proche de chacun d'eux. Protégé dans ma bulle, mon espace de grande quiétude. Je suis alors empreint d'une tranquillité profonde de l'esprit et du cœur. C'est-à-dire, moi, être immatériel.

Les semaines s'écoulent paisiblement puis, un dimanche, nous nous retrouvons à table vers 13 heures 30. Comme à l'accoutumée, notre conversation est en premier lieu dirigée vers la messe célébrée à la basilique, une heure plus tôt, à Notre Dame d'Alençon. Ville de la maison natale de Sainte Thérèse, connue et réputée dans le monde entier.

Au début du repas, ayant pris la parole le premier, je demande à mon père *: "qui, confectionne les hosties remises par le prêtre lors de la communion ?"* N'attendant pas spécialement de réponse de sa part, je lui en propose une : *"Je présume que les frères trappistes de Soligny la Trappe, qui se situent dans l'arrondissement de Mortagne au Perche réalisent, pour l'Orne et les départements voisins, les hosties distribuées au cours de l'Eucharistie".*

Y ayant séjourné et côtoyé les moines dans leurs différentes activités, papa me répond catégoriquement : *"NON !" Elles sont en général fabriquées dans des communautés religieuses de sœurs.*

Je lui fais donc part de ma grande surprise lorsqu'après avoir reçu la communion du prêtre, j'ai ressenti, à l'instant même où l'hostie fut au contact de ma langue, un délicieux et délicat goût de rose. Parfum qui emplit ma bouche, se répandant dans chacun de ses recoins.

De retour à ma place, je reste debout, comme je le fais à chaque fois. Je remercie Dieu, Jésus, Marie sa maman ainsi que mon Ange gardien pour leur soutien et tout l'amour qu'ils me témoignent. Cette saveur est identique au parfum que dégage une rose odorante à souhait avec un quelque chose, un je ne sais quoi de..., de différent que je ne saurais exprimer. Il est assez déroutant d'avoir une rose en bouche plutôt que d'avoir à la humer et d'en inspirer une bonne bouffée.

Cette présence olfactive se répand partout, muqueuses, langue, narines. Cette singulière sensation est tellement différente de ce que l'on connait habituellement que je suis dérouté. Cette *"présence"* m'interpelle parce qu'à cet instant, elle est en moi, nous ne faisons qu'*UN*.

Je suis imprégné de ce parfum incroyablement délicieux. Formidablement, doux, élégant, suave, prononcé et fragile à la fois. C'est un peu comme si mes chaires en étaient imprégnées. Comme une omniprésence.

Combien de temps cela a-t-il duré ? Je ne saurais le dire, 1 minute, 2 ? 3 ... ? Je suis bien trop surpris pour avoir la présence d'esprit de vérifier sur ma montre. En revanche, je me rappelle m'être posé cette question : Comment un aussi délicat, exquis et réconfortant parfum de rose peut-il surgir comme ça en bouche et tenir aussi longtemps tout en m'apportant simultanément, puis après qu'il fut évaporé, cette délectable sensation de paix accompagnée de ce bien être profond si particulier installé en moi ?

J'étais aux anges tellement l'instant était apaisant, je naviguais dans un monde parallèle. Cette adorable effluve commença à décliner puis s'évapora rapidement pour enfin disparaître complètement. Ce départ m'a laissé une impression déroutante parce que je l'ai senti me quitter, exactement comme lorsque l'on fait glisser lentement un vêtement enfilé sur notre peau. J'aurai voulu que ce moment privilégié dure encore plus longtemps tellement l'état dans lequel j'évoluais était bon, surréaliste. J'étais si bien que plus rien ne comptait.

Toutefois, je restais quelque peu sur l'idée que ces hosties faisaient l'objet d'une fabrication particulière, mais papa, sûr de lui, persistait : *"Non, impossible ! Ce sont toujours les mêmes, sans aucun ajout de quoi que ce soit"*.

Cette réponse m'ouvrit les yeux en me révélant ce que je ne perçus pas sur l'instant, l'aspect divin, une présence..., et qu'en fait, j'avais reçu celle de Marie.

Elle me l'a fait savoir par cette manifestation du parfum de rose dans la bouche, celui qu'on lui associe fréquemment. Je ne voyais pas plus loin que le bout de mon nez, alors après que mon père m'eut éclairé, je le crus sans hésitation, c'était d'une telle évidence. Je ne pouvais comprendre ni voir ce qui s'était produit parce que je ne regardais tout simplement pas, une fois de plus, du bon côté.

Avec le temps je me suis rendu compte qu'il nous faut apprendre à être attentifs aux moindres faits de notre quotidien, à écouter correctement ce que Dieu, Jésus, Marie ou nos Anges nous disent. Être attentifs pour mettre en lumière ce qu'ils cherchent à nous faire comprendre, ou bien encore les directions que nous devrions prendre ; bien qu'il ne soit pas toujours aisé d'interpréter leurs messages. Pour ce faire, nous devons diriger nos réflexions avec délicatesse et finesse, puis développer les subtilités requises pour recevoir, puis interpréter leurs attentes.

Rester terre à terre comme je l'ai trop souvent été, n'est pas la bonne méthode pour comprendre la manière dont ils peuvent se manifester à nous. Cette bouffée de parfum restera à jamais un très beau souvenir inscrit en moi.

Nous sommes nombreux à nous demander ce que Dieu, Jésus, Marie, ou nos anges gardiens attendent que nous fassions, parce qu'il est des engagements sur lesquels nous devrions réfléchir sérieusement et mettre en application pour mieux agir envers nos semblables. Comme, devenir serviables, agréables, attentionnés, etc.

Que pourrions-nous réaliser de bien, de bon et de positif dans l'intérêt de tous ? En clair, que dois-je faire pour être dans les clous sans tricher afin d'obtenir la meilleure position possible, tout près d'eux, lorsqu'enfin j'effectuerai mon transfert ? Bon, d'accord, pas à leur côté dès le début car il est fort probable qu'il y ait des étapes à franchir pour atteindre ce bel endroit auquel nous aspirons ; lieu divin qui sera notre ultime demeure, à leurs côtés.

Trop de gens disent, mais que fait Dieu pour nous ? Réflexe acquis d'une société qui donne tout sans réelles contreparties ? Il faut inverser la question puis, intervertir les places, tel qu'un jeune prêtre qui nous a quitté, bien trop rapidement, nous l'a exposé hier lors de son homélie. Cet été, son chemin a croisé la route d'un homme au parcours chaotique, ce monsieur lui faisait part de son interrogation : *"Mais qu'est-ce que je peux faire pour Jésus ? Que puis-je faire pour Dieu ? Comment lui rendre service ?"* La réflexion de cet homme est très intéressante parce qu'il nous dit clairement que c'est à nous de prendre l'initiative de ce que nous pouvons réaliser pour eux, et pas l'inverse. Quelles actions pouvons-nous mettre en œuvre sans avoir à attendre de leur part un signe, un message, un remerciement ?

C'est à nous d'essayer de comprendre ce qu'il souhaiterait que nous fassions. En fait, il nous appartient de prendre les bonnes initiatives aux moments opportuns, et surtout, pas celles qui ne serviraient que l'intérêt d'une poignée d'hommes. Triste constat auquel nous sommes confrontés de plus en plus fréquemment ; amère réalité que l'on voit un peu partout à travers le monde.

Vous découvrirez ci-après, en partie, le récit de ma vie et de mes expériences qui furent pour le moins surprenantes et inattendues pour lesquelles j'étais à mille lieues de penser qu'elles m'arriveraient un jour. Essentiellement celles qui se déroulèrent entre le 23 janvier et le 1er février 2016. Autant de rencontres exceptionnelles qui n'auraient jamais existé si certains fâcheux et malheureux événements n'avaient vu le jour quelques mois, années ou dizaines d'années plus tôt.

Bonjour...,

Je...je vous vois vous savez...(silence, timidité). Non... ! Restez, n'ayez crainte, ne me refermez pas. Pas maintenant. Je suis absolument inoffensif. Je vous observe depuis toutes ces premières pages que vous venez de lire vous savez.

Je suis si curieux, c'est dans ma nature de découvrir mon lecteur. J'avoue que vous rencontrer est un réel plaisir. Ça me raidit les pages.

J'avise votre regard presque détendu depuis tout à l'heure. Vous avez de si jolis yeux. Des yeux surpris maintenant. Et perçants. S'ils ne parlent pas, ils m'en disent long sur qui vous êtes, car c'est à travers eux que je vais vous découvrir tout au long de ce récit, de votre lecture. Vous ne me cacherez rien. Absolument rien.

Il y a plusieurs raisons pour lesquelles j'ai pris cette décision délicate de me dévoiler à vous, mais si vous me l'accordez, nous y reviendrons plus tard. Je vous dois tout d'abord quelques explications parce que je vous saute au visage, comme ça, à l'improviste, en omettant les règles les plus élémentaires de la politesse ; faire les présentations en bonne et due forme.

Cher (ère) lecteur (trice), vous qui me possédez, là, tout de suite, qui suis-je ?

Et bien contrairement à vous, je ne me nomme pas, tout comme je ne me prénomme pas non plus, ou tout du moins pas de votre manière, à vous les humains. C'est au fil des lettres déposées les unes après les autres sur cette toile de cellulose avec son stylo bille, ou bien encore en tapotant de ses doigts sur son vieux clavier d'ordinateur hors d'âge, que l'auteur me donna vie. Très vite d'ailleurs.

En cadeau de bienvenue il m'octroya un bien exceptionnel, aussi rare que précieux, le contrôle de mon libre arbitre.

Tous ces mots déposés en enfilade, au fil des semaines et des mois sont le résultat du fruit de sa volonté d'écrire son histoire. Histoire, ou témoignage plutôt, qui germait en lui, murissait, pour prendre de l'ampleur au fil du temps, jusqu'à lui donner corps. Jusqu'à me donner vie.

Et c'est chose faite ! Ces phrases gravées sont l'ultime prolongement de la pointe de son stylo, de son vieux clavier. Je suis le fruit de ses doigts, de sa main, de son bras, le fruit concret de sa pensée.

Pensée qui est l'essence invisible de l'âme qu'il est. Invisible pour tous sauf pour moi qui ai, bien égoïstement, eu cette possibilité de le ressentir, de voir en lui. De lire en lui, l'être immatériel locataire de son corps.

Je suis donc la "conclusion" affranchie et détachée de toutes contraintes de son héritage. Je devenais indépendant de cet homme comme de sa plume, dès l'instant qu'en sortait ce ruban de couleur, lettres assemblées dévoilant ainsi toutes ces phrases que vous découvrez. À l'instant.

Alors, pour vous, et uniquement vous, je suis et resterai à jamais "Le Livre". L'arbitre libre de tout engagement envers quiconque, celui qui sera présent pour vous guider, pour vous mener à la réflexion. Ne rien vous imposer. Je peux être le guide qui vous aidera à voir plus loin que vous n'en avez jamais eu l'occasion jusqu'à ce jour, à découvrir l'inattendu, l'incroyable, à supposer l'avenir, le vôtre !

Vous savez que j'en sais plus sur vous que vous n'en savez sur moi ? Contrairement à vous qui à cet instant précis me tenez en vos mains puis déposez votre regard sur mes lignes ou sur cet écran avec pour principal mode de communication la parole conjuguée à l'expression du visage. Chez moi il en va tout autrement.

C'est à travers votre toucher que vous vous révélez à moi. Je sens l'effleurement de la peau de vos doigts sur mes fibres. Peau sèche ou bien humide, chaude ou froide, tendre ou dure, douce, sèche, moite, tendue, décontractée, et j'en passe.

Vous m'offrez votre toucher, reflet de vos humeurs, de vos sentiments, de vos états d'âme. En clair, il est ce que vous êtes réellement.

Autant dire qu'à notre contact, vous ne pouvez rien me cacher ! Même pas vos petits secrets cachés. Plus vous me palpez, plus vos yeux restent rivés sur moi, plus vous vous dévoilez, et plus je vous découvre. C'est de cette manière que j'apprends beaucoup de vous, parce que vos mains sont le prolongement de qui vous êtes, de votre véritable nature ; cette âme locataire de ce corps dressé là, devant moi en me tenant ouvert.

Bien calé entre vos mains, j'apprécie votre compagnie. Je vis grâce à votre contact. Dès lors, je lis en vous comme dans un livre ouvert, tout comme vous le faites de moi à cet instant. C'est drôle non ? Ainsi, je vous vois et sais tout de vous.

Tenez ! Vous aussi vous nous lisez, nous les romans, nous les thrillers, les autobiographies et autres genres, sans jamais nous prêter attention. Tandis que nous, nous sommes attentifs à vous. Mais je ne vous en veux pas. Et puis c'est cette vie qui nous est réservée, à nous les livres. Être lu et puis remisé.

Allez, je vais vous surprendre une nouvelle fois, savez-vous que nous les livres nous communiquons ensemble ? Il nous suffit d'un simple contact, comme être empilés par exemple, pour que nous échangions tout de notre savoir, tout de ceux qui nous ont touché ou lu, ne serait-ce que partiellement, voire très peu

Je possède une connaissance importante, d'ici ou d'ailleurs. Le monde n'est pas si grand pour nous. De cette manière je suis également en mesure de remonter loin dans le temps.

Rappelez-vous, je suis en chacune des feuilles du livre sur lesquelles vous posez vos doigts, déposez votre A.D.N., votre regard. Celui qui me révèle vos lectures passées. Je niche au sein de chaque lettres, blotti jusqu'aux plus petits interstices de cette feuille, de ce texte. Je suis un peu partout à la fois comme l'est la misère en ce monde. Â l'instant présent, je suis douillettement installé dans le point de ce i. Je me trompe ou je sens poindre l'esquisse d'un sourire moqueur, amusé, un brin narquois.

Bref ! Je suis partout et nul part, tout comme vous qui l'êtes à l'intérieur de ce corps duquel je capte les ondes qui en émanent. Je reçois vos sentiments, perçois vos joies, vos peines, vos humeurs, je synthétise vos pensées. Soyez assurés qu'en toutes circonstances, je reste muet comme une carpe. Enfin... Comme un livre. Pas un mot. Croix de bois – croix de fer, si je mens, que j'aille en enfer. Aaah...je lis votre surprise un brin dubitative, « Pfff...un livre animé, et qui par-dessus le marché m'écrit, enfin...me parle ».

Que vous formuliez cette pensée est on ne peut plus légitime. Aussi surprenant que cela vous paraisse, à partir de maintenant notre relation est ainsi faite, nous sommes et serons liés jusqu'à ce que vous me remisiez dans un coin. Mon (ma) cher (ère) lecteur (trice), vous me voyez fort aise que vous ne m'ayez pas encore fermé le livre au nez. Et puis j'en mettrai mes feuilles à brûler que je ne tarderai pas à vous retrouver, parce que je me doute que dorénavant la curiosité va vous titiller, immanquablement, elle vous ramènera à moi.

J'ai tout mon temps vous savez, moi, rien ne me presse. Bon ! Maintenant que les civilités sont faites, revenons si vous le voulez bien au chapitre 1, Le commencement. Comme à d'autres de mes paragraphes, l'auteur tend à démontrer simplement l'équilibre fragile et ô combien complexe qui existe entre le bien et le mal.

Avec fort heureusement tous ces courts épisodes de bonheur qui permettent, non pas d'oublier, mais de supporter les horreurs faites à travers les époques, dussent-elles avoir été violentes, barbares, dans le présent comme dans de lointains passés.

Autant de brèves périodes qui permettent malgré tout de trouver intéressant de vivre cette vie offerte à chacun de nous.

Je prends pour exemple le Nonno, il aurait très bien pu, avec son collègue, faire les frais de cet ignoble exemple autant destiné à intimider, qu'à passer un message à ses compagnons d'infortune ; à savoir, l'enrôlement militaire obligatoire. Notre conteur s'est attaché à ne pas coucher sur mes feuilles la stricte vérité, si si c'est vrai, uniquement pour cette fois-ci, parce que ce ne fut pas qu'un, mais plusieurs hommes qui ce jour-là furent mis devant le peloton d'exécution. Le but de cet abject massacre ? Faire en sorte que toute la région sache la raison de cet exemple. Juste pour mettre sous pression les conscrits réfractaires au régime. Les mettre au pas, puis à l'acceptation.

Ne pouvant pas décrire toutes ces vies supprimées, parce que le Nonno ne s'y était pas attardé, notre biographe ne choisit que ce malheureux Fulvio, puis reporta sur lui toute l'horreur vécue par les autres fusillés.

À plusieurs reprises Giovanni faillit perdre la vie, seulement voilà, notre auteur devait la recevoir. Et pour ce faire, son grand père devait la conserver pour que vous preniez connaissance de mon contenu, sa confession. Allez, je papote je papote, le temps passe et vous retarde. Quelle inconvenance de ma part. Je vous laisse découvrir les trois chapitres suivants. Vous verrez avec quelle facilité vous pourrez vous transposer en lieu et place de son personnage, de ses déboires, de son histoire, parce qu'il vous sera relativement aisé de vous identifier à lui, avec vos propres bobos, vos propres malheurs, vos déconvenues et vos bonheurs.

Surtout, gardez bien à l'esprit cet équilibre immuable entre ce qui vous est arrivé ou arrive, de mauvais ou de bon ; alors les évènements agréables arrivent bien souvent trop tard. Sachez que le temps, la patience et la persévérance sont vos alliés, comme ils le furent pour lui chapitre quatre, mais patience, découvrez tout d'abord ce qui suit.

N'oubliez pas une chose importante qu'il vous faut en permanence garder à l'esprit :

Ne soyez pas influencés par ses révélations, quoi qu'en soient leur nature, et gardez en permanence votre libre arbitre car je sais, tout comme lui, que vivre une ou des situations hors du commun, c'est une chose, mais que les recevoir puis y croire, c'en est une autre.

DACLV

Chapitre 3

℘ La vie ☙

☙ Année 1961

Qu'il fait bon, qu'il est grisant de se laisser porter de la sorte, de n'avoir rien à faire par cette température ambiante torride, enivrante et si divinement bonne. Parfois, il fait presque trop chaud trop longtemps, à l'identique d'un soleil brûlant au zénith qui tarde à mettre ses cuisants rayons au placard. C'est un très joli mois d'été de mi-août ardent, que partagent tous ceux de ma condition. Je bénéficie d'un congé délectable à souhait, je passe mon temps à me prélasser comme un bon gros lion de mer avachi sur sa banquise natale.

Je compte bien profiter au maximum de ce savoureux séjour reposant qui, malheureusement, ne se représentera pas de sitôt. Et pour cause ! Tant que j'en ai encore la possibilité, je vais faire ce qu'il y a de plus précieux ..., ne rien faire, fainéanter quoi.

C'est une période de tranquillité durant laquelle le farniente est la règle numéro une. La deuxième ? Se laisser porter délicatement par cette délicieuse mer à la température constante, réglée comme du papier à musique. Que dire de ses vagues, souples, onctueuses, aux ondulations huileuses qui me bercent puis me dorlotent avec délicatesse et tendresse. J'y resterai bien encore quelques mois moi. Allez...vendu.

Qu'il est bon de ne rien faire. Quel régal de lézarder, là, sur l'immensité de cette plage de sable soyeux que je ne peux caresser de mes doigts ; réconfort que j'aurai pu partager mais je fus le seul et heureux gagnant de cette loterie. Un ! Pas deux. Je m'en délecte goulûment, 24h sur 24. C'est un merveilleux mois suave de détente qui dure encore et encore. Je me déconnecte de la réalité, et ça, du premier janvier à fin septembre. C'est à n'en plus finir.

À bien y penser, ces moments me paraissent semblables au temps qu'il fait dans certaines parties de notre monde, à l'image de celui de la Martinique par exemple, comme sur toute la région des Caraïbes, voire, certaines régions d'Afrique et d'ailleurs.

La température de mon lieu de villégiature est quasiment identique toute l'année, avec une eau de baignade tellement délicate, si délicieuse. Elle en est indécente à souhait, 28 degrés, qu'il pleuve, qu'il vente ou qu'il neige. Il y a juste un peu plus d'eau passé l'été, puisque c'est la saison des pluies.

J'aurai pu choisir d'autres destinations paradisiaques, Wallis et Futuna, ou bien l'ile Maurice. Copacabana n'est pas mal non plus, idem pour Honolulu, et pourquoi pas Ushuaia avec ses grandes et merveilleuses étendues de terres vierges jamais souillées par la main de l'homme.

Il y a tant de ravissantes destinations où poser ses valises. Là, je flotte au-dessus d'un courant d'air chaud. Oui, je suis en apesanteur. Les chaudes vagues du Carbet, ou celles de Saint Martin près du Mont Pelé, me bercent à la manière d'une maman attentionnée, avec en plus une plage infinie inondée de son sable doux, si fin. Fin, et noir.

Je me prélasse sur un divan imaginaire. Un peu à l'étroit je suis, certes, mais ce support protecteur est d'une douceur et d'un moelleux incomparable. Je vogue dans un nuage de duvet. Léger, avec en prime la douceur de l'eider au toucher incomparable. Je ne pense pas, ne me soucie de rien ni de personne, je profite au maximum de cette longue période privilégiée parce que mon petit doigt me dit qu'il n'y a rien de durable ici-bas.

Pour l'instant, tout pourrait s'effondrer autour de moi que je ne m'en apercevrais pas. Je tourne et me retourne encore, c'est chouette les pirouettes, je m'amuse comme un bambin. Il n'y a rien d'équivalent en ce monde qui me vienne à l'esprit.

Tout le temps j'ai cette sensation de légèreté, de flottement perpétuel. Vous voyez cette petite plume dodue qui virevolte au gré de la marée ? Quelle souplesse ! Et bien c'est moi. Y a pas à dire, ces vacances-là ne coûtent rien et représentent le top du top dans une vie. Il n'y a rien d'égalable, rien au-dessus de ça qui en vaille la peine. Comme rien en dessous d'ailleurs. Toutefois je ne vois pas de limites à mon environnement. Je ne ressens pas vraiment ce qu'il pourrait y avoir à proximité qui puisse me déranger durant mes rêvasseries sans fin.

En fait, je crois que je ne me pose ni ne me poserai jamais, durant un certain temps, ce genre de questions ; où est ma droite, où est ma gauche, le haut, le bas, le nord, le sud, l'est, l'ouest ? Tout ça m'est complètement égal. Quand j'y repense maintenant, que ce soit pour moi comme pour les autres, c'est exactement pareil, la même rengaine pour tous quoi. Pourquoi se préoccuper de ce dont on n'a pas conscience ?

Je suis tellement bien, calé dans cette insouciance presque enfantine, dans cette délicieuse position qui est la mienne, alors je ne cherche même pas à me soucier de mon entourage au décor obsolète, aux couleurs fades, dépassées. Je n'ai ni lever ni coucher de soleil. En fait, mon environnement m'importe peu.

Non ! Il m'est complètement égal. Lové dans ma position préférée, fœtale, plus rien ne compte, pas même le ressac ou les secousses d'une marée ébranlée.

D'ailleurs ! Pourrais-je me soucier de quelque chose ? Non, bien sûr que non ! S'il fait soleil, il ne m'éblouit pas puisqu'il ne m'atteint pas. La lumière du jour explose de luminosité autour de moi, et pourtant elle ne me dérange pas, puisque je ne la perçois pas. Il fait nuit ? Aucune importance ! Tout ça ne me dit rien qui vaille. En vrai, je ne peux encore imaginer toutes ces différentes notions qui me sont inconnues. Elles ne sont que balivernes pour moi, sans signification, tout du moins pour l'instant.

Ces douces et agréables sensations m'envahissent au quotidien puis me bercent comme un bébé. Quel bien-être, quelle extase délectable. Pourvu que tout ça dure encore longtemps. J'ai l'impression de n'être qu'un tout petit mioche qui se délecte de succulentes confiseries sucrées. Succulentes à souhait ? Non ! À merveille. Sucreries célestes qui vous procurent un bien être sans équivalent.

Je passe mes grandes vacances, rien qu'à moi. J'ai donc intérêt d'en profiter le plus possible car elles ne vont pas être éternelles. Et dire que je ne me doute encore de rien. Ce délicieux temps de repos au parfum d'insouciance ne sera pas éternel, juste un temps certain, quelques mois qu'il me faut absolument déguster, égoïstement. Egoïstement et sans partage, comme parfois.

C'est avec beaucoup de regrets que je vais devoir quitter mon bon endroit paradisiaque, douillet comme celui d'une mère aimante. C'est à contre cœur que je vais devoir tirer ma révérence à ce petit nid d'amour, doux comme la peau d'une maman, parce que le quitter..., non ! En sortir, devrais-je plutôt dire, ne va pas être une mince affaire.

Aïe ! Tient, aurai-je pris une mauvaise position ? Ouille ! Est-ce un début de lumbago en perspective ? Pourvu que non ! Quelques vilaines courbatures naissantes ici et là me pourriraient-elles à présent la vie ? Ça n'est pourtant pas le sport ou les efforts que je n'ai pas pratiqués durant mes vacances qui peuvent me faire mal ?

Je pressens que je vais dérouiller pour la première fois de ma vie. Tout ça était trop beau pour être vrai. Bon sang, j'aurais dû me douter qu'il y avait anguille sous roche, l'affaire était trop belle pour que ça dure. Wouaaah, je commence à ressentir de fichues douleurs. Quelles désagréables sensations, c'est nouveau dites donc !?...

J'ai l'impression qu'une vilaine et grande main m'enserre. Wahouuu..., elle me presse le citron, un peu à la façon d'une balle de mousse anti-stress bien calée dans le creux de la main qui l'écrase. Grosse paluche qui me tenaille de ses cinq doigts musclés recroquevillés sur mon frêle corps sans défenses.

Poigne qui desserre son étreinte puis me libère, pour reprendre de plus belle son petit manège jusqu'à pratiquement ne plus s'arrêter. Elle me poignasse de tous les côtés. C'en est à vomir. Je dois avouer que je n'apprécie pas du tout ce parfait supplice lancinant. Pourtant je n'ai rien fait, ni demandé quoi que ce soit à personne, moi. Alors pourquoi tout ce remue-ménage ?

Si ce séjour imposé avait été organisé par une quelconque agence de voyage, j'aurais au moins un interlocuteur vers qui me plaindre, sur qui passer mes nerfs, mais dans les conditions qui sont les miennes, je n'ai que mes petits yeux pour pleurer.

Je ne connais pas encore le ou la coupable de ma rocambolesque et laborieuse situation, mais je commence à croire que ça ne restera pas longtemps un mystère. Plus le temps passe, plus l'étau se resserre. Désagréablement, inlassablement. C'est ainsi pour chaque minute ou pour chaque quart d'heure qui passe.

Mouvement après mouvement, les fréquences de ce rouleau compresseur sont un peu plus rapides, écrasantes. J'imagine que ce remue-ménage n'est pas prêt de prendre fin. Aaah...que je n'aime pas ce tripatouillage intempestif, sauvage.

Au début j'avais un peu mal au crâne, mais cette fois-ci je commence à croire qu'il va éclater. Je tiens là une de ces migraines à m'en déformer carrément la caboche. Plus le temps passe, plus mes douleurs augmentent, plus elles deviennent désagréables et lancinantes. Éprouvantes.

Stop... Quel est ce binz ? C'est le supplice de la lessiveuse ou quoi ? Houlala... Attention les oreilles. Aille, la vache..., ça va méchamment frotter, et comme me dira beaucoup plus tard un de mes anciens partenaires de rugby, Lolo notre regretté talonneur, *« s'ils ont décidé de relever la mêlée, Je vais en prendre plein la tronche »*. – Anecdote véritable racontée par un frère Pap........, lors d'une mêlée relevée, au sortir d'un match International, avec son accent du sud-ouest : *"Putaiiiinnnng, si j'avais pas eu le nez, j'en prenais plein la gueule"*.

Maintenant j'ai l'impression d'être considéré *"corps étranger"*, déclaré *"persona non grata"*, celui qui n'est plus à sa place dans cet environnement qui pourtant m'était agréable, si bon. J'y étais peut-être à l'étroit, mais taillé à ma mesure, je m'y sentais bien. Crotte alors, je n'y suis plus désiré. Qu'ai-je bien pu faire pour mériter un tel châtiment ?

Après coup je me dis que j'aurais pu me poser la question suivante, que dis-je, la question que nous tous, autant que nous sommes, aurions pu ou dû nous poser, alors qu'aucun de nous ne l'a fait. Combien de *"temps"* suis-je resté là, à ne rien faire d'autres que de me laisser tendrement bercer, petit insouciant que je suis ? Combien de *"temps"* suis-je resté là, à me prélasser, tel un lion de mer qui pionce sans vergogne vautré sur sa banquise, profitant de l'instant présent, à me laisser vivre d'amour et d'eau fraîche ?

Grand bien m'en a pris d'avoir profité goulûment de ce bon temps d'insouciance si délectable. J'ai profité d'un bel été Indien qui n'a pas son égal en ce monde qui m'attend, mais il m'aura été profitable.

Dans ce cocon protecteur, j'ai puisé de la grandeur, de la maturité, et c'est avec regret que déjà je le sens s'éloigner, inexorablement, petit à petit, telle la mer qui se retire à marée basse, lentement mais surement. Et bien ce temps a été, est, et sera toujours ou presque, le même pour chacun de nous. C'est dorénavant ce *"temps"* qui va nous poursuivre toute notre vie, et bien plus nous desservir plutôt que de nous servir. Pour sûr, je ne vais pas tarder à m'en rendre compte.

Auparavant cette unité de mesure m'était totalement inconnue. Qu'elle drôle d'idée cette chose ! Ce "temps" m'apporte maintenant une dimension à laquelle je ne m'attendais pas. Hé...Je ne suis pas prêt ! Attendez ! Voici dorénavant une appréciation nouvelle de la durée, de la mesure.

Une jauge du temps passé à attendre, à faire ou ne rien faire. Mince alors. C'est incroyable ! Et c'est seulement à l'instant que j'en prends conscience. Le Temps ! Ami ou ennemi ? Les deux à la fois mon capitaine. Je comprends maintenant toute la mesure de ce qui se trame à mon insu.

Je découvre tristement une peur diffuse, un sentiment nouveau tellement angoissant. Sentiment provoqué par cette situation à laquelle rien ne pourra me soustraite. Crotte, flute, zut alors, cette gangue est désagréablement ferme. Elle se trouve partout autour de moi. Je file droit dans un goulot, ou plutôt..., un entonnoir ?

Je m'en rapproche à toute allure et c'est seulement maintenant que je prends la pleine mesure que ce qui était bon devient mauvais. Éééćh, un truc m'écrase, me ratatine de plus en plus fort, il m'emprisonne. Me voilà broyé de partout, pris au piège comme un papillon prisonnier dans un filet d'enfant. Lui, il peut éventuellement en sortir, s'échapper pour retrouver sa liberté. Mais moi pas ! Enfin !?!?!? En ce qui me concerne, les carottes sont cuites. Je suis cuit aux petits oignons, j'peux même plus remuer ne serait-ce qu'un malheureux petit doigt.

Dans quel traquenard ai-je mis les pinceaux. Quel est cet endroit mystérieux où je me suis fourré ? Tout va si vite maintenant. Si vite que j'en suis tout étourdi. La vache..., je tiens une de ces pétoches que je vais me faire pipi dessus. Ô rage, Ô désespoir, Ô galère ennemie, n'ai-je donc tant vécu que pour cette infâme agonie ?

Ce qui se produit maintenant m'était imprévisible. Bon sang..., mais ouiii, tout est d'une telle logique maintenant. C'est tellement clair et limpide comme de l'eau de roche. Tout va très vite désormais, je ne contrôle rien mais j'ai le temps de me rendre compte d'une chose assez étrange dont je ne prends conscience qu'à l'instant. Wouaaah...C'est une nouveauté incroyable qui va littéralement changer ma petite vie pénarde de paresseux ; parce que je viens de découvrir que dorénavant – *je possède un corps* –. Ce machin dans lequel je suis à l'étroit, étriqué comme une noix l'est dans sa bogue. Je découvre qu'à nous deux, enfin..., moi, Ohlala, ça fait drôle quand même de me rendre compte de notre duo, je vais devoir sortir de ce cocon douillet. Minuscule havre de paix qui me materne depuis si longtemps.

À présent je dois prendre l'air ailleurs, si je peux me permettre. Incroyable, il va me falloir dorénavant cohabiter avec cette petite enveloppe grassouillette, glissante comme une savonnette, dans laquelle je me sens à l'étroit, prisonnier de cette boite à sardine, où je suis étriqué !

Cette adorable petite coquille si fragile est désormais mon enveloppe charnelle qui m'accompagnera partout où j'irai. Liés l'un à l'autre, vaille que vaille ; parce que d'où je viens j'en avais nullement besoin. En revanche, dans ce nouvel univers qui m'attend, je vais me retrouver dépendant de ce nouveau compagnon. Résolument dépendant. Lui sans qui je ne serais rien, car je ne pourrais ni m'exprimer ni faire quoi que ce soit. Tout comme lui n'aurait aucun avenir sans moi.

Monde hostile où nous aurons à faire des choix. Cette vie que nous allons mener conjointement, c'est ce que l'on appelle plus communément « la vie symbiotique' ». Tiens ! Je découvre une expression nouvelle ! « VIVRE' » C'est assez particulier comme situation, et à deux ! Quel drôle d'idée tout de même. En vérité, cela a été mon choix avant d'atterrir en ce monde dans lequel je me suis invité en prenant possession de cette enveloppe faite de chair et de sang. Décision que nous avons tous pris un jour d'ailleurs. C'est une nouvelle vie incroyablement différente de celle que j'ai quittée qui m'ouvre ses portes. Vie qui va me mener vers un avenir en perpétuelle construction.

Je vais me glisser dans les méandres d'un environnement terriblement hostile, truffé d'obstacles et de pièges malgré ses apparences aguicheuses.

Évoluer au sein d'innombrables épreuves à consommer à toutes les sauces, heureuses ou malheureuses, parce que j'occupe à présent un corps, est mon destin. Et pour longtemps je pense. Ce fut mon choix. Une vie à deux, lui et moi sommes si diamétralement différents, mais tellement liés.

La symbiose est la vie réciproquement profitable de deux êtres différents. L'un et l'autre étaient poussière et retourneront poussière. Au sens figuré pour l'un et au sens propre pour l'autre. Il est devenu ma carapace, mon protecteur, mon hôte, ma maison, mon lieu de vie, bref ! Mon corps !

Dans quelques instants, je vais prendre mon envol, à l'image du frêle oisillon qu'une force invisible et irrésistible pousse à se jeter dans le vide, vers l'inconnu. Bravant le danger, il va quitter son petit nid douillet pour se jeter à l'assaut d'une vie nouvelle, inconnue, la peur au ventre. Le vide qui se présente à lui est autant vertigineux qu'affreux. Il ne sait pas voler, alors qu'un morceau de sa conscience lui dit que ces deux petits moignons ont une utilité, qu'ils vont changer sa vie.

Se tuer au premier saut ? C'est probable. Pense-t-il alors, mais l'instinct est plus fort. Plus fort que tout. Coûte que coûte, il doit y aller. Il ne sait pas à quoi servent ses deux battoirs emplumés plantés sur son dos, mais il les remue à volonté. Oui, c'est ça, leur faire confiance. Confiance et tout miser sur eux. Les dernières secondes s'égrènent, puis arrive l'ultime, la cruciale. Alors il saute, déploie ses ailes, s'envole maladroitement, pour s'éloigner vers une grande aventure. Pour combien de temps ? Ça ! Pour lui comme pour moi, nous ne possédons pas la réponse. À présent me voici dans la situation de cet oisillon poussé par une force invisible, un mouvement irrésistible. Éjecté comme une crotte je vais être. Un événement de taille me reste à réaliser, *« Mon Grand Saut »*.

Ne point me poser de questions, juste subir. De toute manière, au stade où j'en suis, tout retour m'est impossible. Partir ? D'accord ! Mais pour aller où ? *Non ! non ! non ! Je veux rester, c'est encore trop tôt, je ne suis pas prêt, je redoute l'inconnu*. Je me rends bien compte que toute lutte est veine, je ne contrôle absolument rien des éléments qui se déchainent autour de moi.

Je ne me sens pas bien, ch'uis écrabouillé de partout par un abominable rouleau compresseur. J'm'approche du précipice, je glisse. Tout va de plus en plus vite. J'vois pas mais je sens le vide dangereusement près. C'est quoi cette fraîcheur qui me saisit le crâne ? À présent, me voilà saucissonné dans ce goulet obscur. Ch'uis engoncé dans ce manchon chaud et visqueux, mais j'avance, c'est toujours ça de pris. Ne pas avoir peur, non ! Mon mal de tête est vertigineux. Déformée comme elle l'est, elle va ressembler à un suppositoire ; salut tête d'obus. Éééh... On m'arrache les esgourdes. Tiens ! C'est nouveau ces deux bidules de chaque côté, oooh......, qui me presse la trogne ?

Me v'là avec un nez de boxeur maintenant. Tiens ! Ça aussi c'est nouveau, drôle d'appendice. Plus de temps pour me poser des questions sur mon anatomie, mais bon sang que ça rabote, et fort, de tous les côtés. De cet événement tu seras bien la seule à en garder un souvenir car ça y est, j'arrive maman. Ça ne va pas être une mince affaire pour notre duo, car voici qu'arrive notre ultime baroude d'honneur. Comme je le disais plus haut, je vais aller prendre l'air frais ailleurs. C'est le cas de le dire parce que je vais bientôt prendre ma première inspiration, parce que ça aussi ce n'est pas rien dans la vie d'un être.

C'est notre instant privilégié, rien qu'à nous deux M'man, c'est celui de notre délivrance, l'instant de ma naissance. Tu m'as accueilli avec tout ton amour et ta tendresse durant neuf longs mois. Nous n'étions que nous deux, liés l'un à l'autre, de vrais inséparables. Toi pour moi et moi pour toi. Après avoir porté la vie dans ton ventre durant toute cette période, maintenant tu vas me la donner, à moi de prendre mon envol, ma première bouffée d'air, mon premier cri.

Tiens bon maman, j'arrive!

Nous étions poussière, donc, l'être immatériel pour l'un, c'est à dire« l'âme ». Et l'autre, pas encore conçu avant, « le corps ». Puis il est créé, alors nous en prenons possession. Liés de la sorte nous ne faisons plus qu'un. Arrive notre naissance, liberté qui nous mène à la vie, bonne ou mauvaise, heureuse ou malheureuse, calme ou mouvementée. Existence semée de tentations et de pièges, de désirs, d'illusions et d'embuches, c'est notre parcours constellé d'épreuves.

Puis arrivera cette fin de vie charnelle périssable, flamme qui décline, ultime lueur fragile, faible étincelle qui s'abandonne aux ténèbres. Arrive le dernier soupir, instant qui scelle définitivement la fin de l'un pour offrir la continuité de l'autre.

Événement appelé mochement « *la mort* ». Personnellement, je préfère le nommer « notre transfert ».

Nous retournons poussière, donc, toujours l'être immatériel pour l'un dès l'instant de la séparation d'avec notre corps, quittant ainsi l'univers visible. Abandonnant de ce fait nos biens en tous genres. Tout comme ce corps, lorsque nous franchissons le seuil de l'univers qui nous attend. Moment probable où nous comprenons pourquoi nous avions choisi de naître !

Ohlala, on est un peu chahuté dans tout ça. Il est heureux que chez nous les livres, voir le jour se passe en douceur. À la vitesse d'une plume, mais en quelques mois tout de même, et vous me voyez fort aise que les contractions soient et restent votre marque de fabrication. Rien qu'à la lecture de cette...mise bas ?!, j'ai bien cru en perdre une page tellement ça m'a me les a retournées. Je m'en suis fait un sang... d'encre, ah ah. Manquait plus que ça, je ris maintenant.

En revanche, la réflexion qui se dégage de ces quelques dernières lignes est loin d'être inintéressante, n'est-ce pas ? Être. Ne plus être...Ça mérite tout de même réflexion. Non ? Qui plus est, approfondie je pense. Ne croyez surtout pas qu'accoucher d'un(e) écrivain(ne) est une sinécure. Principalement chez nous les celluloses des temps anciens, que nous fûmes au 12ème, 15ème ou 17ème siècle, filigranés ou pas, avec ou sans vergeurs, etc.

Fragiles, nous endurions les pièces froides de bicoques sombres et humides, bénéficiant de peu de lumière naturelle pour nous réjouir. Que de bougies consommées pour nous éclairer, et puis les plumes...ah les plumes, beurk, elles nous grattaient méchamment, nous piquaient affreusement, nous éraflaient ou nous griffaient sans vergogne la face. A bien y réfléchir, nous ne sommes pas si différents que vous, parce que nous étions, sommes et seront toujours malmenés ! Bon, je vous invite à découvrir ci-après ce qui suit, parce qu'à mon avis, nombreux serez-vous à vous y reconnaître. Quels que furent vos enfances, vos jeunesses, vos déboires, vos vies quoi.

ꕤ DACLV ꕤ

Chapitre 4

ꕤ L'existence ꕤ

Lorsque l'on jette un regard sur notre vie passée, que ce soit par bribes, par tranches, ou bien par périodes plus ou moins longues, on se rappelle des bonnes comme des mauvaises. Les plus éprouvantes et les plus douloureuses laissent des traces indélébiles dont on aurait aimé ne jamais les conserver en mémoire. Ainsi va la vie, qu'il s'agisse, pour commencer, de...

Mon enfance

Elle fut assez insouciante dans l'ensemble. Pour ma part, il me revient à l'esprit mes hurlements, je beuglais devrais-je dire, lorsque je voyais entrer, puis s'approcher de moi cette jeune et grande infirmière, coiffée d'une magnifique crinière blonde déployée jusqu'au bas des reins, venue spécialement pour m'enfoncer dans la fesse cette longue aiguille. J'en ai encore le souvenir précis. Un matin, ce vilain dard disait bonjour à ma fesse gauche, et le lendemain c'était la fête de la droite. Une piqure par jour durant une semaine, ce qui pour moi représentait une éternité.

Je n'avais pas simplement peur de cette affreuse et flamboyante aiguille, elle me terrorisait tout simplement. Je détestais très fort cette jeune femme qui pour moi représentait le mal, la source de ma souffrance. Elle sonnait à notre porte tous les matins de bonne heure, je savais qu'elle se tenait derrière, prête à fondre sur moi. Rien qu'au son de cette sordide sonnette annonciatrice de mon malheur quotidien. Jambes à mon cou, je m'enfuyais dans ma chambre pleurant de tout mon saoul. Je devais avoir cinq ans.

J'ai également le souvenir de ma mère qui, fréquemment, se postait debout bien calée devant sa machine à laver le linge qui siégeait dans notre petite salle de bain. Appareil peu courant mais particulièrement moderne pour l'époque. Lorsque je ferme les yeux, je revois encore ma grand-mère paternelle, petite par la taille, avec son énorme bassine en métal galvanisé, afférée à la même corvée. Plantée au milieu de son jardin. Antoinette, ma mamie que j'aimais fort, entretenait régulièrement le foyer de bois et de charbon servant à faire bouillir l'eau de son énorme lessiveuse. Elle tournait tant et plus sa surdimensionnée cuillère de hêtre à l'intérieur pour touiller le linge jusqu'à ce qu'il en sorte propre. Quelle détestable servitude. Et son seau de cendres blanches, toujours posé à sa gauche, servait, si besoin était à faire blanchir les chemises. Chemises et bonnets de nuit de son époux ainsi que les draps blancs de lin.

Ainsi besognait durement ce petit bout de femme, courageuse, une fois par mois. Fréquence à laquelle elle se rendait aussi au fond du jardin pour battre le linge à genou dans le Gesne, celui qui ne bouillait pas. Exécutant cette besogne de forçat, grand-mère travaillait comme toutes les autres, sans que jamais ne sorte une plainte de sa bouche.

L'après-midi y passait. J'aimais bien l'accompagner, nous faisions la causette. Elle effectuait cette corvée éreintante qui réclamait une volonté de fer en plus d'être résignée. Mon grand-père, présent, ne levait pas le petit doigt car ces basses tâches étaient indignes d'un mâle, mais exclusivement réservées aux femmes. Soumises.

Beaucoup plus tard, lors de mon long séjour effectué chez papa, je le questionnais sur sa vie, sa jeunesse, et plus particulièrement sur son quotidien lorsqu'il était enfant, particulièrement les week-ends, lorsque son père rentrait au foyer, tard le soir.

Charpentier couvreur, il partait fréquemment à la semaine chez son employeur basé à Pérou dans l'Orne, près de Domfront. Trop heureux de me dévoiler des fragments de leur vie au foyer, papa m'avoua un soir que son père était de ceux qui, à table, faisaient claquer le couteau après qu'il eut terminé son repas, s'en se soucier de son entourage. Ce claquement sec, si particulier, sonnait la fin quasi immédiate du dîner – et non du *déjeuner* –. Comme du souper – et non du *dîner* –. Cette sommation valait tout autant pour son épouse qui vaquait au service entre le fourneau, son mari et les enfants, pour qui faire un repas complet signifiait de suivre le rythme de leur père. Et gare à celui qui se serait avisé de poursuivre deux secondes de plus son repas. En ce temps lointain, il ne fallait pas plaisanter avec les traditions, transmises de pères en fils, au devenir incertain. Us et coutumes destinés à disparaître, mais pour l'époque, tenaces dans bien des foyers.

Bien plus tard, papa qui travaillait en tant que peintre à la ville d'Alençon s'était vu attribué un appartement dans cette immense tour numéro 1 de 12 étages du Champs Perrier. Lieu qui, bien avant d'accueillir cette tour à la pointe de ce qui se faisait de mieux au début des années 60, a été pendant des décennies la décharge municipale à ciel ouvert de la cité des Ducs. Papa venait y jouer enfant. Ces appartements représentaient la modernité avec tout le confort possible. Eau courante avec surtout, l'eau chaude à volonté dans chaque logement, car tous étaient équipés d'un chauffe-eau.

Précédemment, mes parents qui louaient une bicoque deux pièces délabrée dans le bas de la rue du Gué de Gesne, juste avant le petit pont, n'avaient aucune de ces commodités. Ils n'avaient, en tout et pour tout, qu'un robinet d'eau froide. Mes grands-parents paternels habitaient rue du Gué de Gesne depuis très longtemps, dans une baraque hors d'âge du même acabit que celle que louaient mes parents. Aussi moche, aussi vétuste.

Tel était le quotidien des miens avant de rejoindre le confort. Autant vous dire que durant huit mois de l'année, la température intérieure du trou à rat qui leur servait de chambre, était réglée sur la température extérieure. Les fins d'années étaient bien froides, serrés comme des sardines sous les épais édredons.

Un jour, maman m'a raconté, qu'enfant, avec ses frères et ses sœurs, ils palliaient le froid extrême de l'hiver d'une manière plutôt singulière. Juste avant de rejoindre leur chambre, puis de s'emmitoufler sous une couette épaisse en plume d'Eider, tous sortaient devant leur maison. Uniquement vêtus de leurs sous-vêtements, nus pieds dans la neige, et tous s'en frictionnaient énergiquement. Les uns les autres, aidés aussi de leurs parents.

Ainsi fait, la fratrie rejoignait illico-presto les lits glacials dans lesquels, la chaleur de leurs corps faisait rapidement monter la température intérieure. C'était également le quotidien des parents de papa que d'avoir froid. Ils habitaient de l'autre côté du couloir commun aux deux habitations d'un temps moyenâgeux. Eux, ont vécu dans ces conditions durant plus de cinquante ans.

Ce que je vous décris est le strict souvenir de ce que mes parents me racontaient lorsqu'ils décidaient d'étancher ma soif de curiosité. Moi, je fus le plus chanceux dans l'histoire, parce que logé dans un hôtel trois étoiles à ce moment-là, le ventre de ma mère. Je suis né dans le bien être du champ Perrier. Les heureux élus de cet immeuble de confort gouttaient au plaisir que procurait le gaz à tous les étages. Vingt-quatre familles se régalaient de bénéficier du confortable chauffage central commun. Avoir chaud, enfin !

Le luxe s'invitait dans votre appartement lorsque vous y possédiez de véritables WC. Ces commodités vous plaçaient parmi les plus veinards. Dès lors, les jaloux se faisaient plus nombreux, plus envieux. Et oui messieurs dames, finie cette macabre cabane au fond du jardin qui me faisait si peur. Tomber dans le trou était ma hantise, tout comme de voir apparaître, de dehors, un œil qui me dévisagerait à travers la petite ouverture de la porte. Embrasure centrale taillée systématiquement en forme de losange ou de cœur.

Dans notre luxueux paquebot tout confort, notre plaisir était à son comble. Nous bénéficions du must "la salle de bain", équipée d'un évier moderne, et en céramique s'il vous plait. Nous nous régalions d'avoir un second robinet. Celui de l'eau chaude. Le lavabo était émaillé blanc, lisse et doux comme une peau d'un bébé, plus en granit, comme au Gué de Gesne, avec la sortie des eaux de cuisine qui se déversaient à même le rez de trottoir, parce que la pièce principale se trouvait sous le niveau de la chaussée. Dans les faits, nous avions plus précisément une petite salle de "Sabot", mais qu'importe, pour moi elle était grande et belle. Dans les années soixante, les vraies baignoires où l'on s'allongeait n'étaient réservées qu'aux gens riches.

Avant, pour la majorité des familles, les toilettes impudiques se résumaient à se tenir debout, les pieds au centre d'une grande bassine plate en aluminium. Toujours nus devant tout le monde, nous y passions chacun notre tour, à la queue leu leu. Nous étions aspergés au broc d'eau chaude. Celui qui trônait en permanence sur le vieux fourneau bois et charbon de la pièce principale. Ce bon vieux Godin fatigué, qui siégeait au coin de cette petite pièce depuis des décennies, tenait encore debout. Il représentait aussi le seul et unique mode de chauffage de ce misérable deux pièces loué à la ville d'Alençon.

Ce qui était génial, dans notre HLM, c'était le parquet. Un revêtement chaud, en chêne, presque partout ; il faisait bon y être pieds nus. En revanche, posséder "l*a machine automatique*" à laver le linge à charger par-dessus, si convoitée des ménagères, faisait des envieux. Voilà pourquoi je retrouvais logiquement ma mère accoudée confortablement sur le couvercle du lave-linge flambant neuf. Elle aimait lire ainsi son roman photo préféré, très populaire à l'époque, "Nous Deux". Terminées les sombres corvées à la bassine dans le jardin. Adieu les lessives dans le minuscule lavoir du Gué de Gesne, où à celui qui était bien plus fréquenté, celui du pont de Sarthe près de l'hôpital.

La cuisine ainsi que la salle de bain étaient revêtues d'un joli carrelage clair, on s'y voyait dedans. Adieu, le taudis de la rue du Gué de Gesne, près du pont, aux sols recouvert de tomettes froides, déformées et cassées. Ma mère passait la durée d'un cycle de lavage à lire, alors que moi je m'ennuyais, réclamant ardemment son attention. Je me vois encore derrière elle tirant à grands coups sur sa robe : *"Maman, maman, je veux jouer, viens..."* Je m'enquiquinais tellement seul avec elle, pendant que mon frère et ma sœur étaient à l'école de Montsort. Lui à celle des jeunes garçons, elle juste à côté, mais à celle des jeunes filles. Pas encore mixtes, les écoles à cette époque.

Tandis que moi, pour seule distraction, j'avais à mon service une petite toupie en ferraille fichée sur un petit socle rond et plat. Je la faisais tourner en appuyant, par pressions verticales, sur un bouton en bois, lui-même prolongé d'une fine tige métallique torsadée qui rentrait dans ce qui ressemblait à un ovni. Elle tournoyait ainsi d'un pas de valse rapide entrainant un canard et une oie sur sa face supérieure. À ce jouet s'ajoutait un petit train pour bébé, complètement inintéressant qui s'élançait sur ses rails après avoir tourné la clé du remontoir.

Pendant ce temps, maman, hypnotisée par la lecture de son "Nous Deux" ne se préoccupait pas de moi. Contrarié, je me morfondais. Sa tournée de linge terminée, j'allais la secouer sur son lit, là où elle poursuivait inéluctablement la lecture de son roman photo. Après ces interminables moments de lassitude, je finissais à coup sûr en larmes avec en prime, pour seul lot de consolation, une grosse remontrance souvent accompagnée d'une bonne claque aux fesses.

DACLV

Puis un jour arrive le temps de la préadolescence

Nous voici donc arrivés à la campagne. Je tiens entre mes mains un énorme pot à cornichons d'un litre ou deux. Maman venait d'en préparer plusieurs bocaux. Un jeudi matin, jour de repos, le mercredi ayant été instauré qu'en septembre 72, je descends à la cave pour l'y entreposer avec d'autres dans le garde-manger. Au sous-sol. Le bocal est bien trop gros et bien trop lourd pour mes petits doigts. Sans cesse je me rabâche ces mots *« ne pas le lâcher, ne pas le lâcher »*. Pour pénétrer dans la pièce qui nous servait de réserve à nourriture, il me fallait enjamber une planche haute d'à peine trente centimètres.

La veille, je l'avais placée en travers de ce seuil de porte pour marquer la limite devant laquelle je me positionnais pour jouer. Dans cette réserve, j'avais disposé six quilles, deux mètres plus loin. Je voulais jouer au chamboule-tout, comme celui qui m'avait fait rêver lors de la dernière kermesse du village. À Hesloup. Posté derrière cette limite, je lançais mes boules plastiques dans le tas. Par fainéantise, la veille au soir, je n'avais pas pris le temps de retirer ce morceau de planche de coffrage. Idée saugrenue, car grand mal m'en a pris. Pour entrer je l'enjambe, mon pied droit passe correctement, mes yeux sont rivés sur mon volumineux pot que je tiens fermement. Ne surtout pas le lâcher.

C'est au tour du pied gauche de franchir cet obstacle un peu trop haut pour mes courtes jambes. Et qu'est-ce qui se passe dans la tête de ce ballot de pied ? Il crochète le dessus de la planche, et là ! C'est la cata. L'ayant trop bien fixée la veille à l'aide de plusieurs pointes au chambranle de la porte, je vous laisse deviner la suite. Pris dans le mouvement, mon corps est déséquilibré, attiré irrésistiblement vers l'avant. La loi de Newton s'applique alors, pas besoin de faire un dessin.

Cette maudite planche trop bien cloutée entraina ma chute, mon malheur. Pour me recevoir au sol, j'écarte les bras, erreur grave, parce que je lâche alors le pot de cornichons. Dans l'élan, il s'écrase juste devant moi. À l'impact, il se brise en mille morceaux, mais la malchance ne me quitte pas. Le fond en verre épais résiste au choc. Il ne reste de mon récipient que ce culot cylindrique intact qui exhibe une magnifique pointe effilée dardant fièrement sa fine lame tranchante et pointue. Elle me nargue du haut de ses vingt-cinq centimètres. Une fraction de seconde suffit à me faire comprendre que je vais m'empaler dessus. Déséquilibré, je tombe en vrille. Par reflexe je m'incline sur le côté droit, quelle chance. J'évite ainsi de justesse de m'empaler dessus. Dans le mouvement, j'ai instinctivement sacrifié ma main gauche afin de me protéger. Tout est allé si vite. Bien trop vite. Lorsque j'y pense, je ressens encore cette sensation de brulure écœurante que m'inflige cette lame de rasoir à double tranchant, au moment même où elle pénètre le creux de ma main. Sans états d'âme. Cette infâme lame s'enfonce avec délectation dans ma paume.

Elle ouvre aussi sec mes chairs qui n'offrent aucune résistance. C'est effrayé que je vois la pointe de cette fière dague assassine montrer le bout de son nez, juste sous la peau du dessus de ma main. Çà ! C'est la conséquence la plus simple et la plus rapide de cette regrettable chute. L'action est allée à la vitesse de l'éclair, si vite que je n'ai pas eu le temps de comprendre, et encore moins de réaliser la situation.

À cet instant précis, je n'ai pas encore ressenti toute la douleur correspondant à la gravité de l'incident. En revanche, horrifié de ce qui s'offrait à ma vue, je couinais déjà comme un porcelet effrayé. Et pourtant, le plus difficile restait à venir. Aussitôt j'ai tenté de lever ma main pour vite la libérer de cette affreuse pointe tranchante, mais elle restait fichée dessus. Je vis le socle de verre suivre sensiblement le mouvement. Mes hurlements mutèrent en pleurs affolés de bébé. J'eus une pensée pour ma sœur allongée sur son lit. Dans sa chambre à l'étage. Installée confortablement, elle lit un Salut les Copains acheté la veille par maman. Elle ne se doute de rien et n'entendra que trop tard mes plaintes teintées d'effroi.

C'est précisément là que j'ai pris pleinement conscience de ce qui venait de se produire, et surtout de ce qu'il me restait à faire. J'ai pris mon courage à deux mains (*tiens, c'est marrant ça*) pour pouvoir arracher, si je puis dire, ma main ensanglantée afin de la libérer de ce satané morceau de verre. Ma frayeur touchait à son comble. Fréquemment, le verre brisé officie comme un hameçon planté dans un doigt, et par conséquent est plus difficile à extraire. Le mal enfle à la vitesse d'un champignon atomique. Je hurlais ma douleur, probablement amplifiée par ma peur qui croissait de concert. C'était la panique à bord, terrorisé, et ce sera pire après avoir retiré ma petite main meurtrie.

Effectivement, ce fut pire lorsque je découvris cette large entaille béante me narguer. Horreur, le sang se mit à gicler fort. Je me suis relevé à la vitesse d'un clown dans une boite à surprise. J'ai quitté cet endroit maudit pour prendre la direction ''sortie de sous-sol''. La porte du garage était grande ouverte. Gesticulant comme un demeuré, je répandais mon sang partout ; ce que découvrit plus tard ma sœur affolée. Il y en avait du sol aux murs, Yaya pu suivre facilement ma trace jusqu'à la route.

Un frisson parcourt toujours mon corps lorsque je me remémore ces instants pénibles. C'est gorge déployée et mine effrayée que je pris mes jambes à mon coup pour détaler comme un forcené. Sorti du garage, j'ai contourné le pavillon par la gauche, hurlant un *''au secours''* à répétition, comme le fait un goret attaché au sol avant d'être assommé puis égorgé, pour me lancer à l'assaut du bourg d'Hesloup.

Enfant, j'ai pu assister à cette scène de mise à mort à plusieurs reprises, elle se déroulait dans la cour de la ferme à l'entrée du bourg, à droite. Je crois que je n'ai jamais couru aussi vite de ma vie. Juste après avoir dépassé l'école communale, j'ai vu la première maison poindre à droite. La fenêtre de la cuisine, sous le niveau du trottoir, était grande ouverte. De suite j'ai reconnu la dame présente dans cette pièce, c'était la maman de Françoise, ma bonne amie d'école. Là, sans crier gare, et contenant mes larmes, j'ai sauté à travers l'ouverture pour lui montrer ma main ensanglantée.

Je n'ai rien trouvé d'autres à lui dire que : *"je vais mourir, je vais mourir"*. Le trouillomètre à zéro, je tremblais comme une feuille et redoublais de pleurs, comme une madeleine. Cette gentille dame a colmaté la plaie à l'aide d'un linge propre qui stoppa l'écoulement, m'amena au bar tabac épicerie du village et prit congé. Illico-presto, le patron de ce petit commerce prenait la mesure de la situation. Il m'a installé délicatement dans sa vieille caisse, puis amené à l'hôpital.

Trois bonnes heures d'attente plus tard, allongé sur un brancard, seul, dans une pièce infâme, deux infirmières pointèrent le bout de leur nez. L'une d'elles, vieille rombière coincée, probablement levée du pied gauche, m'ouvrit sans ménagement et sèchement la main. Main engourdie de ces longues heures d'attente afin d'établir un diagnostic détaillé. La plus gentille des deux lancera à Mal-aimable, *"c'est un miracle, vu la largeur et la profondeur de l'entaille, pas un nerf touché, pas un tendon sectionné, même pas un os entamé"*. C'était à ni rien comprendre, et tant mieux pour moi. C'est donc l'abominable Pète-sec qui nettoiera ma plaie. La vache… elle l'a fait à la vas-y que j'te pousse la bougresse. Et par-dessus le marché, avec un angle de gant de toilette mouillé à l'eau claire. Ah la peau de vache, elle trifouillait dans ce trou béant sans ménagement pour enlever le sang coagulé. Avec délectation. De mon côté, je beuglais à en perdre haleine. *"Méchante femme"*, pensais-je. Dans la foulée elle noya d'alcool à 90° le large sillon devenu rose comme les fesses d'un bébé. J'ai crié de toutes mes forces à en perdre la voix ; c'est qu'elle devait y prendre plaisir cette vieille peau de hareng.

Je fus recousu immédiatement. J'eus droit à quatre points de suture, et sans anesthésie par-dessus le marché. Deux personnes pour me tenir le bras, deux autres pour le corps, plus la couturière. Et toujours la vieille bique pour surveiller les opérations. Toutes furent habillées pour le restant de l'année. J'avoue les avoir copieusement arrosées des plus beaux gros mots de mon répertoire. En guise de cadeau de départ, une autre m'offrit une piqure antitétanique, seulement voilà, j'étais devenu un homme, et un homme ça ne pleure plus.

DACLV

S'en suit le temps de notre adolescence

Lors de cette période, je découvrais les sempiternelles joies du cœur autant que les peines qu'elles procuraient. Joies qui s'envolaient bien vite pour laisser place à l'abattement cruel, celles au goût amer. Elles étaient trop souvent à l'honneur chez moi. Qu'ils ont été chanceux, ceux et celles qui n'ont pratiquement connu que leurs époux et épouses. Ô mon Dieu, que l'amour est bon, alors pourquoi faut-il qu'il soit également si douloureux. Le plaisir d'aimer ne durait pas bien longtemps à côté de ces ruptures sentimentales si déchirantes.

Les premiers amours sont connus pour être toujours trop forts, trop exacerbés et à chaque fois, le nouveau sera le bon, sera du sérieux, pour longtemps. S'il devait exister une échelle de la douleur pour l'amour, je l'appellerai, sa graduation irait de 1 à 12, et j'y collerais une bande d'arrêt d'urgence. Je dois avouer que dans mes déboires je naviguais toujours au plus haut, 10 – 12. Toujours trop amoureux mais toujours abandonné sur la bande d'arrêt d'urgence, ce qui rendait mes dégringolades encore plus vertigineuses. Pas de bol, n'est-ce pas ? À cet âge-là, même à la campagne les jeunes filles consommaient puis jetaient plus facilement les garçons amoureux d'elles que leurs nouveaux chewing-gums Hollywood, ceux aux fruits de la passion qu'elles mâchouillaient.

J'ai découvert probablement trop tôt toutes ces nouvelles émotions puissantes, toutes accompagnées de leurs lots de désillusions qui empoisonnaient trop régulièrement mon existence. Mes chutes avaient alors le même goût acide et déchirant que ce dard planté dans le creux de ma main, seulement cette fois-ci, c'était le cœur qui en était la cible et là ! Et là...ça faisait beaucoup plus mal. Extrêmement mal même, car rien n'est comparable à ce nouvel odieux et douloureux sentiment. Le déchirement qu'il procure est aussi amer que le fiel, profond comme un gouffre.

La lancinante douleur infligée est déchirante. Après chaque écueil, j'avais le sentiment que le monde s'écroulait autour de moi. Je me sentais tellement seul, comparable à un naufragé abandonné sur une ile déserte avec pour seuls amis « Le gars *Désarroi* et la fille *Solitude* ». J'avais envie de me perdre six pieds sous terre. Se sentir seul au monde est autant épuisant que déstabilisant. À tort on imagine que nul être au monde ne serait en capacité de nous comprendre. Il était évident qu'à part moi, qui aurait pu connaître ce profond mal être ? Personne bien sûr ! Alors ma vie était une chambre noire noyée dans une peine inconsolable. Décidément, le chagrin ne connaît ni règles ni limites. Malheureux comme la pierre, il m'était impossible de me confier, surtout pas à ma mère, et encore moins à mon frère ainé. Il se serait fait un plaisir de me trahir immédiatement auprès de maman. Quant à ma sœur, je n'en parle même pas, j'aurais eu la honte de ma vie de lui déballer ces sentiments nouveaux porteurs de tant de plaisirs au début, mais qui faisaient si affreusement mal à la fin. J'aurai été mort de honte si elle s'était moquée de moi.

Ce qu'elle n'aurait pas manqué de faire, et puis de toute façon elle aurait fini par lâcher le morceau un peu plus tard. À cette époque un garçon ne se confiait pas, il ne parlait pas de ses peines de cœur à sa grande sœur. De toute façon la loi du silence n'existait pas entre nous trois. Tôt ou tard la sentence aurait été prononcée, puis exécutée. Elle aurait eu un goût détestable. *Maman il faut que je te dise.... et bien Stéphane ci, Stéphane ça....et Patati et patata*....L'histoire aurait été dévoilée au clan familial. À la maison, aucun de nous ne gardait bien longtemps sa langue dans sa poche. Oh la honte...

Tout comme celle d'avoir un millier de pin's sur la tronche vous faisant ressembler à une calculette. Des gros, des tout violacés, des petits bien rouges et fermes, les magnifiques dodus tout blancs que si t'y touches, t'arroses ta voisine de devant. Des bitards en veux-tu en voilà à ne plus savoir qu'en faire. Je criais ma rage en silence durant ces deux années passées à Victor Lépine, à Caen. Cet âge est une période propice pour conter fleurette auprès de la gente féminine, ah la vache, j'en étais criblé. Un élevage n'eut pas donné mieux, comme à l'image de Patrick P, mon pote de classe encore mieux garni que moi. Il avait la dose, lui. Par contre, Jean Christophe L, le beau gosse de la bande, pas un seul, le veinard. Peau lisse comme un derrière de babouin. Je n'ai jamais cédé à la fameuse frange qui masque le front ravagé, aux Coteaux tellement accidentés, tapissés de bourgeons boutonneux et accompagnés de magnifiques points noirs. Bien gros, bien gras, au point qu'il ne ressemble plus à grand-chose. Colline à la peau si blanche de ne pas avoir vu le soleil depuis des lustres, parce que recouverte d'un épais rideau de broussailles.

Le corps se transforme, vous dit-on pour faire passer la pilule. Tu parles ! Moi j'm'en moque, parce que c'est ma bobine qui s'transforme, alors zut. J'veux plus avoir tous ces gros bitards blancs sur la tronche. Bitards si gras qu'ils vont péter à la première pression de mes doigts purificateurs pour déverser leur jus onctueux. Ce pus blanchâtre et répugnant qui suinte sur les ongles et pas sur la vitre des toilettes du lycée. Et dire que certains privilégiés échappent à cette période qui vous gratifie copieusement de ces instants de divines tortures mentales et physiques, parce que même si vous étiez mignons avant, l'instant d'après vous deveniez pustuleux, et moches. Tellement repoussants que beaucoup préféraient vous embrasser de loin, des fois que ça leur aurait pété au visage. De ce côté-là, dame nature me gâta bien au-delà de mes espérances.

DACLV

ᘓ Temps prolongé par notre vie d'adulte

Vie faite de toutes nos bonnes actions, de nos erreurs et déconvenues. De nos bons et mauvais moments, de nos peines comme de nos joies. En retirons nous tout l'enseignement nécessaire ? C'est peu probable et bien dommage. Mais il nous faut pourtant bien avancer positivement dans la construction que nous en faisons. Il n'est donc pas aisé d'éviter les pièges tendus, parce que le mal s'infiltre insidieusement, sournoisement, partout. Jusqu'au moindre petit interstice laissé disponible. Aucun domaine n'est épargné, ainsi est l'équilibre entre le bien et le mal, le Ying et le yang. Que l'on soit instruit ou pas, nous sommes tous susceptibles, à un moment donné de notre vie, de céder au chant des sirènes ; même si l'on a la certitude que notre action réalisée profitera au bien du plus grand nombre, alors que le résultat en sera tout l'opposé.

Les pièges du mal sont à tous les coins de rues, devant chacun de nos pas, voilà pourquoi nous devons être continuellement vigilants. À chaque instant de notre vie il nous faut rester attentifs à tout ce qui s'offre à nous. Alors le souvenir que nous conservons en mémoire de cette vie passée reste relativement bien présent. Le ressenti qu'il nous en reste est, assez souvent, grandement amoindri. Nous pensons à juste titre que tout va bien, ou à peu près. Les jours passent, les mois s'écoulent, nous voyons les années qui défilent gentiment, paisiblement, tranquillement pourrai-je dire.

Regarder ne serait-ce qu'une décennie écoulée, que nous en reste-t-il ? Peu de souvenirs avec probablement le sentiment qu'elle a filé à la vitesse d'un claquement de doigts, d'un TGV qui passe devant nous lancé à pleine vitesse. C'est comme cela que nos vies s'écrivent. Sur ce point nous sommes pratiquement tous dans le même wagon. Quelles douces sensations ressentons-nous lorsque nous avons cette petite grâce de vivre pleinement et sereinement les actes de notre quotidien, lorsque tous ces moments de notre vie se déroulent à souhait, sans soucis. Exactement comme nous l'entendons !

Qu'il est bon de ne pas sentir ces petits grains de sable croustiller sous nos pieds. Ceux qui font en sorte de nous contrarier, de nous inquiéter, de nous angoisser, puis de nous empêcher d'avancer correctement dans la construction de notre parcours de vie. Qu'il est agréable de se laisser aller par ce bien être qui nous porte chaque jours ou presque de notre existence. Dès lors, les petits tracas qui se présentent à nous, de temps en temps, deviennent naturellement et quasiment anodins, sans importance réelle. Pourquoi s'en soucier ? Ils seront assez vite oubliés. À ce moment-là, n'avons-nous pas ce doux sentiment de les avoir résolus aisément ?

Résolus d'une facilité qui pourrait paraitre presque insolente ? Oui ! Bien entendu. Il en deviendrait presque impensable d'imaginer un instant qu'un jour ces soucis pourraient venir nous enquiquiner. Qu'ils nous affecteraient un peu plus chaque jour, nous embarrasser fortement, et pourquoi pas, nous pourrir complètement la vie. Prenons-nous véritablement le temps, comme nous le devrions, de savourer à leurs justes valeurs ces bons ou délicieux instants qui nous sont offerts et donnés de vivre ? En avons-nous pleinement conscience ? Probablement que non ! Ou tout du moins, pas tout le temps.

Ne les consommons-nous pas avec cette impressionnante et déconcertante légèreté qui nous est propre ? J'en suis sincèrement persuadé, mais ainsi va la vie. Ainsi va cette vie si précieuse qui nous est offerte, qu'elle soit bonne ou compliquée. Quel que soit l'endroit de la planète sur lequel nous prenons place, nous avons tous un chemin à réaliser. Ce parcours doit nous permettre d'avancer vers notre destinée, parce qu'il est précisément celui qui doit nous permettre de réfléchir sur le pourquoi de notre présence ici-bas. Ensuite, il nous appartient d'y apporter les moyens nécessaires pour la rendre meilleure et profitable. Et qu'elle le soit à la fois pour les autres. Si possible. Malheureusement, la majorité d'entre nous perd de vue cette étape cruciale, surtout que c'est d'elle que dépendra la suite du cheminement de chacun d'entre nous au-delà de cette vie terrestre. Celle qui est presque tout le temps zappée ici, mais qui nous attend, ailleurs. Ça, c'est le plus important, mais encore faut-il en avoir conscience. Pour la plupart d'entre nous, tout ne se passe pas toujours comme nous le souhaiterions.

Long est notre chemin de vie avec ses étapes semées d'épreuves qu'il nous faut surmonter au quotidien, une à une, et tant d'autres à venir. L'être humain à cette capacité incroyable d'avancer, coûte que coûte, tout en résolvant ses problèmes. Pour ce faire, nous avons nécessairement besoin de nous accrocher à l'idée qu'il y a de belles et bonnes périodes qu'il nous reste encore à échafauder, puis à consommer. De belles tranches de vie à recevoir, mais aussi, et surtout, à offrir.

Ce sont ces quelques bons moments que nous vivons ici et là, seuls, avec des amis ou bien encore avec notre cercle familial, qui font que nous aimons notre vie et la vie en général. Nous nous devons de l'aimer, d'en prendre soin. De la chérir le plus possible. Nous ne devons pas gaspiller cette précieuse opportunité d'être sur terre.

Cette existence, nous l'avons choisie avant d'atterrir dans ce monde où rien n'est simple, mais sa valeur se trouve dans le fait qu'elle nous a été accordée. Cette présence est un bien authentique, une occasion unique que nous avons saisie. Elle représente *le cadeau inestimable*, à nous de savoir la valoriser chaque jour qui nous est permis de voir ; en ce parcours se trouvent les clés de notre futur. N'avez-vous jamais remarqué que nous ne vivons que le présent. Le passé n'est qu'un souvenir, une vapeur transparente, quant au futur, il n'est qu'une supposition. Chaque individu doit essayer de faire tout son possible pour respecter sa vie. Alors rendons la acceptable, belle, savourons la, et si cela est possible, sublimons la ! Mais il y a mieux encore, faire en sorte qu'elle soit également "*profitable aux autres*". C'est en ces vastes potentiels d'actions qu'elle offre, qu'elle nous est aussi précieuse qu'irremplaçable.

Il ne faut pas vivre seulement pour soi-même égoïstement, c'est trop facile ça. Par contre, le meilleur objectif serait également de vivre en même temps pour les autres, dans l'intérêt du plus grand nombre. C'est principalement pour cette raison qu'il est primordial de modifier notre regard et notre perception que nous avons de nos semblables. Il ne faut pas penser que pour soit, ni agir individuellement, ce qui est tellement plus simple à faire, mais nous devons, tous autant que nous sommes, agir pour *la* grande communauté que nous formons.

Malheureusement, c'est bien là que le bât blesse, car la plupart d'entre nous, en faisant tout le contraire, ne s'apercevra jamais de cette chance qui nous a été donnée d'évoluer en s'exprimant ici-bas. Parce qu'en se limitant à ne regarder que le bout de nos souliers, les individus que nous sommes ne s'ouvriront jamais suffisamment au monde extérieur.

Tout un chacun se limitera les possibilités de chercher au-delà ce qu'il ne veut pas voir, ou ce qu'il n'est plus en capacité de voir. Parce que c'est bien dans cet au-delà qu'il nous faut porter notre regard. C'est lui notre futur. Celui qui ne voit qu'avec ses yeux, est, et restera aveugle, s'enfermant dans une existence réduite aux espoirs limités.

Voilà pourquoi Il faut ouvrir son esprit, tout comme son regard, sur le sens véritable de la vie à mener ici. Faire l'effort de s'ouvrir aux autres n'est pas chose facile, tout comme d'apporter à celui qui en a besoin, des actes positifs et concrets. À cela, il faut s'attacher. Ne rien attendre en échange de nos actes est la plus parfaite attitude à adopter. Je comprends aisément que ce style de vie soit difficile à mettre en œuvre, parce que concilier avec des personnes de notre entourage, n'est pas toujours simple. Alors imaginez un peu, ceux pour qui nous n'avons pas d'affinités, ou que nous n'apprécions que moyennement ; cela devient encore bien plus compliqué.

Et puis n'oublions pas les communautés d'autres régions du monde. Populations toujours plus nombreuses, qui pour beaucoup, ignorent trop fréquemment nos règles de vie. Celles qui refusent nos façons de penser, nos usages et coutumes, notre histoire, en essayant d'imposer les leurs avec intransigeance. Si c'est à nous que revient la tâche de construire une entente harmonieuse, acceptons la et faisons le nécessaire, mais tous ensemble, sinon, c'est l'échec assuré.

Coucou, me revoilou. On s'fait un p'tit brin d'causette ? S'cusez moi, mais j'me frottais quelques pages, histoire d'm'entret'nir. Chez vous, ça s'dit, s'gratter l'dos. C'est tout d'même cool, ç'langage courant, on's'bile pas quand on cause hein ? Mais bon, j'pense qu'y'a mieux qu'ça pour s'comprendre. Bon r'venons à nos moutons et c'qui s'fait d'mieux. Le langage soutenu. Autrement dit, le langage écrit.

Alors..., n'avais-je pas raison ? Quelle qu'ait été votre enfance, moins heureuse ou plus heureuse que la sienne avec votre propre chemin de vie chahuté par des cycles de peur, d'effroi, d'ennuis, de frustrations, de servitudes, de lassitudes, de bonheur, de richesses ou bien encore d'une pauvreté telle que vous considérez la neige comme une merveilleuse buche de bois aussi ardente que chaleureuse, vous sentiriez-vous plus diminué (ées) ou plus malheureux (ses) aujourd'hui ?

Il se peut que non. Et bien malgré toutes vos infortunes, savourez votre viager avec humilité, désintéressement et dévouement. Même si votre ligne de vie a été perturbée par le manque de tout, par l'absence de confort, le résultat final n'est pas si terrible que ça. Parce qu'il y a toujours pire que soit. À travers ses yeux et son langage du cœur, l'enfant s'arrange de tout. Ou presque. Il n'est pas gourmand comme peuvent l'être les plus grands. Et peut lui importe, tant qu'il est aux côtés de ceux qu'il aime.

L'enfant n'est pas un performeur du toujours mieux et beaucoup plus, il sait rester sobre. Seul l'amour des siens compte, dussent-ils parfois être mauvais. Alors les petits moments de bonheur qu'il traverse suffisent à passer à la trappe tout ce qui ne lui a pas été bon.

Quant à une majorité d'adultes si impatients d'accéder à mieux pour satisfaire leurs envies, ils bousculeront les mœurs et les codes de bonnes conduites établis. Comme tout à chacun, vous avez probablement vécu des blessures dont les cicatrices laissent encore apparaître les traces du passé. Sans doute faut-il conserver en mémoire certaines épreuves afin d'éviter de les reproduire. Marques indélébiles qui ne se referment jamais complètement, mais qui laissent à la longue pénétrer en elles les volutes du repos. Repos qui apaise les tensions de l'esprit et du corps. Puis s'invitent calme et apaisement.

S'ouvre alors une route par laquelle arrive l'embellie qui repousse puis efface la tempête. Accalmie bienheureuse qui vous mène sur le chemin d'une convalescence intérieure, jusqu'à la paix, jusqu'au repos de l'âme. Je présume que vous avez remarqué que plus vous avancez dans l'âge, plus la peine est exponentielle au mal qui finit par se diluer au gré du temps. Peine admise, puis digérée, se transformant à la longue en une acceptation de ce qui devient presque inévitable, la sérénité.

Dès lors, un petit brin de chaleur accompagné d'un morceau de bonheur, suffiront à vous ramener illico sur la voie du sourire, sur le chemin du bien-être pour vous ouvrir les portes de l'apaisement puis vous ramèneront sur la route du bonheur, l'inéluctable !

Cela vaut aussi avec ce qu'il y a de pire, d'autant plus, lorsque les faits datent de plusieurs siècles ou encore que des atrocités accomplies se déroulent sur d'autres terres, en d'autres lieux, et pourquoi pas en ce moment.

Vous êtes peinés de ces horreurs, mais elles se passent ailleurs. Vous savez qu'elles existent, mais bon ! Autant passer le sujet. Pensez-vous qu'il y a un message non exprimé à cette propension qu'a l'humanité de se comporter de la sorte depuis des milliers d'années ?

Moi, le livre, celui qui autant que possible a le désir d'être neutre, j'en arrive à penser que oui ! Probablement vous faut-il agir, à votre mesure et selon vos moyens, pour le bien de vos semblables. Car c'est l'affaire de chacun, c'est l'affaire de tous.

Bon ! Je m'éclipse et vous laisse à votre lecture. Moi, j'ai comme qui dirait, déjà ma petite idée de ce qui vous attend. Mais vous ! Vous allez découvrir cette suite...qui risque de devenir quelque peu croustillante.

À tout à l'heure.

Chapitre 5

ꕥ Le monde ꕥ

Quel que soit l'endroit de la planète sur lequel nous prenons place : Nord, Sud, Est, Ouest, Arctique, Antarctique, Occident, Asie, Orient, Afrique. Canada, Amérique du Nord, du Sud, y compris toutes les Iles habitées, il n'existe qu'une seule race. La race humaine, partageant le même code génétique. Nous possédons le même corps. Certes, avec diverses apparences extérieures, mais également tellement de différences dans les modes de vies et caractères.

Par le passé, nombreux étaient les peuples au sein desquels la femme tenait une place importante, respectable, ou bien ordinaire. Chez certains, elle n'était reléguée qu'au service de l'homme et pour assouvir ses vils besoins, avec pour mission principale d'enfanter, sans droit de parole. Femme dont la vie était bien moins importante qu'un lopin de terre, qu'un cochon, qu'une vache, qu'un chameau, parfois seule la dote remise au mari comptait. Un peuple pouvait aussi bien maitriser à la perfection, l'astrologie, la position des planètes et des étoiles dans le ciel ainsi que leurs différents cycles de déplacements dans notre univers, que la mise en place d'un calendrier précis, pour être à la fois de bons barbares sanguinaires aux savantes tortures.

Lors de mauvaises récoltes, étaient pratiqués des sacrifices humains. Offrandes primordiales faites à des dieux supposés apporter l'équilibre au sein de leur communauté. Mode de vie adopté par les grandes civilisations d'Amérique du sud à travers les civilisations Mayas, Zapotèques, Incas, Aztèques, etc. L'Amérique de Nord était assez fortement peuplée. De nombreuses tribus Amérindiennes y résidaient. Tous vivaient en parfaite harmonie au cœur de leur environnement, à l'images des Hurons, Iroquois, Cherokees, Apaches, Cheyennes, Navajos, et Comanches, pour ne citer que les plus connus, sur les deux cent cinquante et quelques existantes.

Ces ethnies adoptaient envers leur mère nature le plus grand respect. Ces peuples nomades appliquaient une vie communautaire basée sur le respect. Leurs règles de vie étaient scrupuleusement respectées, douces, harmonieuses. Chacun des membres respectait la hiérarchie établie du groupe, mais les rivalités conflictuelles entre tribus les menaient au combat régulièrement. Soit pour prélever une femme ou deux à leurs opposants dans le but d'apporter un sang nouveau à leur communauté, soit pour se disputer un secteur de cueillette ou de chasse.

Il y avait l'Afrique dont les peuples n'avaient que très peu évolués si l'on doit les comparer, à la même période, avec d'autres nations. Peuples qui savaient mieux que quiconque vivre en parfaite harmonie avec leur environnement. Ils savaient exploiter correctement tous les bienfaits que leur offrait la nature. Nombreux étaient ceux qui possédaient la connaissance des plantes et guérissaient les leurs des rares maladies ou infections qu'ils pouvaient contracter. De ce que leur apportait la nature, ils savaient ne prélever que le stricte nécessaire en nourriture, protégeant ainsi le cycle de la chaine alimentaire, celui de la reproduction du monde animal, comme de la régénération de leur environnement végétal. Respect maximal de la nature, de son équilibre, et malgré tout, ces Ethnies pouvaient s'entre tuer sauvagement et se voler une femme ou deux à la première occasion. Pour une raison déjà citée. Certains mangeaient même de la chair humaine dans le seul but de s'approprier la force de leurs ennemis tombés lors des affrontements.

L'Orient, le proche Orient et le moyen Orient avec ses conditions de vies extrêmes, difficiles, par des chaleurs ou la moiteur suffocantes selon les régions, 40 ou 50 degrés en journée pour afficher des moins cinq, moins dix degrés la nuit, abritaient des peuples barbares et sanguinaires à l'extrême. Eux aussi connaissaient les frictions. Une tribu l'emportait sur l'autre, et tous les mâles étaient systématiquement égorgés devant les femmes.

La lame d'un couteau tranchant avaient bien plus de valeur aux yeux d'un homme que la vie de la gente féminine. Certains de ces peuples possédaient, non seulement une grande connaissance du calcul, mais également une maîtrise approfondie de l'astrologie. Toute ces immenses régions, allant de la Turquie en passant par le Turkménistan, l'Afghanistan, le Pakistan, l'Inde la Chine et plus au nord la Russie qui, pendant des siècles, n'ont connu que d'horribles chefs barbares assoiffés de sang.

Ces puissants chefs ne cherchaient qu'à étendre leurs territoires en ne connaissant et ne répandant que la violence, ne pratiquant que pillages et viols de masse, massacrant systématiquement les autochtones sur leur passage en ne laissant derrière eux que terres brulées et désolation. Il était tellement plus simple d'assoir son pouvoir par la force plutôt que d'essayer de comprendre et d'accepter les différences qui les opposaient. Chez ces protagonistes nous trouvons les doux, les bons, les gentils, les belliqueux, les violents, les lâches, les traitres, les sournois et les vicieux. Aujourd'hui certains ont laissés derrière eux ces modes de vies agressifs sanguinaires et barbares qui resurgissent lors de conflits. N'oublions pas non plus les dictatures qui sont encore légion. Que c'est triste ! Ces façons d'être étaient plus répandues par le passé, mais chez certains, les mauvaises habitudes subsistent et restent tenaces de nos jours.

Jugements de pacotille, rapides et expéditifs, partiaux, voire inexistants. Les goulags et autres camps du même genre perdurent un peu partout sur le globe. Les tortures, toujours actives, restent tenaces et présentes en ce monde. La pratique de l'amputation pour punir le vol, ou autres raisons, est régulièrement exécutée. Au vingt et unième siècle, les décapitations au sabre avec les meilleurs bourreaux du monde, sont régulières. Mais au nom des règles de bien séance du sacro-saint commerce mondial et de bien d'autres raisons qui nous dépassent, nos dirigeants, athées pour beaucoup, croyants pour quelque uns, ou mangeant à tous les râteliers pour d'autres, ferment les yeux sur toutes ces exactions innommables et malsaines.

Partout dans ce monde, ils se sont laissé pervertir puis, emprisonnés dans un système dont ils ne peuvent plus se sortir sous peine de probables ou d'hypothétiques sanctions. Dans notre univers visible nous évoluons sur un terrain où le mal et le bien se livrent de féroces batailles. C'est un combat fréquemment inégal qui ne fait pas de quartier, surtout de la part de ces individus malfaisants qui sont encore nombreux, inventifs et féroce dans l'horreur. C'est malheureusement comme ça depuis des milliers d'années, mais là, je crois que nous arrivons au summum de ce qui peut se faire actuellement, nous touchons presque le sommet de l'imaginable. Il est à penser que nous sommes à un tournant important de l'avenir de l'humanité ou tout du moins que nous nous en approchons à grands pas. La plupart de ces grands dirigeants se moquent de ce qui peut bien nous arriver, ils agissent en toute impunité parce qu'ils se savent puissants et intouchables. Ne croyez pas dures et défaitistes mes paroles, elles ne sont que la simple vérité de ce qui existe et de ce qui se pratique en ce moment un peu partout sur notre bonne planète.

Parce qu'elles sont le reflet de la réalité quotidienne du monde actuel. C'est sous nos yeux, là ! Tous les jours. Toutefois, s'il y a bien un lieu dans lequel chaque être humain sera amputé de toutes possibilités d'exactions malveillantes, et devra rendre des comptes afin subir la justice ultime, c'est dans l'univers invisible.

Seul l'aveuglement du pouvoir rend imperméables à cette vue certains individus. Univers invisible, royaume dont nous sommes tous issus, celui dont nous n'avons pas souvenir, celui vers lequel nous retournerons tous sans exceptions. C'est l'univers de Dieu, le père créateur et de Dieu le fils. Là où le père et le fils ne font qu'un ! Pouvoir, cupidité, jalousie, convoitise et possession servent le mal qui se satisfait pleinement de l'aveuglement occasionné chez ses dociles sujets.

Alors ces pêchers capitaux qu'exercent ces serviteurs zélés, prennent toute leur importance grâce à une notion qui régit le monde dès l'instant où nous nous installons paisiblement et douillettement dans le ventre de notre mère. Cette notion est celle du TEMPS. Le temps qui passe, celui qui va donner une limite, qui va apporter un sens à notre vie terrestre. Il est celui qui, à chaque instant, tentera d'imposer en masse l'aveuglement de chacun de nous, masquant ainsi le véritable rôle qui devrait être le nôtre en arrivant sur ce monde. Par la faute de ce temps qui s'écoule inlassablement, une journée se voit morcelée, compartimentée, et règlementée dans le but de vivre tous ensemble dans les meilleures conditions possibles. Autant que faire se peut, elle doit être productive, sans cesse rentable. De bonnes règles nous sont imposées, comme de mauvaises. Ne serait-ce que pour différencier le temps qui nous est donné de vivre le jour, pour certains, de nuit pour d'autres.

Deux temps de vies très différents, deux mondes aux rythmes et pratiques parfois diamétralement opposés, au sein desquels l'individualisme sera malheureusement une règle dominante. S'il y a une attitude qui ne change pas beaucoup, c'est l'individualisme, le ''*chacun pour soi*''. En posséder le plus pour sa pomme et tant pis pour les autres. Constamment il faut essayer de faire encore mieux et plus vite que l'autre, pour tâcher de se faire remarquer, dans le bon sens bien entendu.

Et puis il y a ce corps qu'il va falloir nourrir, entretenir. Arrivent ensuite les besoins en confort, en avoir toujours plus, etc. Il va donc falloir pousser des coudes rapidement pour faire sa place dans cette immense arène. Si besoin il nous faudra bousculer, écarter puis, écraser les autres pour se donner les coudées franches. Et le cas échéant, éliminer les enquiquineurs.

Il nous sera quasiment imposé d'ignorer lâchement nos semblables. Essentiellement ceux qui, en dessous de nous, nous jugerons parce qu'à des postes ou des activités inférieures aux nôtres. L'attitude à appliquer ? Ignorer ceux qui ne nous apporteront rien de bénéfique dans notre quête et soif irrépressible de gravir les échelons, prendre les meilleures places pour viser toujours plus haut sera l'objectif permanent. Les performeurs renverseront, sans scrupules, autour d'eux les pions les plus faibles, les gêneurs. Ils voudront gagner beaucoup d'argent, et toujours plus si possible. D'autres mentiront ou tricheront s'il le faut pour aller encore plus loin dans le but de gravir sans cesse plus haut les échelons, pour accéder aux classes supérieures, aux élites.

Le mal s'insinue sournoisement à l'intérieur de tous ces méandres, cherchant à s'étendre le plus possible, soi-disant sous couvert de vouloir faire réaliser de bonnes choses à ces individus concernés. Il est bon d'avoir de l'ambition, mais elle peut être vite nocive. La compétition et l'esprit de concurrence rendent ces pions de plus en plus aveugles et avides de tout, ce qui aura pour effet direct de réduire la place nécessaire aux bienfaits.

Ainsi naissent les différences et les fossés. Ainsi se développent les vices qui pervertissent, tels, le pouvoir, la cupidité, la jalousie, la convoitise, la possession, l'enrichissement, etc. la liste peut être longue. Dès lors s'en suit automatiquement l'abus de pouvoir, l'utilisation du mensonge. Naît alors la peur, de ne plus maitriser les masses, de voir son empire s'écrouler et passer aux mains d'un concurrent.

Chez ces gens-là, la crainte de perdre le contrôle est obsessionnelle, maladive. Alors la violence, l'oppression, la répression, s'installent, éliminer les gêneurs devient monnaie courantes, etc. Ce sont exactement toutes ces situations désolantes qui nourrissent correctement le mal en affectant l'équilibre fragile de la vie ; mais les quelques bons et joyeux épisodes qu'elle nous procure, font que nous l'aimons malgré tout et la revendiquons par-dessus tout. Il ne faut jamais oublier certains points essentiels de notre existence. Nous arrivons ici-bas les mains vides, nus de tout, nous repartirons d'ici-bas de la même manière, même valeur au départ qu'à l'arrivée. Cela ne veut-il pas dire qu'il ne nous faille pas être matérialiste ? Bien sûr que oui ! C'est tout de même un peu logique, et puis, il n'y a pas de honte à cela. Ne pas être cupide ? Là...les choses se compliquent. La cupidité pervertit les individus tout comme les gens de foi, quoi qu'ils en pensent, quoi qu'ils en disent.

Alors oui ! Certains diront que la perversion est automatiquement chez les autres, mais surtout pas chez soi, Ô grand Dieu, parce qu'elle est un pêché notable aux conséquences trop naturellement négatives.

Il est tout à fait normal de posséder de l'argent, des biens, qu'ils soient fonciers ou financiers. Mais à quoi servent-ils si c'est pour ne pas en profiter, ou tout du moins, faire en sorte qu'ils soient en partie profitables pour soi-même et pourquoi pas, pour développer des moyens au profit de ceux qui errent dans le besoin. C'est sur ce terrain que nous sommes attendus au tournant.

Nous savons pertinemment bien qu'il y a un énorme travail de fond à réaliser dans nos cultures, comme un peu partout en ce monde, pour arriver à de tels résultats. Attention ! Je ne dis pas qu'il faille *donner* ou *partager,* parce que cet argent et autres biens sont tout autant le fruit de notre travail, tout comme régulièrement celui de nos aïeux, mais il pourrait contribuer à mener de belles actions.

Il est à noter toutefois que certains peuples occidentaux sont plus avancés que nous à ce sujet, en faisant en sorte que des structures locales soient équitablement profitables à leur population. On voit aussi les entre-deux, avec des partages de richesses bien moins équilibrés puis, il y a ceux chez qui il n'y a, si je simplifie, que les immensément riches. Les quelques-uns qui possèdent la quasi-totalité des richesses de leur pays. De cette mauvaise graine, il y en a un paquet. Ces gens-là laissent à la traine une classe moyenne fragilisée. Classe sociale ouvrière souvent opprimée, muselée, celle pour qui il ne reste que de maigres miettes.

La cupidité, qui sert le mal, enfouie au plus profond de la personne, agit de sorte que l'être qui la sert préfère ignorer ceux qui glissent et s'enlisent dans le besoin et la pauvreté. Le plus incroyable, chez nous, réside dans le fait que nous les voyons nos pauvres, et parfois même les désœuvrés de la précarité, nous les identifions, nous les côtoyons. Il est alors déconcertant de voir avec quelle aisance la plupart d'entre nous détourne le regard, ne se sentant pas concernés.

En revanche, il faut bien différencier les deux grandes catégories de personnes. Il y a tout d'abord ceux qui s'enlisent dans des cascades d'ennuis tout en se battant quotidiennement pour essayer de sortir la tête hors de l'eau pour avancer. Et puis, il y a les autres. Des décrocheurs pour certains, ou encore ceux qui ont perdu toute volonté de s'en sortir. On trouve aussi ceux qui ne veulent pas ou ne sont plus en capacité de travailler, et tous gonflent un peu plus chaque année les voies de garage. Hangars où les possibilités d'en sortir sont minces.

Mais il y a surtout ceux qui bénéficient de tous les avantages offerts par le système, en travaillant peu ou pas. Certains prétexteront tout et n'importe quoi pour ne pas faire plus qu'il n'en faut, masquant ainsi leur oisiveté, attendant les bras ouverts que l'argent leur tombe miraculeusement du ciel. Nous voyons donc qu'entre la vie d'il y a mille ou deux milles ans et la nôtre, le mal œuvre continuellement partout, cherchant à grignoter inlassablement du terrain, repris par ailleurs grâce à l'œuvre du bien. De temps en temps.

Nous étions poussière. Par ces trois mots, il faut comprendre « l'absence totale de corps » – *immatériels* –.

Nous retournerons poussière, la séparation d'avec notre compagnon de route qui, lui, disparaîtra à jamais. Ainsi libérés de ce lien charnel nous reprenons le chemin de l'infini, de l'intemporel. Celui de la vie immortelle et éternelle.

Ne perdons pas de vue le choix que nous avons décidé de faire en rejoignant l'univers visible ! Nous y sommes pour nous soumettre à de multiples épreuves, dont celles des tentations. Dans quel but me direz-vous ? Pour nous élever en traversant ces afflictions positivement en tentant de les résoudre, en ne cédant en rien aux tentacules sournoises de la facilité damnable. Et pire encore, à celles de la suffisance. Ainsi nous élèverons notre âme comme il se doit.

À charge pour nous de nous élever tout en semant, de-ci de-là, le bien à notre mesure, le plus souvent possible. Il est vrai qu'il n'est pas aisé d'essayer de tout mettre en œuvre pour être bons et meilleurs que nous le sommes.

Là d'où nous venons et retournerons, la possession n'a pas prise, elle n'existe tout simplement pas, puisque le corps n'est plus. En ce monde terrestre, l'épreuve la plus difficile à admettre, puis à atteindre, est d'apprendre à ne pas avoir à souffrir de tout quitter, de tout perdre lorsque qu'arrive enfin le moment d'effectuer notre transfert. Gardons en permanence à l'esprit que lorsque l'on dit « JE », nous sommes deux, en fait. Deux entités différentes diamétralement opposées dont l'une n'est rien sans l'autre.

Nous : êtres immatériels, esprits ou âmes, dont la seule nourriture possible est spirituelle.

Lui : le corps, formidable machine qui a besoin de nourriture concrète, tant solide que liquide.

Le Temps que nous mesurons devrait au contraire nous permettre de vivre une période principalement tournée vers des temps de spiritualité, de recherche sur nous-même afin de comprendre qui nous sommes réellement, qui nous étions précédemment ? Pourquoi notre présence terrestre ? Parce qu'y être fut notre choix. Cette décision nous apparaîtra le jour de notre retour.

Comment participer à la création de bonnes actions autour de nous et les répandre autant que faire se peut ? Vaste chantier, ô combien ambitieux. Dès que nous sommes en mesure de comprendre, c'est-à-dire très jeunes, nous devrions avoir en ligne de mire deux à trois phrases, sur lesquelles consacrer des temps de réflexions et de méditations.

Nous étions poussière et nous retournerons poussière.

Le jour de notre naissance et le jour où nous savons pourquoi nous sommes nés.

Deux phrases pour lesquelles il y a beaucoup à disserter. En capacité de comprendre, notre premier réflexe nous amène à nous focaliser sur notre corps, c'est un piège dans lequel nombreux sont ceux qui s'y engouffrent aveuglément, ce qui contribue à l'éloignement de leur ligne de mire. Notre enveloppe n'est qu'un simple outil d'existence terrestre. Il nous permet de répondre à nos principales préoccupations et activités avant que nous effectuions à nouveau notre transfert.

Notre regard et notre attention devraient se porter principalement sur le « *NOUS* », Âmes immatérielles que nous sommes ; êtres d'un ailleurs invisible hébergés temporairement par ce compagnon de route. Parce qu'en réalité, nous sommes tous locataires du royaume des cieux et tous de passage sur ce monde.

DACLV

☙ Extrait de la genèse : La tentation et la chute. Ses conséquences

Et Dieu dit à Eve et Adam quant aux fruits de l'arbre qui est au milieu du jardin : Vous n'en mangerez pas et vous n'y toucherez pas de peur que vous ne mouriez (l'obéissance, la règle de vie, l'honnêteté). Alors le serpent dit à la femme ; vous ne mourrez pas ; mais Dieu sait que le jour où vous en mangerez, vos yeux s'ouvriront et que vous serez comme Dieu, connaissant le bien et le mal (La perfidie du serpent avec la naissance du mensonge puis arrive la tentation de l'être.) La femme vit que l'arbre était bon à manger et agréable à la vue, et qu'il était précieux pour ouvrir l'intelligence ; elle prit de son fruit et en mangea ; elle en donna aussi à son mari, qui était tout près d'elle, et il en mangea. (La désobéissance, la soif d'en vouloir toujours plus)

Les yeux de l'un et de l'autre s'ouvrirent, ils connurent qu'ils étaient nus (ne serait-ce pas là la naissance ?) *et ayant cousu des feuilles de figuier, ils s'en firent des ceintures. Alors ils entendirent la voix de Dieu qui parcourait le jardin vers le soir, et l'homme et la femme se cachèrent loin de la face de Dieu, au milieu des arbres du jardin (Le fait d'avoir mal fait par la désobéissance, le manque de respect puis la honte et la peur). Mais Dieu appela l'homme et lui dit : Où est-tu ?*

Il répondit :

> *J'ai entendu ta voix dans le jardin et j'ai eu peur parce que je suis nu, et je me suis caché.*

Et Dieu dit :

> *Qui t'a appris que tu étais nu ? Est-ce que tu as mangé de l'arbre dont je t'avais défendu de manger ?*

L'homme répondit :

La femme que tu as mise auprès de moi m'a donné de l'arbre, et j'en ai mangé.

Et Dieu dit à la femme :

Pourquoi as-tu fais cela ?

La femme répondit :

Le serpent m'a séduite et j'en ai mangé.

IL dit à la femme :

J'augmenterai la souffrance de tes grossesses, tu enfanteras dans la douleur, et tes désirs se porteront vers ton mari, mais il dominera sur toi (L'arrivée dans l'univers visible avec les épreuves à venir ?)

IL dit à l'homme :

Puisque tu as écouté la voix de ta femme, et que tu as mangé de l'arbre au sujet duquel je t'avais donné cet ordre : Tu n'en mangeras pas ! Le sol sera maudit à cause de toi. C'est à force de peine que tu en tireras ta nourriture tous les jours de ta vie, il te produira des épines et des ronces et tu mangeras de l'herbe des champs (Une vie d'épreuves à venir ici-bas) C'est à la sueur de ton visage que tu mangeras du pain, jusqu'à ce que tu retournes dans la terre, et tu retourneras dans la poussière (La naissance, la vie puis la mort).

Adam donna à sa femme le nom d'Eve : car elle a été la mère de tous les vivants. Dieu fit à Adam et à sa femme des habits de peau, et il les en revêtit. Dieu dit : Voici, l'homme est devenu comme l'un de nous pour la connaissance du bien et du mal (Une vie pour essayer de faire le bien et essayer de tout faire pour combattre le mal). Empêchons le maintenant d'avancer sa main, de prendre de l'arbre de vie, d'en manger, et de vivre éternellement (Maintenant il faudra gagner son éternité par une ou plusieurs vies d'épreuves, de droiture et d'honnêteté).

Et Dieu le chassa du jardin d'Eden pour qu'il cultive la terre, d'où il avait été pris. C'est ainsi qu'il chassa Adam ; et il mit à l'orient du jardin d'Eden les chérubins qui agitent une épée flamboyante, pour garder le chemin de l'arbre de vie (Ne revenez pas pour faire mal mais faites le bien).

Ne serait-ce pas ces quelques lignes qui nous mettent précisément sur la piste de la naissance ?

Nous étions poussière, donc âme immatérielle et nous retournerons poussière, donc, à nouveau Âme immatérielle. Le mal détourne ainsi le regard de toutes ces personnes qui dirigent et façonnent le monde, les empêchant quasiment définitivement de se tourner vers le bien, de le faire et de le dispenser. Ils ne seront probablement plus jamais en capacité de regarder du bon côté, de voir de l'autre côté. Rappelons-nous qu'il ne faut pas considérer le monde environnant et ses tentations qu'avec nos yeux, mais principalement en tant qu'âme, ce qui est compliqué parce que nous ne sommes pas éduqués de cette manière.

Nous étions poussière et nous retournerons poussière

Combien de fois avons-nous entendu cette petite phrase ô combien riche de sens et d'enseignement ? Régulièrement ? De temps en temps ? Ou presque jamais ? Là n'est pas le plus important. En fait, ce qui l'est, c'est qu'il nous faut chercher à comprendre ce qui n'est pas directement dit, mais plutôt ce qui n'est pas dévoilé directement. Il nous faut avoir la capacité de découvrir ce que cachent *les sous-entendus,* ce qu'ils veulent dire. Ces trois petits mots insignifiants peuvent sembler anodins, mais en fait, ils masquent une vérité qu'il nous faut déchiffrer.

Les mots et les phrases que les textes portent à notre connaissance ont une importance incroyable et auront une incidence directe sur nous, sur notre comportement, ainsi que sur la compréhension de la vie que nous devons avoir si nous avons la volonté de chercher ce qu'ils signifient.

Il serait trop facile d'attendre les bras ouverts, qu'à chacun des mots prononcés, leurs véritables sens nous soient immédiatement révélés, sans que nous n'ayons jamais à devoir faire l'effort de les déchiffrer en creusant le sujet par nous-même. Ne faut-il pas entendre par ce mot « *poussière* » l'absence de corps tout simplement ? Et puis il y a l'image suggérée, la poussière est infiniment petite comparée à la grandeur de Dieu. Cela me paraît être une évidence puisqu'à avant de prendre chair ici-bas, pour habiter ce compagnon de vie que nous avons choisi de rejoindre, il n'y avait rien. Rien de palpable, pas de matière. Terrestrement parlant bien sûr, puisque, d'où nous venons, le besoin n'a pas cours.

Qu'est donc alors cet univers invisible si souvent évoqué que nous souhaiterions découvrir avant l'heure ? Ne serait-ce pas par hasard celui dont on nous parle lorsque l'on interprète "*La Tentation et La Chute*" ? Cela ne nous expose-t-il pas à une bonne leçon de morale et de mise en garde, toutes deux applicables à bien d'autres situations ? Pour ma part, j'en suis aujourd'hui définitivement persuadé.

Il nous faudra constamment chercher s'il y a un sens masqué à la lecture d'un mot, d'une phrase ou bien dans le paragraphe d'un texte. Déchiffrer l'interprétation véritable n'est pas chose aisée. Je vous invite à encore un peu de patience pour en découvrir plus. L'homme est curieux de nature mais brûler les étapes n'apporte aucun bénéfice. Être patient est une sage attitude, apprendre à l'être est une raisonnable décision, parce que l'être humain doit attendre parfois toute une longue vie avant de découvrir ce qu'est ce lieu.

Lieu paradisiaque secret, souhaité par les uns, et tant désiré pour d'autres. Ce lieu originel dont on nous parle à la messe ou bien dans la bible, dans des textes et autres livres. Quel peut bien être ce royaume invisible si espéré ? Pour l'atteindre certains patienteront une vie entière, pleinement remplie, aboutie, ou pas. Période qui peut ne durer que quelques jours ou une poignée d'années, comme bien plus, voire, beaucoup plus encore puisque certains atteignent et vont au-delà du siècle d'existence.

Nous ne devons pas perdre de vue qu'en ce monde, tout est basé sur le temps, terrible chronomètre qui défile inlassablement. Temps au cours duquel tout est conçu pour nous ramener systématiquement à lui. Ce chronomètre détourne l'attention, il nous aveugle par là même en nous éloignant des choses essentielles. À bien y penser, il nous séduit pour mieux nous empoisonner l'existence.

Alors concentrons-nous et réfléchissons un peu pour essayer de méditer sur notre vie première, "*Avant*" d'arriver sur terre. Concrètement, que faut-il que nous fassions maintenant et pour les décennies à venir ? Que deviendrons-nous après la séparation d'avec ce corps ? Nous découvrirons dans quelle direction nous seront envoyé. Chacun saura le moment voulu, mais construire une vie la plus heureuse et la meilleure possible pour tous me semble être la plus sage des décisions à appliquer ici. Notre vie après cette vie n'en sera que mieux récompensée. Au fil des années je me suis adapté à cette vie, à *MA* vie, au sein de laquelle je prends conscience qu'elle est allée bien vite, comme tout d'ailleurs. Ça n'ira pas en s'arrangeant et tout ira encore plus vite demain. Grâce, paraît-il, à la technologie qui progresse sans cesse de manière fulgurante.

Cette soi-disant extraordinaire technologie qui ne peut être que bonne, bénéfique et merveilleuse, celle qui est censée nous faciliter la vie parce qu'elle nous accompagne partout. Faisant de nous les esclaves de notre Ère.

Nous, les petites mains du « Faire encore plus aujourd'hui qu'hier, et encore plus demain qu'aujourd'hui ». Je me suis plié bon gré mal gré à ce monde où tout est règlementé, compartimenté, puis contrôlé par des hommes et des femmes qui se croient tous tellement plus suffisants, tous plus intelligents et qui se pensent plus puissants et malins que le reste du monde.

Ces gens constituent une caste élitiste qui se positionne immanquablement au-dessus de tout, les grands parmi les grands, les puissants, les intouchables face aux "subordonnés", c'est-à-dire nous, leur bon peuple.

Autant de sentiments développés par la majorité d'entre eux, grâce, ou à cause de cette ivresse du pouvoir qu'ils consomment avidement. Nous représentons en quelque sorte le ventre mou de leur pays, celui auquel il faut donner régulièrement quelque chose à grignoter. Populace à qui l'on donne épisodiquement un peu d'argent de poche, quelle qu'en soit la formule et la manière, lui évitant par là même de trop penser, puis moins réfléchir.

Panem et circenses.

Du pain et des jeux, et le peuple sera content. Il suivra aveuglément les lois des seigneurs.

Aujourd'hui, cette expression est employée pour signifier la relation qui s'établit entre, une population qui se laisse aller et ses dirigeants. Alors elle se contente de se nourrir puis de se divertir. Sans se soucier d'enjeux plus exigeants, comme celui du destin collectif, et encore moins de ceux qui exploitent cette tendance par la promotion de programmes court-termistes.

Nous occupons un monde où les individus doivent réaliser en une journée, une semaine, un mois, bref, sur une période donnée, un imbroglio de tâches. Toutes établies sur des chronologies déterminées par une succession de règles émises par des acteurs-penseurs. Décideurs qui, eux-mêmes, s'empilent dans cet inextricable bazar. Activités indispensables qu'il faut effectuer sur des plages horaires établies dans l'intérêt de tous. Çà ! C'est l'univers visible au sein duquel l'humanité, qui s'en trouve polluée, évolue et se développe dans ce "*temps*" qui aveugle, nous laissant à peine l'opportunité de nous consacrer à l'essentiel : *Temps de méditations, réflexions. Temps consacré, pourquoi pas, aux prières, à croire* !

En clair, tout ce qui amène un individu, petit à petit, à devenir une bien meilleure personne. Tout d'abord, bonne pour elle puis ensuite, bonne pour les autres.

Hey... Je la trouve plutôt sympa moi, l'histoire de la genèse, cette idée m'est hors de portée, mais je peux comprendre. Elle peut être instructive non ? Je m'aperçois que l'extrait présenté va bien au-delà de l'image que vous pouvez en faire. Mon petit doigt me dit qu'il vous faut aller chercher le sens caché de ce qui ne vous est pas dévoilé directement. Un peu comme les choses de la vie, celles qui sont délicates à expliquer à des ados. Essentiellement lorsque leurs parents disent, oui... tu sais il va bientôt se passer des choses qui vont te transformer, te perturber. Tu vas avoir ci, et puis ça ensuite, mais je t'expliquerai, plus tard, en temps voulu. Le jeune homme, comme la jeune fille, vont devoir, par eux-mêmes, souvent chercher puis creuser le sujet de certaines découvertes et apprentissages de la vie.

Seulement voilà ! Pour découvrir ce qu'est la vie après la vie, il faut enjamber un fossé d'une toute autre nature, parce que la découvrir, requiert une recherche continuelle de ce qui n'est dévoilé qu'avec parcimonie, prudence. Parce que ce monde attendu est d'une pudeur incroyable.

Hé oui ! Tout se mérite. Je vois que la vie humaine peut être aussi palpitante qu'ennuyeuse, alors que la mienne est aussi plate que mes pages. Allez, poursuivons.

Faut-il remercier ce bon vieux Babylonien qui créa le gnomon ? Repris et amélioré par les Egyptiens ou les Mésopotamiens, puis qui porta le nom de cadran solaire, 1500 ans avant Jésus Christ. Mal lui en a pris ! Notre première montre basique ou la petite horloge de notre salon sont aujourd'hui des breloques bas de gamme qui renferment en elles plus d'électronique que la fusée Apollo 11. Celle qui fut envoyée sur la lune en 1961.

Que nous possédions une montre moyenne gamme ou le plus magnifique mouvement Suisse à 100 000 euros, il n'empêche que c'est toujours la même heure et le même temps qu'il nous est donné de lire. Que ce soit de chez moi à écrire ces lignes, ou bien à l'autre bout de la planète à extraire du charbon par 500 mètres de profondeur. Le décalage horaire diffèrera, mais pas le tic-tac du temps qui s'écoule inexorablement. Il va donc nous falloir caser tout ce que nous avons à faire dans la journée.

Pour ce faire, nous avons toujours une montre à notre poignet, ou bien à celui de notre collègue de travail. Il y aura toujours une pendule ou une horloge proche de nous. Soit accrochée au mur de notre bureau, soit l'énorme breloque de l'église du quartier. Ou encore, celle de l'enseigne de la pharmacie du coin, de la mairie, etc.

Heure transmise par les radios, la télévision, la tablette, ou l'ordinateur du salon. En fait, le temps nous est exposé pleine face, partout. Ça commence dès notre réveil. Fais ci, fais ça, dépêche-toi, va plus vite, n'oublie pas de…, tu as tout juste le temps de…, allez, allez, et ça ne s'arrête pas. En fait, le temps n'est qu'un leurre dressé sur notre chemin, avec pour conséquences de détourner notre attention de ce qui devrait être le plus important.

Celle de réfléchir aux bonnes mesures à prendre, comme des meilleures décisions à appliquer, le tout accompagné des actions les plus appropriées à mettre en œuvre qui feront de nous quelqu'un de bon, quelqu'un de respectable. Ce temps est spécialement créé pour cet univers que nous aimons, rien que pour nous ; il est juste présent pour dresser un voile brumeux qui perturbe nos perceptions.

Nous devons donc sans cesse redoubler d'efforts dans le but de nous créer ces temps de prières, instants de réflexions concernant l'amélioration de notre propre personne. Cela dans l'intérêt de nos concitoyens, de notre ville, de notre région, pour l'amélioration de notre pays, et pourquoi pas, pour le reste du monde.

La technologie peut être autant bienfaitrice que négative. Exemple : prenons les jeux, qu'ils soient pratiqués sur un téléphone portable, une tablette ou un ordinateur, ils pourrissent la vie de nos jeunes et moins jeunes alors qu'eux, pensent tout le contraire. Ces technologies les confinent inexorablement dans des pseudos vies virtuelles et artificielles tronquées. Elles détraquent les codes fondamentaux de la vie.

Ces technologies dites, "distrayantes" provoquent malheureusement et immanquablement chez leurs utilisateurs une addiction, un isolement et des décalages perturbants entre la véritable vie de tous les jours et ces fantasmagories synthétiques qui occupent de plus en plus de place dans leur vie. Certains en perdent le sommeil, d'autres voient leurs repères altérés avec pour conclusion, l'éloignement de leur mode de vie sociétale, atrophié. Ceux-ci s'excluent d'eux-mêmes du bloc familial.

Parents, fratries et protagonistes sont les victimes de ce qui, en principe, est censé devoir améliorer leur quotidien. Le faciliter même. C'est une lente descente aux enfers pour ces âmes qui glissent un peu plus chaque jour du mauvais côté, s'éloignant du monde réel ; lentement mais sûrement. Le mal a gagné la partie. En fait, ces jeux sont d'amers poisons déguisés en sucettes délicieusement sucrées et parfumées.

Que dire des réseaux sociaux ? Bons ou pas bons ? Nous devons les utiliser avec grande prudence parce qu'ils peuvent devenir très rapidement la toxine de laquelle on ne peut se défaire. Ils pourrissent considérablement le quotidien d'utilisateurs, tant candides qu'inconscients, pris dans des engrenages infernaux. Certains s'y enlisent sans voir le mal s'immiscer en eux, sauf lorsqu'il est trop tard.

Ces modes de communication deviennent, pour bon nombre d'utilisateurs, des addictions infernales aux conséquences préjudiciables, voire épouvantables parce qu'ils en font régulièrement les frais. Une photo équivoque par ci, une phrase malheureuse par-là, leur fera vivre un enfer, les jetant en place publique face aux bourreaux avides de violences aveugles et gratuites. Il nous faut faire preuve d'une extrême vigilance dans l'utilisation de ces outils de communication, parce que tout ce qui est bon à forcément un revers.

C'est pourtant bien ce que nous réalisons et ce que nous devenons dans cette vie physique et matérielle, qui fera ce que nous serons « *plus tard* » ! C'est encore ce même sablier qui fait en sorte de détourner notre regard en le projetant du mauvais côté. Le côté obscure de la F....Non, je m'éloigne un peu là, au fait, à quand la reprise d'une nouvelle saga Mr Spielberg ? En fait notre attention est continuellement détournée de la véritable raison de notre présence en ce monde à cause de cette quête du « vouloir obtenir toujours plus », ainsi qu'à cette soif de posséder d'avantage. Avoir ! Détenir ! Obtenir. Avoir la main mise sur quelque chose, ou pire encore, sur quelqu'un. C'est là-dessus que la perversion du monde trouve son terreau. Mais quel est au juste ce « plus tard » ? Tu retourneras poussière ! C'est ça le « plus tard ». Tu poursuivras ton chemin vers ce que l'on nomme Le ciel.

Même si de temps à autre nous devons endurer de pénibles épreuves contraignantes, parfois douloureuses, voire même, tragiques, nous nous accrochons envers et contre tout, de toutes nos forces, à cette existence terrestre qu'il nous est donné de vivre. Est-ce vraiment une faveur qui nous est faite que de nous accorder d'évoluer ici-bas pour quelques décennies en habitant ce corps que nous avons choisi ? Pour ma part c'est Oui ! Sans hésitation.

Ce fut notre choix. Il nous a donc été accordé de le réaliser en le mettant en pratique. Le plus important que nous devons toujours avoir à l'esprit est, qu'à l'instant même où nous rejoignons notre enveloppe charnelle, nous oublions qui nous étions l'instant d'avant. Nous perdons tout souvenir de l'endroit dans lequel nous évoluions la seconde avant de l'intégrer, ainsi que la raison de notre venue dans cet univers terrestre.

Etre croyant, et pourquoi pas pratiquant, ou chercher à le devenir, permet d'acquérir une certaine sagesse, puis si possible de progresser petit à petit dans cet exercice de réflexions et de recherches pour savoir qui nous sommes réellement. Et ce, qu'elle que soit notre religion. Pourquoi notre présence dans cet univers visible ? Ensuite ? Chercher la trajectoire que nous prendrons pour donner à cet instant de vie une histoire.

Pour quelle finalité ? Préparer la direction que nous désirons donner par la suite à notre destinée future. Pour ce faire, il est donc nécessaire, que dis-je, il est impératif de perdre tous souvenirs dès l'instant où nous franchissons le seuil qui relie les deux mondes. Infime fraction de temps où nous prenons possession de notre minuscule corps.

C'est une véritable remise à zéro pour chacun de nous. Ainsi nos vies prennent leur véritable sens, grâce ou à cause des épreuves que nous traverserons et des actes que nous accomplirons

Sinon à quoi bon, si nous nous rappelions de tout avant d'intégrer ce monde ! Il serait alors bien trop aisé d'attendre patiemment les mises à l'épreuve dans l'intention d'y répondre systématiquement de façon positive, dans l'attente d'être jugés de la meilleure manière qui soit, une fois notre transfert effectué.

Psss…, pas cool ce temps qui vous enquiquine depuis votre naissance, j'ai au moins la chance d'échapper à ça moi. Quoi que… Il me fait un tantinet jaunir ou craqueler mes pages ce cochon.

Maintenant, chose promise, chose due, alors accrochez-vous et mettez vos ceintures, parce que pour la suite, ça va croustiller un brin.

DACLV

Chapitre 6

ꕥ Les épreuves ꕥ

À l'âge de 12-13 ans, comme beaucoup, j'ai vécu une enfance plutôt bouleversée, voire assez difficile de temps à autre, torturée parfois. Ce fut une vie peu reluisante après la séparation de mes parents. Je n'étais pas bête et me doutais que quelque chose n'allait pas entre eux. Je ne pouvais définir leur malaise mais leurs chamailleries, quasi quotidiennes, s'étaient installées depuis relativement longtemps. Donc, quoi de plus normal. Un enfant n'assiste pas à toutes les discutions des *grands*. Le petit ne comprend pas spécialement certaines situations, parfois masquées. Moi, tant que j'avais mes parents sous le même toit, tout me convenait.

Je n'avais pas vu venir cette froide distance les éloigner, jusqu'à les séparer. Maman boudait souvent dans son coin tandis que papa rentrait plus tard que d'habitude, de plus en plus fréquemment, juste pour l'heure du souper. Nos parents ne se parlaient plus ou peu, comme nous trois d'ailleurs, leur enfants qui partagions leur malaise.

Mais nous savons tous qu'un enfant est suffisamment élastique pour s'adapter aux situations compliquées. Comme chaque jour de la semaine, un matin de bonne heure, j'ai entendu papa partir à son travail. Comment aurais-je pu deviner que plus jamais je ne le reverrais. Ce soir-là, après une longue attente chargée d'inquiétude, j'ai compris… qu'une partie de moi s'était envolée avec lui. Lui qui n'entendra pas mes pleurs, mes appels. Il ne verra pas ma souffrance. Ce choc me fut terrible. Il m'a fallu vivre tristement et résigné, seul avec ma mère qui, immédiatement après, s'est montrée très possessive envers moi.

L'instant de la séparation marquait la frontière entre ma vie perdue de petit enfant insouciant, et celle de mon entrée prématurée dans le monde des adultes. Au début des années soixante-dix, les séparations consommées n'étaient pas légion, rares même. Lorsque tous les ingrédients sont réunis, il est aisé de douter des actions punitives de ma mère, de ses attitudes explosives.

Elle qui s'est vu propulsée au rang de matriarche du jour au lendemain. J'avais là, sous mes yeux, une mauvaise et bien douteuse recette de cuisine qui ne donnait pas trop envie d'être consommée, alors mettons-nous au fourneau sans plus tarder pour tenter de comprendre.

Recette pour les destinataires

Le contenu : Prenons une petite Ritale tendue,

Au caractère aussi doux que celui de la Nonna, sa maman.

Aussi dure que l'acier trempé et revêche que celui du Nonno, son père.

À l'incapacité de reconnaître ses défauts, ses torts comme ses erreurs.

À la honte, rejaillissant sur ses épaules, qui lui colle à la peau.

Le tout assorti d'un jus de fierté considérable, et pour finir, il faut un bon assaisonnement, l'échec inacceptable.

Maintenant que nous avons réuni les principaux ingrédients, il nous faut avoir,

Le contenant : La vengeance

Nous tenons là une cocotte-minute dans laquelle nous plaçons les ingrédients cités ci-dessus, fermons correctement le couvercle, serrons bien la vis, puis mettons le tout à mijoter. À feu doux.

Pour obtenir une bonne flamme, manquent deux éléments essentiels.

Primo : *Le carburant :*

une haine farouche,

Secundo *Le comburant :*

L'amour

Je n'ai jamais osé lui dire qu'elle aimait encore papa, mais je le savais parce qu'elle transpirait cet amour pour lui de tous les pores de sa peau. Envers et contre tout, maman l'aimait, terriblement. Je pense d'ailleurs qu'elle n'a jamais cessé de l'aimer. Sentiment puissant qui la rongeait de l'intérieur.

La méchanceté, mue par une flamme vive, pris fin avec le temps. Parce que le carburant, – *la haine* –, vint à manquer. Le comburant ? Jamais. L'amour peut-être sans fin, éternel ; parce qu'il est hors du temps. L'amour n'a pas eu de commencement et n'aura pas de fin.

Pour clore notre recette, mettez le tout à mijoter pour obtenir un plat tout aussi détestable qu'explosif. Bien mitonnée, nous obtiendrons une soupe surprenante. Petit potage destiné aux convives désignés. Pour eux, c'était menu du jour unique, à volonté. À déguster froid ou chaud, ce détonnant bouillon épicé faisait l'objet d'un service rapide, soigné aux petits oignons. Gratuit qui plus est. Il leur arrivait en pleine poire à la vitesse de l'éclair, sans qu'ils n'aient eu le temps d'y comprendre quoi que ce soit.

Dès lors, je n'ai plus du tout vécu une enfance normale. Même pas une enfance ne serait-ce qu'un tout petit peu ordinaire. Ma mère avait naturellement établi une forme de dictat sur moi en dressant une frontière infranchissable pour quiconque aurait voulu m'approcher sans sa présence. Toutes ses règles établies étaient applicables à notre maigre entourage. Connaissances, amis, famille. La vie de maman était tout bonnement devenue un enfer, tout comme la mienne.

Le départ de papa la rendait folle de rage, méconnaissable. Rapidement cette folie est devenue le terreau dans lequel pousserait l'arbre de sa vengeance. Il était interdit à quiconque d'approcher, de voir ou bien de parler à mon père sous peine de représailles immédiates, dont la principale était l'exclusion définitive de notre noyau. Sans retour possible pour les punis. La matriarche était prête à toutes les bêtises, disposée à faire n'importe quoi pour étancher sa soif intarissable de blesser.

Même le désert dans lequel elle naviguait ne pouvait assécher la source qui l'abreuvait, celle du mal, celle de la vengeance. Rien n'aurait pu lui suffire parce qu'elle fonctionnait tel un soleil qui renouvelle perpétuellement son énergie. Dans les faits, je me suis vite rendu compte que se venger ne réglait en rien le mal-être profond de ma mère.

Elle aurait pu punir la terre entière que cela n'aurait en rien calmée sa colère. Chaque jour nouveau contribuait à la faire souffrir d'avantage. Souffrance qui lui servait d'engrais pour la culture de cet esprit vengeur qui la faisait avancer. La vie est donc devenue rapidement compliquée sous notre toit. J'aurais tellement préféré qu'elle coule comme un long fleuve tranquille.

Comment faire pour vivre auprès d'une mère devenue le glaive et la lance de la méchanceté ? Chaque jour j'arpentais un chemin épineux, piégé. À la maison, l'ambiance était électrique, tous les jours je marchais sur des œufs. Il m'a donc fallu m'adapter à la vitesse de l'éclair à ce nouveau mode de vie plus tendu que la corde d'un arc, tant par la ruse que le mensonge. En user me rebutait, mais je n'avais plus le choix.

Grâce à ces subterfuges empruntés, je gagnais un peu d'air frais, un bout de liberté, mais surtout d'espaces de tranquillité. Ainsi je m'écartais de temps en temps de son joug étouffant, de sa surveillance maladive autant que des coups dont elle n'était pas avare ; des fois que j'aurais oublié ses règles. Vivre sous notre toit valait acceptation stricto-sensu d'un mode de vie quasiment disciplinaire.

Nous nous sommes donc bien vite retrouvés seuls. Quelle tristesse de vie menions-nous ! Moi, Je subissais silencieusement, bon gré mal gré, ses sautes d'humeur. Devenu grand, mon frère aîné travaillait à Alençon, il s'y rendait dans sa belle 304 Peugeot blanche. Je l'enviais pour deux raisons. La première, pour sa mob dont il refusait que je me serve. La deuxième, parce que pour lui, pas de surveillance à redouter de la madré. En clair, tranquillité assurée.

Dès le départ de papa, le seul but de maman fut de couper court à toutes les tentatives de visites que mon père essayait, tant bien que mal, de mettre en place pour que nous ayons nos petits moments rien qu'à nous. Nous sachant très liés, c'est en l'empêchant de me voir qu'elle le faisait souffrir à petit feu, et puis le savoir meurtri lui était si délicieux. Quant à moi, que je me morfonde de cette situation, ou que je me ruine la santé dû à l'absence de papa lui importait peu. Elle s'en moquait royalement. À ses yeux, ça n'avait pas d'importance. Aussi longtemps que durerait notre éloignement, ma mère finirait par obtenir ce qu'elle recherchait. Couper définitivement tous les liens qui nous unissaient. Ainsi savourait-elle sa vengeance, s'en délectant comme d'un nectar, celui dont se régale la reine de la ruche.

Avant qu'il ne quitte le foyer, papa, chahuteur, me faisait toujours beaucoup rire, il me taquinait constamment. Collé à ses baskets ? Je l'étais sans cesse. Son double ? Assurément. J'étais l'ombre de son ombre. Je peux aisément comprendre que quiconque a apprécié ma mère sans jamais avoir su, ou vu son dictat, entendra et comprendra difficilement mes dires.

En un rien de temps, je suis passé du jour au lendemain d'une main affectueuse, caressante et chaleureuse, d'une maman chérie, à l'enclume et le marteau d'une mère autoritaire. Tortionnaire. Aimante ? Soit, mais à sa manière. Particulière. Lorsqu'elle le décidait, pour des raisons qui parfois n'étaient pas évidentes, les coups pleuvaient. Je ne comprenais pas. Dans ses excès, il n'y avait pas de règles, tant dans la force qui s'abattait sur moi, que pour les zones sur lesquelles s'abattaient ses outils. Dans ses accès de colère et de folie, car les deux étaient quasi indissociables, sa force était tout simplement phénoménale. Décuplée pour faire mal.

Ma mère forgeait déjà avec moi l'acier du glaive de sa vengeance. Son jeu préféré ? Me faire écrire de temps en temps, sous ses menaces, un courrier d'insultes, un tissu de méchancetés qu'elle me dictait en savourant chaque mot, puis allait le déposer directement chez mes grands-parents paternels. Son but ? Les atteindre dans ce qui les faisait le plus souffrir, outre le fait de ne plus pouvoir m'accueillir chez eux. Je n'ai plus jamais revu mes grands-parents, ni n'ai plus jamais eu le bonheur de les embrasser.

Si je heurte certaines personnes qui liront ces quelques lignes, je m'en excuse, mais c'est une ordinaire vérité qui se vérifie tous les jours au sein de bien d'autres familles. Maman excellait lorsqu'elle jouait sa comédie préférée. Elle savait être persuasive auprès de ceux qui étaient mûrs pour entendre une horrible et tragique histoire. Celle d'un bel amour perdu et d'un abominable abandon.

Quiconque l'écoutait tombait sous le charme de son récit en pleurant de mille larmes. Mon frère aîné, puis ma sœur ensuite, ont dû faire le choix de quitter la maison. Nous habitions un petit pavillon à la campagne, y vivre était devenu infernal pour nous trois. J'avoue avoir été heureux pour eux lorsqu'ils quittèrent notre foyer. Ces départs furent terriblement houleux sous notre toit, mais mes aînés pouvaient enfin vivre libres, délivrés de ce joug quotidien que je continuerai de subir. Je ne le leur ai jamais dit, mais je vivais par procuration leurs fuites, leur liberté, sans me douter un instant de ce que nous coûterait notre séparation.

Combien de fois ai-je rêvé d'être à leur place, lorsqu'ils ont eu le courage de déguerpir, combien de fois ai-je regretté de ne pas avoir eu la force de les suivre pour me retrouver aux côtés de papa. Je les ai enviés tous les jours que Dieu faisait.

Que le temps me paraissait long, désormais seul dans cette trop grande maison, sans mon frère, sans ma sœur, eux qui avaient retrouvé une vie presque normale auprès de notre père.

Ils étaient du meilleur côté, et moi d'un autre, certainement pas le plus enviable. Jamais je n'ai su s'ils avaient essayé de me revoir, ne serait-ce qu'en cachette, mais coupé d'eux durant plusieurs années, je suis passé à côté des meilleures, celles sur lesquelles on se forge mutuellement notre caractère. Années où l'on se construit auprès de sa fratrie.

Grandir ensemble, avoir des souvenirs et des histoires communes, partager des expériences, les mettre dans une boîte pour l'ouvrir de temps en temps. Ma mère m'a privé de cette tranche de vie parce qu'une seule chose comptait, la vengeance. Nous empêcher de nous retrouver lui permettait de maintenir grande ouverte une blessure que nous ne pouvions soigner. Elle devait faire mal autant qu'elle en bavait, parce qu'elle ne supportait pas de les avoir perdus au bénéfice de notre père.

Au départ de mon frère aîné, ma mère passait ses nerfs sur moi. Lors ces moments-là, la meilleure attitude que j'adoptais était le silence et l'éloignement. Enfermé dans ma bulle j'attendais patiemment que passe l'orage. Il durait de longues heures, parfois des jours. Avoir perdu papa ainsi que ses deux grands la rendait totalement irraisonnable, incontrôlable. La haine qu'elle leur vouait enflait de mois en mois. Des fois, sa soupape lâchait. Elle me faisait peur durant ses délires colériques. Mon frère parti, j'ai pris comme il se devait car elle passait sa rage sur moi. Brimades, insultes, coups et menaces pleuvaient. Ce fameux jour, j'ai dû essuyer un terrible orage. Ce fut tout d'abord comme qui dirait un bon apéritif accompagné de ses petits fours, bien plus qu'il n'en fallait pour un enfant.

Après cette mise en bouche, suivit le plat de résistance. Avec ma mère pas besoin de prendre d'entrée, elle servait tout d'un même tenant. Plus tard, il y eu le départ de ma sœur, quel déchirement de la perdre, mais comment pouvait-il en être autrement ? Ce jour-là j'ai souhaité pouvoir suspendre le temps. La peur au ventre, j'ai craint le retour de ma mère toute la journée, les minutes défilaient trop vite à mon goût. À 16h30 maman cessait son activité de femme d'entretien dans un institut-médico-pédagogique, pour retrouver la maison cinq minutes plus tard. L'ombre de l'Aigle noir pointait le nez. Cette fin d'après-midi fut catastrophique, sombre, noire, à tel point que j'ai souhaité fuir en cachette au beau milieu de la nuit. Mais pour me rendre où ? Et à pied de surcroit. Non ! Impensable, irréalisable. Nous étions trop loin de la ville. Je ne connaissais personne chez qui trouver refuge et ne possédait aucune adresse sûre chez qui me rendre.

Ma situation compliquée l'aurait été bien plus encore puisque réalisée de nuit. Seul, perdu, je n'entrevoyais pas d'avenir. Le matin de sa fuite, j'étais en accord avec ma sœur. C'est avec un marteau que je lui confiais qu'elle brisa le carreau le plus proche de la poignée de la porte fenêtre de la chambre de notre mère. Maman y avait enfermé tous les vêtements de ma frangine dans une valise, parce qu'elle sentait venir un coup fumant de la part de sa jeune jouvencelle fraîchement rentrée d'une saison hôtelière à la montagne.

Suite à une violente dispute la veille au soir, ma sœur avait menacé maman d'un éventuel départ dont elle prenait soin de taire l'imminence. Elle n'entendait pas vivre plus longtemps sous son autorité aveugle et ses menaces. Juste avant l'opération effraction matinale, avec dans la foulée, récupération de sa grosse valise marron, ma frangine avait commandé, par téléphone, un taxi qui arriverait trente minutes plus tard. À l'arrêt devant le pavillon, il chargea la valise de ma sœur qui disparut.

Au seuil de son départ, elle m'avait fait promettre de ne pas prévenir notre mère sur son lieu de travail, ce que je n'aurais fait pour rien au monde de toute façon. Nous avions fait installer la ligne téléphonique, comme on disait fièrement à l'époque, ce que peu de familles pouvaient se permettre à l'époque.

C'est fébrile, les jambes molles et l'estomac serré que je la regardais s'éloigner, elle, ma grande sœur. Mon dernier lien s'envolait vers une éblouissante liberté. Liberté comparable à ce soleil matinal éclatant. Son dernier regard fut de me voir lui faire un fébrile petit coucou de la main. J'étais autant impressionné par le courage dont elle faisait preuve que par sa détermination sans faille.

Je fus submergé d'une tristesse jusque-là inconnue, ébranlé d'être seul, pour de bon, mais tellement heureux de son émancipation. Sachant qu'après cet épisode, que je savais lourd de conséquences, je ne la reverrais plus avant très longtemps. Ce que j'évaluais en mois, durera en réalité de nombreuses années. Vous ne pouvez pas imaginer le bonheur que je ressentais en voyant ma grande gigue de frangine préparer son départ, tout en ayant à la fois l'appréhension d'affronter seul le courroux de ma mère à son retour.

16h35, c'est avec une boule au ventre que je la vis faire son entrée après avoir mis à l'arrêt sa vieille SIMCA 1100 blanche dans le chemin menant au pavillon. À peine la porte d'entrée franchie, elle me lançait d'une voix autoritaire, *où est ta sœur ?* Je rapetissais à vue d'œil. S'il avait existé une échelle pour évaluer sa folie vengeresse, sans excès de zèle, j'aurai donné la note maximale.

Effectivement, ce jour-là j'ai décroché la timbale, le pompon, j'ai eu le tiercé dans l'ordre accompagné du premier prix de la loterie nationale, le Loto de l'époque. J'ai tout dégusté en une seule fois. L'apéritif, l'entrée, le plat de résistance, salade fromage, dessert. Abominable soirée. J'ai essuyé un ouragan d'une violence inouïe parce que sa folie atteignait, en ce début de soirée, un sommet jamais égalé.

Je ne me suis pas plaint parce que j'avais accepté, dès le matin même, le prix qu'il me faudrait payer pour couvrir la fuite de ma sœur. J'ai tout encaissé sans broncher, ne pouvant rien dire à quiconque tellement je vivais dans la crainte et la terreur de cette mère. Démoniaque à certaines occasions, dont celle-ci, j'aurais pu tomber sous ces avalanches de coups, ce qui m'aurait mené tout droit vers les portes de la délivrance. Liberté chérie, liberté interdite qui fuyait devant mes doigts.

Seulement voilà, j'étais de mon côté de l'histoire qui s'écrivait, pas le meilleur, et devrais y rester encore longtemps. Trop longtemps. Qu'il était difficile le lendemain matin de faire comme si de rien n'était. Ma sœur n'a jamais rien su des conséquences de son départ, ni plus tard d'ailleurs. Personne ne sut jamais la violence de cette soirée ! Ma sœur et mon frère pourraient-ils me croire ? C'est la première fois que je révèle cet épisode désolant de ma vie, parce qu'en cette soirée il en fallait un qui paye le prix de leurs décisions, celui de leurs absences.

Beaucoup plus tard, lors d'un repas de famille, chez papa, j'ai tenté de raconter, parmi tant d'autres, l'épisode croustillant de la rue du Cygne, peine perdue. Mes aînés, dans l'incapacité d'entendre, me considéraient baratineur. Non, jamais leur mère n'aurait été capable d'une telle cruauté. Essayer de le leur dévoiler fut une affreuse erreur de ma part car ils n'étaient pas prêts à affronter, comme d'admettre, une vérité qui fait mal. On ne déterre pas la merde.

Dans ces situations, mieux vaut être aveugle et sourd, comme ils décidèrent de l'être ce jour-là. Attitudes assassines pour moi. Malgré tous mes tourments j'aimais quand même ma mère, j'aimais mon père secrètement dans mon cœur, tout comme mes "frère et sœur". Aurai-je été capable de faire le choix de quitter mon toit pour rejoindre celui de papa ? Je désirais si fort revoir mes aînés Cela m'aurait été pratiquement impossible à réaliser. Je rêvais tellement de nous tous dans une même et unique maison.

Tous les jours je ne pensais qu'à eux trois. Comment aurais-je pu contacter en secret mon père ? Je pensais bien lui faire parvenir des petits messages papier, mais par qui ? Qui pouvait me faire grâce de sa confiance ? Je savais qu'autour de moi un petit réseau d'observateurs relayait mes faits et gestes à ma mère, m'interdisant par là même, toutes tentatives de prises de contacts. Idem pour un éventuel bienfaiteur qui aurait risqué de se mettre en danger.

Maman n'avait pas de limites pour me faire surveiller, ni pour se venger. Sa priorité première ? M'avoir constamment près d'elle. Sa hantise ? Perdre tout contrôle sur moi. Avec mon père, nous avions réussi à nous voir deux fois, toujours en cachette. Brèves rencontres que j'ai immédiatement payées, chères même. Pareil pour la fois où papa s'était présenté à l'improviste à la grille du CEG de Moulins le Carbonnel lors d'une récréation.

Qui pouvait la renseigner de mes moindres faits et gestes ? Si je connaissais tous ces salauds qui m'ont gangrené la vie, j'irais sur le champ pourrir la leur. En représailles, maman avait de bons arguments à me faire valoir. Papa me manquait atrocement, nous étions si proches, si complices tous les deux.

Beaucoup plus tard, il m'apprit qu'il avait également beaucoup souffert de notre séparation, énormément même ; point précis sur lequel se délectait ma mère. Savoir sa souffrance nourrissait la haine jubilatoire qu'elle lui vouait. Soit Papa s'est douté, soit il sut les conséquences de chacune de nos deux rencontres.

Pour ma part, l'idée d'une future visite improvisée avec lui me pétrifiait. Je subissais le résultat escompté par ma mère, la peur de ses représailles. Dès lors, et à regret, mon père prit sur lui et n'a plus jamais lancé quelques tentatives que ce soit pour que nous partagions ensemble un instant volé. Il ne supportait plus que je subisse le prix à payer de nos rencontres furtives.

Dans les faits, papa se déplaçait là où il était à peu près certain de me voir, puis il se cachait pour me regarder un court instant, il ne lui restait que cette maigre et frustrante consolation. Il m'apprit tout ça quelques temps après que nous nous sommes retrouvés. Ces instants douloureux étaient en quelque sorte sa croix à porter. Pour deux enfants retrouvés, il en perdait un.

Le contact était rompu depuis plusieurs années lorsque je partis faire mes études de coiffure au lycée Victor Lépine de Caen (14). Les mois s'écoulèrent paisiblement jusqu'à ce mardi vingt-sept novembre soixante-dix-neuf où, à ma grande surprise, une lettre me fut remise par la conseillère d'éducation principale du lycée. Je venais de fêter mes 18 ans le dimanche d'avant. Mais qui pouvait bien m'écrire ?

Le cœur battant, je me suis empressé d'ouvrir mon courrier. À l'écriture je reconnus immédiatement l'expéditeur, *Papa* m'écrivait, enfin ! J'avais hâte de lire les deux pages de sa lettre, excité comme une puce que j'étais ; en même temps que la peur refaisait surface. Illico, tapie dans l'ombre, elle attendait son jour de gloire pour se dresser face à moi dès la première occasion venue. Mes mains tremblaient. Je redoutais que ma mère n'apprenne cette correspondance, qu'un de ses traitres dociles m'observe et l'informe.

J'apprenais à mes dépends que mes vieux démons n'avaient pas disparu. Je pensais aussitôt à ma tante de Mondeville, à un kilomètre de mon lycée ; mais par quel biais aurait-elle pu apprendre cette correspondance ? Non, et puis je ne l'imaginais pas moucharder parce qu'elle m'aimait beaucoup. De plus, elle savait faire la part des choses dans les déboires de sa sœur.

Papa m'écrivait. Enfin il avait pris son courage à deux mains pour me faire savoir qu'il pensait à chacun de mes anniversaires, seul dans son coin, malheureux comme la pierre. Il me souhaitait un bon et joyeux dix-huitième anniversaire et profitait de ces quelques lignes pour me faire part de ses sentiments. Moi, j'étais sur un nuage, aux anges, heureux, parce qu'il ne m'avait pas oublié. Papa pensait toujours à moi, il me portait continuellement dans son cœur.

À son courrier, était joint un billet de cent francs, ce qui, en 1979, représentait une belle somme d'argent. Je n'en croyais pas mes yeux ! Cent Francs...Ce providentiel gros billet me tombait droit dans les bras. Il représentait une somme plutôt importante.

Les lundis matin, je me rendais à Victor Lépine en prenant le train de 5h14 pour Caen, avec zéro centime sur moi. Les bonnes semaines, ma mère me donnait au mieux deux Francs d'argent de poche, parfois trois (45 centimes d'euros), rarement plus. Là... 100 balles d'un coup, c'était Byzance pour "ma pomme".

Tiens, le nom du petit bar devant le lycée de V.L, lieu divin d'un prof de coiffure friand du fruit de la vigne comme du jus de la sainte distillation, Mr Lange. Ce joli bifton était une manne tombée du ciel qui m'assurait plusieurs semaines de paquets de cigarettes et verres de limonade à "La pergola", rue de Falaise, notre fief. Troquet tenu par des tenanciers hors d'âge chez qui je passais, avec mes deux meilleurs camarades d'apprentissage, une partie de nos mercredis après-midi. Jean-Christophe et Patrick, ont, sans le savoir, été mon oxygène, mes deux rayons de soleil durant ces deux années passées loin de chez moi, deux frangins par procuration. Ce qu'ils ne surent jamais.

Rentré pour le week-end, j'avais eu en cadeau, de la part de ma mère, un joli portefeuille en cuir noir dans lequel je m'étais empressé de cacher ma précieuse lettre d'anniversaire. J'y avais ajouté la monnaie qu'il me restait. J'en avais tout de même profité un petit peu ! Le samedi matin, nous sommes allés de bonne heure en ville. Avant de quitter la maison, la matriarche m'avait confié de l'argent liquide à mettre à l'abri dans mon beau portefeuille.

Nous nous sommes engagés à pied rue du Cygne, nous étions sur le trottoir de gauche, celui en face d'un salon de coiffure qui n'existe plus maintenant. À cet endroit, ma mère m'a réclamé mon portefeuille pour récupérer l'argent confié. J'aurais dû me montrer prudent en ne lui remettant que les billets. Malheureusement mon mouvement est allé au terme de son parcours ; sa main tendue. Erreur impardonnable qui me fut fatale.

Je la savais capable de le fouiller, ce dont elle ne se priva pas de faire à ce moment-là. Pourquoi ? Ni une ni deux, elle découvrit et lut sur le champ, le visage déconfit au fur et à mesure qu'elle avalait les lignes, la lettre de mon père. Elle recevait un poignard à deux lames en plein cœur. D'une part, par celui qu'elle haïssait le plus au monde, papa, et d'autre part, par moi, l'insoupçonnable traitre corrompu qui brisait net une soi-disant confiance réciproque.

Dans la seconde elle fut à la fois juge et bourreau. La sentence ? Applicable sans délais. Elle laissa exploser sa rage en pleine rue tel un volcan en éruption qui déverse sa lave punitive en fusion. Lave purificatrice qui balaie toute tentative de rébellion après son passage. J'ai reçu ce qui fut certainement le plus furieux et le plus lourd châtiment qu'elle m'ait servi.

En moins de temps qu'il ne faut pour l'écrire, elle m'empoigna. Je me suis me retrouvé, dans la seconde, tête contre sol, au-dessus du caniveau, allongé. Un de ses genoux posé sur mon cou. Ainsi bloqué, ses poings m'arrivaient de toutes parts. Marteau et enclume s'abattaient lourdement sur mon visage. Terrifié, je n'osais bouger, je n'étais plus qu'un objet sans valeur posé là. Il est des fois où les coups portés perdent une partie de leur saveur parce que l'esprit a fui, abandonnant lâchement le corps tourmenté par cette tempête.

J'ai reçu en quelques secondes l'équivalent d'un an de précipitations. Dans ses accès de fureur maman se moquait complètement du regard des badauds qui l'observaient passivement ainsi que de leur jugement. Ma mère lâchait ses coups aveugles ; tous trouvaient leur cible pour mieux annihiler l'objet de sa haine. Une tornade déferlait.

Le plus incroyable est que, ce matin-là, pas un pèlerin présent n'a levé le petit doigt pour la calmer, aucun n'a tenté de s'interposer, de la faire cesser. Les piétons présents assistaient du coin de l'œil au spectacle pitoyable, tous atteints soudainement de la même cécité, de la même surdité.

Elle hurlait sa rage comme l'enfer d'un tsunami. C'est avec des mots durs, méchants, insultants, que j'ai rédigé, l'après-midi même, un courrier qui m'était dicté de sa bouche. Lèvres qui déversaient leur vomi que ma main étalait de sa pointe Bic sur une feuille de papier. Missive destinée à blesser profondément son destinataire, papa. Cette colère furieuse me ramenait quelques années en arrière ; celles des départs successifs du trio soudé qui réunissait, père, fils et fille. Séparations qui furent un véritable déchirement pour moi. Un vrai crève-cœur que je ne digérais pas.

Les premiers mois qui suivirent leurs départs, j'aurais aimé pouvoir le leur dire, leur crier combien je souffrais de la séparation de notre fratrie. Définitivement seul ; sans eux pour partager mon quotidien. À mon âge, c'était comme si l'on m'avait coupé le bras droit, puis ensuite le gauche. Ils n'en ont jamais rien su. Je ne leur ai jamais dit la détresse qui m'envahissait en silence. Pas une seule fois je n'ai pu leur faire savoir combien ils me manquaient. Leur ai-je seulement manqué ?

Je ne les ai pas revus durant les longues années qui suivirent. Je dois avouer que ma mère veillait jalousement à ce qu'il en soit ainsi, c'était *Sa Vengeance* vis-à-vis d'eux. Ne plus revoir papa a duré beaucoup plus longtemps. Lors de ses expéditions obscures, je percevais ma mère comme un corbeau de mauvais augure. Elle se drapait d'une cape profondément noire, se déplaçait telle une ombre invisible la nuit, habitée par un mal qui la rongeait lentement de l'intérieur. Un mal infernal sans cesse alimenté par une flamme incandescente.

La voir se transformer ainsi me faisait peur, autant la trouille que de me retrouver seul jusqu'à plus d'heure. Régulièrement je passais mes soirées à attendre, ayant pour seule compagnie un silence sinistre, sans savoir où se rendait ce freux nocturne, ce qu'il faisait. Chercher quoi ou qui ? Quel mauvais coup cet oiseau de malheur pouvait-il encore bien fomenter ? Où passait-il son temps ? Me laisser en plan dans cette trop grande maison, à la nuit tombée, me fichait une pétoche du diable. Ce fringant pavillon revêtait le plus beau des manteaux, ténébreux et funèbre à souhait. En attendant son retour, je vérifiais que toutes les portes étaient correctement verrouillées, des fois que...

J'allumais toutes les pièces du pavillon, ce qui me rassurait, puis me postais devant notre vieille télévision Ribet-Desjardin hors d'âge. Je passais ainsi un message à d'éventuels intrus comme quoi le maître des lieux était prêt à en découdre, un couteau de cuisine à la main pour repousser l'agresseur. Les craquements de cette maison neuve m'angoissaient. Je supposais toujours qu'un rodeur mal intentionné pourrait s'introduire par la porte du garage, au sous-sol. Malandrin qui marcherait silencieusement jusqu'au salon pour me faire la peau.

Elle savait que me laisser ainsi, seul, me procurerait une peur terrible. Pourquoi me laisser dans l'ignorance de ses soirées solitaires ? Je ne lui posais pas de questions parce que je devinais du bout des doigts *le* sujet tabou qu'il me fallait éviter d'aborder. Entre les moments où elle quittait la maison, plutôt calme, et ceux de ses retours au bercail, ce n'était plus la même chanson, ni la même femme. Elle bouillonnait, toujours, prête à exploser pour un rien, à hurler sa rage, à en vouloir à la terre entière.

Un soir, dès son retour, elle décida de me dévoiler ce qu'elle manigançait lors de ses virées nocturnes. Dans les faits, elle parcourait tout Alençon dans le but de retrouver mon frère, ma sœur, papa, y compris en cherchant leurs véhicules, qui, une fois repérés, la mèneraient immanquablement vers leur lieu de résidence. Il ne lui restait plus qu'à écouter derrière chaque porte, étage après étage. Ce qu'elle ne se gênait pas de faire. Ayant fini par les identifier, ma mère passait son temps à les espionner. Elle y passant des heures, l'oreille collée aux portes, à écouter ce qu'il pouvait bien s'y dire ou s'y faire. C'est au cours d'un de ces fameux soirs, alors qu'elle épiait devant chez papa et qu'elle s'apprêtait à quitter son palier d'immeuble, qu'elle tomba nez à nez avec ma grande sœur tout heureuse de rapporter quelques pâtisseries à déguster avec lui.

C'est grâce à cette fâcheuse rencontre, *pour ma sœur*, que j'ai enfin su, avec certitude, ce qu'elle manigançait durant toutes ces longues heures passées à l'extérieur. De son adorable maman, ma sœur avait reçu une bonne correction dans les escaliers, sans oublier que ses bonnes pâtisseries avaient subi un sort équivalent. Écrasées !

Le châtiment terminé, une hase n'aurait pas détalé plus vite qu'elle. La jouissance de cette scène lui déliait pour une fois la langue. Elle, la noctambule quasi quotidienne, me racontait d'autres aventures navrantes que je croyais rubis sur ongle. Elle était si excitée et tellement heureuse de me narrer la réussite de ses exactions punitives ! Me rapporter ces vérités lui était délectable. Un repas trois étoiles n'eut pas fait mieux.

À chaque fois je découvrais cette étincelle sarcastique qui animait son regard. J'en avais peur. J'étais navré de découvrir toutes ses forfaitures lors de ses expéditions malsaines à la ville, comme entre autres, mettre du sucre dans le réservoir d'essence de la voiture Italienne de papa. Une vieille Vespa. Une minuscule deux places d'un mètre carré cinquante. J'étais obligé d'abonder dans son sens, d'acquiescer avec un semblant de satisfaction. Sentiment qu'elle voulait lire dans mes expressions menteuses.

Mon but ? M'épargner une éventuelle suspicion de sa part, assortie d'une incontournable punition. J'avoue qu'avec le temps j'ai fini par m'arranger de mon quotidien. Guérissant pour ainsi dire de tout ou presque, parce qu'il faut du temps pour ça, beaucoup de temps pour se reconstruire après de telles épreuves. C'est toujours trop long… mais bon! C'est comme ça !

Quelques décennies plus tard, je reconnais qu'il est facile de dire que l'on se remet de tout, seulement les cicatrices restent présentes, sensibles, fragiles aussi. Lentement, le temps finit presque par adoucir les choses, les arranger. Les plaies cicatrisent au rythme de leur bon vouloir, sans parfois y parvenir. Ensuite, reste le plus difficile à mettre en application : savoir pardonner à la personne qui vous a fait beaucoup de mal en se servant de vous comme d'un objet.

Pour ça aussi le temps peut sembler long. Il en est pour qui cela durera toute une vie. Ai-je aujourd'hui réussi à accorder complètement mon pardon à ma mère ? Je le voudrais. Je l'espère de tout mon cœur, mais j'ai toujours le sentiment de ne pas y être arrivé complètement. Je souffre autant que je culpabilise des mauvaises pensées que je peux encore avoir envers elle. Merde alors… c'est dur à avouer. Je souhaite ardemment que toutes traces de velléités disparaissent enfin pour que je puisse retrouver définitivement cet amour.

Oui…Retrouver cette effusion de tendres sentiments que l'enfant que j'étais avait pour sa mère, afin que renaisse de ses cendres la flamme qui animait mon cœur lorsque je percevais ma maman comme la meilleure des mamans, comme la plus belle d'entre toutes. Vivement que je retrouve cette admiration que je lui vouais lorsque nous étions encore unis, tous ensemble. Une vraie famille où tous s'aimaient.

Je voudrais être apaisé lorsque je pense à elle. Bien plus tard, je retrouvais mon frère aîné, puis ma sœur. Par la suite, j'ai enfin pu retrouver mon père, et ça, grâce à trois personnes. Ce jour-là, j'ai réussi à surmonter la crainte que j'avais de ma mère. C'est avec la peur au ventre que j'ai fait le premier pas vers le patriarche. Qu'allait-il m'arriver si jamais mon démon apprenait que je l'avais revu ?

J'étais attendu chez lui, un dimanche après-midi. Il a fallu un temps interminable à mes trois détracteurs pour me décider à sortir de ma voiture puis aller le rencontrer. *La confrontation.* Je n'avais pas peur d'être face à lui ou de lui parler, quoi que, un peu quand même après tant d'années de séparation. Il y avait en effet ce mur invisible, cette barrière infranchissable érigée par ma mère. Fossé presque infranchissable dressé par le ciment de sa haine incommensurable envers mon père. La peur des redoutables punitions douloureuses qu'elle m'infligeait remontaient à la surface, balayant puis effaçant en une milliseconde des années de travail sur moi. Après tant d'années consacrées à essayer de tout oublier, j'étais tout bêtement bloqué.

J'ai bien cru ne jamais pouvoir franchir le seuil de porte de son pavillon. Je pensais connement, « *si ma mère apprenait que le l'ai rencontré, si jamais elle passait tout simplement devant sa maison au moment où je franchirais la porte d'entrée, elle me tuerait cette fois-ci* ». Je tremblais. Cœur serré, j'avais chaud. Mort de trouille le gars. Que papa dut être déçu lorsqu'il s'est présenté devant moi, au pied de sa porte. Je lui ai tendu la main en lui adressant un timide *"bonjour monsieur"* froidement, et bien malgré moi. Trop terrorisé que j'étais par le spectre de ma mère. J'ai encore en mémoire le soulagement que j'ai ressenti lorsque j'ai franchi la porte d'entrée, fais les premiers pas, et que la porte fut fermée, parce qu'à cet instant ma mère ne pouvait plus me voir de l'extérieur.

Ce jour-là, j'ai retrouvé mon père après de longues années de séparation. Par la suite, papa et moi avons passé de bons et merveilleux moments en famille. Nous nous sommes créés de nouveaux souvenirs. Je n'en avais quasiment aucun depuis notre court passé commun, juste quelques bribes par-ci-par-là.

Par la suite j'ai quitté mon propre foyer familial. Je me suis présenté chez lui, un soir tard. J'ai eu cette chance exceptionnelle, cette opportunité unique de vivre avec lui durant presque un an et demi, nous avons pu rattraper ensemble une partie de notre passé perdu, puis nous avons retrouvé le meilleur. La complicité. Nous sommes redevenus proches, comme lorsque j'étais enfant.

Enfant, je me trouvais d'un côté de la vie, probablement pas le plus réjouissant, mais maintenant j'étais de l'autre côté. Je vous certifie que celui-ci m'a beaucoup plu. Aujourd'hui encore, je m'étonne de penser à papa avec mes yeux de petit enfant, exactement comme à l'époque où il était mon héros, le plus fort et le plus beau des papas. Il me manque tellement. Parfois, je me remémore ma mère, avec le même regard, celui du petit garçon que j'étais, le bout d'chou cherchant l'amour et les câlins de sa maman adorée, blotti contre elle, le soir sur le canapé. Le gamin que j'étais lorsque nous vivions tous ensemble sous un même et unique toit.

Vouloir rester le petit de ses parents, est-ce surprenant ? Est-ce normal ou pas ? Je n'en sais rien, mais ça me convient très bien comme ça ! En fait, la vérité est que nous n'avons pas d'âge en tant qu'être, seul notre corps en est le testamentaire. S'il existe un juge impitoyable, sensé comme invariable, c'est bien lui. Les marques du temps qu'il subit nous sont indiquées à travers l'image qu'il nous renvoie, lorsque nous nous regardons dans un miroir impartial. Nous y observons le dessin de notre enveloppe charnelle qui se transforme. Carcasse qui commence par se détendre.

Dès lors les premières rides apparaissent, deviennent toujours un peu plus creusées, plus profondes par ce temps assassin qui œuvre. Les rouages de notre compagnon fonctionnent un peu moins bien au fil des années. Ce corps se fripe, s'affaiblit, s'affaisse, en se dégradant inexorablement car il a été ainsi programmé. Intraitable et sans pitié, le temps fait son œuvre. Il est là pour nous rappeler que nous ne devons pas perdre de vue le but essentiel de notre vie, tout comme le sens que nous devons lui donner au sein de ce monde visible.

But essentiel qui devrait en principe nous amener à une profonde réflexion sur nous-même ; à une vie faite en partie de spiritualité. Vie pour construire de bonnes et belles actions puis les répandre autant que possible. Mais surtout pour nous préparer à notre transfert. Parce que nous allons devoir le quitter, ce bon compagnon de route. Nous lui devons beaucoup et devrions le traiter, à chaque seconde de notre existence, avec respect et avec tous les égards qui lui sont dus. Lui, nous supporte toute une vie sans se plaindre, mais nous, que faisons-nous de bon pour lui tout au long de notre existence ? Nous n'agissons pas toujours dans son intérêt, comme nous devrions le faire. Avec respect.

Depuis son enfance, ma mère n'a pas eu une vie facile. Elle a fait ce qu'elle a pu avec le peu d'atouts qu'elle avait entre les mains. C'est pourquoi je ne dois pas la blâmer pour toutes ces années durant lesquelles j'ai été séparé de mon frère, de ma sœur et surtout de mon père. Je sais que j'aime ma mère. C'est aujourd'hui le plus important. Maman a beaucoup souffert dans sa vie, notamment durant les semaines et les mois qui ont précédé le départ de papa.

Née en mai 1933, en France, elle est décédée le 5 mai 2015. Papa, né en juin 1932, est décédé le 25 janvier 2014. Je pense à eux chaque jour et me les remémorer me fait vivre des regrets : Ceux de ne pas avoir fait tout ce que j'aurais dû pour eux avant qu'ils ne partent, mais aussi pour tout ce que je ne leur ai malheureusement pas dit.

Dès 78, formé au métier de la coiffure, je termine cette carrière aux côtés d'un champion de France qui m'apprendra l'art de cette profession exigeante qui réclame de la précision. Il y a là un savoir-faire qui ne se transmet plus, qui n'est plus demandé, qui ne se pratique plus depuis des années. Avril 1982, départ pour le service militaire, chez les Marsouins du 2ième RIMA d'Auvours, près de Le Mans, pour y effectuer mes classes

Ce fut une période difficile mais géniale. Transféré à l'EIPMF de Carpiquet, je fus parachuté armurier par l'adjudant-chef Lesaunier. Je retrouvais cet homme intègre, souriant, constamment positif. Il a été le meilleur chef de service que je n'aie jamais eu en 10 mois de service. Je l'avais connu lorsque je lui coupais les cheveux lors de ma seconde année à Victor Lépine.

Il pensait bien faire en me planquant, alors qu'en réalité, je rêvais tous les matins de retrouver mes camarades de classe aux levées de drapeaux à 6 heures, de bosser la journée dans l'UCS où résidaient trois cents jeunes filles de 20 à 25 ans. Femmes qui ne bénéficiaient que d'un dimanche de permission par trimestre. Là-bas, la chasse à l'homme était ouverte. Tous les jours, c'était open bar-boy's pour les filles, alors essayez d'imaginer ce qu'étaient les week-ends... ?!

Cette École Interarmées de Personnel Militaire Féminin était la vitrine de la France en Europe, mais surtout de l'Afrique dont la coopération avec le Gabon faisait que nous recevions régulièrement de jeunes Gabonaises engagées. Elles étaient formées principalement au métier du secrétariat. Ces jeunes femmes étaient d'une gentillesse extrême.

Être armurier ne me convenait pas car cela impliquait enfermement et oisiveté complète qui me coûtèrent 14 KG de plus à la sortie. Lits dans l'armurerie, plus télévision couleur, je passais mes journées allongé. Ajoutez à cela trois beaux repas accompagnés des goûters de 10h et de 16h, avec nourriture à volonté, pas d'exercices, plus siestes interminables, le mal était fait. Immanquablement nous faisions du lard.

Il n'empêche que l'armée forme un homme, l'éduque en lui apprenant le respect des autres, des règles, tout comme l'amour du pays dans lequel il vit.

Peu après mon service national je me suis marié, en 83, et ai deux garçons. Septembre 1985, je deviens assureur à l'UAP, réseau S. j'y obtiens mon brevet d'assurance, puis me lasse rapidement de cette activité parfois surprenante. J'entre en mai 90 dans une Mutuelle, la CMCO. Arrêt de cette activité début 2002 avec à la clé une petite année sabbatique. Je rejoins le monde du social en 2003 pour me rendre compte que je ne suis pas fait pour ce style d'activité*, petite vitesse et grand lentement*, ce n'est pas fait pour moi.

Sans que je ne m'y attende, la foi me tombe dessus, comme une chape de plomb, la sensation est singulière mais si agréable. Je redécouvre Dieu, je prends plaisir à retrouver le chemin de l'église, à participer aux messes, c'est comme ça tous les dimanches et pas autrement. Je suis extrêmement surpris de ces changements mais voyez-vous, ça ne se choisit pas. L'envie vient d'elle-même, alors j'y vais, je me laisse porter.

En juin 2007, je m'installe à mon compte. J'achète un petit bar de quartier en peine de clientèle, le développe, puis trois mois plus tard, le fait évoluer en bar restaurant. Le divorce civil sera prononcé, tout comme la nullité du mariage religieux par la suite. Je me marie donc civilement et religieusement en septembre 2011.

Ce qu'il faut principalement retenir d'une vie chaotique, c'est que quelle que soit notre vie : vie bonne ou vie moyenne, vie fade ou pimentée, voire excellente, chacune a ses hauts et ses bas. Il y a, et aura toujours un petit instant de bon, de frais, d'agréable, toujours un fragment de souvenir vivifiant pour nous ragaillardir. Régulièrement se dévoilera une douce parcelle de quiétude aux reflets délicieux, aux senteurs qui nous enchanteront, rien qu'à nous remémorer ces beaux instants passés. Bref, toujours se présenteront des épisodes aux saveurs délicates et délectables pour donner envie d'en reprendre un morceau.

Et bien cette vie, pour laquelle nous avons été acteurs passifs comme actifs, nous l'aimons tous. Nous nous enrichissons continuellement d'elle, tant par nos expériences que par nos épreuves vécues, et ça, tout l'or du monde ne peut le remplacer. Industriels du pétrole ou autres, politiciens engagés, bons, généreux, véreux ou corrompus, fondateurs et dirigeants de grandes entreprises, barons de la drogue, leurs revendeurs, et pour finir, assassins en tous genres, ne connaîtrons pas de suite le repos de l'âme après avoir quitté ce monde. Pour certains, jamais.

De quelque nature qu'il soit, l'appât du profit n'aveuglera systématiquement qu'une catégorie d'individus : les faibles. Ceux-là même qui, pour différentes raisons, supposent que leur existence passe immanquablement par le pouvoir, par le contrôle de l'autre. Il pourra en être de même pour ceux qui sont persuadés que leurs connaissances leur donnent un statut, condescendants, en se positionnant au-dessus du lot.

Tous se croient forts, riches, intouchables, aveuglés, mais tous sont si mauvais, pauvres et faibles. Je ne suis surtout pas un donneur de leçons, mais quoi que nous ayons pu faire et ferons, nous avons une bonne raison d'aimer puis d'espérer ; ne serait-ce que pour vivre quelques mois de plus afin de voir naître sa petite fille, admirer un dernier printemps, profiter du prochain été indien, se battre pour gagner ces jours précieux qui rapprochent du mariage de son enfant, gagner un délai supplémentaire pour avoir le temps de se réconcilier avec certains, avec la vie, avoir le temps d'enterrer ses démons.

Si parfois le monde pour lequel nous nous sommes inscrits semble partir à vau-l'eau*, nous devons tous œuvrer à le rendre meilleur. À contrario de ça, la dernière marque de notre passage sur ce monde, n'est-elle pas la souffrance de quelque nature qu'elle soit ? Souffrance manifestée par des épreuves physiques insupportables, par des chagrins inconsolables, par le goût persistant de l'amertume d'une vie ratée, par la peur de mourir tout simplement, et pour finir, par l'effrayant parcours ultime qui mène vers l'inconnu. Celui qui exige à tout quitter.

Cette dernière souffrance nous rappelle que nous allons devoir nous séparer de notre compagnon de fortune, comme d'infortune. Parce qu'il sera enfin temps de rentrer au bercail, temps de reprendre le chemin du retour qui, pour certains, ne sera pas celui auquel ils espéraient.

Le départ d'un être aimé se traduit trop souvent par une douleur qui nous ronge les entrailles autant qu'elle peut nous rendre malade à crever. Dès lors, la tristesse nous submerge, les sentiments d'injustice prennent place. Ceux-ci sont d'autant plus exacerbés lorsqu'il s'agit de la perte d'un être aimé proche, d'un enfant, et pire encore, lorsqu'il s'agit d'un petit.

Parfois l'horreur de cette perte touche à son comble parce qu'elle est la conséquence d'odieux actes volontaires inqualifiables commis par des pervers. Cela vaut pour les adultes qui organisent ou pratiquent aussi les sévices sexuels, coups, tortures physiques, psychologiques et abjects assassinas. Rappelons-nous ce pauvre jeune homme dont la vie fut écourtée en Italie. Lui pour qui la douleur est arrivée à la limite du supportable, il connut le pire, l'injustice, l'effroyable, avant de partir pour rejoindre un monde tellement meilleur.

Bon, alors ? C'est quand même chaud, dites ! De nos jours, cette situation est malheureusement le quotidien de beaucoup trop d'enfants de couples séparés. Ceux-ci étaient peu fréquents à sa jeune époque. Autant dire que les divorces consommés n'étaient pas vu d'un bon œil. Les soi-disant bons citoyens portaient un regard inquisiteur sans appel sur ceux qui sortaient du rang.

Des enfants de sa situation vous en connaissez très certainement autour de vous, et tous devrons panser leurs plaies, comme pour lui, parce que le temps a œuvré en ce sens. Côté job, il s'en est pas mal tiré non plus. En revanche, là où il y a matière à réflexion, c'est au sujet des individus aux multiples facettes, que l'on choisisse les meilleurs ou que l'on prenne ce qui se fait de pire, il est à retenir qu'apparemment, tout se paie un jour en un lieu différent du nôtre. Un autre univers par exemple, où là, le châtiment sera à la mesure des actes de chacun.

Mais avec ce que vous découvrirez plus bas, vous allez voir que la vie réserve bien des surprises, et contre toute attente, la toute première a été de taille, mais alors d'une taille... comme vous n'avez pas idée, moi-même en suis resté comme deux ronds de flan* ; c'est vous dire. Je vous laisse vite retourner à votre lecture parce que ça démarre en mode comédie. Et puis la suite ne manque pas d'intérêt non plus.

À plus tard.

**Ronds de flan* : Source wiktionnaire, Internet.

L'expression remonterait au XVIe siècle. Le terme « flan » désigne les disques de métal qui sont emboutis pour fabriquer des pièces de monnaie (battre monnaie). L'expression « deux ronds de flan » serait une allusion aux yeux ronds d'une personne stupéfaite.

**Aller à vau-l'eau* : Source wiktionnaire, Internet.

De l'ancien français aller à val l'eau.

Dès le XIIe siècle, aller à val ou à vau voulait dire « en descendant le long, en suivant la pente de », un vau étant une vallée (on retrouve d'ailleurs ce terme dans l'expression par monts et par vaux). *Au moins jusqu'au milieu du XVIe, cette locution, utilisée entre autres par Rabelais, avait le sens très concret de « suivre le fil de l'eau » ; c'est à partir de cette période que son sens abstrait commence à apparaître. On emploie d'ailleurs à val de route pour « en déroute » et être à vau l'eau pour désigner une entreprise qui fonctionne mal, et entre le mauvais fonctionnement et la perte ou la faillite, il n'y a qu'un petit pas qui a vite été franchi.*

ꕤ DACLV ꕤ

Chapitre 7

℘ Première rencontre ☙

☙ Face à face improbable, un doute est levé

Début 84, je suis opéré d'une hernie discale. Deux années de squash, plus un entraînement préparatoire trop poussé en vue d'un tournoi prévu à Laval, ont eu raison d'un de mes disques lombaires. Une radiculographie plus tard, réalisée au mauvais endroit dans une clinique de Caen, fait que le chirurgien, après ouverture, ne trouve rien. Dans le doute il pratiquera une nucléotomie inutile à l'étage supérieur de celui de la cause de mes maux. Quelques jours plus tard, il m'opèrera enfin au bon endroit, mais heureusement qu'une fois allongé sur la table d'opération il me lancera, « *bonjour monsieur C……. Non, moi c'est Girault* », le reprenais-je. Après vérification il se mit à jurer tout ce qu'il savait.

Dans la seconde je fus éjecté de la table pour attendre mon tour près de la porte d'entrée, côté bloc. Sans voir, j'ai assisté à l'intervention du bon patient, à tous leurs échanges ainsi qu'à tous les bruits qui ne manquaient pas d'enfler mon angoisse. Ce jour-là, il retirera le disque lombaire endommagé alors que j'aurai pu tout autant perdre une jambe ou je ne sais quoi si je n'avais pas répondu du tac au tac à ce nom de famille inconnu. C'est presque deux heures plus tard que je fus réinstallé. Dans la foulée, ce brave homme, reconnaîtra l'erreur faite par leur radiologue, tout comme la sienne, une semaine plus tôt. Il m'a présenté leurs excuses, ce qui est assez rare pour le souligner.

Ce chirurgien reconnaissait, honteusement, m'avoir quasiment congédié de la clinique parce que je me plaignais continuellement de mes douleurs tout aussi importantes après l'intervention qu'avant. Celles-ci n'existaient que dans mon imaginaire, et qu'à ce stade il ne pouvait plus rien pour moi, me disait-il. En gros j'étais zinzin.

Les choses ne s'arrangeront pas pour mon dos parce qu'un peu plus tard, ce même praticien réalisera une nouvelle nucléotomie, justifiée cette fois-ci. J'avoue apprécier ce praticien, alors pourquoi aller voir ailleurs. Bon, je dois confesser que pour cette intervention je n'ai vraiment pas eu de chance non plus, je me suis réveillé au beau milieu de celle-ci, d'un seul coup. J'ai crié de douleur en tentant de me redresser, lui aussi a gueulé une des injures la plus courante – *Nom de D, il se réveille.* Là, il me plaque sur la table, aidé d'une infirmière proche de moi. Je pousse un râle de douleur, aperçois un type près de ma tête. Il lève les bras, puis d'une main injecte un produit dans la perf. Je pose alors les yeux sur l'écran dont se sert le chirurgien pour suivre son intervention. J'ai le temps de remarquer un trait noir et fin dessus, puis plus rien.

Suite à ces différentes mésaventures ? je me suis promis de ne plus retourner dans cette clinique. Plus tard, un jeune professeur de la clinique du Belvédère, proche du Parc des Princes à Paris, pratiquera une nucléolyse. Cette fois-ci je tenais la promesse que je m'étais faite, j'ai changé de crèmerie. Je me remets tant bien que mal de ce mauvais et douloureux épisode ; quatorze mois d'arrêt tout de même.

Quelques années plus tard, je passerai une année à pratiquer le renforcement musculaire de mon corps qui en a bien besoin, à raison de 5 à 6 heures par semaine. En juin 97 je rejoins le rugby club d'Alençon en tant que dirigeant à l'âge de 36 ans, puis en tant que joueur. Tout mon entourage me considèrera fou. « *Avec tout ce qui t'est arrivé, ton dos ne tiendra jamais, t'es cinglé* », me lançaient-ils tous. Rien n'y fait, c'est plus fort que moi, je poursuis ma démarche et la consommerai jusqu'à la lie.

À cet âge, il est un peu tard pour devenir un bon joueur, ce que d'ailleurs je ne serai jamais, mais j'ai découvert ce sport grâce à mon beau-frère, c'est lui qui m'a lancé dans cette aventure de dirigeant de club. Comme le ballon ovale me titillait le bout des doigts, dès le début j'ai souhaité devenir joueur. Et vive les entraînements. J'officiais toujours en tant que remplaçant. Figurant sur la feuille de match, nous évitions de ce fait les forfaits de l'équipe réserve, dont la présence était obligatoire au niveau où nous jouions.

D'un coup d'un seul le virus m'a pris. J'ai aimé immédiatement ce sport que je connaissais peu, juste pour l'avoir vu à quelques reprises à la télé. Après avoir eu entre les mains cette olive si envoutante, j'y suis devenu complètement accro. Malgré tous mes efforts, j'avoue n'avoir jamais pu jouer un match entier, uniquement quelques minutes par rencontre à cause de mes mollets qui ont systématiquement capitulé sur contracture.

À l'entraînement je sortais sur contracture, à l'échauffement autour du terrain avant d'entrer en match, idem, contracture, toujours et encore. Un jour, à domicile, j'ai décroché le pompon. Vingt-cinq minutes d'échauffement qui se déroulent à merveille, j'étais aux anges. Le coach me fait entrer avant une mêlée en notre faveur, coup de sifflet, reprise du jeu, sortie de balle fissa du paquet par notre neuf, qui la passe à droite à notre dix, qui lui-même transmet dans ce même axe, tout ça sans que nous n'ayons pris de profondeur. Profondeur obligatoire lorsqu'on est en position d'attaque.

Chouette, le ballon va m'être transmis, première accélération. Dans la milliseconde, paf, pas de chance, très vive douleur, contracture au mollet droit. Dans mon élan je fais le pas supplémentaire, celui de trop, et re-paf, contracture au mollet gauche. Joueur au sol. Je n'ai même pas tenu une minute de jeu sur le terrain. Record à battre, qui fait mieux ?

La palme d'or, je l'ai décroché au RCPH du Havre. Chez les fous comme nous les surnommions à cette époque au Rugby Club d'Alençon, comme dans tout le championnat d'ailleurs. C'était le club des dockers du port du Havre, des gens vraiment très particuliers. Équipe constituée de jeunes dockers et d'enfants de dockers. Leur jeu approximatif était mis à niveau, en comparaison de celui de leurs adversaires supérieurs au leur, par une violence de jeu inouïe, accompagnée d'une pléiade de bourres pifs qu'ils distribuaient à tout va, en veux-tu - en voilà, aux joueurs adverses.

Avec eux il n'y avait pas véritablement de règles ni de compromis hormis celles de cogner. C'était des méchants, redoutés dans le championnat honneur à cause de leurs comportements hors normes ; nos braves arbitres de faible niveau préféraient rester aveugles. Donc, Le coach me demande de m'échauffer. Trente longues minutes de mise à l'épreuve. Voyant mes mollets tenir le coup, – *c'est bon Steph ? Tu vas pouvoir rentrer ? Amène toi vite* – Me lance-t-il, puis me fait rentrer à la place de notre mauvais arrière du jour, qui en réalité occupait ce poste pour la première fois, tout comme moi.

Malheureusement, ce pauvre bougre, à la ramasse physiquement, ne tenait plus du tout son rôle. Houlalaaaaa, arrière, ça, il faut connaître, parce que toute improvisation est proscrite. Je n'étais pas serein d'entrer sur le terrain. Je savais toutes erreurs interdites car à ce poste, les boulettes se paient cash. En prenant timidement la place de mon co-équipier, le coach me met en garde parce que la reprise du jeu se fait sur mêlée. Au bénéfice des fous. Et merde ! Pas de pot.

« Fais gaffe Steph, ça va vraiment être chaud pour toi, me prévient-il*, je connais bien leur 10 et il va te tester dès la reprise, attends toi à une chandelle dès qu'son 9 va sortir la balle du paquet ».* Et moi, la peur au ventre, pas rassuré pour un sou, de lui répondre comme un mec sûr de lui, « *t'inquiète Olivier, c'est bon, ça va l'faire », avec* le trouillomètre à zéro ; comme si j'avais occupé ce poste toute ma vie.

Ça, pour l'avoir fait, il l'a fait ce con de 10, et moi aussi je l'ai fait ! « *Soi vigilent Steph* », me dis-je à moi-même, « *tu n'as pas le droit à l'erreur sur ce coup-ci, alors joue bien mon garçon ».* Je peux être fier de moi parce que je n'ai pas commis d'erreur dans ce qui fut ma seule et unique prestation du match. Coup de sifflet de l'arbitre, reprise du jeu sur mêlée avec introduction au bénéfice du RCPH. Introduite, la balle est dans les pieds du deux de leur première ligne. Cet âne bâté de crotte la talonne à la perfection. Puis elle arrive très vite aux pieds du sept. Le demi de mêlée s'en saisit, la transmet à la vitesse de l'éclair à son 10, l'ouvreur.

Merde, tout va trop vite pour moi. Je suis fébrile. Ce gars-là, le 10, est un joueur clé dans l'équipe, c'est celui qui décide du sens à donner au jeu en fonction de la situation en cours, entre ses joueurs positionnés sur le terrain, du placement de ses adversaires et de leurs qualités à occuper leur place. Tout ça est allé tout de même trop rapidement pour ma faible capacité à occuper la charge de 15.

Cinq… six secondes tout au plus après l'introduction de la balle dans le paquet, et encore ! Que s'est-il passé ? Et bien cet olibrius, cet iconoclaste, ce moule à gaufres, cette pelle à tarte, ce marin d'eau douce de numéro 10, comme le disait un certain capitaine bien connu, barbu aux cheveux noirs, me sort chandelle d'anthologie. Identique à celles que l'on voit dans les matchs internationaux.

Très haute et droit sur ma pomme. À quoi ? Trente-cinq mètres de la remise en jeu, tout au plus. Je suis vert, liquéfié sur place. C'est un coup de botte millimétré, je n'ai même pas eu à bouger. Pour lui, c'est le coup de pied magique, pour moi, l'horreur. On peut difficilement faire mieux. Le ballon m'arrive droit dans les bras. Le temps que la balle monte et redescende, trop de secondes se sont écoulées. Je vois alors courir, beaucoup trop rapidement vers moi, deux molosses de l'équipe d'en face. Le sept et le huit, hauts et larges.

Et merde, dans deux secondes je suis mort ! Ils vont m'exploser la tronche, murmurais-je en me voyant déjà aplati au sol. Comme dans les dessins animés Tex Averi. J'ai chaud. La sérénité ? C'est pour les autres. Je voudrais tellement faire l'autruche. En fait, à cet instant, j'ai une trouille à me faire dessus. Je traverse un petit moment de solitude qui ne se partage avec personne. Oui oui ! Avec personne. La montée plus la descente du ballon ? Fulgurante. Maintenant, je sais que mon temps sur le terrain est compté parce qu'il y a de fortes chances que je finisse à l'hôpital.

Un œil surveille la balle, l'autre ces deux gladiateurs qui m'ont dans leur viseur. Sont quand même trop balaises à mon goût les bourrins. *Au moins j'aurais eu de la chance*, me suis-je dis, car ce ballon est facile à réceptionner. Pour ça ! Pas de soucis. J'ai eu le temps de la recevoir cette belle ogive signée Gilbert. Quant à l'hôpital, je ne pensais pas être si près de la vérité.

J'ai juste fait une petite extension verticale de 20 cm, pas plus, pour réceptionner le roi de l'ovalie dans les airs. Au moins comme ça, n'ayant plus les pieds au sol, mes deux branquignoles n'auront plus le droit de me pulvériser avec un contact que je sens imminent. N'étant pas dans mes 22, mais juste devant cette bon sang de ligne, je ne pourrai pas gueuler MARQUE, mais au pire, une fois les pieds au sol, je balancerai la balle en touche pour que mes deux rococos n'aient plus aucun droit sur ma frêle personne.

Je prends donc un demi-pas d'élan, entame une flexion des genoux, juste assez pour effectuer avec élégance mon petit saut de cabri. Ce fut une grave erreur. J'aurais mieux fait de rester sur mes deux jambes, bien plantées sur le tapis vert, parce qu'au moment de l'extension, j'ai ressenti une forte douleur accompagnée d'un gros "claque" dans le bas de ma jambe gauche, un vrai coup de fouet.

N'ayant plus d'appui, je tombe de suite au sol, comme une bouse. À cet instant, mes deux flamboyants gaulois élancés s'écartent. Je suis sauvé, mais eux, resteront privés de balle parce que j'ai malgré tout eu le temps de la lancer en touche. L'honneur est sauf. Le lendemain matin, à Alençon, le résultat est sans appel chez le radiologue. Diagnostic ? Déchirure au mollet gauche. Une belle boutonnière de 13 cm de haut sur 5 de profondeur, avec à la clef, cinq semaines béquilles en mains, complétées par quatre ponctions. N'avais-je pas dit qu'il y avait un record à battre ? Il n'y avait que moi pour battre ma première performance avec moins de trente secondes de jeu, on ne peut pas aller plus vite.

Suite à cette déconvenue je ne me décourage pas, comme jamais d'ailleurs ; quoi qu'il m'arrive, les gars peuvent toujours compter sur moi, ou presque. Je poursuis les entrainements, deux fois par semaine. Ce vendredi, l'hiver et ses premiers grands froids sont arrivés, nous sommes en février 2000. Ce soir-là, je suis bien loin de m'imaginer ce qui va se dérouler au-dessus de ma tête. Il fait trop froid pour cet entrainement hivernal, le terrain est dur, mais n'a pas été interdit pas le comité des sports de la ville. Nous ne sommes pas nombreux, juste une quinzaine de joueurs bien concentrés sur une phase de jeu que nous répétons ; en l'occurrence, la touche.

Une heure plus tard, je décide de ménager mes mollets, de toute façon du travail m'attend au club house. Je quitte le terrain d'entrainement, prends le chemin des vestiaires et décide de m'arrêter pour faire une courte halte devant le terrain d'athlétisme. Il me faut assouvir un petit besoin devenu pressant.

Ce soir-là, la nuit, exceptionnellement noire, est agrémentée d'un ciel superbement étoilé. Pas l'ombre d'un nuage, pas un pet de brume. Rien. C'est toujours un enchantement que d'admirer cette magnifique toile ! Je commence donc à soulager ma vessie tout en regardant ce splendide ciel constellé. Je n'en perds pas une miette. C'est trop beau, alors je m'en gargarise les yeux. Soudain, je repère un léger bruit, grave et sourd à la fois. Il est comparable au ronronnement continu d'un chat, ou encore à mes deux enceintes Kef, 300 watt, qui émettent un son grave lorsque je mets l'ampli sous tension en baissant le volume. Ce doux ronron est à peine perceptible, mais bien présent. Je ne le rêve pas. Ce bourdon, si finement audible, est présent partout et tout autour à la fois, j'ai le sentiment qu'il recouvre la plaine des sports. Vaste endroit de verdure. Je n'ai pas le souvenir d'avoir eu l'occasion d'entendre un tel son, ce qui ne m'apporte, ni indicateurs, ni repères ou références quelconques pour l'identifier.

Je regarde du côté du terrain où évoluent imperturbablement mes camarades. Ils se parlent les uns les autres, le ton est faible, peu de mots prononcés. Les gars sont concentrés à répéter leurs phases de jeu. De suite, j'en déduis que ce très léger bourdonnement ne peut en aucun cas provenir d'un petit avion de tourisme, ça n'y ressemble absolument pas, j'exclus immédiatement cette piste. Je scrute encore plus l'écran.

C'est encore moins le bruit que peut émettre un hélicoptère, aucune ressemblance. Mince alors, quel est ce murmure, d'où vient-il ? Je cherche dans le ciel un avion de grande ligne tout en sachant que c'est autre chose, pas de feux de position à l'horizon, rien ne bouge sur cette toile scintillante. Ce perceptible ronron est proche maintenant, très proche même. Je continue à chercher sa provenance, puis décide de lever la tête, dos cambré, regard calé à la verticale.

Après un court instant, je vois apparaître une énorme masse noire, pointue, de forme triangulaire. Ce morceau, noir de jais, suspendu dans les airs avance paresseusement. Il vient de derrière moi, de la pleine campagne. La trajectoire rectiligne de cet intrus le mène droit sur le centre E. Leclerc qui se situe, bon an mal an, à 500 mètres de ma position.

Cette énorme masse, couleur nuit totale, progresse lentement, masque de plus en plus le ciel étoilé sous lequel elle dévoile ses dimensions hors normes, démentielles. Elle évolue majestueusement, soucieuse de ne pas perturber le monde du dessous. Je distingue très nettement la chose. Aussitôt, je débute mes prises de repères, parce que l'observer est un jeu d'enfant.

Tous mes sens sont en éveil. Ce à quoi j'assiste est époustouflant, du jamais vu. De mon poste d'observation, je recherche tout ce qui peut me servir de point de référence, comme les vestiaires à ma gauche, y compris le large espace libre juste derrière eux, en y ajoutant le champ au-delà. Je considère notre autre espace d'entrainement face à moi, celui qui est au-delà de l'allée de sapins juste collée à la piste d'athlétisme devant laquelle je me tiens.

Je rajoute à cela les deux autres terrains de rugby en enfilade, dans l'alignement de ma position. Je m'appuie sur les deux terrains de football à ma droite, dont les gars s'entrainent sur le premier, ainsi que sur la position du vélodrome encore plus loin. J'avise les deux centres de formation à droite du club house. Ces références me permettent de déterminer la hauteur de cette masse imposante en mouvement par rapport au sol.

Masse pour laquelle je veux établir sa largeur, son épaisseur, sa longueur. D'ailleurs elle n'en finit pas de s'étaler sur cette mer de diamants qui s'affiche en cinémascope. Cette majestueuse pièce triangulaire suspendue se déplace doucement, à pas feutrés, lentement, cherchant à effacer sa présence par le silence, qui n'est pas absolu. Je n'en reviens toujours pas. Mais je garde la tête froide. Poursuivre du mieux possible mes observations est ma seule préoccupation. Plus l'objet progresse, plus il s'élargit de la croupe. Incroyable, ce qui s'offre à moi est simplement fabuleux.

Mains libérées, je lève mes bras, les braque vers le ciel, index tendus, pointés de chaque côté de l'engin qui me dévoile impudiquement, à pas comptés, sa stupéfiante longueur et son impressionnante largeur. L'angle qu'indiquent mes bras écartés est important. Je me gave goulûment les prunelles. Intérieurement je jubile parce qu'il va bientôt m'apparaître dans son intégralité.

Cette pyramide pharaonique, qui en impose grâce à son déplacement empreint de tellement de légèreté et de tant de délicatesse, fait de ce visiteur au doux ronron feutré-camouflé, un dieu du ciel. Ce noble paquebot ténébreux masque à présent une large partie de ce scintillant tapis céleste.

Mes yeux se déplacent, scrutent dans toutes les directions, les unes après les autres ; j'estime, je calcule, j'évalue, puis peaufine mes appréciations. Je suis d'un calme surprenant, d'une lucidité à toutes épreuves, je reste imperturbable. Maintenant, j'arrive à déterminer la hauteur de ce..., comment puis-je le qualifier ? Phénix nocturne ? Ou..., oiseau de nuit ? Appareil mystérieux ? Objet volant qui restera non identifié ?

Je n'en sais trop rien, mais sur l'instant j'ai bien d'autres préoccupations à résoudre alors qu'il hisse pavillon à 150 mètres d'altitude. Allez..., 200, guère plus. Cet ovni, parce qu'en fin de compte c'est bien de ça qu'il s'agit et de rien d'autre, aux dimensions renversantes, poursuit son chemin silencieusement, tel le roi lion qui ne craint rien ni personne, alors que d'un coup de patte il pourrait tout anéantir sur son passage. Je le contemple dans son déplacement. Le plus surprenant est que ce majestueux évolue telle une plume caressée par une douce brise. Avec légèreté. Il est l'humble maître des lieux, celui qui ne veut surtout pas s'imposer. Cet étranger est sans velléités aucunes, alors que sa supériorité est si évidente, ne serait-ce que par sa technologie qui nous surclasse.

À lui seul, il nous relègue 1000 ans en arrière ; de ce fait je ne peux que lui témoigner mon respect. Sa forme deltoïde occupe maintenant un espace important sur ce ruban infini maculé de pointes étincelantes. La face inférieure du mastodonte, placée sur mon axe vertical, me dévoile son ventre aux formes inégales avec, tantôt des aspérités saillantes, tantôt des parois et paliers rentrants, sur un ou deux niveaux ; à l'image d'une petite carrière peu profonde. Je distingue, ici et là, des zones planes aux dimensions d'un terrain de football, voire larges.

Ce géant..., ce maître des airs qui ondoie imperturbablement d'une grâce voluptueuse, semble aussi léger qu'un ballon de carnaval gonflé à l'hélium. Ce profil qu'il m'expose n'est pas du tout plat comme il serait aisé de le supposer. Constat qui au premier regard m'a surpris. À plusieurs reprises, j'ai vu ce qui pourrait laisser à penser à de grandes antennes, plutôt larges à leurs bases, jusqu'à devenir plus fines en leurs pointes. Je ne me suis pas focalisé sur leurs longueurs.

J'ai bénéficié d'une superbe vue d'ensemble, épatante, mais je n'ai pas eu suffisamment de temps pour enregistrer assez de détails qui m'auraient permis d'engranger de plus amples informations et de plus nombreuses précisions pour le croquer avec réalisme. Ce que je peux affirmer sans retour, c'est que cette face exposée présentait une multitude de dénivelés aux formes variées. Rivé sur cette vue béante, je réalisais qu'il aurait fallu plusieurs centaines d'avions de tourisme, voire, millier et plus, pour occuper une telle proportion dans l'espace, et je ne parle pas du bruit leurs afférent.

Maintenant une vue globale de l'arrière va bientôt m'être présentée, mes yeux vont de l'avant à l'arrière, de l'arrière à l'avant, de la gauche vers la droite et vice-versa, gauche droite, droite gauche, encore et encore. Je scrute le ciel, cherche toujours plus de points sur lesquels m'appuyer dans le but d'être en mesure d'estimer son épaisseur ; je suis fin prêt.

Au moment où l'arrière de ce vaisseau est à mon aplomb, moi, les yeux rivés vers le haut, je suis déjà certain que sa pointe avant se situe au-dessus du centre commercial E. Leclerc, voire qu'il l'a déjà certainement dépassé. Le colosse mesure au moins 500 mètres de longueur. Avec l'ensemble des éléments dont je dispose, en plus du repérage avec les étoiles, j'estime la largeur arrière de cet objet volant à bien 350, 400 m, pas moins.

Dans tous les cas ce géant flottant est plus long que large. Je cherche en permanence à déterminer le plus précisément possible ses dimensions avec tout ce qui s'offre à ma vue parce que je tiens à être concis et objectif.

Ce que j'attends, tout émoustillé que je suis, arrive enfin et c'est très certainement le plus marquant. L'arrière de cet engin qui se déplace à la manière d'un félin en chasse, à pas feutrés pour mieux fondre sur sa proie, se dévoile à moi dans une nudité impudique, sans retenue, dans toute sa splendeur. À cet instant, j'en prends plein la vue, je me régale. Je savoure l'instant. Je n'en reviens pas tellement ce qui se présente au-dessus de ma tête est formidable. L'intégralité de la façade arrière de cet objet volant non identifié me révèle les dessous de sa jupe, rien que pour moi ; quelle exquise perspective... !

J'en prends plein les yeux. Il s'exhibe fièrement, affichant sans craintes ses formes, sans prétentions aucunes. Il transpire si fort, de tous les pores de sa fabuleuse carcasse, une puissance évidente utilisée avec un souffle de délicatesse, une once de bonhommie. Cette puissance qui pourrait, le cas échéant, s'avérer redoutable de destruction pour répandre le chaos, mais à quoi bon, nous ne serions qu'un ordinaire moustique fiché sur le dos d'un éléphant.

Une supériorité incontestable s'en dégage, mais elle est déployée avec une infinie précaution. Le caractère exceptionnel de ce que je découvre est à son comble. De la proue (l'avant) à la poupe (l'arrière), mais surtout de bâbord (partie gauche d'un navire lorsqu'on regarde vers l'avant) à tribord (partie droite d'un navire lorsqu'on regarde vers l'avant), des étages se distinguent parfaitement. L'arrière déployé suggère sept à huit lignes parfaitement rectilignes, le plus souvent colorées. Jamais plus de deux couleurs différentes sur chacune d'elles, horizontales et pas sur toute la largeur de mon visiteur.

Différents tons et nuances s'en dégagent. Ces flamboiement diffus sont doux, essentiellement pastels, tendres. Ils ont juste ce qu'il faut d'éclat pour être perceptibles, mais néanmoins, correctement identifiables. À l'aide de ces bandeaux colorés, j'arrive donc à repérer distinctement un certain nombre de ce qui paraît être des étages démesurément hauts, tous autant les uns que les autres, à l'exception de deux plus fins. Je les identifie clairement. Sur l'un d'eux, les enluminures sont, pour cet étage uniquement, plus variées. Débutant par un jaune "*balles de tennis*" qui prend naissance à l'extrême gauche du navire, la teinte qui glisse vers l'orangé avant d'atteindre la partie centrale de l'objet volant.

C'est un orangé plus atténué et plus clair qu'une orange, mais plus éclatant, qui se termine à la fin du second tiers. De là, cette teinte vire progressivement à un rouge classique, doux et clair. C'est le seul étage avec ce dégradé de trois couleurs. À contrario, un seul étage, celui du bas, sera sombre dans sa totalité. Par contre, il émet une sensible clarté, juste ce qu'il faut pour qu'il soit perceptible depuis mon poste. À un autre rang, situé sous la ligne centrale de l'appareil, se distinguent clairement deux larges barres claires et lumineuses d'un joli bleu azuré. Elles sont placées à chacune des extrémités de l'appareil.

Ces deux bandeaux, d'un superbe bleu éclatant, n'aveuglent ni n'empêchent d'y porter les yeux. Ils sont séparés par une bande centrale assez foncée, plutôt noirâtre, sur à peu près un tiers de la largeur de ce derrière cossu. J'estime à sept à huit le nombre d'étages de cet appareil volant en me basant sur l'épaisseur des traits de lumières, ce qui, après vérifications faites sur place, en ville, représente pour le moins, une fois et demie, à deux fois la hauteur de la tour numéro 1 du champ Perrier qui en compte treize côté rue.

C'est à regret que je vois l'arrière de ce paquebot géant flottant dans toute sa splendeur s'éloigner de mon champ d'observation. Il poursuit son vol, son exploration, inexorablement, mollasson qu'il est, jusqu'à disparition complète. Il se sait quasiment invisible, ne laissant dans son sillage aucunes traces quelconques de sa présence, de son passage, n'émettant quasiment aucun son, pas de traces de fumées ou de trainées.

Mais surtout, il est invisible aux radars, sans quoi il aurait eu à ses trousses une multitude d'avions de chasse de la défense nationale. Tout en lui est conçu pour que personne ne le remarque, mais j'étais là, de l'autre côté du terrain, dans le noir complet, côté vestiaires. Je posais mon regard en direction de mes camarades concentrés à leur entrainement, jamais ils n'auraient aperçu la moindre mouche voler.

L'éclairage du terrain, diffusé par de puissants projecteurs, empêchait toutes possibilités de voir au-delà de leur position. Je viens d'assister à quelque chose d'impensable et d'unique dans une vie. Je cherche vainement à comprendre ce qui vient de se dérouler. Comment une telle masse peut-elle rester en suspension de la sorte ? Par quelle technologie ? Mais la seule chose dont je suis, à cet instant, sûr et certain, c'est que j'ai bel et bien vu un objet volant non identifié qui n'est absolument pas de nature terrestre et encore moins humaine, me passer au-dessus.

À compter de ce jour je resterai plusieurs mois sans parler à quiconque de cet épisode auquel j'ai été confronté, et bien involontairement spectateur. Pour le peu de fois qu'il m'a été donné de parler de ma "*Rencontre d'un autre type*" à qui voulait bien m'entendre, avec à chaque fois l'appréhension de ne pas être cru, les gens se moquaient systématiquement de moi.

Pourquoi faut-il toujours que tout ce qui n'arrive pas aux autres, sans qu'aucune explication ne soit possible, ne serait-ce même que techniques, ou encore basées sur des faits terrestres, fasse l'objet de sempiternelles railleries blessantes.

C'est le sujet par excellence qui est systématiquement tourné en dérision de la part des auditeurs. Dérision accompagnée d'un refus presque absolu d'essayer de croire l'histoire qui leur est rapportée. Peut-être est-ce dû à l'ignorance, au doute ou par peur d'être victimes d'un bon gros canular qui les fait réagir de la sorte. Ou tout simplement par la peur que cela existe réellement.

Je sais dorénavant que la population n'est pas prête à recevoir ce genre d'information dérangeante. Alors nombreux sont les gouvernements qui s'emploient à entretenir ce sentiment. Il nous est érigé comme un dogme. « *Ne croire en rien* ». Admettre ce « croire » ne leur est pas concevable car il impliquerait ce que tous ces dirigeants craignent comme la peste "la perte de contrôle". Alors le prétexte du sempiternel ballon sonde que personne n'a vu a le dos bien large, et les journalistes n'ont pas honte de nous avancer ces sornettes.

Sujet trop sensible, circulez, y a rien à voir. *S'ils existaient vraiment, ils se seraient déjà manifestés*, m'a-t-on souvent rétorqué, ce qui pourrait ne pas être faux, mais voilà... moi, j'ai vu. Ce fameux soir, et à ma grande surprise, j'ai, en direct, eu la preuve concrète de l'existence d'une vie intelligente autre que la nôtre. En revanche, ce dont je suis certain, c'est que j'ai vu ce soir-là un appareil volant qui ne peut en aucun cas avoir été créé par la main de l'homme. Tant par ces dimensions hors normes, que par sa position au-dessus du plancher terrestre.

La lévitation n'est pas une technologie que maitrisent nos scientifiques à ce jour, et encore moins le gigantisme de l'objet. Et puis que fait-on de son poids ? Imaginez ne serait-ce que la quantité de matière nécessaire qu'il faudrait réunir pour la construction d'un tel aéronef ? Que fait-on du coût astronomique ?

Reste à construire ensuite le site où le concevoir, comment faire pour organiser son assemblage. Où ? En combien de décennies ? Parce que pour une telle entreprise il n'est plus question de parler en années. Construire un tel appareil ?! OK, mais avec quelles technologies ? En tout cas pas avec celles dont nous disposons parce que celles que ce chantier requiert, nous sont à ce jour inconcevables, voire pas encore inventées. De plus, le secret ne tiendrait pas longtemps.

Le plus compliqué par la suite serait de faire quitter la terre à ce dinosaure de l'espace. La fabuleuse force qu'est l'attraction terrestre, car c'est de nos jours ce qu'il y a de plus couteux pour quitter le plancher des vaches lors du lancement d'une fusée ordinaire, exigerait une énergie que nous ne possédons pas. Pour un tel engin, imaginez l'énergie monstrueuse nécessaire ? Nous ne la possédons même pas. Un tel projet est tout simplement inconcevable pour les humains que nous sommes.

Après cet événement extraordinaire de ma vie, je suis retourné de nombreuses fois sur les lieux, de jour comme de nuit, surtout lors des soirs d'entrainements accompagnés de nuits étoilées. Peaufiner mes repérages et mes mesures étaient ma préoccupation première. C'est pourquoi je suis quasiment certain de mes déductions comme de mes conclusions en étant toutefois conscient que tout est plus difficile à évaluer de nuit, même par le bon éclairage qui m'était offert grâce à ce splendide ciel étoilé à l'extrême cette fameuse nuit.

Après cette incroyable et exquise aventure, je suis sorti quasiment tous les soirs aux alentours des 10 - 11 heures, quel que soit le lieu, la météo, par tous les temps. Rien ne m'arrêtait, c'était plus fort que moi. Il me fallait sortir, mû par une force invisible. Constamment scruter le ciel, toujours et encore. Pulsion à laquelle je ne pouvais résister. Parfois je ressentais quelque chose d'indéfinissable au fond de moi, j'ai attendu inlassablement une éventualité de... qui n'est jamais venu, avec le sentiment amer d'être passé près de... De quoi ? Depuis ce temps je conçois certaines choses autrement, différemment.

Depuis des années je me posais la question, comme tout le monde je présume, de savoir si l'être humain est la seule espèce vivante au sein de l'infini. Puisqu'il y a eu création de l'univers, il y a eu automatiquement la vie en d'autres lieux, nous sommes bien là nous, alors il ne peut y en avoir qu'une. Pourquoi pas une deuxième, une troisième. Plusieurs autres formes de vies, ailleurs, des tas de vies de diverses natures, d'aspects différents du nôtre.

À peu près cent milliards d'étoiles et de planètes cohabitent dans notre galaxie, avec quasiment autant de galaxies dénombrées à ce jour. Gigantesques rouages mis en place par le créateur. Pourquoi la vie serait-elle uniquement présente sur notre planète ? Il est évident qu'elle peut s'être développée dans des environnements opposés à ce que l'on imagine, qu'elle peut exister sous différentes formes. Ailleurs. Seulement voilà, tant que l'on ne pourra voir de nos yeux, et collectivement, d'autres formes de vies que celles que nous connaissons, le doute subsistera toujours parce qu'il ne peut y avoir d'affirmation. Hormis la mienne qui reste sans valeur. Doute qui sera entretenu pour maintenir les foules dans l'ignorance, conserver le contrôle. J'ai fait partie de cette catégorie de gens qui n'ont pas vu la vie la vie à l'intérieur de cet ovni, mais juste son mode de déplacement.

Alors ? Je ne vous ai pas raconté de sottises, n'est-ce pas. En premier instant je vous avais promis la détente, à moi ça m'a bien plu, et si je devais vous raconter toutes les mésaventures rugbystiques de notre homme, ce serait à en pleurer de rire. C'est vrai qu'il était vaillant, mais si malchanceux. Allez, je vous en raconte une bien bonne que j'ai lue en lui, je sais qu'il ne m'en tiendra pas rigueur. Un dimanche, à domicile, sur un coup de pied de renvoi (et oui, les gars du RC Alençon venaient d'encaisser un essai).

Il lançait sa course de loin, passant ainsi la ligne centrale pile poil au coup de pied de Fabien, dont il connaissait les gestes annonciateurs du coup de botte. Au renvoi, sa course était telle qu'il était, à la surprise de ses quatorze partenaires, le premier jaune et bleu à fondre sur l'adversaire. Propulsé par une catapulte. Son objectif, taper le paquet d'avants visiteurs au moment de leur réception de balle, autant pour exploser ce huit de devant que pour leur reprendre l'olive. Pfff... quel doux rêveur.

Soufflés de tant de bravoure, euh..., d'inconscience, ses co-équipiers n'en revenaient pas d'être pris de vitesse par celui qui se trouvait habituellement derrière eux, logé bien à l'abri. Il y eut donc contact, là-dessus pas de problème, sauf que cinq à six costauds qui protègent et lèvent leur preneur de balle, ça pèse, c'est du lourd.

Si lourd que c'est lui qui fut bousculé. Vous auriez vu, il a rebondi en arrière comme un moucheron, estourbi, étalé comme une crêpe, oh la pelle !

Bon... après ce petit intermède, j'en arrive à l'exposé on ne peut plus sérieux qu'est sa première rencontre, mais avant tout j'ai le souhait de clarifier l'état d'esprit de Stéphane notre auteur. Pour bien le connaître, après l'avoir mis à nu au travers de sa plume, il n'a jamais eu la propension à imposer une quelconque idée de quelque sujet que ce soit ; mais lorsqu'il voit, sait, a observé ou a participé, il parle en toute objectivité parce qu'il se base sur des faits, dussent-ils n'avoir été destinés qu'à l'unique participant qu'il fut ; sinon il se tait.

Stéphane conçoit la chose comme la plupart de ses semblables. Sans preuves probantes, la thèse d'une vie autre que la nôtre se défend difficilement, ou pas *longtemps, mais après tout, pourquoi n'y en aurait-il pas une ailleurs ? De vie. Une très éloignée de notre système solaire. Sait-on jamais, d'autant que la recherche d'une possible vie extra-terrestre n'a jamais été une préoccupation majeure de vos contemporains. Envisager la réalité d'une quelconque existence extérieure à vous-même n'est pas chose aisée. Ce fameux soir, son esprit était tourné vers d'autres pensées.*

Primo, soulager son petit besoin, deuxio, prendre sa douche et tertio, faire le secrétariat de sa commission sponsors au club house. Seulement voilà ! S'est produite cette extraordinaire et ô combien marquante rencontre qui changea radicalement son point de vue sur ce sujet sensible qu'est la vie en d'autres lieux.

Ce soir-là, j'ai eu la chance de ne pas être du mauvais côté, mais le l'autre côté, le bon. J'ai eu cette extraordinaire opportunité d'être le témoin oculaire du survol de la plaine des sports par cet ovni. Coïncidence inattendue mais surtout, je n'ai pas refusé ce qui m'a été permis d'observer. Je ne cherche pas spécialement à faire état de mon aventure, mais celle-ci pourrait confirmer la phrase suivante qui porte à réflexion.

Dieu créateur du ciel et de la terre

Le ciel :

Horizon lointain bien au-delà de notre système solaire.

La Terre :

Des planètes par centaines de milliards.

Envisageons le ciel pour lequel il est possible d'en différencier deux. Je vous propose d'aborder en premier lieu celui qui nous est le plus familier, le plus proche, le plus accessible parce que les émissions de télévision nous en parlent suffisamment régulièrement. Celui juste en haut. Ne nous focalisons pas sur ce ciel qui plane au-dessus de nos têtes, tel que l'on nous l'a rabâché depuis notre plus tendre enfance. Certes, il n'en est pas moins le premier représentant avec ses quatre cents et quelques premiers kilomètres de hauteur qui laissent ensuite la place au vide sidéral absolu. Vide hostile au possible. Distance qui est en quelque sorte notre porte des étoiles, sauf que la technologie nous manque pour aller explorer notre galaxie.

Ne nous arrêtons pas non plus à cette infime distance qui nous sépare de notre proche satellite, la lune. À l'échelle de notre système solaire, que représentent 384 400 km ? Un pas de fourmi. De même que nous ne devons pas nous arrêter à la distance existante entre notre bonne vieille terre de cette zone qui nous est inaccessible physiquement, parce que trop lointaine ou presque , le fin fond de notre système solaire.

Il n'y a aucun bénéfice à rendre visite à Vénus *(+ ou – 40 000 000 km)*, assez proche de nous, mais bien trop chaude à notre goût, aux conditions hostiles. Idem pour Mars, abordable certes *(+ ou – 78 000 000 de km)*, possiblement habitable sous conditions, mais pour quels intérêts concrets ? Reste Mercure *(+ ou – 90 000 000 de km)* aux couleurs chaudes, tant inapprochable qu'inhabitable, encore trop proche du soleil. Jupiter, Saturne ainsi que leurs deux autres consœurs gazeuses sont sans intérêt. Mortelles.

C'est bien au-delà de notre système solaire qu'il nous faut penser "Ciel". L'œil humain doit voir plus grand, plus loin, vers les confins inaccessibles de notre galaxie que nous ne pouvons observer. Nous ignorons tout ce qui s'y passe, comme nous sommes incapables de nous y rendre, or, il est fort probable que cette immense zone regorge de planètes aptes à abriter la vie, quelles qu'en soient leurs natures, leurs formes. Imaginez donc le potentiel de vies éventuelles que cela représente pour les milliards de galaxies restantes. Ça laisse rêveur non ?

Ne nous limitons pas qu'à cette simple interprétation matérielle du ciel qui nous est visible, le presque palpable. Mais reportons nous à une autre, différente de celle qui s'offre à notre vue ; un ciel qui cette fois-ci est abstrait, intouchable, une source de vie pourtant si proche de la nôtre. Quelle interprétation puis-je donner de cet autre ciel invisible ? Royaume qui ne relève pas de la matière parce qu'il s'élève au-delà de ces vastes étendues infinies. Là où notre rétine ne peut déceler cette mystérieuse dimension qui héberge ce ciel qui nous est inconnu, parce qu'à l'instant où vous lisez ces quelques lignes, il est le mystère de l'au-delà, le véritable monde qui n'ose se révéler.

Celui dont l'excessive discrétion est à la hauteur de sa débordante humilité. Il est la Mariée trop pudique qui n'ose nous dévoiler ses sublimes dessous. Il est cette merveilleuse contrée souveraine ; l'ineffable divine vallée paradisiaque qui ne laisse point traces de son existence dans notre bas monde. Ignorant et brutal. Il est celui qui reste hors de portée de tout et de tous ceux pour qui le temps d'en franchir le seuil n'est pas arrivé.

Pour nous les hommes et femmes de cet univers visible, cet Éden ne correspondrait-il pas à ce dôme céleste plus communément nommé : Paradis ? Ultime demeure éternelle d'un parcours achevé ?! Il est fort probable que ce soit précisément ce berceau de vie indécelable qu'il faut entendre par ciel. Alors ne regardons pas, par trop de facilité, celui qui sépare une planète d'une autre, ou notre galaxie d'une autre galaxie, puis d'une autre, etc. Parce que ce monde infini, convoité pour certain, redouté par d'autres, est tout simplement immatériel. Dieu le père est le créateur, il est le père divin de ces dimensions sans fins, comme nous serons amenés à nous en rendre compte plus tard.

Envisageons l'interprétation de la terre, et pas uniquement notre bonne vieille planète qui abrite l'évolution de l'humanité autant que d'innombrables espèces vivantes et variées. Pourquoi pas notre lune ? Mars ? Non ! C'est dans un autre-part qu'il nous faut nous projeter. Par Terre il faut entendre d'autres sols, très loin, ailleurs ! Notre Galaxie compte en moyenne 150 à 200 milliards d'étoiles, avec probablement au moins autant de planètes, et à ce jour, ont été repérées au moins 1000 à 3000 milliards de Galaxies. Ça nous laisse prendre la mesure de toutes ces terres disponibles au cœur de cette étendue cosmique infinie créée par Dieu au sein de laquelle la vie peut s'être développée.

Pour ma part, je sais qu'elle a trouvé racine en d'autres lieux de notre galaxie et bien au-delà, mais… Dieu le père, qui représente la création, a créé l'immensité, alors n'ayez donc surtout pas cette pensée puérile, réductrice, ou encore cette réflexion castratrice (à chacun d'utiliser le terme qui lui paraît le plus approprié) que Dieu n'a créé la vie que sur la planète terre, et que lui, n'existe qu'autour d'elle, en elle et uniquement pour elle.

Ne serait-ce pas lui faire injure en ne lui affublant que ce lieu étriqué au sein de son immense demeure ? Je ne pense pas qu'il soit possible de lui attribuer la création irréfutable de l'univers pour ne le limiter qu'à nous, humains que nous sommes. Une pensée moins fébrile peut aussi s'aventurer encore plus loin ; ces deux représentations immatérielles nommées ciel et terre peuvent tout autant désigner l'endroit "promis", le seul, l'unique, que nous considérons être ce lieu divin. Foyer universel qu'une majorité d'entre nous souhaite ardemment rejoindre une fois que le corps rendra âme. Nous, locataires temporaires.

Du blabla, toujours du blabla ? Pas forcément. J'ai eu l'opportunité d'en découvrir des litanies, mais nous abordons ici un registre on ne peut plus sérieux. Aussi je vous le concède, votre considération, voire, votre interrogation, est légitime. À bien y réfléchir, cette dernière m'a effleuré le papier, puis s'est évanouie bien vite avec le temps, parce que je trouve dans ces réflexions un sujet exaltant sur lequel débattre avec enthousiasme. Sujet où le débat, tôt ou tard, est inéluctable.

Telle que présentée, la définition du ciel résulte, tout comme celle de la terre, d'une pensée fort séduisante qui mérite que vous vous y penchiez avec la plus grande attention lorsque l'occasion vous en est donnée. Alors... Qui peut affirmer ? Qui peut confirmer ou infirmer ? À méditer... Le fruit de l'arbre qui pousse sur sa branche prend le temps qui lui est nécessaire pour arriver à maturité, il se peut qu'avec le temps, tout comme lui, vous deveniez plus mature.

Probablement deviendrez-vous alors plus sensibles et accessibles au fait d'entrevoir, pour certains, une continuité de la vie après la vie, puis d'envisager la séparation de deux entités opposées. Celle du corps qui abrite l'âme pour un temps déterminé. Vous ! Vous avez cette chance. Moi ! Je n'existe qu'à travers vos yeux, votre pensée, votre toucher, avant d'être remisé.

J'admets aisément qu'à ce jour bon nombre d'individus ne pensent ou n'imaginent pas l'après de cette manière, parce que pour eux c'est tout simplement inconcevable, mais il leur faudrait essayer, petit à petit, d'ouvrir et d'élargir leur esprit, leur réflexion, tout comme leur vision afin de regarder bien plus loin que le bout de leurs souliers.

En revanche, ce qui n'est pas contestable, c'est que le créateur a choisi celui qui, au travers de sa vie, le représenta sur terre, puis s'exprima en son nom. Il a vécu parmi nous il y a à peu près 2000 ans sous le prénom, répandu à l'époque, de Jésus ; quoi que puissent en penser ceux pour qui la croyance est tout autre, qui se sont vus imposer d'autres choix de croyance, choix douteux ou sincères, d'autres chemins, et qui, aujourd'hui, ne sont pas véritablement dans la vérité mais s'en approchent. L'essentiel étant de croire en un Dieu bon.

Que dire de tous ces pauvres gens qui sont dans l'obligation de subir une religion détournée ou follement aberrante, meurtrière, aux punitions barbares, dégradantes, celle aux mises à morts odieuses autorisées ou décidées par des gens incultes aux facultés intellectuelles inexistantes. Ceux-là même qui autorisent et favorisent les crimes dits *"d'honneur"*. Dieu ne blâmera pas ses fidèles et encore moins les minorités opprimées. Rappelons-nous cette phrase de Jésus. « Père, pardonne leur car ils ne savent pas ce qu'ils font ». Je suis tenté de dire « ils savent ce qu'ils font et ce qu'ils sont », sachant que le sort réservé, en haut lieu à ces bourreaux, est à la hauteur de leurs méfaits.

Je vous invite donc à patienter encore un peu afin de comprendre, ou tout du moins, afin de mieux vous aider à vous faire une idée précise de ce qui nous attend tous. Et ce, qu'elles que soient nos croyances. Qui avait-il avant le big bang ? Rien ?! En tout cas, quelque chose qui ne s'explique pas. Et Dieu créa le big bang, ou... pourquoi pas, il est ce qui résulte de ce big bang lui-même, instant précis durant lequel nous assistons à la création du temps, (*tiens ! La notion de temps est créée*), de l'espace, des gaz et des poussières qui constitueront les étoiles, les planètes, les lunes, puis les galaxies. Tout ce que nous connaissons de nos jours. Il y a donc pléiade de terres susceptibles d'accueillir la vie. Aussi différentes soient-elles et entendables à nos yeux. Il n'y a probablement pas de limite à la création.

DACLV

Chapitre 8

ꟈ Deuxième rencontre ꟈ

Le monde et l'église sont toujours dans l'attente d'une vie meilleure

L'impensable

Samedi matin 16 janvier 2016. Il est pratiquement 9 heures ce matin lorsque je suis posté derrière mon bar, tout au bout, près de la salle du restaurant, occupé à faire briller une pièce en cuivre ternie par le temps. Je la brique à l'aide d'une paille de fer. La rue qui traverse Montsort semble abandonnée de toute vie ce matin-là. Pas de circulation, pas un promeneur à l'horizon. Zone morte. Un samedi matin pas comme les autres. À croire que les résidents du quartier, à l'image de mes clients habituels, ont décidé de flemmarder au lit. Il n'y a pas âme qui vive aux alentours.

Mon activité est donc on ne peut plus calme. Je n'ai qu'un seul client au comptoir qui déguste tranquillement son expresso en grattant ses jeux de la FDJ. Je frotte aussi énergiquement que lui, qui gratte ses bouts de carton depuis dix bonnes minutes, lorsque soudain, un clac désagréable résonne dans ma poitrine. Le coup est accompagné d'une forte douleur sur la région du cœur. Immédiatement plié en deux, un genou au sol, je sais tout de suite que ce qui s'est produit est anormal. Douleur fulgurante. Autant que l'est ce mal interne innommable. Mon instinct me dit que c'est grave car cette écœurante sensation à un goût bien particulier. Dans la seconde, Dominique se redresse, fronce les yeux, remarque séance tenante mon attitude inhabituelle. J'ai poussé un cri tout en portant ma main droite à la poitrine. Je me redresse le souffle lourd, court.

Client, mais néanmoins bon camarade, Domi analyse, comprenant de suite la situation préoccupante de mon cas. « *Monte vite voir ta femme Stéphane* », m'intime-t-il, le ton assuré. « *Je vais surveiller le bar* ». Plié en deux, je rejoins immédiatement mon épouse à l'étage qui s'occupe des enfants, que déjà les marches me sont difficiles à gravir. Lorsque je m'approche d'elle, je lui explique rapidement ce qui vient de se produire alors que je ne faisais rien nécessitant d'efforts particuliers. Je lui explique ce petit coup de tonner ressenti à la poitrine : un gros clac, particulier, douloureux.

J'ai le visage crispé, tout autant que je le suis, avec en plus mes jambes presque aussi molles que deux bâtons de guimauve. Je tiens à peine debout avec ce cœur qui bat la chamade. J'ai l'impression qu'il court le grand prix de Vincennes, avec en prime, la résonnance d'une basse affolée. Bouuum, bouuum, bouuum. Rien connu de tel auparavant. C'est désagréable au possible, cela s'ajoute à mon angoisse montante.

Tout de la situation indique à ma femme que c'est probablement grave. Elle descend vite fermer l'établissement avec l'aide de Dom, puis appellera le 15 sans tarder. Craignant l'infarctus, une équipe du SAMU s'est déplacée. Autant de monde à la fois dans notre petit salon, c'est impressionnant, d'autant plus que les pompiers sont de la partie. J'aurai dû me sentir rassuré mais en fait, tout ce monde m'a fait l'effet contraire, tous ces secouristes en une fois, cela m'a sacrément impressionné, mais surtout fichu la trouille devrais-je dire.

Après moult examens et concertations croisées, tous s'entendent et concluent qu'il est temps de me transférer au centre hospitalier. Suspicion d'infarctus pour les uns, situation préoccupante pour les autres. Bref, le flou complet. Moi, dans tout ça, je flippe à fond. Notre appartement ne représentant que deux pièces au premier, – cuisine - salon –, notre second fils d'à peine trois ans a dû, malgré lui, assister à toute cette exposition médicale. Il a vu tous les appareils, les différentes tenues vestimentaires, l'inquiétude de mon épouse, etc. Le pauvre petit bouchon restera marqué très longtemps de cet épisode.

Après une petite semaine d'hospitalisation, agrémentée de toute une batterie d'examens, me voici de retour à la maison. Vendredi 22 janvier en début d'après-midi. Je suis soulagé de rentrer dans mes pénates. Qu'a-t-il bien pu se passer une semaine plus tôt ? Je n'en saurai rien, pas plus d'ailleurs que l'équipe médicale qui s'est occupée de moi durant la semaine. Quoi qu'on m'en dise, je ressens fortement que cette affaire ne sent pas bon.

L'atmosphère autour de moi est viciée, ce qui contribue à me tenir sur le qui-vive, inquiet au possible. Un médecin du CHIC m'a parlé d'une probable péricardite symptomatique, ce qui ne correspond à pas grand-chose en fait, mais il lui fallait bien me donner un os à ronger. Ça m'a fait une belle jambe cette réponse ! Je ne suis pas du tout serein lorsque je rentre à la maison. Je prends bien garde de ne rien dévoiler de mon inquiétude à ma tendre épouse afin de ne pas augmenter la sienne plus qu'elle ne l'est. Ma bichette a vraiment eu très peur de se retrouver seule avec nos trois bambins. Si jeune et déjà veuve, ça ne fait pas très sérieux, mais ça arrive parfois. Il n'empêche qu'une fois rentré, j'ai mon petit signal d'alarme qui fonctionne en mode "alerte maximale", parce que je reste persuadé que mon affaire est loin d'être réglée. Pour les différents médecins qui se sont occupés de mon cas, il n'y a pas vraiment matière à s'inquiéter de cette douleur passagère ressentie quelques jours plus tôt.

Diagnostics et blablas vont bon train lorsqu'il n'y a rien de probant à annoncer sur un cas qui s'avèrera sévère. Quoi que les toubibs m'aient dit pour me rassurer, j'ai toujours ce petit je ne sais quoi, au-dessus de la tête, qui met tous mes sens en éveil. Une petite voix intérieure me dit, *fait gaffe Steph, tu n'as mangé que l'entrée !* N'étant pas satisfait de ce flou artistique dans lequel je beigne, j'ai sans cesse l'impression que quelque chose de grave peut m'arriver à tout instant. Juste avant de quitter le centre hospitalier, un médecin m'explique que le seul traitement que je dois poursuivre est celui que l'on me donne depuis 3 ou 4 jours, que j'en ai, grosso modo, pour une petite quinzaine.

Que j'avais bien raison d'être inquiet ! Ce tout petit médicament couleur ocre que je prends est sensé me soigner, oui, il est *sensé* m'aider. Grand mal m'en prendra de l'avaler bêtement chaque jour. Ce minuscule médoc va aggraver sournoisement et considérablement mon état de santé, parce que tout le monde est passé à côté du véritable diagnostic.

C'est donc le vendredi 22 janvier après-midi que je retrouve le domicile familial. C'est incroyable le bien que cela procure de retrouver son chez soi. Ses repères. Je me réjouis d'être auprès de mon épouse, tout comme j'ai plaisir à prendre dans mes bras nos trois enfants. Je retrouve à nouveau mes marques, que c'est bon ! Bouger à mon aise m'enchante, mais surtout, je ne suis plus en pyjama 24 sur 24. Quel plaisir de pouvoir prendre une douche, de porter mes vêtements, de retrouver mes habitudes.

Nous passons une soirée plus que tranquille. Dîner, petite soirée télé appréciable, puisque je n'avais pas la possibilité de l'avoir dans ma chambre d'hôpital, mais rapidement couché. Le samedi matin nos trois petits bouts de choux de quatre ans, à peine trois ans et dix mois sont tout aussi heureux que la veille de me retrouver. Papa est là ! Ça change tout pour eux.

La matinée passe relativement tranquillement. Reste que mon impression de danger imminent ne me quitte pas ; je n'en dirai rien à mon épouse. Nul besoin de l'inquiéter davantage, elle l'est déjà suffisamment et a eu largement sa dose de soucis à gérer durant la semaine. Quant à moi, si je continue d'angoisser comme je le fais, je vais finir par devenir parano. Aussi, je me dis qu'il me faut réagir vite, me ressaisir pour récupérer un bon moral. Une petite semaine de repos et hop, je retrouverai ma place derrière mon comptoir.

Samedi 23 janvier 2016, début d'après-midi. Mon épouse s'absente pour faire le réapprovisionnement hebdomadaire de victuailles. Elle risque d'être assez longtemps partie, ce qui fait que je me retrouve désormais seul à la maison avec nos trois bouts de choux. Je ne lui parle pas de mon appréhension de la savoir absente mais quelque chose me dit, plus que jamais, d'être attentif, d'être à l'écoute de mon corps. Malgré tout, je n'arrive pas à trouver la sérénité.

Avant de me quitter, mon épouse a mis au lit nos deux garçons, seule Laure est encore avec moi au salon parce qu'elle est trop en forme cette petite coquine. Nous jouons tous les deux quelques instants. Tout du moins j'essaie de l'occuper comme je peux. Étant donné qu'elle ne marche pas encore, me tenir à genou près d'elle m'est très difficile. Je plie moyennement la jambe gauche suite à une intervention sur un ligament croisé rompu précédemment. Une bonne heure plus tard, ma petite Laurette montre quelques signes de fatigue. Je prends donc ma bichette dans mes bras, doucement. Tout effort m'a pourtant bien été interdit, je ne dois porter aucune charge. Aucune.

Je me dirige vers les marches qui mènent au premier étage, les monte lentement. J'entre dans sa minuscule chambre, puis l'installe dans son petit lit laqué blanc. Je sais mon effort irraisonnable. De trop. Ne pas porter de charge, quelle qu'elle soit, mais je ne pouvais faire autrement. Habituellement, cet acte est tout ce qu'il y a de plus anodin, sans conséquences possibles. C'est une action des plus banales, mais ô combien dangereuse pour moi à cet instant. Seulement voilà... le mal s'installe parfois insidieusement, sournoisement, avant de se manifester, et je vais en faire les frais.

Nos enfants sont donc partis rejoindre Morphée pour leur sieste quotidienne, pendant que moi, dans la foulée, je m'installe sur le canapé afin de me reposer tout en regardant paisiblement la télévision. C'est à demi allongé sur notre divan que je vais enfin pouvoir savourer un moment de tranquillité tout en regardant mon émission préférée : la restauration de véhicules sur la chaine 24.

Nous sommes samedi, début d'aprèm. Il faut avouer que c'est quand même appréciable de regarder une émission pour se distraire, pour s'occuper l'esprit ; surtout lorsqu'il n'y a absolument rien à faire d'autres que de regarder les minutes défiler, les heures. Est-ce par ennui qu'après quelques minutes je me lève pour me diriger vers la salle de bain. Je me pointe au lavabo, me regarde dans le grand miroir fixé au mur. L'instant suivant, c'est la cata. Je ressens un claquement brutal dans la poitrine. Extrêmement brutal. Le choc s'est produit assez haut, à l'intérieur, comme une grosse claque donnée de la paume de la main sur une table. Coup aussi sec, aussi fort. Cette fois-ci la douleur est aigüe, reste persistante, me donne la nausée. C'en est à vomir.

Ça s'est produit exactement au même endroit qu'une semaine plus tôt, sauf que là c'est autrement plus épicé, plus cinglant. Aussitôt je réalise que huit jours auparavant, je n'avais eu qu'un petit coup de semonce. Une chiquenaude pour alerte. Sur le champ je comprends que c'est vraiment très grave. Le choc est tellement puissant que je pense perdre connaissance. Ce qui vient de se produire n'est en rien comparable à l'avertissement de la semaine précédente. Ce n'est pas tant cette douleur qui m'a impressionné et angoissé, mais plutôt la sensation extrêmement écœurante que j'ai ressentie.

Elle est comparable à une grosse déchirure accompagnée d'un sec et fort claquement suivi d'une onde de choc répugnante et diffuse dans la poitrine, jusque dans le cou. Quelque chose vient de lâcher à l'intérieur de mon corps. Je le sais, c'est une certitude. Je réalise que cette situation résulte d'un enchainement d'efforts produits en portant ma fille à bras, plus celui de monter l'escalier, de m'être penché sur le lit pour l'y déposer. L'effort de trop. Cette succession d'actions n'attendait plus que l'élément déclenchant. Celui du tout dernier effort qui fut de me lever trop vite du canapé.

L'augmentation du rythme cardiaque, puis l'afflux élevé de sang plus élevé au niveau de la valve aortique m'ont été fatals. « *Que vient-il de se produire ?, Bon sang de bois* » Pensais-je. Cette fois-ci, ce n'est pas bon du tout, l'affaire sent mauvais. Je ressens mon rythme cardiaque irrégulier, ça bat la chamade là-dedans, aïe-aïe-aïe, ça ne tourne pas rond. Retourné m'allonger au salon, je me relève de suite, péniblement. Je me rends à la cuisine, pour ne rien y faire. Angoisse. J'en ressors aussitôt. Gagné par la peur, je suis désorienté, perdu. Panique. Je ne sais plus à quel saint me vouer.

Comme je passe devant la salle de bain, j'y entre à nouveau, puis me dirige jusqu'à l'évier. Je déboutonne ma chemise pour dégager le haut de la poitrine, y jette un regard dans le grand miroir qui me fait face, sur la région du cœur et du cou. Je n'y vois rien de particulier. La peur s'installe. Nerveusement, je la déboutonne entièrement, comme pour me rassurer que tout est en place. L'angoisse enfle. La douleur s'est intensifiée.

Il n'y a pas vraiment de but précis dans tout ce que je fais, mais l'idée de savoir que mon épouse peut rentrer tard ne me rassure absolument pas. Appeler le SAMU ? Qui gardera les enfants s'ils m'emmènent ? Non, pas question ! À l'inquiétude succède l'affolement, parce que je suis seul. Je réalise à cet instant que je ne sais plus quoi faire. Appeler mon épouse sur son portable ? Non ! Il est resté sur la table du salon.

C'est vraiment la guigne. Appeler les secours ? Descendre l'escalier qui mène au bar puis sortir dans la rue demander de l'aide ? Ridicule ! Que deviennent les enfants. Je n'arrive pas à prendre de décisions tellement je me sens désorienté, perdu. Je n'ai même pas eu la jugeote de penser à ma sœur qui habite tout près. Elle aurait certainement su quoi faire, ou serait venue. Je quitte la salle de bain pour reprendre ma place sur le divan.

C'est à cet instant que je commence à sentir mes forces s'évaporer doucement de mes jambes qui, au fil des secondes passantes, deviennent flageolantes, toutes molles. Je n'arrive plus à décider quoi faire. Maintenant, une bonne dose de trouille et d'angoisse me submergent à l'idée d'imaginer l'état dans lequel me trouvera mon épouse lorsqu'elle rentrera. Ce n'est pas pour autant que je pense à la mort, non, pas un instant ; mais mes pensées confuses se noient puis se perdent dans mon incompréhensible situation. D'ailleurs, depuis son départ je n'ai pas idée du temps écoulé.

Est-ce mon imagination qui me joue un vilain tour ? Parce qu'il me semble percevoir un léger bruit. Un fond sonore étouffé, un potin lointain de porte provenant du rez de chaussée. Je me lève lentement, péniblement même, du canapé. Ce simple mouvement me demande déjà de fournir un effort appuyé, ce qui me renforce dans ma conviction que quelque chose de mauvais se passe dans ma vieille carcasse. Flageolant, je me tiens debout sur le petit palier de notre entrée du premier étage. À ma gauche se tient l'escalier qui mène aux chambres du second. Il règne un silence profond.

À ma droite se dresse la porte blanche, fermée, qui donne sur l'escalier permettant de descendre au bar restaurant. Les bruissements du départ se font un peu plus précis, plus audibles. À présent, je reconnais les pas de ma tendre épouse qui maintenant monte les escaliers, chargée à bloc. Sur le champ j'ouvre la porte du palier, puis la vois avec ses deux gros sacs de courses pleins à ras bord. Quel soulagement de voir sa petite frimousse !

Quel soulagement de l'avoir à mes côtés ! Mais mon inquiétude ne tarit pas. Enfin une présence rassurante. À peine est-elle postée sur le palier, ses sacs posés, qu'elle voit ma mine déconfite. Mon comportement inhabituel lui fait de suite comprendre que la situation est des plus mauvaises. Sans que je ne lui décroche un mot, par mon attitude et l'expression de mon visage, elle sait qu'un fâcheux événement s'est produit. Tout ce qu'elle redoutait depuis mon retour. La douleur me rappelle à l'ordre, je me dirige au salon, le souffle court, et m'affale sur le canapé, mes jambes devenues encore plus fébriles ont de plus en plus de mal à me supporter. Elles jouent des castagnettes. J'explique rapidement à ma femme la situation puis comprends de suite que tout va se jouer sur le fil du rasoir, mais ne lui en dit rien. Sa mine blêmit brusquement.

Elle prend sur le champ la décision de me transporter à l'hôpital. J'approuve. « *Vite, dépêchons-nous* », me dit-elle, se doutant que le temps m'est compté, moi pas. Heureusement que nos enfants dorment profondément parce que nous allons devoir les laisser seuls. J'acquiesce sans rechigner tout ce que me dit de faire mon épouse, et même si je ne saisis rien à ma situation, je suis rassuré de sa présence, de sa lucidité d'esprit, comme des décisions qu'elle prend. Je me tiens sur la première marche de l'escalier qui mène au restaurant, pas la force de tenir debout. C'est assis sur mon postérieur que je les descends une à une. Ne plus avoir de forces dans les jambes au point de tomber est extrêmement déplaisant.

Arrivé à la dernière marche, mon épouse m'aide à me redresser, se positionne devant moi pour me saisir par le bras gauche, le place par-dessus son cou, l'empoigne fermement. Elle se redresse énergiquement, puis me porte ainsi, clopin-clopant, jusqu'à la sortie de l'établissement. Marcher ces quelques mètres nous est bien compliqué parce qu'il m'est presque impossible de mettre un pied devant l'autre. Mon épouse donne tout ce qu'elle peut pour supporter mes lourds quatre-vingt-six kg alors qu'elle en fait pour ainsi dire deux fois moins. Le seuil de l'établissement franchi, elle me dépose sur une chaise de la terrasse de la pizzéria d'à côté.

Je suis bien calé à ma table lorsqu'elle prend ses jambes à son cou pour récupérer notre Zafira. Trop de temps s'écoule. Quelle poisse, elle a dû se garer loin au retour du ravitaillement. Je tente de contenir ma peur ainsi que mon angoisse galopante, or le temps presse. Maintenant, il me paraît durer une éternité. Finalement, j'aperçois notre véhicule stopper en double file dans la rue, à quelques mètres de moi. Quelle terrible épreuve physique pour mon petit bout de chou de femme qui, cette fois-ci, doit me porter sur son dos pour me trainer et m'installer tant bien que mal dans le véhicule côté passager.

Je remarque le voisin d'en face sur le trottoir, un commerçant de la rue. Il assiste au spectacle, bras croisés, mais ne nous proposera pas son aide alors qu'elle peine tant et plus à me porter. J'essaie de me rassurer face à mon état de santé fébrile, tout comme sur ce qui peut m'arriver. Ne pas comprendre une telle situation est terrible. Mon épouse est certainement très angoissée mais se montre forte. Elle ne cesse de me parler calmement, de me dire des mots rassurants tout en nous conduisant à l'hôpital.

Arrivés, elle stationne la voiture sous le porche du service des urgences, là où en principe ne se garent que les véhicules des pompiers, des ambulances et ceux du SAMU. Elle sort de la voiture d'un pas rapide pour appeler les secours. Personne ne peut encore s'en douter, mais je suis arrivé à la fin d'un assez long processus qui ronge petit à petit tout mon système aortique qui vient de lâcher, d'un coup d'un seul. Je fais une dissection aortique de type A. Pour faire simple, j'ai eu à la fois une rupture de la valve aortique ainsi qu'une déchirure de l'aorte, juste avant la partie supérieure que l'on appelle "la crosse".

En clair ça a pété à la sortie du cœur, boum ! Voilà pourquoi la douleur était si fulgurante, écœurante et forte à la fois. En quelque sorte, je me suis offert la totale. Pourquoi faire les choses à moitié lorsque l'on peut tout avoir en une fois. Ce jour-là le vainqueur fut ma pomme, j'ai tout gagné, toutes les palmes d'or en une fois. Cannes, Oscars, Grammies, Golden Globes Arwards et toutes celles auxquelles je ne pense pas. Tout ça pour moi ! Bim ! D'un coup d'un seul.

Bon sang de bon soir, pourquoi a-t-il fallu que ça me tombe dessus ? Il fallait le bon gars de service, celui qui devait avoir la tête de l'emploi ce jour-là. Tout mon système aortique est disséqué, en bien mauvais état, tel est Le triste scénario qui nous sera rapporté quelques heures plus tard. Arrivé à l'hôpital ? mes jambes ne fonctionnent quasiment plus. Deux infirmières urgentistes arrivent précipitamment avec un fauteuil roulant. « *Sortez du véhicule monsieur et asseyez-vous sur le fauteuil* », me lance celle qui le tient. J'essaye ; ma tête donne bien l'ordre aux membres inférieurs d'agir, mais déjà le droit refuse de coopérer, puis c'est au tour de l'autre de répondre absent. Mince, impossible de les remuer. « *Je ne peux pas madame, mes jambes ne fonctionnent plus* », lui dis-je, étonné de ce constat.

Par force et quelques cabrioles, me voici mis au fauteuil par mes deux secouristes, puis poussé à l'intérieur du service des urgences où deux aides-soignants m'installent sur un brancard. Ma douleur à la poitrine est moins vive, par contre, dans les minutes qui suivront se produira un événement nouveau. Nouveau et rapide. Des fourmillements apparaissent, accompagnés dans la foulée de fortes douleurs, qui iront crescendo, bien trop rapidement à mon goût, pour ne plus diminuer d'intensité. Ils se répandront assez rapidement à la manière d'un ascenseur de service allant de l'étage le plus haut vers le RDC, diffusant à chaque étage une partie de son chargement empoisonné.

Cette désagréable fourmilière a débuté, puis gagné toute l'épaule gauche, jusqu'à envahir le bras, le coude. Elle s'est propagée au poignet, jusqu'à se diffuser aux doigts de ma main ; pour l'instant d'après, envahir tout le bas de mon dos. C'est précisément à cet instant qu'une douleur a surgi dans tout mon membre supérieur. Sanction douloureuse qui jusque-là m'était inconnue. Impossible d'en donner une description tellement c'était écœurant, puissant. Je ne vois pas d'autres mots pour la qualifier.

Cette douleur atteignit rapido-presto le haut de l'échelle servant à l'évaluer. Dans la foulée ce détestable rayonnement gagna toute ma jambe gauche, de l'aine jusqu'aux doigts de pied, suivi de la même sanction. Je me plains aux soignants et commence à me tortiller comme un ver. Ce phénomène s'étendit aussitôt à toute ma jambe droite, dans les mêmes circonstances, les contorsions en plus maintenant.

Deux heures plus tard et quelques examens passés, il ne me reste plus que mon bras droit qui fonctionne, il n'est pas douloureux. Pourquoi ? Je ne sens plus mon corps, pourtant il me fait atrocement souffrir. Les douleurs que j'endure rongent de plus en plus ma volonté de résister. La douleur est estimée à neuf sur dix sur une échelle que ne compte pas plus de dix échelons. Pour contribuer plus fortement à mon angoisse, je perçois, derrière moi, une voix masculine dire à un autre soignant. « *Faut pas qu'il aille plus haut parce qu'à dix il va nous faire un arrêt du cœur »*. Malgré moi, je commence à faire des bonds de carpe sur mon brancard, je suis sur le dos. Un saut, je suis à droite, puis je me retrouve à gauche, je ne contrôle plus mon corps qui bondit dans tous les sens.

C'est dingue, je n'aurais jamais cru cela possible. Je ressens ce mal installé dans toutes les parties de ce corps en souffrance, je le vis intensément. Un bourreau m'arracherait des morceaux de chair un peu partout que le résultat serait identique. À contrario, le haut du buste, le bras droit et la tête sont épargnés. Nom d'un p'tit bonhomme, je suis semblable à un condamné que l'on écartèle en place publique à l'aide de quatre Percherons.

Un infirmier s'approche de mon brancard puis dresse à la verticale ses deux barrières pour que je n'en tombe pas. À ma gauche, l'horloge murale ne défile pas assez vite. Je la trouve bien lente, mollassonne et insolente. J'ai l'impression que, qu'uniquement pour moi, le temps est suspendu. Je demande continuellement à qui veut bien passer près de moi ce que j'ai, pourquoi mes membres sont aussi douloureux. J'interroge une fois, dix fois, vingt fois... Personne ne peut ou ne veut me répondre. Devant ce silence collégial, la pression ne cesse d'augmenter. Mon angoisse enfle comme un ballon de baudruche. Attente terrible, interminable, sans fin. Cette situation s'éternisera deux bonnes heures.

Puisqu'il est mal irrigué, donc peu oxygéné, mon corps le fait savoir au cerveau via le système nerveux, lui-même en délicatesse. Mon compagnon de route cherche désespérément une grosse bouffée d'air frais qui ne lui arrive pas. Une blouse blanche s'approche, ce qui déclenche une énième question de ma part, identique aux autres. La réponse ne l'est pas moins. Je reçois un énième copié-collé. J'en déduis que nous naviguons tous dans le même bateau, à la dérive. Seulement l'avarie, c'est moi seul qui me la coltine. J'atteins un stade où la peur n'a plus sa place. D'ailleurs, - avoir peur -, je n'en ai plus le temps, tellement souffrir m'empêche de rassembler mes esprits. Réfléchir est au-dessus de mes forces.

Je n'ai pas cessé de tarabuster les toubibs présents à mon chevet ; je leur ai si souvent cassé les pieds qu'ils ne me répondent plus. Eux-mêmes, après une batterie d'examens, n'arrivent toujours pas à poser de diagnostic précis. Cette satanée horloge au mur me nargue à faire défiler toutes ces fichues longues et interminables minutes. Quel doigt à la con ralentit cette saloperie de trotteuse.

Au terme de deux interminables heures d'attente, je capte enfin les paroles d'un homme qui vient de se poster à la hauteur de ma tête, ce médecin urgentiste me tourne le dos. Il s'adresse à deux infirmiers du service pour les aviser de la réponse du CHU de Caen qui, à la lecture de mon scanner transmis pour étude de mon cas, les informe qu'il est plus qu'urgent de me préparer pour m'héliporter chez eux. Tout ça tambour battant. Cette décision est sans appel. « *À chercher la cause de son mal, trop de temps s'est écoulé, le cas de ce patient est alarmant vu son état d'épuisement. Il est peu probable qu'il tienne la durée du transfert* », leur annonce le toubib du CHU.

Dans la foulée, ceux qui m'entourent baragouinent encore un instant dans mon dos, en messe basse cette fois-ci, ce qui ne me permet plus de comprendre leurs échanges. Vu ce qui se trame, il n'est pas plus mal que je n'en sache rien. Nul n'est besoin d'amplifier d'avantage l'anxiété d'un malade en lui révélant une bien triste vérité.

Forte et courageuse dans cette épreuve, ma femme est restée trop peu de temps près de moi à mon goût, comme au sien, mais elle doit répondre à une obligation devenue pressante : rejoindre rapidement nos trois enfants, qui, de leur jeune âge, sont insouciants des obstacles qu'offre la vie ; surtout à l'instant précis, et c'est tant mieux. Mi, Al et La, dorment à poings fermés. Toutefois, ma chérie redoute que l'un d'eux ne se réveille, invitant par la même occasion les deux autres à en faire de même. Or, elle constate avec soulagement, une fois arrivée sur place, que sa petite chiourme dort du sommeil du juste.

Passées deux bonnes heures d'attente qui me furent pénibles, comme à coup sûr pour tous mes intervenants attitrés, débute la séance de déshabillage que je n'oublierai jamais. Pudique, mais pas à l'excès, j'ai bon souvenir d'avoir éprouvé une gêne majeure devant les acteurs de mon prélude au moment de mon héliportage, lorsque qu'une jeune infirmière entreprend de me retirer, sweat, pantalon, chaussettes et...le caleçon.

J'ai beau être en bien mauvaise posture, il n'empêche que cette situation m'est très déplaisante. Groggy de pied en cape, vidé de toute volonté, je ne sais plus à quel saint me vouer ; alors qu'on en finisse, et vite. Un médecin aux traits juvéniles effectue la pose d'une sonde urinaire, à la vue de toutes et de tous car nous sommes encore dans ce couloir de passage. Ma pudeur en prend pour son grade. Je juge cette situation des plus humiliantes et me sens honteux.

Ma tête tourne, je sombre au centre d'une mini tornade étourdissante qui me vide par petits morceaux de ma substance. À cet instant le monde peut s'écrouler avec moi que cela m'est fichtrement égal. Au centre de ce vent de marée engagé contre le temps, la fatigue est puissante, je lutte comme un forcené. La vache, cette dernière coule dans mes veines, à l'image de lentes volutes de fumées que rien ne peut arrêter.

Rester lucide, observer, retenir chaque action, enregistrer ce qui se dit, reste mon objectif. Mes paupières tombent, je perds inexorablement ce combat. Je ne baisse jamais les bras devant les aléas de la vie, alors je ne commencerai pas aujourd'hui ; garder le contact est ma priorité. Au cœur de ce tumulte où tous s'affèrent à leurs tâches respectives, tant précises que coordonnées, je ne vois pas le médecin, à l'avant du brancard et dos tourné, m'administrer un exquis cocktail narcotique. Sur ce champ de bataille, où tout espoir de résistance est vain, je lutte désespérément, mais inutilement. Capituler est inéluctable.

« Ma chérie, où es-tu ? J'ai trop besoin de toi ! » Ton image m'accompagne alors que je rends les armes assurément face à un adversaire invisible, l'endormissement programmé. J'ai donc rejoint le plus simplement et le plus paisiblement du monde les bras de ma Déesse préférée, Morphée. Et dire que pour mon premier baptême de l'air, en hélicoptère s'il vous plait (ce n'est quand même pas rien une petite virée en hélico), j'ai pioncé comme un petit cochon aviné à l'extrême.

Entre temps, mon épouse a eu le temps de préparer les enfants, de les déposer chez sa mère à 20 km d'Alençon, puis de revenir à l'hôpital peu de temps avant que l'équipe médicale ne m'amène à l'hélicoptère. J'ai su par la suite que ma femme et ma sœur avaient été informées de ce transfert au CHU de Caen, plus pour la forme qu'autre chose. Le médecin urgentiste jugeait que mon état était considéré beaucoup trop critique, ce qui engendrait une forte probabilité que je ne fasse pas le trajet cœur battant et cœur vaillant. De mon côté, je pouvais bien tirer ma révérence durant ce tour de manège, je m'en tamponnais le coquillard comme de l'an quarante, puisque je roupillais à poings fermés.

Alors oui, j'ai voyagé. Ça oui ! Je l'ai fait ce voyage du désespoir, mais il n'a pas vraiment été celui auquel tous s'attendaient, car contre toute attente, celui-ci me fut salutaire.

Dieu le père, créateur du ciel, de la terre, de l'univers visible, invisible et de toutes choses, qui nous a envoyé un fils. Un fils unique pour le représenter, Jésus. Jésus homme, Jésus notre Seigneur et notre Dieu car le père et le fils ne font qu'un.

Dieu vit que la lumière était bonne et il sépara la lumière d'avec les ténèbres. Il appela la lumière JOUR et il appela les ténèbres NUIT. Ainsi il y eut un soir et il y eut un matin. Ce fut le premier jour

D'où venons-nous ?

Qui sommes-nous ?

Où allons-nous ?

DACLV

Chapitre 9

ᖇ Voyage inattendu ᖆ

Le voyage

Ce que je vais vous rapporter ci-dessous, s'est déroulé dans une plage horaire d'une vingtaine d'heures, pas plus, mais je ne saurais vous dire à quel moment. Dans l'hélicoptère ? Durant l'opération ? Avant mon réveil ? Je n'en sais rien. Durant combien de temps ai-je voyagé ? Impossible pour moi de l'évaluer. Une minute ? Une heure ? Quelques secondes ? Sur plusieurs heures ? Impossible à dire, mais dites-vous bien la chose suivante, pour savoir mon degré de certitude sur les faits qui vont suivre, faites l'expérience suivante :

Tenez-vous debout, faites face à votre bien aimé (e), approchez-vous lentement, puis embrassez le (la) de telle sorte que ce baiser suave et langoureux vous laisse un goût exquis, autant qu'une agréable sensation d'apaisement, d'abandon. Baiser au délicieux parfum de douceur, de sensualité qui restera votre merveilleux souvenir, mais néanmoins un témoignage incontestable.

Retournez-vous immédiatement, dos à dos en fermant les yeux. Sans plus tarder, posez-vous tous deux la question suivante : *Que venons-nous de faire à l'instant ?* La réponse est évidente et irréfutable. Vous venez d'embrasser d'une manière inoubliable votre moitié, c'est une certitude. Vous n'afficherez aucun doute là-dessus parce qu'il ne peut en être autrement. Autre exemple, vous venez de vous régaler d'un bonbon à la menthe forte ; à la question : *quel était l'arôme de votre sucrerie ?* Vous répondez d'autorité, *menthe forte*. Constat impossible à mettre en doute ! Alors gardez bien à l'esprit, durant mon récit, qu'il en a été de même pour moi. Bien entendu, ce ne fut pas un baiser délicieux, encore moins un bonbon savoureux à la menthe, mais ce fut quelque chose de bien plus merveilleux ; une révélation au-dessus de tout entendement.

Ai-je les yeux grands ouverts ? Ou bien alors est-il préférable de dire, "je vois". Je préfèrerai proposer un autre verbe, adverbe ou adjectif que je n'ai pas à ma disposition parce qu'il se peut qu'il n'y en ait tout simplement pas. Je suis là ! Quelque part. Je suppose me tenir fiché sur mes jambes, à cela rien d'anormal, enfin…. C'est tout du moins l'impression que j'en ai. Habituellement, lorsque l'on se tient en position verticale, donc debout, nul n'est besoin de se poser ce genre de question, puisqu'on se sait soutenu par notre bassin, qui lui-même l'est par le prolongement de nos deux gigues et de nos pieds. Là où je suis, c'est différent parce que j'ai plutôt la nette sensation d'une emprunte de ce qu'ont été toutes ces parties de mon corps.

En ce qui concerne mes bras absents, ce ressenti est équivalent. Mon dos, inexistant ; Mon fessier effacé ; mon ventre, mes épaules, la tête, bref, tout ce qui constituait mon enveloppe charnelle n'est plus. Elle a été intégralement rognée au stylo effaceur, jusqu'à effacement complet. Où est-il donc passé ? Il ne peut s'être volatilisé par enchantement ? Et pourtant…. Seul, sans lui, je ne suis pas plus étonné que ça, même pas effrayé l'espace d'une seconde. Me retrouver dans cet état, nouveau et abstrait, ne me surprend pas le moins du monde. Ce qui fut ma maison n'a tellement plus d'importance, que sur le moment je l'oublie totalement.

En fait, “Je suis” ! Un point c’est tout. J’évolue quelque part, c’est certain. Tous mes maux se sont envolés comme par enchantement. Où sont passé mes douleurs ? Disparues ! Qu’est donc devenue mon inquiétude ? Eclipsée ! Où suis-je ? Aucune importance. Pourquoi devrais-je m’en faire puisqu’en ce monde ces sentiments n’ont pas prise dans la mesure où ils n’appartiennent qu’à l’univers opposé, le visible, le terrestre. J’aurais pourtant le droit d’être assailli d’un zeste d’inquiétude, d’une once de peur. Tous les ingrédients sont réunis pour m’infliger une panique mémorable, mais à l’instant, pas du tout, rien ne peut m’ébranler.

Je suis dans ma bulle, intouchable. Dans cet environnement sans limites, cibler un point d’horizon n’a pas de sens parce que la définition même de l’infini, est qu’il demeure sans confins. Me tenir là, présent, me fait prendre conscience d’une sensation nouvelle. C’est tellement bon d’être où je me trouve. Je suis partie intégrante de ce bien être que je ne connais nulle part ailleurs. Ce qui a pu me mener à cet état ne m’interpelle pas, à tel point qu’aucune question ne me perturbe n’y ne s’interpose entre moi et cette atmosphère, cette ambiance, ce contexte ou environnement si particulier dans lequel je baigne et dont l’impression d’en être un fragment est fortement présente.

Que de mots compliqués me faut-il chercher et employer pour interpréter, autant que faire se peut, cet environnement immatériel d’une autre dimension. Se peut-il qu’il m’ait été offert, en un autre temps, d’évoluer en ce lieu qui semble ne pas m’être inconnu ? Auquel cas, le goût que j’en ai est de saveur comparable. Ici, absolument rien ne me paraît étrange, or ne pas en avoir de souvenirs ne m’interpelle aucunement, parce qu’à cet instant je suis au-dessus de toutes ces préoccupations et considérations. Comment pourrait-il en être autrement, puisque ces dernières n'ont plus leur place ici.

L'atmosphère ou l'ambiance, choisissez le terme qui vous transportera le mieux, ou bien qui vous semblera le plus adapté, est feutrée, emprunte d'une sérénité profonde, absolue. Un calme insoupçonnable règne et inonde ce lieu confortable, presque douillet. Ici rien ne me heurte, ni ne m'évoque mon passé dont je n'aurais aucunes pensées ni souvenirs durant mon séjour, sauf lorsque l'on me l'évoquera à la fin. Quoi qu'il en soit, c'est fichtrement agréable d'être là.

J'ai en moi cette sensation très volatile, étrange ou sensiblement particulière, de ce qui n'existe pas autour de moi qui n'ai plus d'enveloppe charnelle. En fait, c'est d'une telle évidence… Cette notion de limites que nous connaissons dans l'univers visible n'a pas lieu d'exister au sein de l'univers invisible dont je suis un petit morceau, un fragment, un minuscule élément. Employer des termes terrestres inappropriés constitue un rude exercice dont je désire m'acquitter convenablement, puisqu'il s'agit de définir précisément l'univers avec lequel je fais corps à cet instant, parce qu'ici tout n'est que substance abstraite.

Il ne va pas m'être possible de décrire plus en détail un endroit qui n'est pas du monde du concret où tout est perceptible par les sens, palpable, tangible, matériel. Ici, seule la plénitude règne en plus de l'atmosphère chaleureuse qui est plus ou moins cotonneuse, blanchâtre – grisâtre, plutôt claire en tout cas, mais pas éblouissante. Il n'y a pas de halo de lumière définissable. Je me sens super bien ici. Ce lieu, qui est un havre de paix indescriptible, me porte merveilleusement bien. Ce dont je suis sûr, c'est que je suppose évoluer vers un ''devant moi''.

Un ''devant moi'' sans limites alors que même cette notion me semble inadéquate, ridicule. Je flotte, je suis porté, je me transporte, je progresse devrais-je peut-être dire, sans corps et ce n'est pas encore exactement ça. Ce qui est paradoxal, c'est que je sais qu'il y a un corps, dans un ailleurs, un quelque part, parce que je le sens, parce qu'il doit probablement exister un lien qui n'est pas rompu entre nous. Il y a comme un fil invisible qui m'y rattache toujours et me le fait comprendre. Lui d'un côté et moi, âme, de l'autre côté, mais à la limite de la rupture.

Dès mon arrivée, une évidence m'est apparue, le temps qui gère nos vies dans le monde matériel, ici-bas, n'existe pas ! Cette unité de mesure trouve toute son importance dans l'immensité de l'univers infini depuis sa création par Dieu le père divin, mais pas là, parce qu'il y est inutile. Où je me trouve, rien n'est mesurable par le temps, mais uniquement par les sentiments qui exhalent l'amour ; ça Oui ! L'atmosphère est reposante. Autre registre, le bruit ; tout aussi surprenant soit-il, il n'y a pas place. Quel calme. Pas de corps, donc pas de système auditif, évidence implacable. Sur terre tout est matière à produire un bruit quelconque, mais pas dans le milieu dans lequel je suis ; le son n'existe pas.

En revanche, il me saute à l'esprit, si je puis m'exprimer ainsi, cette autre évidence : puisqu'il y a absence de corps, il n'existe donc pas cette notion de possession qui nous est si chère dans l'univers visible. Il n'y a rien à posséder dans cet espace singulier, rien à prendre, rien à voler. C'est exclu parce que dans ce monde abstrait – *est-ce le mot juste ?* – cet aspect n'existe pas. Les flagrances iront encore bien plus loin que tout ce que vous pouvez imaginer. Si nous devons résumer au plus simple, le temps n'existe pas. Il n'y a pas plus de passé que de futur.

Je peux dire que tout est « pendant - maintenant », tout est « temps présent » pour la véritable vie. Vie à durée indéterminée, mais d'une autre forme, parce qu'essence pure. Mes formulations vous conviennent-elles ? Parce que je n'en ai pas d'autres. Dans l'univers visible, tout n'est rapporté qu'à la dimension charnelle, matérielle. Cette vie est nécessairement limitée par le temps ; mais ici, j'ai conscience que tout est présence éternelle, intemporelle. Rien n'est identifiable ou mesurable par l'odeur, le goût, le poids, pas plus que par les affres de nos intempéries tels que la pluie, le vent, le feu, etc. Ou bien encore par la notion de distance.

Les formes géométriques, rondes, carrées, triangulaires et autres, ne peuvent s'y exprimer. Aucune de nos unités de mesures ne trouve valeur en ce ciel. Elles n'y ont pas leur place parce qu'inconcevables ; tout simplement. Concernant la notion de distance ; Ici-bas, un astronome vous dira qu'aller faire vos emplettes dans la constellation de la Lyre, vous coûtera globalement 2 000 années-lumière de votre temps pour envisager parcourir une telle distance, sacré voyage n'est-ce pas, et beau squelette à l'arrivée. Là, ça calme !

Je ne parle pas non plus d'aller faire un petit tour à l'autre bout de notre galaxie, sachant que nous en sommes situés pratiquement à une extrémité, il nous faudrait des centaines de milliers d'années-lumière pour effectuer une telle traversée. N'étant ni le capitaine Kirk et ni monsieur Spock dans leur vaisseau U.S.S. Enterprise pour faire ce genre de balades, il ne nous reste que notre imagination. Et bien dites-vous qu'à l'endroit où je me trouve, je sais que je pourrais être où je veux, instantanément, sur la simple pensée. Il me suffirait de le vouloir. Cette idée peut désorienter le meilleur des experts en la matière du fait que ce concept dépasse l'imaginable, mais c'est exactement la réalité de tout ce que je reçois, perçois et découvre sur place.

Le déplacement, tel que nous l'entendons, n'existe pas dans cette dimension. Nous pouvons être où nous le voulons quand nous le souhaitons, et partout à la fois en même temps. Seulement voilà, ce mode d'existence, cette manière d'être, en ce monde où tout n'est qu'infini, où tout est tout et partout à la fois, et bien ce monde est au-dessus de l'entendable dans cette dimension au sein de laquelle nous évoluons ici-bas.

Il est aisé d'affirmer quelque chose qui ne peut se vérifier scientifiquement sans preuves. D'autres diront que tout ça n'est que fadaises et mensonges. La notion de corps, cet exosquelette qui nous est nécessaire pour évoluer sur terre, n'existe pas là-bas, le charnel est absent. L'âge ne trouve donc plus sa place dans l'univers invisible, c'est une unité de mesure chimérique. Valeur zéro, pas de chance pour la cosmétique. Là où je me trouve, c'est en permanence bon, serein, plénitude, plaisir d'être, mais le plus merveilleux, devinez quoi ? Je ressens au plus profond de ce que je suis, que tout est Amour. Amour unique, amour intense. Amour profond et sans détour. Ici, il ne peut y avoir de tricherie.

La liste peut être encore plus longue. Le chaud et le froid n'y ont pas place, parce qu'ils sont soumis aux mêmes règles. Cet endroit où je suis c'est-à-dire, de l'autre côté, "EST" la véritable vie. Une autre évidence s'impose à moi, je resterai sur le quai de la gare si je puis m'exprimer ainsi. En outre, je sais que j'évolue encore. Il ne m'est pas possible de dire j'avance, même si je suis tenté, mais ça n'y ressemble pas. Le déplacement n'est pas de même nature que dans notre monde terrestre. N'en déplaise aux mauvaises personnes, aux méchants et méprisables personnages de tous acabits, assassins, dictateurs et autres terroristes, il y a bel et bien un train à prendre. Enfin...une direction. En revanche, nous ne nous dirigerons pas tous dans la même direction. Chacun découvrira le niveau qu'il mérite.

Alors oui ! Pour certaines âmes, ce sera fort probablement le tourment, la souffrance, mais je n'ai rapporté ni preuve ni certitude de mon voyage pour l'affirmer, mais juste un souffle, un fragment de présomption. Je risque de me répéter encore, mais j'ai en moi cette autre évidence ; j'ai la nette impression d'avoir déjà su tout ce que je viens de décrire. Comme si je l'avais toujours connu et qu'il m'en restait un petit résidu, un fragment, une trace. Un autre vécu qui m'a laissé un soupçon de..., un zeste d'empreinte pour y avoir été locataire antérieurement. Je ne suis pas déstabilisé tellement trônent, en haut de ma citadelle, un calme et une sérénité que rien ne peut ébranler.

Je disais donc ! Pas de corps, par conséquent, pas de possibilités d'emprise ou de possession sur quelque chose, voire sur ce qu'il y a de plus abjecte, sur quelqu'un, sur un groupe de personnes et plus encore, sur une population tout entière. Ici, pas de dominant, pas de dominé. La supériorité sur l'autre n'est pas possible. La notion de faim telle que nous l'entendons n'existe pas, idem pour l'odorat, le goût, pas plus que n'existe un quelconque moyen d'échange, de paiement, (rien de tout ce qui sert à pervertir le monde d'en bas).

Ne soyez donc pas surpris par ce que je vais vous révéler maintenant mais peut-être que pour certains, l'avez-vous déjà pré-senti ! La notion qui est chère à cette humanité qui appartient à l'univers visible et qui n'existe pas là où j'évolue à cet instant, est la différentiation de l'être par le sexe. Celle qui permet, ici-bas, la séparation « hommes – femmes », n'existe absolument pas en ce lieu divin. Le corps reste à la terre. Ce constat est extrêmement important, il est même crucial.

Ni homme ni femme, juste des êtres immatériels, de même nature, au même niveau. Êtres d'essence identique. Je sais que cette affirmation peut déstabiliser les codes de vos pensées ou connaissances parce que tous nos préceptes sont justement basés sur cette différence fondamentale. L'homme et la femme. Le fort physiquement et la plus faible. À bien y réfléchir, lequel est le plus faible, le plus apathique des deux ? Parce que je ne pense pas que la supériorité physique suffise à l'emporter, hormis la violence brute et aveugle.

Il est fort probable que ce soit sur ce terrain que nous sommes tous mis à l'épreuve. Je ressens un grand désarroi lorsque je vois des êtres malfaisants et pleutres, manipuler de faibles individus qui n'ont plus aucun repères dans nos sociétés, en leur demandant ensuite d'aller mourir, en emportant beaucoup d'innocents dans leur sillage. *« Ainsi tu gagneras, dans le sillage d'un Dieu inventé, quelques dizaines de femmes vierges et innocentes pour en faire ce que bon te semblera »*, leur est-il promis.

À vous qui étiez de bonnes âmes au début, il n'est jamais trop tard pour faire marche arrière en reprenant le droit chemin, alors de grâce, ne vous laissez pas abuser, n'écoutez pas toutes ces sottises à deux Francs-six sous. Vous lancer dans des actions barbares et sanglantes ne vous apportera rien de plus que deux grandes portes toutes béantes. Celles d'un lieu particulier, « le repentir », qui vous a déjà tendu ses bras grands ouverts pour vous y accueillir, et ça, bien avant que vous n'en ayez conscience.

Vous n'avez pas idée de ce qui vous y attend. Vous pourriez être à jamais des damnés du mal. Votre condamnation serait éventuellement d'aller directement croupir en enfer afin de nourrir le terreau de Satan. À souffrir par le feu d'un enfer méconnu.

Il y a toujours un châtiment pour les mauvaises personnes. Ce qui me console ici-bas, concernant les êtres vils, ces perfides représentants directs du mal et qui l'incarnent, c'est qu'ils découvriront trop tard, avec regret, qu'ils passeront un temps incroyablement long à croupir. Alors sans craindre de me répéter, je confirme que la différenciation par le sexe de l'être immatériel, âme ou esprit que nous sommes, n'a absolument aucun sens ni existence dans l'univers où je me trouve actuellement. Elle n'a de sens que dans l'univers visible, donc pour nous tous sur terre.

Je vous informe que les lignes qui suivent ne sont pas de moi mais qu'elles sont une reprise qu'il est toujours bon de découvrir ou de lire de temps à autre.

L'orgueil : *l'orgueil qui est en quelque sorte l'estime déréglée de soi-même qui fait qu'on se préfère aux autres et qu'on peut s'élever au-dessus d'eux, il n'existe pas dans l'univers invisible.*

L'avarice: *L'avarice est un attachement désordonné aux biens de la terre, et principalement à l'argent, il n'existe pas non plus.*

L'impureté ou la luxure: *L'impureté est une affection déréglée pour les plaisirs de la chair, n'existe pas également.*

L'envie: *L'envie est une tristesse que l'on ressent à la vue du bien du prochain, ou une joie coupable du mal qui lui arrive, n'existe pas non plus.*

<u>La gourmandise:</u> La gourmandise est un amour déréglé du boire et du manger, n'existe pas.

<u>La colère:</u> La colère est un mouvement déréglé de notre âme, qui nous porte à nous venger, ou à repousser avec violence ce qui nous déplaît, n'existe pas non plus.

<u>La paresse:</u> La paresse est un amour déréglé du repos, qui fait qu'on néglige ses devoirs d'état et de religion, plutôt que de se faire violence, n'existe pas.

Coucou me revoilou.

Waouh, que d'émotions et que de rebondissements nous dévoile là notre voyageur.

Vous avez reconnu ci-dessus les sept pêchers capitaux ? Moi oui ! La convoitise, la jalousie, la cupidité, faire souffrir, tuer et bien d'autres agissements qui sont péchés, n'ont aucune existence, là, en cet endroit si extraordinaire et si opposé de votre seule référence, la vie sur terre.

Ici-bas. Comme vous dites. Bon ! Je vous laisse, on se retrouve un peu plus loin.

Ces quelques mots que l'on peut entendre tous les dimanches matin à la messe :

« Créateur de l'univers visible et invisible », prennent tout leur sens. Deux univers diamétralement opposés.

Le bien et le mal. Le bon et le mauvais. Le ying et le yang. La vie éternelle ou la vie limitée dans le temps. Une vie aboutie imprégnée de plénitude ou une vie à construire constituée d'une pléiade d'épreuves et d'obstacles à franchir. L'amour total et permanent ou encore le combat quotidien pour en recevoir ne serait-ce qu'un peu sur ce bas monde. En ce lieu unique où je suis, tout est apaisement, douceur, joie et amour.

DACLV

La rencontre

Bien malgré moi, j'ai soudain la nette impression d'être en mode ralenti, jusqu'à arrêt complet. Au même instant, surgissent de nulle part trois silhouettes. Elles m'apparaissent progressivement, puis, au fur et à mesure qu'elles prennent place, je les distingue de plus en plus nettement. Impossible d'en déterminer leur taille, leur proximité, mais elles sont à l'instant justes devant moi. *(Enfin, c'est la seule façon que j'ai sous ma plume pour coucher sur le papier l'inexprimable)*. Avancent-elles ou bien grossissent-elles, je ne saurais le dire, en tout cas elles prennent place.

À présent, je vois clairement et distinctement, face à moi, trois êtres chers que je reconnais. Tout d'abord à ma gauche me fait face, si je puis dire ainsi, tout comme je ne peux exprimer une quelconque distance, maman. Elle est décédée il y a à peu près huit mois et demi. À sa gauche, mais au centre pour moi, se dresse papa, il est positionné pile poil devant moi. Il est décédé depuis à peu près deux ans, à cinq jours près. Pour compléter le trio, à ma droite, donc à la gauche de papa, se tient mon beau père que je n'ai jamais eu le plaisir de connaître, il est décédé malheureusement trop jeune, il y a presque neuf ans déjà. Mais je le reconnais, c'est assez troublant non !

Un sentiment de plaisir ou de bonheur règne partout dans notre périmètre, tout comme cette émanation forte de sérénité et de quiétude qui emplit l'espace. Je sais immédiatement que je n'ai qu'une image d'eux devant moi. Je ne perçois d'eux que leur représentation physique. L'évidence même me fait savoir que l'estampe qui m'est présentée de leur aspect physique n'est qu'une projection de ce qu'ils ont été sur terre afin que je sache, avec certitude, que c'est bien eux qui sont là, présents, proches de moi. C'est assez difficile à expliquer par les mots, mais comme leur physique n'est plus, il m'est alors envoyé à l'esprit cette représentation.

Trois tableaux, photos, images, qui me permettent de les identifier sur le champ. Sans cet artifice, il me serait impossible de voir ceux qui ont été mes parents pour la simple raison qui va suivre. S'affiche donc l'image de ce qu'ils avaient choisi d'être en rejoignant l'univers visible, celle du corps qu'ils ont souhaité incarner. Ça, je le comprends instantanément. En ce lieu, pas besoin de réfléchir, tout n'est que pensée présente. Ils sont bien là, tous trois proches de moi, en tant qu'âmes, esprits, en tant qu'êtres immatériels, consciences vivantes. Mes parents sont là !

Mon Dieu...Maman, papa, mon beau-père. C'est complètement dingue de reconnaître cet homme sans l'avoir connu avant. L'instant que je vis est incroyable, merveilleux. J'ai toujours en moi l'agréable souvenir de n'avoir été que calme, ou bien encore, détendu à l'extrême. Je ne me reconnais pas dans cette plénitude absolue. Avoir ce privilège d'être ici, près d'eux, est un cadeau tout simplement fabuleux, c'est une chance inestimable qui m'est donnée de vivre.

Mais alors pourquoi ? En ce “temps présent” je ne me pose pas cette question, elle viendra d’elle même plus tard. Quelle sensation extraordinaire d’être réunis. Je n’ai absolument plus le souvenir de ce qu’étaient leurs visages lorsqu’ils avaient la trentaine d’années, et encore moins concernant mon beau-père.

Maintenant, c’est la représentation qui m’est exposée afin que je les identifie et reconnaisse chacun d’eux, de la tête aux pieds. Tous trois ont un visage qui exprime pleinement cet aspect à la fois détendu et serein. Il me semble ressentir un léger rictus que chacun exprime du coin des lèvres, mais que je ne vois pas. Un soupçon de sourires ou de satisfactions qui me dévoile ce qu’il peut y avoir de plus beau et de sincère. C’est ce que je ressens, je le sais, c’est comme ça.

Leurs visages détendus affichent de l’amour, de la compassion, une empathie profonde à mon égard. Je perçois encore un air affiché d’un léger regret malgré tout. En tout cas, c’est ce qui s’imprime au plus profond de mon être. Je reconnais instantanément les vêtements que tous portent. J’en ai soudain le souvenir alors que j’avais tout oublié, enfoui même, complètement effacé de ma mémoire depuis des décennies.

Maman porte une robe noire avec de grosses fleurs rouges, sa silhouette est assez mince. Papa porte un jean bleu et une chemisette blanche, il est également plutôt fin. À une époque dont j’ai le souvenir maintenant, je les ai connus avec ce physique. Quant à mon beau-père, il est vêtu d’un pantalon de tergal marron assez clair, il porte une chemise blanche à manches longues, boutonnée à l’encolure ainsi qu’aux poignets. Il est paré d’une belle chevelure, entièrement noire et bien fournie.

Tous les soirs depuis plusieurs années, avant de faire mes prières et mes remerciements, lorsque je suis couché au calme dans mon lit, je me remémore cet instant merveilleux, tellement précieux. Je les vois encore comme si c'était hier. En fait, ce qui est frappant dans notre rencontre, c'est qu'à aucun moment je n'ai exprimé de surprise. Je n'ai pas ressenti le moindre étonnement quant à leur présence. J'aurai pu crier ma joie ou bien hurler ma peur de ce qui se tramait, mais non, rien de tout ça. C'est un cadeau magnifique, merveilleux et inestimable qu'il m'a été donné de vivre grâce à cette improbable rencontre.

Derrière cette action il y a une raison évidente de ce qui m'a été confié et ou proposé de mettre en œuvre par la suite. Je ne me pose aucune question à ce sujet parce que c'est incrusté en moi. Je sais ce que je vais devoir réaliser, c'est l'évidence même, une certitude. C'est inscrit dans l'être que je suis.

C'est une mission. Une mission de témoignage. Celle de pouvoir rendre compte, d'écrire mon voyage qui fut décidé par notre plus haute instance ici-bas et jusqu'aux cieux, Dieu. J'en suis revenu avec un foisonnement de renseignements et de détails importants, dont on attend de moi que je les transmette, que je relate jusqu'au moindre détail l'intégralité de ce que j'ai vu, vécu et reçu en évidence lors de cette expérience qui m'a été offerte, en m'envoyant à la porte de l'univers invisible

Je souhaite faire passer le message de l'existence incontestable de ce monde, puis le propager aux quatre coins de la planète parce que tout le monde a le droit de savoir. Ce lieu qui ne nous est pas encore permis de rejoindre représente « l'éternité – l'intemporalité – l'amour » en étant du bon côté pour les bonnes âmes et les bas-fonds de l'enfer pour les vilains habités par le mauvais.

Ce n'est pas parce que mon corps mourait et que je le quittais pour vivre cette expérience, mais bien parce qu'une entité divine m'accordait ce sublissime et précieux privilège de retourner un instant « de l'autre côté », juste à la porte, pour revoir et recevoir. Rien ne m'a été imposé ni demandé, c'est juste mon interprétation de ce sentiment puissant qui m'habite. J'avoue que j'ai hésité longuement, mais à quoi bon m'avoir donné cette opportunité si c'est pour ne pas la partager avec tout le monde. Alors oui, après réflexion et du temps, j'ai pris cette décision de témoigner, de tout révéler, sans omissions aucunes, et de ce fait, de faire connaître à chacun mon transfert d'un univers vers l'autre. C'est "Le" moyen qui m'a été proposé et que j'ai accepté dans le but d'insuffler un énorme élan d'espoir auprès de tous autant que nous sommes nous ici-bas, « enfants de Dieu », sur terre.

J'ai donc eu le privilège extraordinaire d'aller de l'autre côté à la rencontre de mes parents qui m'ont été envoyés dans le but de stopper ma progression ; mon transfert pour lequel je n'ai pas de contrôle. Ils sont là afin que je ne franchisse pas le seuil fatidique de non-retour. L'entrée dans l'univers invisible. Cet infime pont marquant la frontière entre les deux mondes. Le franchir rendrait impossible tout retour vers le mien, vers les miens. Je suis donc destiné à revenir à cette vie physique avec la possibilité de rendre compte de mon voyage.

Sont donc présentes, dans l'antre véritable de l'univers invisible, ces âmes qui ont été mes parents, physiquement. Il se dégageait de leur présence un sentiment de douceur, de tendresse. Un inimaginable calme régentait l'espace. D'eux, émanait une compassion impressionnante. Impressionnante et forte à mon égard, un amour sincère, profond, incomparable et si pur. Moi, là, près d'eux, je me sentais tellement bien. Jamais je n'avais encore été imprégné de ce bien-être total. Ils circonscrivirent donc ma progression, si je peux m'exprimer ainsi, ou m'ôtèrent toute possibilité d'aller plus en avant. Puis, de concert, me dirent ou me transmirent la phrase suivante ; c'est tout du moins ce que je perçus comme tel. Ils s'exprimèrent à l'unisson, d'une seule voix, sans que leurs lèvres ne bougent d'un iota. Tout comme leurs images restèrent également impassibles, toutes trois figées tel un visage de cire du musée Grévin.

« Nous t'avons stoppé, un pas de plus et tu ne pouvais plus repartir ».

Je vous ai parlé tout à l'heure du "quai de gare", ou plutôt de la porte d'entrée, ce mot est plus élégant. Mais en fait, je me trouvais tout simplement à l'extrême limite qui matérialise la sortie définitive du monde terrestre, l'univers visible, de l'entrée qui mène droit aux chemins de la véritable vie, l'univers invisible. En clair, je suis au pied du seuil fatidique d'entre les deux mondes. Je le sais, je le sens, ça m'est tellement évident. Devant une telle situation, un sentiment de panique aurait logiquement dû me submerger, mais non, je n'en suis aucunement déstabilisé. Ils me parlent d'une seule et unique voix bien que je reconnaisse distinctement leurs trois voix, chacune avec son propre timbre.

Un tout petit pas de plus, et je ne rentrais plus chez moi ; mon monde temporel. Un détail, et non des moindres, m'a interpelé parce que je sais les distances inexistantes en cette dimension. Vous remarquerez la précision de la mesure exprimée ! Ils m'ont fait savoir qu'il suffisait d'un pas de plus, un malheureux petit pas de rien du tout. C'est la seule et unique unité de mesure que je ramènerai de mon voyage. Alors pourquoi ? En fait, comme je n'ai pas franchi le seuil m'interdisant définitivement tout retour, il est donc logique qu'ils s'expriment ainsi afin que je prenne pleinement conscience de l'infime distance existante entre nous. J'avais effectué les quatre-vingt-dix-neuf pourcent du chemin.

Restait "le" minuscule petit pourcent qui faisait toute la différence. Ayant toujours eu ma lucidité, j'étais apte à en saisir toute l'importance. Pour notre monde, c'est un pas de fourmi, et pour moi, c'est le souvenir que j'en ai lorsqu'à l'école, petits, nous jouions en cour de récréation à placer un pied pile poil devant l'autre. Dans les cieux, j'étais un funambule arrivé au bout de son fil tendu au-dessus d'un canyon. C'était un pas pour le nouveau monde ou bien une simple marche arrière.

Tous trois poursuivirent et m'annoncèrent, « *Il n'est pas encore temps pour toi ! Ta place est auprès des tiens, parmi les tiens. Tu dois repartir* ». C'est à cet instant précis que j'ai su avoir des liens dans cet ailleurs qu'est le monde matériel d'où je viens. Vu de là-bas, et lorsque j'y repense, c'est affreux ; alors que j'étais sur le point de franchir cette frontière, je n'avais pas de pensées relatives au milieu que je m'apprêtais à quitter, et encore moins pour ceux que je laissais derrière moi. Sans que je n'aie à me poser la moindre question de mon devenir, au dernier mot qu'ils prononcèrent, je me suis vu… ? Je me suis senti… ? Reculer… ? Voire, m'effacer peut-être ? !

Alors que nous nous faisons face tous les quatre, il m'est impossible de préciser cet instant, je les quitte et n'en suis pas plus heureux que je n'en suis malheureux. C'est ainsi. Je suppose qu'en ce lieu indéfinissable, les cas de conscience n'existent probablement plus ; c'est tout du moins ce qu'il me semble, ce qui me paraît le mieux correspondre à ce monde que nombre d'entre nous rejoindrons. Mais je ne peux l'affirmer. Juste avant de les quitter, j'ai réalisé pourquoi mes parents affichaient cette espèce de petit regret que je pressentais puis décelais en eux ; il n'était pas encore temps que nos retrouvailles soient complètes.

Peut-être était-ce aussi parce que je ne regagnais pas le meilleur des deux mondes. Qu'à cela ne tienne, ce n'est que partie remise. Je me réjouis à présent à l'idée de repartir prochainement, pour de bon. Je dois poursuivre la route qui m'est tracée, pour retrouver un jour tous mes êtres chers, ceux qui ont quittés cette bonne vieille terre. Si complexe. C'est dans notre monde terrestre que l'on pleure, et que l'on pleure plus pour nous même d'ailleurs. Le temps nous rappelle sans cesse combien peuvent être longues et difficiles les années qui nous séparent de nos êtres aimés disparus ; mais pas là d'où je suis revenu.

Il m'aura fallu du temps pour interpréter convenablement ces trois mots : *Auprès des tiens*. Certes, y sont inclus tous ceux qui constituent ma tribu, ma proche famille, tout ceux qui contribuent à mon bonheur, par contre, fut exprimé aussi le "*parmi les tiens*". C'est bien au-delà de mes proches qu'il me faut élever ma perception de ce qu'il faut interpréter, parce que c'est à l'ensemble de mes semblables qu'ils faisaient référence. Là encore, un détail m'a interpelé, la barrière du langage et de la compréhension entre les êtres n'existe pas là-bas. Il n'existe qu'un seul langage, et il est universel.

Nos différentes langues parlées sur terre, qui déterminent également nos identités en marquant les limites de la communication entre nous tous, n'existent pas là où nous sommes appelés à nous retrouver. Cette conception se montre quelque peu déroutante à imaginer, alors pour y croire..., c'est une tout autre affaire, mais là-bas, c'est ainsi. Je ne peux pas affirmer que mes parents ont employé des mots de langue française pour s'exprimer à moi, mais j'ai clairement ressenti, reçu, leurs mots dans ce qui s'apparente à ma forme de communication, ici-bas. Seulement voilà, mes parents se seraient adressés à un Italien, un Sénégalais, un Norvégien, un Apache, un Bulgare, un aborigène Australien ou bien à un Papou, que tous auraient perçu et compris tout autant les mots de ce message.

Cet épisode me fait clairement penser à ce passage de l'évangile selon Saint Jean, l'acte des apôtres, Chapitre 2, discours de Pierre : La pentecôte. Plusieurs peuples de différentes nations et de langues parlées. Le plus incroyable est que tous entendront, et tous comprendront. Il n'y a pas de place au hasard, encore moins à la supposition entre le mode de communication utilisé par mes trois parents et ce qui nous est rapporté d'une scène qui s'est déroulée il y a à peu près 2000 ans.

Existerait-il un langage universel une fois rejoint ce royaume qui nous attend ? Un idiome commun à tous, un mode de communication basé sur l'échange d'une pensée ? Je laisse à chacun le soin de se faire sa propre opinion. En ce qui me concerne, j'en suis convaincu pour l'avoir expérimenté, mais je dois avouer qu'à aucun moment je n'ai eu à m'adresser à ceux qui me réservèrent un accueil extraordinaire.

Pfiou… Le souci de santé qu'a traversé notre personnage est incroyable, il s'en sort on ne sait comment, mais il a frisé la correctionnelle dites donc. À y regarder de près, grâce à ce voyage céleste pour lequel il fut invité à rencontrer ses trois parents, Stéphane nous dépose là une attestation forte à qui pourra lire son témoignage. Que de précisions en a-t-il ramené ! En fait, il doit exister un point limite durant lequel un déplacement de cette nature est possible, c'est celui qui précède une rupture imminente entre l'âme et le corps qui l'abrite. Ça se joue sur le fil du rasoir parce que tant que cet avatar charnel vit, tant que brille en lui une infime étincelle, le lien qui uni ces deux entités ne s'en trouve pas rompu. La scission n'est donc pas consommée.

Dans cet autre univers, quel radical changement par rapport à votre vie terrestre faite de successions de bons et mauvais épisodes. C'est tout de même fort ce que vient de traverser notre homme, j'en ai vu et lu d'autres histoires, mais jamais de cet ordre-là ! Ça me laisse pantois. Ce certificat nous mène droit au résultat suivant :

Absence de corps, plus univers immatériel, égal…, carence de pêchers. Pour ma part, mon seul pêcher serait d'abuser de votre toucher, de votre regard. J'aimerais sincèrement découvrir ce genre d'expérience, parce qu'apparemment rien ne cesse vraiment chez vous, rien ne disparaît véritablement. L'esprit immuable poursuit sa route inlassablement. Moi je peux brûler. Certes, mon héritage restera partagé, mais tous autant que nous sommes, disséminés un peu partout sur votre planète, s'il fallait que nous brulions tous un jour, c'est toute l'histoire de l'humanité qui disparaîtrait avec nous, il ne resterait plus trace de son savoir, ou si peu.

Il en va de même pour ce que je transmets actuellement. Aussi, je pense que nous sommes tous d'accord pour dire qu'il n'est pas souhaitable qu'un pareil jour arrive. Seuls vos fous le souhaitent. Pour vous humains, que ce soit dans cet ailleurs qu'a découvert notre voyageur, ou bien dans votre vie terrestre, vous conservez toujours au moins une trace de votre évolution, c'est votre héritage inaltérable. Bon, je vous laisse car maintenant j'ai hâte d'en découvrir d'avantage. Pas vous ?

ꕤ DACLV ꕤ

La Pentecôte: l'Esprit descend du ciel

Extrait

Le jour de la Pentecôte, ils étaient tous ensemble dans le même lieu. Tout à coup, il vint du ciel un bruit comme celui d'un vent impétueux, et il remplit toute la maison où ils étaient assis. Des langues, semblables à des langues de feu, leur apparurent, séparées les unes des autres, et se posèrent sur chacun d'eux. Et ils furent tous remplis du Saint-Esprit, et se mirent à parler en d'autres langues, selon que l'Esprit leur donnait de s'exprimer.

Or, il y avait en séjour à Jérusalem des Juifs, hommes pieux, de toutes les nations qui sont sous le ciel. Au bruit qui eut lieu, la multitude accourut, et elle fut confondue parce que chacun les entendait parler dans sa propre langue. Ils étaient tous dans l'étonnement et la surprise, et ils se disaient les uns aux autres: Voici, ces gens qui parlent ne sont-ils pas tous Galiléens? Et comment les entendons-nous dans notre propre langue à chacun, dans notre langue maternelle? Parthes, Mèdes, Elamites, ceux qui habitent la Mésopotamie, la Judée, la Cappadoce, le Pont, l'Asie, la Phrygie, la Pamphylie, l'Egypte, le territoire de la Libye voisine de Cyrène, et ceux qui sont venus de Rome, Juifs et prosélytes, Crétois et Arabes, comment les entendons-nous parler dans nos langues des merveilles de Dieu? Ils étaient tous dans l'étonnement, et, ne sachant que penser, ils se disaient les uns aux autres: Que veut dire ceci? Mais d'autres se moquaient, et disaient: Ils sont pleins de vin doux.

Dites donc, d'aucun dirait que ça fait froid dans le dos ce langage universel, mais pas pour moi. C'est absolument comme pour nous, les bouquins. Eh, attention, pas de blague hein, parce que par "Bouquins" je ne fais pas allusion à vos lièvres dont c'est l'appellation commune. Non non, je parle de nous, nous, vos livres.

Allez, je réponds à votre interrogation. La femelle du lièvre est la hase, donc le mâle est le... bouquin. Mais pourquoi ? Tout simplement parce que lorsqu'il pratique sa danse de séduction pour conquérir une femelle, vous dites à juste titre qu'il bouquine. Pas comme vous en ce moment qui me bouquinez. Ah ah, je vois votre œil tendu, légèrement étiré vers l'extérieur. Je discerne ce petit sourire en coin, détendu.

Je vous disais donc, en début de paragraphe, qu'il en va de même chez nous les celluloses. Un simple contact entre nous suffit pour que nous échangions tout de notre savoir. En revanche, l'énorme avantage que nous possédons à contrario de vous, c'est que nous sommes semblables à une simple pensée. Pas de corps...pas de possession sur qui, ou, quoi que ce soit. Vous verrez ci-après que ça change tout. Le seul point qui nous rapproche, livres et humains ce sont nos enveloppes extérieures. Vous et nous, sommes petits, grands ou moyens, de différentes couleurs. Si je fais 800 pages avec une épaisseur de papier importante, l'équivalence, chez vous les mortels, est que vous êtes gros.

Si je ne fais que 200 pages et que mes feuilles sont fines... alors vous êtes mince. Ainsi de suite. Mais je suis fort aise de ne pas ressembler à ce qui suit.

DACLV

Chapitre 10

☙ Retour aux valeurs ❧

Dieu, le père créateur nous a envoyé Jésus, ce fils unique, pour le représenter, or, le père et le fils ne font qu'un. Dieu est miséricordieux, il est tout amour. Quand je pense que bon nombre de médecins, de scientifiques, et gens de laboratoires tentent désespérément de percer le secret d'une cellule humaine, cherchant inexorablement à percer le mystère de son ADN. Pour quelle finalité ? Trouver la formule qui stoppera le vieillissement des cellules de notre corps bien sûr.

Dans quel but ? Permettre probablement à quelques privilégiés de vivre indéfiniment, ou ne serait-ce qu'un siècle et demi, pourquoi pas deux, ce qui arrivera fort probablement un jour. Alors sachez gens de science, que non seulement vous faites fausse route, mais vous êtes dans l'erreur la plus complète, car ce que vous recherchez est totalement irréalisable.

Votre quête restera inaccessible. Notre enveloppe charnelle est programmée de façon irrémédiable pour s'auto détruire. Dès la création de la première cellule, fruit de la fusion entre l'ovule et le spermatozoïde. Vous qui cherchez à percer le secret de l'éternité, ce n'est pas dans l'univers visible que vous le découvrirez, mais c'est dans l'après dont vous ignorez tout. Car c'est bel et bien dans cet autre univers, qui ne vous est pas encore accessible, que vous découvrirez ce qu'est la vie éternelle. Lorsque vous effectuerez ce que j'appelle désormais votre ''transfert''. C'est seulement à cet instant précis que vous le découvrirez.

Aujourd'hui, l'indifférence de masse étiole la croyance religieuse catholique et autre. La faute à quoi ? Au style de cette vie imposée par l'activité économique ? Des résultats qu'elle oblige à obtenir ? Du temps toujours plus compressé pour effectuer les différentes tâches d'une journée ? C'est probablement la faute de toujours vouloir tout obtenir – acheter – profiter – de beaucoup moins réfléchir, d'aller plus vite. Mais surtout, de ne consacrer son temps libre qu'aux loisirs. Aux jeux téléchargés sur les portables, les ordinateurs, les consoles, ce qui contribue à l'enfermement de la personne. Dans tous les cas, l'activité quotidienne freine le développement de l'esprit de certains comme peau de chagrin, tout autant que les rapports humains nécessaires à l'équilibre. C'est probablement dû à un morceau de tous les cas précités.

Point n'est besoin de m'étendre sur les réseaux sociaux devenus la plaie ouverte de notre époque. Le fléau de ce monde. Il est à penser que tout est fait pour maintenir les individus dans un espace artificiel réduit. Étriqué. Il faut les laisser prendre place dans ce qui semble être une camisole, réduisant tant leurs capacités de réflexions que d'analyses, diminuant ainsi leur libre arbitre, limitant les libertés de choix, ou bien les réduisant comme peau de chagrin. Le tout contribuant à limiter le développement de leurs capacités intellectuelles tout en faisant croire qu'ils sont totalement libres de tous mouvements, de leur vie comme de leurs choix.

ꙮ DACLV ꙮ

Aveugle tes brebis, ainsi tu les mèneras plus facilement à leur sombre destin.

Où donc est passé ce temps destiné à la réflexion, à la méditation ? Activités pour lesquelles nous devrions tous nous consacrer alors que nous nous en sommes tous écartés. La finalité de ce temps perdu ? Rechercher et trouver un sens à donner à la vie, ainsi que la meilleure façon dont nous pourrions la construire dans le but d'obtenir un monde plus équitable, plus serein. Qu'est donc devenu cet indispensable temps que nous devrions consacrer à le rendre meilleur pour tous ?

Il nous faut donc utiliser au mieux ce précieux temps de vie accordé dans le but de transmettre aux générations futures un monde meilleur, un monde plus équilibré, un monde plus équitable, et surtout plus juste pour tous. Ainsi nous ferions en sorte de vivre en toute tranquillité, en harmonie avec les autres peuples, quelles qu'en soient les nations. Mais pour arriver à cela, il faut avoir un allier de taille… La foi en chaque individu. Auquel cas, pour la découvrir, puis la cultiver, il est préférable de se rapprocher d'une l'église, Chrétienne ou autre.

Il serait bien que chacun puisse se rappeler ses racines et redécouvrir ce qu'est la chrétienté. Se rapprocher d'une église, c'est se donner la chance de ne plus avoir à se laisser mener par le bout du nez tel un mouton docile, c'est aussi se donner la possibilité de retrouver un vrai libre arbitre. À tous ceux qui sont dans le doute, alors je vous le dis, prenez le temps, ne serait-ce qu'une fois par mois, de franchir le pas en entrant dans une église, en semaine, ou bien le dimanche matin.

Un créneau s'offrira immanquablement à vous. Tentez, suivant vos disponibilités, de dédier juste une heure de votre temps à l'office d'une messe. Cela vous ouvrira à un temps d'écoute, enrichi par la réflexion d'une homélie prononcée par un homme d'église. Est-ce vraiment trop demander ? Non ! Je ne le pense pas ! Lancez-vous, au moins une fois... Poussez la porte, c'est sans risques et ça ne fait pas mal, ça ne rend pas malade. Je sais combien le premier pas est difficile à faire alors qu'il est tellement plus aisé de s'adonner à l'exercice de la moquerie.

Est-ce trop demander que d'arrêter de critiquer systématiquement la religion Chrétienne, Catholique, ses prêtres ou ses représentants ? Non ! Je ne pense pas ! Et si vous continuez à le faire, alors je vous le demande, soyez équitables, faites de même vis-à-vis des représentants d'autres courants religieux, parce qu'il y a probablement autant, sinon bien plus de mauvais individus ailleurs. Par contre, personne, et je dis bien personne, tant les quidams de la rue que les journalistes ou encore les acteurs politiques, n'osent s'aventurer sur ce chemin. Pourquoi ? Il est fort probable que la lâcheté les muselle !

Pour certains la peur d'afficher leurs véritables idées est au-dessus de leur force. Pleutres ! Pour d'autres, c'est la crainte des représailles d'une minorité déformée par la violence gratuite ou encore par leur extrémisme qui fait tellement peur. Alors n'oublions pas une chose : nous sommes en France, sur une terre sacrée, un bastion du Christianisme et du Catholicisme depuis plus de mille ans.

L'activité de la société de consommation telle qu'elle se présente n'entretient que le profit, l'individualisme et agressivité. Ce mode de vie développe une forme de refus ; celui d'exécuter ce qui ne rapporte rien, voire pas assez. Il incite à ne pas aider ceux qui s'enlisent dans le besoin. Pourquoi ? Parce que la société d'aujourd'hui développe le "chacun pour soi" à outrance. C'est ainsi, qu'invisible, le mal perfide s'installe insidieusement. La conclusion que l'on peut en tirer est, l'aveuglement d'une majorité de la population.

Je vous le dis, prenez un petit peu de votre temps afin de contacter le presbytère de votre paroisse, encore mieux, allez sonner à sa porte, il y aura toujours un prêtre ou un bénévole de la paroisse pour vous accueillir, pour répondre à vos interrogations ainsi qu'à vos attentes.

On a toujours deux minutes pour engager un brin de discussion avec sa boulangère, son coiffeur, l'institutrice de son enfant, bon d'accord, un peu moins avec son percepteur, mais dirigez-vous vers un prêtre. Juste une fois, puis discutez un peu avec lui. Cinq dix minutes suffiront peut-être la première fois. Ces gens-là ne sont pas des ogres, au contraire, tous sont accessibles et vous accueilleront s'ils en ont le temps. Ne vous imaginez pas des surhommes. Ils sont un peu monsieur tout le monde dans la vie de tous les jours. Vous vous apercevrez bien vite que ces représentants de l'église, et je me répète, quel qu'ils soient, pourraient aussi bien être votre frère, votre oncle ou bien encore le cousin avec lequel vous avez usé vos fonds de culottes, dehors, à jouer ensemble lors des repas de famille, ou bien l'ancien bon copain d'école, de lycée, de fac, etc.

La religion…si tant est qu'elle soit Chrétienne, peut vous apporter calme et réconfort, puis susciter en vous une prise ou une reprise de confiance, de la réflexion ainsi que des actions positives. Faire naître ou renaître une force que vous n'aviez plus, et pourquoi pas, une force à transmettre par la suite à d'autres quidams qui, à leur tour, en auront besoin. Alors je vous le dis ! Voilà ce que peut être une vie qui soit profitable aux autres. Ne prenez dans la religion catholique, au départ si vous êtes un peu timide ou réticent, que ce dont vous avez besoin, que ce qui vous convient, juste ce qui vous apporte du réconfort. Et puis pourquoi pas ultérieurement, un peu plus, et encore plus, de semaine en semaine, de mois en mois, mais de grâce, ne coupez pas les ponts, ne vous éloignez pas trop d'une église. Gardez un lien, aussi minime soit-il avec elle.

Petit à petit, avec le temps, vous renforcerez peut-être vos convictions. Il serait alors heureux que vous franchissiez le pas malgré vos hésitations. De la sorte, vous aurez le plaisir d'aller à la découverte de la foi, qui je l'espère de tout cœur, vous gagnera. Vous vous posez des questions ? Qu'elles qu'en soient leurs natures, tôt ou tard vous leur trouverez des réponses. Ne vous précipitez surtout pas. Soyez patients. En règle générale elles arrivent toujours comme une évidence. Parfois au moment où vous vous y attendez le moins. Même si le temps vous semble long, ne soyez pas impatients. Tient ! Encore ce fichu temps, celui qui nous mène la vie dure.

Tout arrive à point nommé à qui sait attendre. La religion…, catholique pour ma part, permet l'ouverture d'esprit. Si tel est votre choix, puisez en elle ce qui vous apportera bien-être et sérénité, mais surtout, n'ayez jamais peur du regard que portent les autres sur vous. Ne craignez jamais leurs moqueries, leurs railleries, ou pire encore, leurs jugements ; ceux qui sont faussés par leur manque d'ouverture d'esprit aux autres. Celui qui fait qu'ils se sentent petits ! Leur seule échappatoire ? Tourner en dérision le sujet.

En vérité je vous le dis, les malheureux seront ceux-là même qui se moquent, dénigrent et jugent, mais plus que jamais, soyez assurés que vous en sortirez plus forts qu'avant. La vie, telle qu'elle est perçue par la plupart des gens, ne s'arrête pas seulement à une naissance suivie d'un bref passage sur terre. Non ! Car elle a commencé bien avant, mais ça..., il n'est permis à personne de s'en souvenir lorsque nous prenons possession de notre corps, lors de notre transfert du monde invisible vers celui-ci. Le souvenir de qui nous sommes, comme de qui nous avons été, se volatilise. Voilà pourquoi sur cette bonne vieille terre nous menons une vie faite de successions d'épreuves qu'il nous faut sans cesse affronter dans ce quotidien qui file à cent à l'heure. Tenter de les surmonter est notre croisade. Celles-ci sont en quelque sorte notre fil rouge. Ne perdons jamais de vue que nous devons refuser puis combattre le mal qui cherche à s'immiscer en chacun de nous, à s'infiltrer partout, dès que l'occasion lui en est donnée ; pour peu que nous baissions notre garde et que nous le laissions nous pervertir.

Je me rappelle d'un temps génial, lorsque j'étais enfant, avant les années 70, c'était au tout début de la télévision. Temps où le mal n'était pas encore installé. En acquérir une était au-dessus des moyens de pratiquement tout le monde. Époque où nombreuses étaient les familles qui se rendaient à la messe, surtout le dimanche. En ce temps-là, une grande partie de la population sortait prendre l'air le soir, avant et surtout après le dîner. « *On disait le souper à l'époque* ». Les gens sortaient de leurs maisons, de leurs immeubles, tout comme notre famille qui résidait dans la grande tour numéro 1 de douze étages au Champs Perrier.

Les hommes et femmes se rencontraient, engageaient des discussions. Tous échangeaient entre eux de leur journée écoulée, partageaient les nouvelles glanées de ci de là avec la famille d'à côté, avec le voisin du dessous, par petits groupes. Bref, les familles occupaient l'espace, les trottoirs, les rues. C'était un mode de vie ordinaire que seule la télévision étouffera, plus tard. Cette façon conviviale d'être, contribuait à la vie et l'animation de la rue, des quartiers, à l'entente entre chacun. La cordialité existait, elle était partout présente.

Vous qui sortez facilement le jour de la fête de la musique et ne regardez pas la télévision lors de cette soirée, sortez de chez vous un autre soir, prenez le temps d'une heure, d'une heure et demie. Sonnez chez vos proches voisins, puis proposez-leur de sortir discuter dehors, parce que ces rencontres ont la capacité à favoriser les échanges et la tolérance. Vous découvrirez rapidement un autre visage de votre voisinage, de votre quartier ainsi que de vos rues qui vous offriront une vision nouvelle. Ces relations de proximité que vous développerez avec vos voisins vous apporteront assez vite le parfum agréable de la bonne entente et de la compréhension mutuelle.

Par la même occasion vous ferez rapidement fuir les mauvaises personnes aux activités illicites. Ces individus qui diffusent la peur, sèment l'insécurité. Sentiments qui, ainsi répandus, leur permettent de travailler tranquillement en toute impunité sur vos trottoirs à vendre leurs poisons. Occupez vos rues le soir afin de faire connaissance. De telles initiatives ne peuvent qu'être bonnes, positives et constructives. Reprenez possession de votre territoire. En pratiquant de la sorte, très vite fuiront ces faiseurs de malheur, trop pleutres pour trouver le courage de vous affronter.

Heureux celui qui croit sans jamais avoir vu.

Parce qu'il faut annoncer Jésus, parce qu'il faut le faire connaitre.

J'ai parfois eu l'opportunité de lire des témoignages de personnes ayant vécu des sorties hors de leur corps, nommées couramment les expériences de mort imminente. Les "E.M.I" sont tout de même troublantes, et personne ne peut nier leur existence ; Aujourd'hui, médecins et scientifiques sont de plus en plus nombreux à corroborer ce phénomène. Depuis plusieurs décennies, des études sérieuses, réalisées par des chercheurs scientifiques, furent publiées. Sujet accepté de nos jours comme évidence irréfutable. En revanche, ce que notre auteur nous dévoile me semble être d'un tout autre genre. Beaucoup plus profond, particulier…, plus exceptionnel, suis-je tenté de dire. Il est allé en un lieu différent, comme probablement d'autres avant lui, mais il se peut également qu'ils soient peu nombreux à avoir effectué le saut jusqu'à la frontière des deux mondes.

Toujours est-il qu'en dévoilant son extraordinaire expérience vécue, certains d'entre vous qui ne croient en rien douteront probablement à présent. Il y en aura d'autres pour qui la supposition de..., se posera, puis d'autres chez qui naîtra la conviction qu'un ailleurs les attend. Lieu si convoité que certains de scientifiques aimeraient en percer l'existence, puis le dévoiler au grand jour, preuves à l'appui.

Seulement voilà ! Je crois qu'il n'existe qu'une seule et unique manière d'y parvenir. Celle de passer de vie à trépas, comme on dit chez vous. Formulation qui me semble adéquate. Personne n'est pressé toute fois de la mettre en application ; fort heureusement d'ailleurs. Ceux qui ont eu la chance de réaliser ce voyage "allé et retour" devraient se manifester plus fréquemment afin de le faire savoir haut et fort. Ne croyez pas que les auditeurs se moquent systématiquement de ce genre d'annonce, bien au contraire. Ce sujet suscite en eux de plus en plus de curiosité et d'intéressement.

Il est vrai que certains se réfugient derrière la moquerie, masquant ainsi habilement leur peur de vouloir croire en ce qui ne peut s'expliquer. Alors qu'il est fort probable que la plupart de ces gens sont demandeurs. En tout cas, le vécu de notre auteur est des plus troublants, non ? Et ce n'est pas fini, vous n'avez pas tout lu. Patience.

Ah oui ! J'allais oublier, comme c'est plus fort que moi, je vais vous dévoiler un aspect de qui je suis, de mon petit jardin secret. J'avoue que depuis la première fois que vous m'avez pris entre vos mains, et bien... je m'y suis habitué. J'aime la manière dont vous me tenez, il me plait d'aimer le toucher de vos doigts, ressentir leur contact. Et puis vos yeux...oh oui, vos très jolis yeux me séduisent. Tient, vous souriez. J'aime vous voir tel que vous êtes, sans maquillage, dans la sincérité, sans cette enveloppe charnelle qui masque votre réelle personnalité.

Vous êtes toutes et tous en relief à mon contact, avec tellement de charme. Alors que moi, que suis-je pour vous ? Un objet ? Oui ! Assurément, et sans grande valeur, plat et sans grand intérêt, hormis celui de vous faire découvrir ces révélations.

Les plus importantes ne vont pas tarder à vous être dévoilées, alors prenez le temps de lire les quelques pages qui arrivent. Je peux vous assurer que vous ne serez pas déçus. Enfin, pas tous.

DACLV

Chapitre 11

℘ Troisième rencontre ℘

La révélation

℘ Amère est le réveil

Je ne le sais pas encore, mais une vingtaine d'heures viennent de s'écouler. Je me réveille, j'ouvre les yeux, un regard à droite, un autre à gauche ; je remarque immédiatement que j'occupe une pièce que je ne reconnais pas. Je suis allongé sur un matelas dans lequel je suis bien calé, tout mouvement m'est impossible. Première constatation, ma poitrine me fait atrocement souffrir ainsi qu'une de mes jambes. Où suis-je, qu'a-t-il bien pu se passer ? Ce n'est pas possible d'avoir autant mal, à ce point que je me demande si un éléphant ne s'est pas assis sur moi. Il ne peut en être autrement.

Je remarque immédiatement des tuyaux transparents qui sortent de mon ventre ; c'est quoi cette horreur ? J'en compte quatre. Un autre, plus gros cette fois-ci, me paraît sortir de mon cou, côté droit. Je rêve ou quoi ? Je prends peur en découvrant ce lieu irréel couplé à cette situation cauchemardesque incompréhensible. Je n'ai aucun repère auquel je puisse m'accrocher, pas une bribe de souvenir quelconque sur lequel m'appuyer, rien, nada. Là, je me sens terriblement seul. Je viens de débarquer dans un monde que je ne connais ni d'Ève ni d'Adam ; sans même savoir ce que je fichais la minute d'avant. Je cherche à comprendre cette situation mais c'est peine perdue.

Mais bon sang de bois, que s'est-t-il donc passé ? Je ne vois pas l'ombre d'une réponse planer dans mon crane. Rien ne peut apaiser ma crainte, mon angoisse, ni même ma peur galopante. Je suis effrayé. Et ma gorge..., oh oui ma gorge, pourquoi est-elle douloureuse à ce point ? On y aurait fait passer un mètre de fil barbelé à travers que l'effet aurait été identique, avec des morceaux de chair en moins. Impossible de sortir le moindre son. Comment est-ce possible ? Ce n'est pas normal, tout comme ce que je vois d'ailleurs depuis un instant. Tout autour.

Mais merde, qu'a-t-il bien pu m'arriver ? À cet instant, il est évident que je suis en plein rêve. Il ne peut en être autrement. Oui, je rêve..., bizarrement, mais oui, c'est ça, c'est évident ! Je fais un très mauvais cauchemar, ou plutôt, devrais-je dire, un excellent cauchemar tellement celui-ci est bluffant de réalité. Patience, je vais me réveiller, tout va redevenir comme avant. J'en suis persuadé. Je serai à la maison, dans mon lit douillet, bien au chaud sous la couette auprès de ma chère et tendre épouse. Bientôt six heures du matin, comme d'habitude, l'heure de me lever, de faire ma toilette au calme, seul. Puis rasage et tutti quanti.

Ensuite, il sera temps de m'habiller. Je rejoindrai la cuisine afin d'y prendre mon petit déjeuner. le dernier instant de tranquillité que je savoure chaque matin, parce que les enfants dorment encore. Dernier repos avant d'ouvrir un peu plus tard mon commerce. La routine quotidienne quoi ! Cette pensée m'est tellement rassurante, si réconfortante. Mais une petite voix me dit que ce n'est pas ça ! Il y a anguille sous roche, un truc qui cloche. Comment se fait-il que rien ne se passe comme prévu ! Je vais me réveiller. Je dois obligatoirement me réveiller, bon sang de bonsoir. C'est quoi tout ce foutoir ? La stricte et triste vérité est que, durant quasiment les trois mois suivants, j'ai tout le temps cru que je cauchemardais éveillé. Continuellement persuadé que je me réveillerais dans mon lit auprès de mon épouse. Mon plus cher souhait étant que cesse enfin ce cauchemar répétitif. Mauvais film d'un vieux cinoche de quartier qui passe continuellement en boucle, sans fin.

Malheureusement, à chaque prise de conscience de la réalité des faits, je plongeais toujours un peu plus profondément dans les méandres de ce spectre de malheur. Là où est placée la frontière entre l'irréel et le réel. En tout cas je suis trop perdu pour remonter la pente seul. Je ne sais plus quoi penser ni que croire, mais bon sang, qu'est-ce que j'ai peur. Je n'ai jamais vécu une trouille aussi puissante. Sur l'échelle du trouillomètre, je suis au max. Je vois toutes ces perfusions et ces tuyaux qui sortent de mon corps, du ventre, des bras, du cou, entre les jambes, il y en a partout.

S'ajoute à cela les bips de tous ces appareils auxquels je suis relié ; c'est pas Dieu possible.... Mais quelle est donc cette douleur intolérable qui irradie ma poitrine ? Je ne peux plus bouger, mes forces m'ont quittés, mon corps me fait souffrir de partout, mince alors ! Où suis-je ? Totalement désorienté, angoissé, apeuré, je ne peux prononcer le moindre mot. Je voudrais appeler, crier, hurler à l'aide. Une telle situation est incompréhensible ; quelqu'un m'a mis un pétard à mèche dans la gorge. Ce n'est pas possible autrement ! Bon sang de crotte, il n'est pas permis de cauchemarder aussi puissamment au point que cela en devienne réalité. Non ? Je vais m'éveiller, oui ! C'est ça ! Ensuite je prendrai une bonne douche pour me remettre d'aplomb.

Ça y est ! Un souvenir remonte à la surface et prend forme. Yes, j'y suis, à présent je me souviens, enfin un souvenir. Il y a un instant, j'étais au centre hospitalier d'Alençon, nous sommes en début de soirée, des gens s'occupent de moi. Je suis allongé sur mon brancard, barrières latérales relevées. Sans ces deux garde-fous, j'en dégringolerais illico tellement mes bonds de carpe sont impressionnants. Ouf, la mémoire me revient enfin, il était temps. Je me souviens de toutes ces douleurs qui ont envahi mon corps.

Il y a toujours au moins deux à trois soignants auprès de moi, mais là, je suis seul, alors où ont-ils tous passés ? Décidément ça ne tourne pas rond dans ma caboche. Bon ! Je dors. Il ne peut en être autrement. Ce qui est sûr, c'est que je fais un bon sang de cauchemar à réveiller un mort. Pourquoi autant d'appareils autour de moi, c'est louche. Je les vois, les entends, certains sont bruyants ! Je suis donc conscient ! C'est déjà un point de départ ; alors pourquoi sont-ils là ? À quoi servent-ils ?

Je ne comprends rien à cette rocambolesque situation, je suis désorienté, perdu.

Quel est cet environnement qui m'est inconnu et que je ne reconnais pas ? Ou suis-je ? Normalement je ne devrais pas être là ! Ah si ! Si, je me rappelle un peu plus, je dois me trouver actuellement sur mon brancard dans une allée des urgences d'Alençon. Mais en fait, la situation est trop différente entre ce souvenir et maintenant ; ça ne va pas. Bon je suis dans mon écrin vert anis de Montsort, tranquille dans mon lit, me réveille, m'étire, m'assieds et..., est-il possible d'avoir peur à ce point ?

Point qui me fait vivre une terrible terreur en plein sommeil ? Si c'est oui, alors je n'aime pas du tout cette nouvelle expérience. Que dire de cette poitrine qui va exploser d'un instant à l'autre. Il y a aussi cette foutue jambe que l'on m'arrache. Au secours... Non ! C'est trop en une seule fois, je ne dors pas. Tout paraît être trop réel, mais alors pourquoi je ne vois pas l'ombre d'une âme aux alentours qui puisse m'expliquer ce que je fiche ici, pour me dire pourquoi ce puits de douleurs ?

J'ai l'impression que l'on m'a déchiqueté la poitrine. Ce n'est pas croyable, je vais en crever ! Habituellement, lorsque sur une situation donnée il n'est pas possible d'apporter une réponse précise, on cherche à mettre de l'ordre dans les différents événements successifs qui ont mené à un pareil contexte, mais le mien est particulièrement alambiqué, tordu à l'extrême. Avec qui ? Avec quoi ? À cause de quoi ? À cause de qui ? Pourquoi ? Où ? Quand ? Comment ? J'ai beau essayer de me concentrer, de réfléchir afin d'apporter des explications à mes interrogations, mais là, c'est comme si j'étais dans la cinquième dimension. Ces bons vieux films de science-fiction des années 75-80.

Je suis face à un mur, je n'ai même pas un point de départ à partir duquel je puisse construire une histoire qui aboutisse à cet inexplicable moment ; fouillis inextricable. Je n'ai vécu cette intensité de peur que cette fois-ci dans ma vie, et elle ! Je ne veux plus jamais la revivre, tout comme je ne le souhaite à personne d'ailleurs.

Je perçois pourtant du bruit à l'extérieur de l'endroit dans lequel je suis entreposé, allongé, abandonné. J'entends au loin des gens parler, mais je ne vois pas âme qui vive poindre à l'horizon. Ça va durer combien de temps tout ce bazar ? Je me vois toujours aux urgences avec mes douleurs, tenaillé de partout, avec mes jambes qui ne fonctionnent plus, tout comme mon bras gauche. Après, plus rien. C'est le trou noir, un puits sans fond. Une mine abandonnée.

Maintenant il y a ce lieu insolite, je suis où ? Ah ! Si ! Je me rappelle, une sonde urinaire... avec cette personne qui m'annonce que ça risque d'être désagréable, mais pourquoi donc ? Merde, que s'est-il passé ? Tout à coup, là, soudain, devant mes yeux, je vois le visage de mon épouse apparaître au-dessus de moi. Sûr de ne pas rêver, je suis presque soulagé, et la voir maintenant tout près de moi me réconforte incroyablement. À cet instant, je réalise que je suis bien éveillé. Cette petite bouille brune qui plonge ses yeux dans les miens est bien réelle. Penchée au-dessus de moi, son regard est profond, particulier, pas comme d'habitude. Elle me sourit. Elle me sourit mais c'est un sourire aux traits crispés. Ses yeux expriment à la fois de la tristesse et le bonheur d'être à mon chevet. Tout pétillants de soulagement qu'ils sont, ils expriment une inquiétude flagrante.

Sa présence apaise mon angoisse. Que ça fait du bien de la voir, que c'est bon et rassurant ! Enfin une petite lueur d'espoir coule dans mes veines ; wahou... je me sens revivre. Je voudrais lui faire savoir ma peine, lui dire ma peur, lui crier ma douleur. J'aurais tellement aimé pleurer de joie, poser ma main sur sa joue, lui donner un baiser qui me réconforterait ; mais tout ça m'est interdit, impossible. Quel réconfort de sentir ma chérie à mes côtés, alors que moi je suis là, comme une petite larve ne pouvant pas parler. Encore moins bouger. En retour, je lui souris. Je tente un mot, péniblement sortiront deux ou trois syllabes étouffées, écorchées. Ma bouche est tellement sèche. À ma gauche apparaît un jeune homme qui m'envoie immédiatement un sourire réconfortant. Cela peut paraître insignifiant mais ça me fait tellement de bien. L'instant d'après, ce beau gaillard se présente comme étant l'un des deux chirurgiens qui m'a opéré. Je vais enfin savoir ce qui s'est passé. Je ne m'attends pas une seconde à l'horreur qui va suivre. Il m'explique rapidement la situation, ce qui m'est arrivé, ce que l'on m'a fait.

Dissection aortique de type A, C'est quoi ce machin-là ?

Opération à cœur ouvert monsieur Girault, durant 6 heures. Je reçois mon premier coup de massue. La température du corps est descendue à 28° par un système réfrigérant. Plus tard le cœur est arrêté 30 minutes pour intervenir dessus. Objectif : retirer la valve aortique hors d'usage. Ils sont obligés de la remplacer par une mécanique, puis d'ôter la partie suivante, un bout de l'aorte qui est en piteux état. Comme tout le reste d'ailleurs. Tuyauterie qui passe par-dessus le cœur pour redescendre. Cette section s'appelle la Crosse. Pas d'autres solutions que de poser un bout de prothèse. Second coup de massue. Wahouuu, le cauchemar reprend de plus belle, tout ça ne peut pas être vrai, c'est trop d'un coup, et pourtant…

L'aorte descendante est également en bien mauvais état. *(Une andoprothèse thoracique y a pris place le 7 octobre 2022)* Cet état des lieux s'étend jusqu'aux artères iliaques. Tant que ces parties malades peuvent encore tenir, elles sont conservées. Durant l'intervention, la tête est alimentée en sang par une machine autre que celle qui irrigue le corps afin de la maintenir à température normale. J'encaisse tant bien que mal ce flux d'informations ahurissantes. Malgré ce déballage d'explications angoissantes, je veux tout savoir. Quand bien même sont-elles traumatisantes, j'en reçois un sacré paquet qui réduit à néant mon moral chancelant. J'ai véritablement l'impression que tout est inventé tellement le récit est surdimensionné. Rien de ce qui vient d'être dit n'est vrai. À nouveau, je vois poindre le spectre de mon cauchemar vivant ; c'est aussi simple que ça. Je suis persuadé que je vais me réveiller parce qu'une nouvelle aussi pourrie que celle-ci ne peux sortir que d'un mauvais conte qui ressemble à s'y m'éprendre à un excellent film terrifiant d'Hitchcock.

Dans un instant je serai chez moi dans mon paddock, la vie se déroulera comme d'habitude, la routine de tous les jours quoi ; maison – boulot – dodo ! En tout cas, je refuse autant que possible ce que je subodore être la réalité. Le jeune chirurgien à la barbe rase, bien noire, avec sa belle petite gueule d'ange, au physique de mannequin qu'aucune femme ne se lasserait de contempler, passe délicatement ses mains derrière ma tête, avec précaution. Puis la soulève avec délicatesse, retire sa gauche pour saisir la petite casaque bleu juste posée sur ma poitrine au bloc, l'enlève. À cet instant je découvre l'horreur, l'impossible.

Troisième coup de massue.

Ce que je découvre m'étourdit, me donne la nausée. C'est absolument incompréhensible parce que tout est allé si vite. Entendre est une chose, mais voir...c'est pire que tout. Je prends soudainement conscience d'une malsaine vérité. Comment une telle chose a pu m'arriver alors que tout se déroulait à peu près bien. Nous qui menions une vie normale, une vie tranquille, à l'image de monsieur et madame tout le monde avec leurs enfants. Pourquoi est-ce qu'un truc à la noix, aussi rare que grave, pour ce qui relève de mon cas, m'est tombé dessus ?

Pourquoi ? Pourquoi moi ? Maintenant ! Ce que je découvre au milieu de ma poitrine est tout simplement renversant, j'ai grand peine à réaliser ce qui s'offre à ma vue. J'en reste bouche bée. « *On vous a fait une jolie boutonnière monsieur Girault, regardez* », me dit-il, et moi de lui répondre béatement, ne sachant que dire, « *Oooh... la jolie fermeture éclair* ». À cet instant j'ai le sourire jaune, ma bouche est pincée, en cul de poule. Planté là sur ce lit comme un vulgaire pantin amputé de ses fils, je découvre avec effarement toute l'horreur de ce qui s'est déroulé pendant que je roupillais comme un loir. Je n'ai pas eu besoin de réfléchir longtemps pour comprendre que ma poitrine avait été ouverte en deux par le milieu du sternum ; ce qui explique pourquoi je suis affublé d'une belle et longue fermeture étincelante qui prend naissance très haut ; du bas de la gorge pour finir trente centimètres plus bas.

Les deux moitiés de sternum ont été reliées par un fil en titane. En surface, les chaires sont liées par cinquante-cinq agrafes clinquantes. « *Elles sont aussi brillantes que les boutons de mon vieux Perfecto* » pensais-je. Il ne me manque plus que le masque de Franck Einstein, et je suis fin prêt pour la fête d'Halloween. Maintenant je sais pourquoi ma poitrine est si douloureuse. Plus les minutes passent, et plus je me plains de ma jambe. La droite.

Tête toujours relevée par mon bellâtre, j'ai une vue plongeante sur les quatre tuyaux que je vois sourdre de mon ventre. Désespéré je me rends à l'évidence. Mince alors, cette fois-ci, tout est vrai. La réalité dépasse la fiction. Mon jeune et bel éphèbe, et néanmoins sauveur, me raconte brièvement la gravité de cette saloperie de maladie, de mon cas plutôt particulier. Deux élu ou trois, maximum, par an en France pour 100% de décès.

Il est miraculeux que j'y ai survécu alors que l'équipe qui me réceptionnait à la sortie de l'hélico, n'aurait pas parié un euro sur ma carcasse, pensant avoir sur le brancard un cadavre, ou en cours de le devenir. Contre toute attente j'ai fait de la résistance, ou devrais-je plutôt dire, mon compagnon de route était toujours en fonction une fois débarqué sur le parvis du CHU. Pris en charge par l'équipe médicale, le chirurgien en chef, déjà bien installé chez lui dans ses chaussons, a été prévenu. Arrivé, puis vêtu de son bleu de travail de circonstance ; la trousse à outils du chef d'orchestre, le docteur I, est fin prête, tout comme son jeune Padawane qui doit faire chavirer la tête de toutes ces belles demoiselles libres de tout engagement en salle d'Opération.

La question cruciale s'est alors posée *« que faire du patient ?»*. Devant être décédé depuis un bon paquet de temps, à l'hôpital d'Alençon en toute logique, voire même chez moi vu l'état de ma tuyauterie, contre toute attente nous avons tenu le coup. À ma sortie de l'hélico, mon cœur battait toujours, tout à fait incompréhensible me dira-t-on plus tard. Concernant mon cas, il y a plusieurs alternatives. Ou bien je partais sans billet de retour, donc, en état de mort cérébrale, option la plus probable, ou bien je revenais doté d'un QI de mollusque.

Diagnostics qui, en règle générale, sont confirmés au réveil du patient étant donné que le cerveau n'a pratiquement plus été irrigué ; ou bien encore parce que de minuscules caillots de sang y ont pris place. Comme vraisemblablement un peu partout dans les artères et les veines du corps. Voici les raisons qui expliquent les principales causes de mortalité.

Ou bien je suis encore potable, mais dans quel état, tant psychiquement que physiquement. Le caillotage des artères comme des veines, aux conséquences lourdes et catastrophiques, est sans appel. Bref ! Puisque mon corps et moi avons pointé présent à l'appel, l'équipe décide, après concertation, de tenter le tout pour le tout. Direction le bloc opératoire. Comme je ne porte pas mes papiers d'identité, l'équipe doit tout de même me donner un nom qui figurera sur mon bracelet de poignet. J'en aurai deux d'ailleurs. Le premier en tant que locataire de la morgue, étant donné que j'étais attendu sortant de l'hélico les pieds devant, comme on dit vulgairement ; mais il fallait compter avec Bibi. C'est que j'ai fait mon costaud moi. Alors ils en ont refait un second ; celui des vivants. Comme ils étaient sur la série des fleurs et que je me présentais plutôt chanceux, ils me déclarèrent donc ''INCONNU, une série de 8 chiffres, puis me désignèrent, ''M TREFLE'', le veinard. Dorénavant je m'appellerai temporairement ''Monsieur Trèfle''.

Arrivé au bloc, puis installé douillettement sur mon lit, me voici écartelé, positionné en Jésus, attaché de partout. Probablement pour ne pas que je m'enfuie, des fois que.... D'ailleurs, je m'en moque éperdument puisque je roupille comme une marmotte. Je suis ensuite ouvert en deux, comme s'ils allaient me détailler la poitrine pour en faire des barbecues Rib's. Écarteurs et tout le toutim, pour y voir plus clair à l'intérieur, sont installés. Après coup j'en déduirais que les douleurs venaient principalement de cet engin de torture.

Ce qu'ils découvrent là-dedans n'est pas réjouissant. C'est un grand merdier qui nécessite un sérieux nettoyage de printemps.

Ensuite il y aura un bon état des lieux à réaliser. Il leur faudra dresser tout une liste du matériel à récupérer auprès du magasinier de l'établissement dans le but de remplacer les pièces hors d'usages. Dès lors, mes deux chefs d'orchestre et non moins virtuoses du scalpel et du fil à coudre se mettent à jouer leurs plus belles partitions, mélodieuses à souhait. Pour ce faire, ils sont accompagnés des meilleurs musiciens symphoniques de la salle, ayant pour unique spectateur, ma pomme ! Présent et absent à la fois. Non seulement ils vont me jouer leur plus merveilleux et délicat opus, mais tous ces virtuoses vont ainsi jouer de concert durant six longues heures. Ils arrêteront le cœur trente minutes pour intervenir dessus et autour. Je suis en quelque sorte l'unique acteur passif de cette représentation, avec comme spectatrice virtuelle, et bien malgré elle, ma tendre aimée qui, à cent kilomètres de nous se ronge les sangs ; attendant à chaque instant l'angoissant et morbide appel téléphonique annonçant « nous sommes désolés madame, nous avons fait tout ce qui était possible mais....patati et patata. » qui n'arrivera pas, fort heureusement.

Non seulement mes deux adorables instrumentistes sont d'exceptionnels et talentueux orfèvres de la mécanique de haute précision, mais également des couturiers hors pair. Ils sont dignes des plus prestigieuses maisons de haute couture Parisienne. Tout ce qu'ils ont dû couper, rafistoler, rapiécer, puis raccommoder, tient non seulement du génie, mais également de la très haute performance. Alors chapeau bas messieurs car je vous dois, ainsi qu'à toute votre équipe du soir, non seulement la vie, mais le plaisir d'ouvrir les yeux tous les matins ainsi que celui de vous inclure de temps en temps le soir, avant de m'endormir, dans mes prières de remerciements.

Ce 23 janvier 2016, vous auriez pu me jouer la Marche funèbre de Chopin, mais non, vous avez sonné mon renouveau en me jouant cette si belle symphonie enjouée que j'ai toujours beaucoup aimé, la "Symphonie des jouets" de Léopold Mozart. Le papa de qui vous savez. Pour cette soirée du vingt-trois au vingt-quatre janvier 2016 la nuit est déjà bien avancée, impossible pour ma chérie de fermer ne serait-ce qu'un œil. Cette nuit-là, le sommeil ne sera pas au rendez-vous. Ma tendre épouse restera morte d'inquiétude, tout comme mes deux grands fils, en attendant la fin de cette longue et pénible représentation symphonique. Le lendemain mon épouse restera longuement auprès de moi, assistera à pratiquement tout, verra tout, entendra tout, surtout mes plaintes concernant une de mes jambes. Je voudrais qu'on me l'ôte pour ne plus souffrir. C'est atroce.

Je dois donc quitter cette pièce, mais surtout ma chérie qui me transmet sa force, pour passer de nouveaux examens. Tout va trop vite, aides-soignants, nouveau transfert, chirurgiens, changement de brancard, infirmiers, salle d'examen, scanner. Rien ne contribue au repos de l'esprit puisque la tourmente n'en finit pas de vous en faire voir de toutes les couleurs. Je reconnais cette chaleur qui part de mon bras perfusé pour aller me réchauffer la gorge puis descendre tout le long du corps jusqu'aux jambes. Toutefois, je comprends très vite que je vais repartir faire un tour par la case départ. Je vais devoir quitter à nouveau ma chérie qui attend en salle de surveillance. On m'a ramené la voir une dernière fois avant que je ne rejoigne au plus vite un bloc opératoire.

Je suis inquiet parce que je ne comprends plus grand-chose à ma situation tellement les évènements s'enchainent rapidement. Il sera dit à ma femme qu'il faut probablement s'attendre au pire parce qu'après la lourde opération que je viens de subir, il n'est pas du tout certain que mon corps supporte une seconde anesthésie générale, surtout mon cœur. Suite au scanner, une thrombose a été décelée dans le bas de ma jambe droite, impossible de savoir depuis quand elle s'y est installée. Si jamais elle est présente depuis plus de six heures, (ce que personne ne peut déterminer avec précision, puisque c'est en me plaignant dès mon réveil qu'ils en ont eu le soupçon), c'est probablement l'amputation de ma gambette qu'il leur faudra pratiquer.

Comme on dit couramment « Ça va me faire une belle jambe tout ça ! ». De toute manière, je ne sais plus trop où j'en suis dans tout ce salamalec, et puis c'est un peu confus dans ma caboche. Ce que je désire par-dessus tout, c'est être auprès de mon aimée, qu'elle me sert dans ses bras. J'ai tant besoin d'être apaisé. Je l'aime si fort. Elle ne peut se douter du précieux réconfort qu'elle m'apporte. C'est tout ce dont j'ai besoin pour l'instant ; en ce qui la concerne c'est une autre histoire. Pour elle, c'est à nouveau l'angoisse, cette détestable et longue attente à n'en plus finir, avec encore et toujours son lot d'interrogations.

Toutes ces craintes se succèdent, et c'est à nouveau le mauvais scénario qui reprend de plus belle. Durant mes quelques échanges avec les chirurgiens, soignants, infirmières et mon cher amour, j'ai toujours eu à l'esprit mon voyage, ma rencontre avec mes trois parents. L'univers invisible au sein duquel j'ai effectué mon voyage. En fait, j'y ai été envoyé, puis je fus renvoyé dans cet univers visible qu'est le nôtre, mais je n'ai pas souhaité en parler. Je sais qu'il est encore trop tôt pour tenter cette démarche, restant conscient que mon récit serait mis à mal, qu'il serait mis sur le compte de je ne sais quel prétexte afin de le réfuter.

Quoi qu'il en soit, plus enclin aujourd'hui à recevoir ce genre d'informations, le corps médical reste toujours réticent pour entendre, admettre et porter crédit à toutes ces expériences vécues par des patients. À présent je n'ai plus aucun doute. Dieu m'a envoyé volontairement là-bas, de l'autre côté, à la rencontre de mes parents. Parents qui m'ont été envoyés afin de me récupérer pour que je ne franchisse pas le seuil d'entrée de leur univers. Je me suis dirigé vers la porte des cieux dans le but d'en ramener le plus grand nombre de renseignements. Tous si précieux. Renseignements accompagnés de détails précis. Le but clairement affiché ? Rendre témoignage !

Une équipe médicale me prépare, puis me dirige à nouveau vers un bloc. Rapidement le masque m'est posé sur le nez, j'entends alors une voix fluette, venant de derrière moi, me dire « *respirez profondément monsieur Girault et comptez jusqu'à vingt* » Ai-je seulement eu le temps d'aller jusqu'à cinq ? Je me réveille, ouvre les yeux. Même salle de surveillance, appareils identiques, mêmes douleurs. Sauf que cette fois-ci, ma jambe droite, toujours endolorie, est à présent supportable. Un doute s'installe en moi, je me rappelle très bien m'être fait la réflexion suivante au réveil. « *Je ressens une douleur sur la zone où doit se trouver normalement ma jambe, en revanche, je constate ce qui pourrait devenir un petit souci. Je ne la sens plus comme avant l'intervention. J'ai bien peur qu'il y ait eu amputation. Bon, puisque tel est le cas, elle se situe à quel niveau ? » Sous le genou ou au-dessus ?* Cette question me taraude l'esprit ; une patte en moins c'est affreux, mais c'est mieux que deux.

Maintenant réveillé, yeux ouverts avec vue sur la mer…euh… non ! Le plafond. Je n'ai pas encore reçu de retour quant au résultat de l'intervention. Pourvu qu'il n'y ait pas eu trop de dégâts. L'attente devient oppressante, la crainte d'avoir perdu ma guibole m'obsède. Cette absence de médecin, tout comme ce silence n'augurent rien de bon ; ils n'osent m'annoncer la pénible nouvelle. Je suis trop épuisé pour réfléchir avec lucidité, trop submergé par une bonne grosse montée d'angoisse. Angoisse poisseuse.

Cette fois-ci, il m'est complètement impossible de sortir le moindre mot parce que de ma bouche sort un tuyau plutôt rigide. J'y ai posé une main pour en explorer les contours, ce cochon y est sacrément bien scotché. Je comprends de suite que je ne respire pas par mes propres moyens, mais à l'aide d'une machine près de moi, à gauche ; même mon nez est obstrué par une sorte de pince ou je ne sais quoi.

Avant de retourner au bloc j'avais capté une discussion comme quoi, suite à ma première opération, le fonctionnement de mon système cœur poumons était véritablement faible. Des complications étaient donc possibles avec tout ce qui suit pour le grand gagnant de la loterie que je suis. Je comprends mieux pourquoi la machine à mon chevet. Elle ne m'envoie toutefois pas assez d'oxygène, ce qui est désagréable au possible. Cette situation est anxiogène comme c'est pas permis. J'ai l'impression que je vais étouffer. Crotte alors, c'est vrai que j'étouffe, je ne reçois pas assez d'oxygène !

Si je casse ma pipe, il m'est impossible de prévenir qui que ce soit. Remuer m'est également impossible, alors, alerter du monde… ! Et puis je suis trop faible. Durant un instant, j'ai eu un mauvais flash : si cette machine tombe en rade, alors je suis fichu. Plus de force. Lever un bras ? Impossible, chercher la sonnette d'appel relève de la science-fiction. Je pense : « *Ne panique surtout pas, ce sera pire. Une infirmière finira bien par venir m'enlever ce fichu matériel. Mais quand ?* » Je tente d'inspirer plus d'air que ne m'en donne la machine, impossible.

De toute façon, si on m'a réinstallé dans cette salle où passent tous les soignants du service pour leurs préparations, c'est parce que les box destinés à l'accueil des patients arrivants du bloc étaient tous occupés. Seul, je n'attendrai pas plus d'une heure. Une sympathique infirmière m'a enfin rejoint, m'explique ce que nous allons faire, elle et moi, pour que je sois extubé dans de bonnes conditions. Elle m'annonce que tout se passera bien, que l'acte sera vite fait-bien fait. Ça...c'est la théorie, seulement moi, j'ai flairé l'arnaque, comprenant de suite que le plus facile à faire serait pour elle. Ce que je vais vite vérifier à mes dépends. « *Prenez une grande inspiration monsieur Girault, puis lorsque je vous le dirai, soufflez fort sans vous arrêter jusqu'à ce que tout soit sorti, mais surtout, ne vomissez pas, retenez-vous* ». Ben voyons... Rien qu'à entendre ces derniers mots je devine que ça ne sera pas une partie de plaisir, et comme le ballot que je suis, je focalise sur le vomi.

Comment s'étouffer comme un bouffon lorsque tout pourrait aller pour le mieux. Elle qui me semblait si gentille. Cette petite dame, je la perçois maintenant comme une Valkyrie venue me chercher des noises, sauf que moi, je n'ai pas envie de faire un tour au Val-Hall. Être extubé réveillé, ce n'est pas bien du tout, c'est même dégoutant, il n'y a pas d'autre mot. « *z'auraient mieux fait de m'faire ça pendant mon roupillon et d'me mettre une jolie infirmière au bouche à bouche jusqu'à c'que j'aille mieux, mince alors. Prêt ???* »me lance-t-elle, « *Souuufffeeezzz, encore, encore, encore...* »et moi ppfffffffff, tout en essayant de contrôler au mieux le raoulier.

J'ai eu la sensation qu'elle me retirait au moins trois mètres de tuyau pendant que j'y allais tant et plus avec les Beuuuurks à répétition. Cette cochonnerie d'expérience a fini de me réveiller définitivement, presque frais comme un gardon le gars après la séance. Je recouvre mes esprits, redeviens lucide concernant ma situation. J'ai peur. Tout s'effondre à nouveau dans ma tête, mes pensées sont nébuleuses, j'ai le morale dans les chaussettes, mais mon petit moment de bonheur n'est pas bien loin. Ma petite brise vivifiante arrive. Soudain, m'apparaît un visage familier, une petite bouille souriante mais contractée. Elle arrive à mes côtés.

Retrouver mon épouse me fait un bien fou, que c'est rassurant de ne plus être seul. À deux tout est tellement mieux. J'espère que l'intervention est positive, aussi je lui demande de suite si ma jambe est en place. *« Oui mon chéri, soit sans craintes, elle est là ta jambe »* me confirme-t-elle émue de me retrouver. Je suis encore groggy, mais quel soulagement de recevoir cette bonne nouvelle. Ouf ! Je suis entier. Quel soulagement. À l'intérieur, je vis un quatorze juillet coloré de mille feux. Merci mon Dieu.

Pour cette seconde intervention ma femme avait reçu les recommandations de routine ; m'envoyer au bloc, m'opérer d'urgence, essayer de sauver ma jambe, éviter l'amputation. En fait personne ne savait depuis combien de temps cette thrombose était installée. Il est donc aisé de comprendre l'angoisse de mon adorable épouse devant l'obscure absence de nouvelles. Un médecin du service l'avait prévenu des conséquences désastreuses probables. « *Vous savez, son état physique est préoccupant, faible, critique, le cœur risque de s'arrêter, son corps ne supportera certainement pas une deuxième épreuve* ». Avec ce rabâchage, Il lui fallait être forte.

Pouvait-elle sereinement se préparer au plus mauvais des scénarios ? Celui de ne plus me revoir, ayant pour seul souvenir le visage déconfit d'un époux à la ramasse. Quant à moi, je suis dans mon petit monde, tranquillou-pépère, je ne m'aperçois de pas grand-chose, n'ai rien à faire d'autres que de me laisse porter. On ne m'informe que succinctement de ce qui se déroule actuellement. On me dit que je n'ai pas de raisons de me tracasser plus que ça. Mais là, je suis KO. Quel bonheur d'apprendre par mon épouse que ma jambe a été sauvée ; sauvée certes, mais de justesse apparemment.

À ce jour, elle est toutefois pas mal esquintée, plus que la droite, et ne fonctionne pas tous les jours correctement, mais l'essentiel est que ça ne se voit pas ou si peu. Un très grand bravo au corps médical ainsi qu'aux personnels soignants qui se démènent quotidiennement pour notre santé. Ces anonymes se battent jour et nuit, dans des conditions autant difficiles que compliquées dans un but à multiples finalités : nous sauver, nous apporter de la chaleur humaine, du réconfort aussi, malgré un temps compté, et ce, pour chaque patient.

Repose également sur leurs épaules la lourde tâche de nous rendre au mieux une intégrité physique acceptable, un meilleur moral, une attention maximale. Je n'ai rencontré que des personnes attentionnées, chaleureuses, compréhensives, adorables et compétentes, mais sans cesse en sous-effectif. Je me remémore très régulièrement mes instants passés auprès de maman, papa et mon beau père. Je voudrais tellement les revoir à nouveau. Rien qu'une fois, afin de profiter encore plus d'eux, de leur parler si c'est possible, de leur poser des questions, leur dire tous mes regrets. Nous aurions tant de choses à nous dire, ils me manquent tellement.

ၹ DACLV ☙

☙ Amère vérité

Heureux celui qui croit sans jamais avoir vu.

Les deux premiers jours qui suivirent mon réveil, mon corps ne répondait pas véritablement présent, il était là sans y être, tout comme moi d'ailleurs. Pour deux minutes d'éveil, d'attention, ou de brève discussion, plutôt d'échange léger à vrai dire, je dormais une heure, parfois plus. Il m'était impossible de me concentrer. Maintenir une quelconque attention m'était hors de portée ; tout m'épuisait sur le champ. Je ne pouvais même pas lutter pour profiter, ne serait-ce qu'un instant de plus, de la présence de ma tendre épouse si dévouée à mes côtés, si vaillante. Il n'empêche qu'elle a dû sacrément s'ennuyer à attendre mes émergences sporadiques.

Quand je pense à tout ce qu'elle a pu souffrir, à tout ce qu'elle a dû endurer, bien malgré moi, mais par ma faute quand même. Ça me rend triste et coupable à la fois. Je me sens redevable d'une dette gigantesque à son égard. J'ai exactement les mêmes sentiments à l'égard de tous ceux que j'ai rendu malades d'angoisse, malheureux au possible. J'ai une pensée pour tous mes proches qui, les premiers jours, vivaient dans l'appréhension de l'annonce d'une triste nouvelle. Comment pourrai-je un jour m'excuser de tous ces tracas occasionnés.

Depuis cet épisode marquant de notre vie, je ne sais que faire pour donner à mon tour à ma chérie toute cette attention qu'elle m'a généreusement apportée, tout son engagement, toute cette dévotion qu'elle m'a témoignée ainsi que tout son amour envers moi dont elle m'enveloppait. M'en inondant à chaque instant qu'elle passait à mon chevet. Elle me cachait formidablement bien son moral en berne, cherchant systématiquement à remonter le mien, s'appliquant constamment à faire tout ce qui lui était possible afin de me distraire pour me soutirer un rayon de bien-être, un coquet sourire de plaisir.

À chaque fois qu'elle y parvenait, les secousses jouissives qui en résultaient tourmentaient ma poitrine sensible. Celles-ci me rappelaient à l'ordre, mais je m'en fichais parce mon adorable épouse était près de moi. Sa présence me réchauffait le cœur, elle était mon réconfort, ma force, ma source de vie. Il est impressionnant de voir combien ma femme était stupéfiante de courage. Forte. Alors que moi, que lui ai-je offert en échange ? Pas grand-chose, tellement j'étais gauche dans mes propos. Dans mon petit monde à l'ouest d'Eden. Je ne savais quoi lui raconter à part quelques banalités futiles. Certes, je lui offrais de petites gentillesses bonnes à recevoir, lui distribuais des petits mots doux par ci par là, mais rien de consistant. Lui être réconfortant ne m'appartenait pas encore.

Elle recevait avec complaisance mes compliments et mes gentillesses qui ne lui étaient malheureusement d'aucun soutien. En fait, je ne lui ai rien apporté hormis de pitoyables souffrances, de l'anxiété indigeste, des pleurs quotidiens, des harassements et inquiétudes lancinantes. De son côté, elle masquait admirablement ses craintes, ne se plaignait jamais, ne réclamait rien, hormis que je reste quelques années de plus à ses côtés, que les enfants aient encore leur papa.

Ma tendre épouse affichait constamment ce doux et ravissant sourire lorsque qu'elle se présentait au seuil de ma chambre. La porte de ma salle de surveillance en réa, puis celle de ma suite particulière en cardiologie, devant toujours rester ouvertes. Je me doutais que son visage, à la seconde avant qu'elle n'entre dans ma pièce, était blême, d'aspect cireux, parce que miné par le doute, rongé par la crainte de l'annonce d'une autre mauvaise nouvelle ; vivre ainsi vous mine la santé à petit feu. Ma chérie portait les stigmates de la fatigue, et ça, elle ne pouvait pas toujours me le cacher.

Mes trois parents m'accompagnent sans cesse, le matin, durant la journée, la nuit aussi, parce que le milieu hospitalier reste bruyant à toute heure. Je m'exerce continuellement au travail de mémorisation parce qu'il me faut absolument me rappeler tout ce que j'ai ressenti, perçu, vu, entendu, et ce que j'ai reçu en évidence. C'est une obligation. J'enregistre puis emmagasine dans mes tiroirs tous les détails de mon périple indicible. Je me remets très lentement de mes péripéties, lorsqu'au matin du troisième jour je suis transféré au 9ème étage du CHU, chambre 211. Bungalow privatif marqué du sceau de ''*la chambre des difficiles*''. J'y fais la connaissance de M mon voisin de lit, qui lui aussi est très mal en point, c'est un cas rare dans son genre. Qu'est-ce qu'il peut souffrir, c'est terrible ! Je n'ai jamais eu l'occasion d'être confronté à ce genre de situation, mais ces quelques jours passés à ses côtés me marqueront toute ma vie.

Ce monsieur a construit deux maisons de ses mains, a travaillé très dur toute sa vie, pratiqué le marathon, avec en tout et pour tout, juste la moitié d'un cœur en état de fonctionnement, et ce, depuis toujours. C'est un cœur qui visiblement ne s'était pas développé correctement. Un jour, alors qu'il sirotait tranquillement son petit verre de rosé sous le soleil, installé avec des amis à la terrasse d'un café, il fit un infarctus qui permit de découvrir cette malformation dont il était atteint.

Notre très bon chirurgien commun lui a refait son cœur. Incroyable. Merci docteur I. Donc, mon camarade de chambre morflait sévèrement, à la fois de la poitrine, et comble de maladresse, la personne qui lui a pratiqué la pose de sa sonde urinaire a blessé, à la fois, la paroi de sa vessie qui fut à un doigt d'être déchirée, et sa prostate par la même occasion. Constat accablant, inflammation sévère de ces deux organes vitaux. Je n'hésite pas à dire que son affaire "c'était du lourd". Diminué par cette double infection, mon camarade n'avait pas la force de se battre.

Épuisé, il pleurait, gémissait à tout va, je le voyais se tordre de douleur comme un ver dans son lit ; que c'était horrible à endurer pour lui. Entendre ses plaintes finissait de me liquéfier. Jamais je n'avais vu souffrir aussi intensément un être humain. On peut dire qu'il fallait qu'il ait le cœur solide pour endurer autant de misères. Aux premières heures de cette nuit, au comble de la souffrance et de l'épuisement, M réclamait qu'on lui donnât la mort afin d'abréger ses insoutenables supplices. Qu'est-ce que j'ai pu pleurer à l'entendre implorer ce qui était impossible de lui offrir. Dans ce contexte particulier, je craquais.

Cette nuit-là, j'ai dû perdre deux litres d'eau tellement j'ai pleuré comme un enfant. M réclamait sa délivrance. « *Je veux mourir, donnez-moi la mort*», implorait-il. « *Je n'en peux plus* ,» balbutiait-il à bout de force. Je n'arrêtais pas d'appuyer sur le bouton rouge de ma sonnette d'alarme pour que les soignants viennent, pour qu'ils lui administrent un calmant puissant, qu'enfin ils atténuent ses souffrances ; mais tous étaient impuissants devant un tel degré d'affliction.

Plus d'une fois j'ai pensé que son cœur perdrait la bataille, mais non, il ne posait qu'un genou à terre. Impuissant devant tant de cruelles et horribles douleurs, cette chambre me semblait prendre l'allure d'un terrain de désolation, surtout la nuit. Le voir ainsi m'était effroyable. M, a passé une bonne partie de la nuit dans cet état. Mort d'épuisement, il finit par s'endormir, comme moi d'ailleurs. À contrario, lui, appelait régulièrement le personnel du service pour moi, parce que tout vacillait dans ce corps que je ne reconnaissais plus. Corps meurtri, au bout de sa vie. Cette situation qui partait à vau-l'eau ne me rassurait aucunement.

Il n'empêche qu'à nous deux, nous formions une belle équipe de bras cassés. Puisque notre porte de chambre devait impérativement rester ouverte, nos voisins de couloir, aux premières loges, nous ont probablement haïs tant nous leur faisions profiter, en dolby-stéréo, de nos tapages nocturnes. C'est mon co-loc qui m'avoua plus tard que notre chambre avait été surnommé par le personnel, « *La chambre des difficiles* ». Je dois avouer qu'ensemble nous collectionnions ce qui s'était fait de mieux en vingt ans de CHU.

Le jour, je n'osais regarder mes jambes d'éléphant-man, elles étaient répugnantes à voir, aussi grosses du haut des cuisses qu'aux chevilles, deux énormes poteaux plantés là, beurk. Plus d'une fois je les ai cru perdues. Les premiers jours, une infirmière passait toutes les deux heures avec un petit appareil afin de vérifier le flux sanguin dans le bas de mes jambes. À chaque passage elle galérait pour détecter un son émis par l'écoulement du sang dans les artères. Ses tentatives se soldaient par un résultat médiocre, voire nul. Devant ces échecs répétitifs, ma charmante infirmière, bien en peine de répondre à mes questions, noyait systématiquement ses réponses dans les méandres de la technologie de son soi-disant vieil appareil.

Ne pas alarmer inutilement le patient était plausiblement sa préoccupation première. Malgré tout, je me doutais bien que la situation clochait parce que mes cannes, douloureuses vingt-quatre heures sur vingt-quatre, étaient insensibles ; ce qui ne présageait rien de bon. Sans en être effrayé, j'avais en permanence à l'esprit l'éventualité d'une possible amputation. Lors d'une visite de contrôle, un interne m'a enfoncé, à plusieurs reprises, une aiguille dans la plante du pied gauche, il y allait de bon cœur le cochon. Puisque je ne ressentais absolument rien, il y retournait de plus belle ce petit sacripant. Il m'a quand même fallut demander à mon jeune apprenti sorcier, pas très aimablement je l'avoue, de cesser son exercice car j'estimais ne pas être un terrain de jeu, et encore moins son champ d'expériences. Je me rendais parfaitement compte qu'il plantait copieusement son aiguille dans ma chair.

N'ayant rien d'autre à faire, j'avais eu le temps de compter qu'en cinq jours, mon corps avait été piqué plus d'une centaine de fois, entre les perfs, les prises de sang et autres raisons. De temps en temps, j'avais droit à mon petit apéro, une bonne poche de sang en perfusion. J'en ai déduit qu'elle sortait probablement d'un réfrigérateur tellement je sentais la fraicheur envahir mon bras lorsque ce liquide rougeâtre pénétrait la veine. Cet aspect agréable de la perfusion ne me déplaisait pas.

Comme tous les matins, notre chirurgien passe nous faire ses civilités. Pour répondre à ma question, il m'explique les principales raisons susceptibles de déclencher une dissection aortique de type A. Une fragilité probable de la valve, voire, une fragilité de l'aorte, faire de l'hypertension, avoir développé un stress important, et pourquoi pas, subir un choc émotionnel notable et durable dans le temps. La fragilité je savais, le stress aussi, pour l'hypertension, là je suis tombé des nues. Mon médecin m'avait rendu visite deux fois en un peu plus d'un mois sans rien déceler de particulier. En fait, je faisais de forts pics d'hypertension dans la journée, mais ce qui m'a définitivement achevé, c'est le choc émotionnel.

Cela faisait presque un an et demi que de l'argent disparaissait de ma caisse. Je n'y comprenais rien. Comment expliquer une disparition régulière d'argent liquide sans raisons apparentes. Comment ? Pourquoi ? Par qui ? C'était mystère et boule de gomme. J'ai pensé à tout le monde, à tout et n'importe quoi, mais rien ni personne ne correspondait au profil par rapport à la régularité des disparitions, et puis j'étais en permanence présent. C'était complètement dingue, je vivais une situation à devenir maboule. L'argent ne se volatilisait pas de ma caisse enregistreuse, non, il n'y manquait pas un sou lorsque je faisais mes comptes le soir, de plus ma réserve de liquidités était bien cachée sous le bar, tout au fond des étagères, derrière des pichets.

Impossible pour quiconque de s'en saisir. L'atteindre nécessitait de la souplesse pour se plier en deux puis, se mettre à genou, s'allonger un peu pour que du bout des doigts, mon Arsène Lupin, ou plus précisément, mon Belphégor de Montsort, puisse attraper cette sacoche d'argent. Dans la foulée, j'affrontais un autre problème de taille et non pas des moindres, le manque de ressources sur mon compte professionnel. En peu de temps, il avait fondu comme neige au soleil.

Tout escroc qui se respecte se contre-fout bien des conséquences désastreuses qui découlent de son pillage. Il se moque royalement de ce qu'engendre ses méfaits, parce que ce genre d'individu n'a pas une once d'empathie envers sa victime, pas plus pour ceux qui me suivront dans ma déchéance inéluctable : ma famille. De mes différentes activités, je vendais les jeux à gratter de la FDJ. Activité pour laquelle il fallait, selon les jours, disposer en permanence d'une grosse réserve de liquidités, car pour les heureux veinards, les gains se réglaient sur le champ. En cash ; ce qui explique pourquoi j'avais ma sacoche à portée de main.

Un matin, j'ai pris la décision de ne plus avoir cette réserve planquée sous mon bar, je n'avais plus que cette solution là pour essayer d'endiguer l'hémorragie croissante. Jusqu'à nouvel ordre, ma pochette nylon bleue resterait consignée à l'étage où nous résidions. Je garderais en poche de quoi rembourser les tickets gagnants jusqu'à deux cents euros. À cette époque, nous avions un bon ami, un vrai, ce qui est assez rare au cours d'une vie. Il nous rendait visite régulièrement au bar, pour ainsi dire tous les jours.

Par gentillesse, il passait tous les deux à trois soirs, juste après la fermeture du bar, peu après 20 heures, mais toujours une fois le dernier client sorti, les portes de l'établissement bouclées. C'était une bonne attention de sa part que de ne pas me laisser seul, lorsque fatigué, je m'occupais du ménage de l'établissement. De coutume, je faisais les comptes de la journée après avoir nettoyé les sanitaires, rangé tables et chaises, puis lavé le sol. Il avait alors la délicatesse de partir assez rapidement pour me laisser seul finir cette dernière corvée de la journée. Il s’en allait retrouver sa femme, et puis peut-être fallait-il mieux qu’il ne soit plus là !

Je commençais systématiquement le ménage par les toilettes, tout au fond de la salle du restaurant, sur la droite. Les WC n’étaient pas visibles de derrière le bar parce que trop excentrés, de ce fait il m’était impossible d’avoir vue sur ma caisse et encore moins sur l’endroit où je cachais mon aumônière garnie. Un soir, comme à son habitude, cet ami me rend cordialement visite. Les portes sont fermées. Serge, mon dernier client prend congé. Comme décidé le matin, ma besace argentée a fait place vide. Comme toujours mon ami passe derrière le comptoir.

Au même instant, je dépose mon seau d’eau et produits d’entretiens en bout de bar. Pour ne pas me déranger, cet ami nous sert, au bout du zinc, un petit ballon de rosé. « *Trinquons à l’amitié* », se plaisait-il à souligner avec bonne humeur, tout sourire déployé, en se faisant un point d’honneur à régler les verres. Ben voyons. Une gorgée plus tard, je prends mon seau d’eau javellisée, puis vais nettoyer les toilettes. Lavabo - cuvette - sol, m’occupaient grosso-modo 7 à 8 minutes. Comme d’habitude, ‘‘IL’’ engage la conversation pour me parler de sa journée, s’enquiert de la bonne santé de mon épouse, de nos trois bambins, me parle bien plus fort que la normale puisque je m’éloigne.

Arrivé aux toilettes, je m’attache tout d’abord au nettoyage du goguenot, l’évier ensuite. Lunette, *cuvette, « mince...où est passée mon éponge imbibée d’eau de javel ? Zut ! Je l’ai laissé en bout de comptoir »*. Sans intention particulière de ma part de surprendre D, je fais demi-tour, il blablate un peu trop fort pour m’entendre revenir. Évidement qu’il fui fallait avoir le verbe perché, parce qu'en fait, sa voix haute masquait les bruits éventuels et inhabituels qui le trahiraient au cas où.

À l'instant précis où je m'apprêtais à saisir de l'objet de mon étourderie, mon tiroir-caisse, dont la sonnerie d'ouverture fonctionne mal, baillait aux corneilles. Grande ouverte la caisse. De sa main droite jaillissait une grosse poignée de billets qu'il venait de soustraire. Pris la main dans le sac, il prit peur, déposa instantanément sur le coin du comptoir les trois quarts de la recette qu'il me dérobait sans vergogne. Il prit le temps d'aller vers la porte d'entrée finir son verre d'une gorgée, puis dégagea.

Malgré notre amitié, ce sagouin s'apprêtait à me dérober plus de cent cinquante euros. J'aurai dû l'attraper au col, lui casser la gueule sur place, appeler le commissariat, mais là...Tant la surprise que la déception m'ont empêché de faire quoi que ce soit. J'étais bien incapable de réagir. Abasourdi, ébahi, effaré, médusé. Je pourrais citer tous les mots possibles qu'il n'y en aurait pas assez pour exprimer à la fois mon écœurement et ma déception par ce qui ne pouvait exister. Ce que je découvrais était tout bonnement inimaginable. Non, pas lui ! Je tombais des nues, incapable de réagir, paralysé de la tête aux pieds.

Maintenant, *"le scénario"* parmi tous ceux que j'avais échafaudés, prenait forme. Enfin ! Chacune des scènes disposées correctement bout à bout, me dévoilait le final de notre film, le film de ces disparitions. Le long métrage de nos galères. Ce qui en découlera révèlera le pire. Tout s'éclaircissait à présent. La fréquence de ses arrivées tardives le soir pour le petit verre de l'amitié, mais surtout, oui... surtout, pas de témoins, parce que monsieur attendait dans son véhicule que je sois seul. Détail que me précisera plus tard le policier enquêteur. Je prenais en pleine gueule l'abominable vérité. Par le fait exprès, il commandait systématiquement, ces soirs de visites amicales, kebab ou pizza, ce qui ne correspondait pas à leurs habitudes culinaires.

En revanche, *''d'habitudes''*, ce salaud connaissait parfaitement les miennes ; mon fonctionnement, mes cachettes, tout ! Lui, ce personnage au-dessus de tout soupçon a déguerpi comme un voleur, sans demander son reste. Mon pilleur était en réalité mon ami, cet homme intègre que je croyais connaître ; l'ami qui ne vous veut que du bien. En fait, qui était-il ? Un parfait inconnu aux multiples visages ! Cette difficile épreuve, cette laborieuse mésaventure dopée d'une incommensurable déception m'a montré que l'on ne connait d'une personne que ce qu'elle veut bien nous dévoiler. Qu'elle nous montre ce qui nous arrange, ou ce que l'on veut entendre et voir de réconfortant en elle, de rassurant.

« Tels sont les véritables escrocs », me soulignait l'enquêteur ; tandis que nous, nous ne représentons que le pitoyable moyen de leurs ambitions : prendre du fric, encore et encore, toujours plus au fil du temps. Obtenir de l'argent facile les gagne ? Jusqu'au geste de trop. À leurs yeux nous ne sommes que des choses auxquelles ces prédateurs n'attachent pas la moindre considération. Aux dires du comptable, cet homme m'a ainsi dérobé pas moins de 14600 euros en à peine 18 mois. Moi qui le plaçais au-dessus de tout. Lui, jamais je ne l'aurais soupçonné, mais comme tous les salopards de sa trempe, il avait joué sa comédie à la perfection.

Une bouffée d'angoisse, tant persistante qu'envahissante n'a pas tardé à s'installer en moi, à se développer, puis à me ronger de l'intérieur. Je n'osais pas en parler à mon épouse que je savais suffisamment tourmentée par plus d'une année de difficultés croissantes ; je ne souhaitais donc pas lui en rajouter. Les heures auxquelles notre bourreau avait l'habitude de nous rendre visite, en journée comme en fin d'après-midi, m'étaient devenues insupportables. Supposer le rencontrer m'obsédait, une hantise pernicieuse s'installait au plus profond de mon être. À La seule idée de le voir, sourdait de mes tripes un malaise terrible suivi de nausées. Ce marasme me tenaillait si fort que j'aurais pu en vomir mes entrailles. Fermer l'établissement pour fuir à l'autre bout de la ville devenait une échappatoire. Idée séduisante à laquelle je ne pouvais me résoudre.

Auparavant, c'est-à-dire, avant que nous soyons affectés par tant de vicissitudes, je ne voyais que le bon côté des choses de notre quotidien, *le cliché positif d'une vie agréable* ; à l'image d'une photographie sur laquelle, côte à côte, nos cinq sourires auraient exprimé le bonheur de notre foyer. Mais là...dès l'aube je naviguais de l'autre côté de la photo, prisonnier de ce négatif nocif, empêtré dans cette noirceur gluante. Je n'entrevoyais pas d'issue. Ma préoccupation première ? Épargner mon épouse de toute cette merde, ne pas lui dire combien je m'effondrais, elle qui n'avait jusqu'alors vu de moi qu'un homme positif, un battant, jamais effrayé par la difficulté de la tâche, allant invariablement de l'avant et ne reculant devant rien.

Je ne pouvais me résoudre à lui dévoiler mon âme noircie par ce problème qui ne tarderait pas à exploser. Envisager de la tracasser plus qu'elle ne pouvait l'être déjà était au-dessus de mes forces ; peut-être ai-je eu tort de ne pas puiser auprès d'elle un soutien sur lequel m'appuyer. Un sur deux mal en point suffisait. Et puis il y avait le quotidien ; les enfants, la maison, son travail et tout le reste, en fait, tout ce que je ne pouvais gérer pour la libérer à cause de mon activité envahissante.

De ma vie je n'ai jamais su lui mentir car piètre acteur en ce registre. Elle détectait de suite la fourberie. Impossible à tromper ma chérie, trop forte pour cela, mais je m'étalais à moi-même ma fierté d'avoir réussi à lui cacher mon désarroi, autant que l'ampleur de mes inquiétudes. J'étais à mille lieues d'imaginer qu'avec le temps, cette tumeur transparente et silencieuse contribuerait au développement fulgurant d'un mal invisible installé.

Cet hostile ami a tenté deux ou trois timides incursions je crois, toujours lorsque le comptoir était occupé de mes fidèles et bons clients qui, prévenus de la situation pour les plus proches, lui ont fait clairement sentir que sa présence leur était devenue indésirable. Nous ne l'avons plus jamais revu au bar, tout comme dans les autres chapelles où il avait l'habitude d'aller boire son petit rosé. Là où il retrouvait les mêmes clients que chez moi, ceux à qui j'avais osé raconter ma bien triste aventure. Il a compris rapidement qu'il était persona non grata partout où il se présentait. Voilà donc ce malheureux épisode de ma vie qui a activé puis accéléré ce mal sournois enraciné en moi.

Le chirurgien m'a expliqué plus tard, qu'avec son équipe, décision avait été prise de prolonger mon sommeil afin que je puisse partir paisiblement, sans souffrances. Ces médecins n'avaient aucun recul sur mon cas car il représentait, en principe, systématiquement 100% de décès sur une rupture de la valve aortique plus celle de l'aorte. L'ensemble de ma tuyauterie était à la ramasse, hors d'usage, pas dix centimètres de bons. Les deux chirurgiens n'en revenaient pas, surtout le plus âgé qui n'avait jamais vu pareille situation. Que je survive dans ces circonstances désastreuses lui était incompréhensible. Sur 1 à 3 cas par an, avec un tel niveau de gravité, c'est le décès assuré dès la rupture, ou bien il intervient dans les instants qui suivent, ou encore durant l'opération et, pour les plus résistants, dans les heures qui suivent le réveil.

Peu après mon transfert au neuvième, dans le service du docteur B, mon chirurgien number one me rendit visite dans ma coquette studette de vingt mètres carré, une chambre à deux lits quoi. Rapidement dans la discussion il m'avouait qu'il croyait sincèrement que mon cas relevait du miracle, démonstrations faites et preuves à l'appui. Décelant de suite qu'il représentait le parfait candidat à la fois réceptif, sensibilisé, et apte à recevoir le récit de mon expérience, je lui racontais alors mon voyage. Ma rencontre avec mes parents. Maman, papa, mon beau-père, ce qu'ils me dirent. Là-dessus, il ne pipa mots, réfléchit brièvement, puis me lança à brûle-pourpoint que mes dires confirmaient ce qu'il pressentait depuis le début ; que sans une intervention venue d'ailleurs je ne serais plus de ce monde.

Au matin du quatrième jour, le 27 janvier 2016, je fus donc transféré au service cardio-vasculaire, chambre 211. Ma chère et tendre épouse poursuivait ses incessants et fatigants allers retours quotidiens. -Domicile, CHU, domicile-, pour être à mon chevet. Chaque après-midi. Elle m'informait des dernières nouvelles alençonnaises, du soutien de nos clients à mon égard. Mes clients pour lesquels ma bichette disposait régulièrement à la porte de l'établissement une feuille leur transmettant des nouvelles de mon état de santé.

Devant ce dévouement sans faille de ma puce d'être à mon chevet, pour remerciements, je bourlinguais la plus part de mon temps entre somnolence et sommeil. Le soir, elle me quittait vers 18 heures. Sur son temps de présence, éveillé 4 - 5 minutes, je dormais 1 heure. Elle m'a apporté son précieux soutien indéfectible, faisant tout son possible afin de me donner meilleur moral. Je ne pouvais me rendre compte de ses tourments, mais elle souffrait silencieusement de ma situation. Critique. Sans compter qu'il lui fallait vivre avec un lourd fardeau que je découvrirai quelques semaines plus tard au centre de rééducation fonctionnelle de Criqueboeuf.

Ma chérie était incroyablement forte, d'une force que je ne lui connaissais pas. Ce que j'appris au centre, de l'un de mes fils ainés, c'est qu'un pronostic vital engagé, prononcé par les médecins, avait plané au-dessus de ma tête durant mes 10 premiers jours de CHU. Après avoir reçu cette surprenante nouvelle, je virais au jaune foncé. J'appréciais l'importance de l'incertitude des médecins à me garder vivant. Incertitude que partageaient mes proches. Cette annonce m'a permis de comprendre pourquoi je n'allais pas bien du tout. Pourquoi mon état de grande fatigue constante, les poches de sang – *mon agréable apéritif* –, les interminables heures de sommeil, les contrôles en tous genres sur différentes parties de mon corps, etc. Malgré mon état lamentable, j'ai toujours fait preuve de lucidité, mais cette vérité-là, il fallait mieux ne pas me la communiquer.

Hello, c'est à nouveau moi, votre compagnon de lecture, mais de grâce, ne m'appelez plus le livre. Je vous autorise à me baptiser du prénom de votre choix, sinon, Jean-Baptiste me plait bien, je trouve qu'il me va à ravir.

Bon ! Vous êtes très bien installés (ées) ? Parfait ! Alors attachez bien vos ceintures parce que l'on va passer à la vitesse supérieure. Question sensations à venir, les montagnes russes sont reléguées aux calendes grecques. Ces montées et descentes vertigineuses me sont inconnues mais pour ce que j'en sais, elles me paraissent bien fades à côté de ce que j'ai lu. Vous accompagner durant ces quelques pages sera un plaisir qu'il me plait à renouveler, je ne m'en lasserai jamais.

N'oubliez pas…, à travers vos mains, je vous sens. Bien calés (ées) dans votre fauteuil, allongés (ées) confortablement, détendus (es) ? Alors tenez-moi fermement et partons sans plus tarder à la frontière de ce pays qui n'est en rien un monde de l'imaginaire, parce que celui vers lequel je vous mène, est lui, bel et bien réel.

C'est parti !

℘ DACLV ℘

℘ Préparatifs

La matinée du 27 janvier débute paisiblement. Comme d'ordinaire, visite du chirurgien accompagné de sa petite cours étudiante qui nous dévisage M et moi, tel le tableau "Le radeau de la méduse" ; à la différence près que nous n'étions pas 150 péquins sur un fichu rafiot ayant navigué 13 jours pour uniquement dix vies sauvées. Mais uniquement deux sur notre frêle chaloupe qui prenait l'eau de toutes parts. À tel point qu'il nous fallait écoper durement pour nous tenir la tête hors de l'eau. Imaginez alors l'expression de ces récipients d'air du matin se demandant lequel de nous deux allait passer l'arme à gauche en premier.

Pour info, je rappelle que mon voisin de lit et moi étions considérés comme deux phénomènes de foire plutôt rares. Aux yeux de ces jeunes médecins en herbe, nous représentions, à n'en pas douter, deux beaux spécimens à épingler sur l'étendard de leurs thèses. Promulgation des soins spécifiques pour la journée, plus les invariables consignes, notre sauveur, accompagné de sa clique appliquée à boire le moindre de ses mots comme l'on boit l'élixir de jouvence, tirait sa révérence. Nous discutions beaucoup avec M. De cette manière, nous nous supportions mutuellement, à l'image de la devise des Mousquetaires. Que c'était bon pour notre moral en berne qui, au fil des jours, passait du noir profond au gris de plus en plus clair. Le bout du tunnel pointait-il son charmant petit bout de nez ? Assurément. Mon colocataire n'ayant aucune affinité pour la télévision, j'ai trouvé judicieux de ne pas la louer. Comme nous ne manquions pas de temps à tuer, nous explorions tous les sujets qui nous passaient à l'esprit. Régulièrement, nos discussions, qui dérapaient fréquemment, nous menaient droit dans des fous rires dont les soubresauts nous déchiraient la poitrine de douleurs.

Il fallait nous voir gindre à gorge déployée comme des ours mal léchés. Nous nous tordions de douleur sur nos lits, nous tenant la poitrine des deux mains, une de chaque côté, puis serrions fort nos Rib's recousus, des fois qu'ils se seraient fait la malle. Gestes censés nous permettre d'avoir moins mal, mais rien n'y faisait. Joyeux que nous étions, nous nous sentions mieux, un brin détendus. Nombreuses furent les fois où nos mains firent office de serre-joints. La crainte que notre poitrail ne s'ouvre à nouveau nous terrifiait.

Nous avons également refait le monde lors de nos nombreuses élucubrations, en tout cas, nous dégustions tous ces bons moments à nous fendre la pipe comme des enfants. Nos conversations font que, d'une bonne entente, une belle amitié se forgeait au fil des heures que nous consommions goulûment. Chacun de nous savait au plus profond de lui que de cette pièce théâtrale, le rideau pouvait descendre l'instant d'après. Je ne sais pas si nos chemins se croiseront à nouveau un jour, mais il est impossible que nous nous oubliions. Un lien fort s'est tissé en peu de temps, probablement dû à toutes ces galères que nous avons endurées, les traversant sans nous poser plus de questions que ça. Nous nous soutenions mutuellement, nous tenant par la main lorsque notre fragile radeau paraissait sombrer, pour mieux sortir hors de l'eau la tête de celui qui buvait le bouillon.

Jamais je n'oublierai cet ami de galères, neuvième étage, chambre 211, alité côté couloir du CHU de Caen. Lieu où est née en peu de temps une amitié sincère et réciproque qui tiendra, ad vitam aeternam, une petite place dans un coin de mon cœur. Donc, le déjeuner terminé, s'en suit notre petite discussion quotidienne. Ensuite, mon épouse me rejoint, elle arrive souvent vers 14h30. J'ai une envie folle de la prendre dans mes bras, mais ces simples gestes ne me sont pas encore autorisés, d'autant plus que je n'ai toujours pas reçu ma ceinture de poitrine.

C'est une grande bande de tissu épais, souple et solide qui, une fois réglée, vous comprime le torse comme un saucisson, le maintenant bien en place, même s'il n'y a rien à craindre car les deux plats de côtes ne se sépareront pas. C'est tellement rassurant de se savoir maintenu§ Les deux parties de sternum sont maintenues l'une à l'autre par un fil, ou des agrafes, en titane, les joignant irrémédiablement jusqu'à complète cicatrisation. Il n'empêche que sans mon carcan je ne suis pas rassuré.

Depuis peu, j'ai de temps à autre des douleurs qui apparaissent fréquemment puis, disparaissent presque aussi vite. Je ne m'en doute pas encore mais c'est le début d'une longue traversée du désert sans fin, d'autant plus que je viens de perdre pour la première fois la vue, de l'œil droit. Ça n'a pas duré longtemps mais j'ai sacrément paniqué. Dans l'immédiat, je n'en dirai rien à ma tendre parce qu'il n'est pas besoin de l'inquiéter plus encore. Lors de nos discussions, nous faisons de petites pauses avec M. C'est au cours de ce premier temps mort, de tout début d'après-midi, qu'il va se passer sous peu quelque chose d'extrêmement particulier.

Habituellement, mon compagnon de chambre ne dort pas, il se repose juste, calé sur son épaule droite, ce qui nous laisse à mon épouse et moi le sentiment d'avoir notre petit espace d'intimité. M est sans cesse avenant, aussi je le soupçonne d'en faire quelque peu exprès pour que nous ayons le sentiment d'être un chouïa seuls. Tout est calme, je regarde dans la direction de mon camarade, puis de l'entrée de notre chambre qui, comme à son habitude, est grande ouverte.

Je vois passer le personnel de service qui vaque à ses occupations, perçois des discussions plus ou moins proches, puis finis par poser les yeux sur le mur blanc, légèrement granulé, qui se dresse devant moi. En clair je tue le temps, je bulle dans mon bocal. Mon épouse fait de même devant une revue, dos au mur, dont le sujet l'absorbe à un point que... C'est à cet instant que je vois apparaître lentement, sur toute la surface de ce grand écran blanchâtre devant moi, des formes mouvantes. Elles ressemblent à de légères ondulations qui me font penser à une mer d'huile, dont le rythme s'accentue. La teinte claire écrue de ce large panneau devient lentement grisâtre. Un gris léger mais clair.

Ces formes mouvantes dansent mollement, lentement, identiques à celles d'un kaléidoscope de différents tons qui vont au blanc à la fois. Comme à l'époque de Denise FABRE et de José GARCIMORE, lorsqu'ils présentaient leur émission de télévision le samedi après-midi il y a un peu plus d'une quarantaine d'année.

Ces formes mouvantes ralentissent, se stabilisent, elles ne bougent plus d'un iota ; puis, assez rapidement, j'ai devant moi une paroi blanchâtre, assez claire dont l'éclat plutôt vif ne me dérange pas. Cet espace ressemble à une paroi montagneuse enneigée, verticale, cotonneuse à souhait. Chaleureuse. Tient, « *C'est bizarre* », me dis-je, « *pourquoi le mur se transforme-t-il ?* ». Je suis plus qu'étonné de cette lente modification qui n'a ni sens, ni raisons d'être. Je jette un œil sur mon épouse absorbée plus que jamais par la lecture de sa revue, le dos de trois quart tourné vers ce… mur ?! M me tend le dos, il se repose toujours sur le côté droit, sans bouger d'un pouce. Somnole-t-il ? En tout cas, je doute qu'il admire les placards.

Je perçois les voix de ceux qui se déplacent dans le couloir du service. À cet instant, je suis surpris de ce que je vois droit devant moi, parce qu'apparaissent, en incrustation, comme si elles sortaient de derrière le mur ou de nul part, des zébrures noirâtres sensiblement translucides. Elles me font penser à de grands éclairs couvrant le mur de haut en bas et de gauche à droite, espacés d'à peu près cinquante à soixante centimètres les uns des autres. Je suis estomaqué, que dire…, j'en reste bouche bée. Vrai ! Je me pince fort pour vérifier que je ne rêve pas, mon ongle me laissera une jolie trace sur la peau.

Je mords sèchement l'intérieur de ma joue, aïe, la vache, je l'ai senti passé. Il y a toujours un brin de mouvement dans le couloir, je vois une femme passer, je discerne toujours les voix du personnel. À cet instant, je réalise que les sons perçus sont comme lointains, atténués ; c'est une sensation singulière qui me laisse une impression plutôt déroutante. Incroyable, mon mur est maintenant métamorphosé. Il reste figé comme la photographie d'une carte postale. Voici ci-dessous les zébrures telles quelles me sont apparues, d'une netteté identique à ce dessin.

Ces formes, répétées sur les deux tiers de la largeur du mur, placées plutôt sur la partie haute, ont une épaisseur d'à peu près dix centimètres. Elles resteront ainsi figées un instant. Ne sachant que dire, et encore moins décrire à mon épouse ce qui se trame dans son dos, tout en ne souhaitant pas passer pour un hurluberlu, je ne trouve rien d'autre à lui dire que : « *Dis donc chérie, regarde le mur derrière la petite table, tu as vu ? Je crois qu'ils l'ont repeint* », sans donner plus d'indications, tellement je suis dérouté. J'ai conscience que ce que je lui annonce est stupide mais je ne sais pas vraiment quoi dire d'autre qui ne me fasse passer pour un zinzin. J'appréhende trop de lui détailler ce qui se dessine sur une aussi grande façade ; je préfère donc me taire.

Ma tendre, qui ne se retourne pas, et c'est tant mieux, me lance, d'un désintéressement complet, « *Mais non ! Le mur est normal, c'est le même* ». Tellement plongée dans sa lecture, je ne sais pas si sa réponse fut simplement mécanique ou dictée. Toujours est-il qu'elle était à l'ouest. Je n'ajouterai rien de plus à cette discussion sans queue ni tête, me doutant qu'elle me prendrait pour un grand benêt qui perd la boule. Je préfère donc tourner cette brève discussion en dérision. Ainsi, elle pensera éventuellement, si elle en garde le souvenir, que je plaisantais. Je compte bien en rester là pour aujourd'hui, ne tenant pas à passer pour quelqu'un dont l'esprit divague. L'article que lit mon épouse doit être autant passionnant que captivant parce qu'elle s'y replonge sans perdre un instant. Il est probable qu'elle n'ait pas souvenir de cet échange, aussi je me garderai bien de lui en reparler, tout comme elle n'évoquera certainement jamais cet épisode.

Mes yeux, rivés sur ce mur qui me captive, détectent un mouvement d'ensemble. Les zébrures incrustées bougent, changent sensiblement de forme, modifient leur aspect jusqu'à en devenir translucides. Les différentes couleurs s'estompent de concert. La scène ressemble à ce qui peut s'apparenter à une désincrustation, ou bien ces marques sont tout simplement aspirées, avalées pour retourner vers....Elles s'effacent lentement jusqu'à disparition complète. Le tout est allé assez vite. Je me sens désemparé face à ce que je ne peux expliquer.

Dès lors, le mur reprend ces mêmes et lents mouvements onduleux, identiques à ceux d'il y a quelques instants. Le blanc granulé d'avant reprend petit à petit ses droits sur toute la surface du panneau, et mon mur retrouve son apparence d'il y a... ? Je sais au plus profond de moi que je n'ai pas rêvé cet instant pour le moins très singulier, alors autant dire que je n'en parlerai à quiconque avant un long moment. Ce qui est manifeste, tout autant que cette certitude présente en moi, c'est ce léger décalage avéré entre ce à quoi j'assistais, ce que je percevais, ce que j'entendais et ce que j'ai rapporté à mon épouse qui lisait.

Superposons maladroitement deux bandes sons et images, puis regardons et écoutons les dans un environnement semblable à une chambre. Qu'en déduirons-nous ? Une dissonance perceptible mais irréfutable entre les deux. C'est sincèrement troublant, tout comme le temps écoulé, impossible de déterminer la durée liée à cet événement. Trente secondes, une minute, deux, plus ? La notion d'écoulement temporel que nous connaissons habituellement, était sans commune mesure durant ce...cet... intermède ? Qui s'infiltra puis s'invita dans l'espace de ma chambre ?

Cette durée que nous considérons "quantité mesurable", semblait perturbée, inexistante, voire, suspendue, mais pas complètement. En un lieu précis, j'assistais à la superposition de deux univers, l'un contre l'autre, ou l'un dans l'autre, dont un des deux prenait avantage sur le second. Je ne me doutais pas encore à cet instant que ce que je venais de vivre n'était qu'un minuscule prélude à un dénouement amplement plus extraordinaire. Un aboutissement plus exceptionnel qui, bientôt, se produira en ce même endroit ; théâtre d'une représentation unique. J'ai assisté à ce qu'était une pâle répétition, une petite mise en bouche de ce qui devait arriver bientôt.

La journée se terminera paisiblement, suivie d'une nuit, chambre 211, toujours aussi agitée par son lot de douleurs insupportables, de plaintes agrémentées de gémissements réguliers. Ni moi ni M n'actionnions la sonnette d'alarme pour notre propre compte, mais appelions l'un pour le compte de l'autre. Jamais au cours de ma vie je n'ai été autant bouleversé, chamboulé par ses supplications de mort. Par deux nuits consécutives, M suppliait le personnel de mettre fin à ses jours dans le seul but d'enfin le libérer de ses supplices qui atteignaient leur paroxysme.

Dans les faits, durant plusieurs jours nous avons toujours été très attentifs à la souffrance de l'autre, sans porter attention à la nôtre. C'est tout de même mon ami qui dérouillait le plus, en tout cas, tel est le ferme souvenir que j'en ai encore aujourd'hui. Par contre, je garde toujours secrètement en moi cette rencontre extraordinaire qui me donne une force supplémentaire dans ma lutte contre mon mal, celle d'avec maman, papa et mon beau père.

☙ DACLV ❧

❧ Le grand jour, un événement inoubliable

Nous sommes jeudi 28 janvier. Ce début de matinée s'annonce comme le précédent, un ordinaire copier-coller. Arrivée de notre bienfaiteur accompagné de sa cour, cordialités, serrage de louches et tout le reste, les consignes identiques à celles de la veille sont énoncées. L'infirmière de garde prend note de ces dernières, tout comme des soins à nous appliquer, puis, chao bello. Il est temps pour la troupe de passer à la chambre suivante. 11h30, le déjeuner servi se déroule sans surprises, comme habituellement, dans le calme, paisiblement. Les mets sont engloutis rapidement parce que notre appétit d'oiseau se trouve bien vite rassasié.

Il est encore très tôt en ce début d'après-midi, lorsque mon colocataire clos, illico presto, à mon goût notre discussion, s'excusant de me laisser un instant seul parce qu'une grosse fatigue le gagne. Un repos salvateur s'impose. Dans la même disposition que la veille, M me tourne le dos, fait face à son étroite armoire blanche, s'installe confortablement sur l'épaule dévolue à dame sieste. Visiblement, il s'endort à la vitesse de l'éclair, comme une masse. J'en suis étonné parce que cela ne lui ressemble pas. Jamais il ne s'endort de la sorte après le repas du midi, moment où nous papotons constamment.

En règle générale, il somnole une petit heure, et encore, en tout début de soirée, vers 16h30, 17 h. Si tôt en début d'après-midi, s'évaporer comme un voleur, et aussi rapidement, n'est pas dans ses habitudes. J'en reste pantois. Porte de chambre grande ouverte, consigne oblige, je m'occupe donc, comme le font les vaches avec les trains, à regarder passer le personnel d'étage, d'un côté, de l'autre. De toute façon, il est bien trop tôt pour voir arriver les premiers visiteurs. Toutes ces longues minutes et heures passées à ne savoir quoi faire d'autre que de rester couché me désolent. Je n'oublie pas que nous avions été surnommés " La chambre des difficiles ", mais c'est tout de même agaçant d'être sans cesse à la vue du premier qui passe. Inconnu qui se sent systématiquement obligé de jeter un œil sur moi qui suis le seul visible.

Non d'un p'tit bonhomme en bois, un peu d'intimité de temps à autre ne nous ferait pas de mal. Je scrute les alentours parce que je m'ennuie terriblement, puis pose naturellement mon regard vers ce fronton blanc dressé fièrement devant nos deux lits. À l'instant même, je constate médusé, les yeux grands écarquillés, que mon mur se met subitement en mouvement. Sensiblement, lentement, mais il bouge. *« Mince alors, vais-je assister à nouveau au phénomène d'hier ? Ça va recommencer ? Incroyable ! »*. Pensai-je.

Vite fait, je lorgne autour de moi, me tourne vers mon camarade inanimé que j'interpelle d'une voix imposante, M..., M..., tu m'entends ? M est aux abonnés absents. J'ai l'impression qu'il est plongé dans un sommeil profond que rien n'endiguera ; le bougre est tout engourdi. À nouveau je considère, droit devant, ce panneau qui opère lentement sa mutation. Silencieusement sa surface évolue, revêt une superbe consistance cotonneuse qui m'est inconnue jusque-là. Mon mur prend l'apparence d'une colline enneigée l'hiver à la montagne, comme j'ai pu le voir à la Plagne Aime 2000, devant le Bateau. De préférence lisse, il est d'un blanc somptueux que je n'ai jamais rencontré jusqu'alors. Ce blanc est si pur. Blanc d'une incandescence flamboyante, mais douce à la fois. Flamboyance toute en délicatesse. Pure.

Cette blancheur est d'une candeur jamais rencontrée, jamais égalée en ce bas monde. Sans en être étonné, je perçois déjà ce décalage pressenti la veille, bien plus nettement, parce qu'en fait, je pense être inclus, en tout ou partie, à cette scène qui prend forme. À présent c'est d'une évidence éclatante. J'ose dire avec certitude que ce blanc n'existe pas ici chez nous, il n'est pas de nature terrestre. D'aucun dirait qu'il est rayonnant, éblouissant, mais sans l'être. Je décide donc de vérifier que je ne rêve pas. Je lève mes avant-bras, avise mes mains, les fait tourner, remue les doigts, puis me pince fort une fois. Très fort même, sur le dessus de la main gauche, en me servant de l'ongle du pouce droit, le plus fort.

Bon sang, je l'ai senti passer celle-là. Je réitère mon geste une seconde fois, aussi fort, Wahouuuu ! Crotte de crotte, j'me suis pas loupé, j'y suis allé sans retenue, oooh la douloureuse ! C'est bon j'arrête les frais. Je jette un œil au dehors de ma chambre. Le couloir tel qu'il est quotidiennement reste inchangé. Habité de ces voix qui s'y font entendre, avec ses clappes de pas au sol sur le lino ciré, un chariot qui roule plus loin, fonds sonores et agitations classiques. Tout reste inchangé, à un détail près, ces sons m'arrivent d'ailleurs. À cet instant, l'aspect du temps présent m'apparaît ostensiblement différent, je ne le reconnais pas ; c'est clair et net, indiscutable. Je frotte énergiquement mes mains l'une contre l'autre, je suis donc bien éveillé, je sais que je ne rêve pas.

L'atmosphère de la pièce n'est déjà plus ce qu'elle était. Elle s'est commuée plus rapidement que l'événement de la veille. Je le vois, je le vis ; je le sens d'une certitude sans égal. Les bruits ambiants qui me parviennent du couloir deviennent lourds, amortis, sourds, j'ai la nette impression d'être isolé malgré moi. Tous ces échos sonores ont tristes mines parce que calfeutrés. Détournés. Une épaisse couche absorbante m'isole de l'extérieur.

Ma chambre et le couloir, dont les mots se perdent dans le lointain, sont à présent deux espaces distants. Que c'est tout de même compliqué d'expliquer ce qui ne peut l'être. Ça y est, le mur achève sa transformation, plus un mouvement n'émane de cette paroi figée d'où rien n'exhale. J'ai l'impression de faire face à un somptueux manteau neigeux, cotonneux, auquel nous sommes confrontés l'hiver à la montagne au bas d'une belle piste abrupte, vierge de toutes traces de skis, dont la clarté qui en émane ne permet pas de distinguer la moindre trace, la moindre forme. Rien. Rien, hormis le magnifique panorama uniforme qu'elle offre à ma contemplation.

Je reste toutefois lucide quant à cette situation, dont je suis l'unique spectateur, qui éveille ma curiosité autant que mon désir d'en voir plus. *« Que va-t-il se passer maintenant ? »* À peine me suis-je formulé cette interrogation que l'instant d'après, ce qui se produit est d'ordre irrationnel. Je n'en crois pas mes yeux, les bras m'en tombent. Je suis abasourdi de voir apparaître tout doucement, dans le même mouvement, là, devant moi, un peu à la manière de la veille, par l'émergence progressive des zébrures, la représentation d'un buste d'homme en même temps que celui d'une femme. Ce qui est en train de prendre forme, vient-il de l'autre côté de cette paroi ? De dedans ? Ou d'ailleurs ? Ou bien encore d'une brèche ouverte entre deux univers ? Ce qui semble représenter deux imposantes silhouettes, achève sa transformation puis, prend place dans une fluidité continue.

S'affichent alors deux magnifiques et ravissants visages qui me sont inconnus, et pourtant…. Le plus incroyable est que je ne me pose pas de question dans la mesure où la réponse est déjà inscrite en moi. Cette…grande toile s'étale depuis l'angle gauche de mon lit jusqu'à l'angle droit de celui de mon voisin. Sa hauteur prend naissance sous le plafond puis s'étire à environ un mètre, un mètre vingt du sol. Ces deux portraits se sont révélés simultanément. Ils se font face tout en étant sensiblement tournés vers moi, qui suis époustouflé de cette présence venue de je ne sais où. Mince alors, ce qui se produit est fabuleux. Je regarde M, il ne bouge pas d'un pouce.

À nouveau, mon regard converge sur ces deux magnifiques bustes imposants qui me dévoilent le visage de cet homme impressionnant de sagesse, de douceur. Débordant de paix, il est exposé devant celui de cette femme dont l'expression transpire la pureté. Ces tableaux mirifiques s'étendent jusqu'au milieu de leurs avant-bras, dévoilant ainsi leurs poitrines, cous et épaules. Différentes nuances de noirs, de gris et de blancs peignent d'une netteté rigoureuse ces grandes et ravissantes sommités pour mieux me les révéler.

La précision de leurs traits, jusqu'aux plus fins détails, est irréprochable. À un point inégalé qu'à mon avis, le meilleur élève qu'aient eu en leurs murs les ateliers des beaux-arts du monde entier, n'aurait pu les reproduire de la même justesse, de la même finesse. Ils prennent place sur les deux tiers du fronton, ne se regardent pas directement dans les yeux, mais se font face ; à l'image de deux protagonistes posant devant un photographe. Il m'est difficile de donner une idée précise des dimensions, mais j'évalue à peu près la hauteur de chacun des portraits aux environs d'un mètre soixante, guère plus, pour au moins un mètre dix – un mètre vingt de largeur.

Jamais de ma vie je n'ai eu l'occasion de rencontrer ces personnages. Je ne peux tout simplement pas les reconnaître, et pourtant, je sais immédiatement qui sont ces deux superbes et sublimes représentions ; c'est d'une évidence... Je ne suis pas en mesure d'expliquer par quel procédé, ou miracle, j'ai su spontanément qui étaient mes deux visiteurs qui siégeaient dans ma chambre n°211 du CHU. Là ! Ici ! Rien que pour moi. Un homme à ma gauche, une femme à ma droite. Je n'ai aucun doute quant à leurs identités qui se sont incrustées en mon âme et conscience en même temps qu'ils m'apparaissaient. Alors qu'ils prenaient forme devant moi, j'ai décidé de me mordre l'intérieur de la joue droite pour me certifier que je ne rêvais pas, en y mettant un zèle excessif.

Oh la vache ! Je n'y suis pas allé de main morte bon sang de bois. J'aurai pu enlever le morceau de bidoche. Que j'ai mal. Cette fois-ci, je me suis fait une belle entaille qui me donne un goût prononcé que j'ai déjà rencontré. Le sang s'infiltre dans les moindres recoins de ma bouche. Au vu de la douleur ressentie, j'ai désormais la certitude de ne pas faire un rêve éveillé, ce qui assoit définitivement ma conviction de ce à quoi j'assiste.

Je suis envahi d'un calme sans pareil que je ne peux tout simplement pas exprimer. Tout comme je ne peux le faire pour l'ambiance du couloir et de l'atmosphère qui inonde ma chambre. Je suis à la fois dans cette pièce comme je suis en même temps de l'autre côté, voire, à la surface de ce tableau ; je suis saisi par le décalage que je perçois. Ce contraste inévitable est occasionné par cette espèce d'ouverture existante entre le temps présent terrestre, au sein duquel je suis, allongé dans mon lit, et l'univers qui vient de s'ouvrir pour s'y installer. Peut-être suis-je entre les deux, en une zone parallèle de raccordement, un monde intermédiaire.

Je retrouve un peu ce climat hors du commun dans lequel je baignais lorsque j'ai eu ce privilège de rencontrer mes trois parents. Ces deux contextes ont une similitude, à une différence près et non des moindres. Alors que le mot à lui seul peut paraître aussi pompeux que présomptueux, parce que je n'en vois pas d'autres pour exprimer plus précisément ce que je vis et ressens à cet instant en étant dans cette atmosphère... cette ambiance simplement "souveraine", je peux affirmer qu'à cet instant je suis intégré à une ambiance qui relève du monde du Divin.

J'ai là ! Devant moi ! Avec tous ces dégradés de gris, de noirs et de blancs, qui constituent avec précision tous les contours, formes et aspects de son portrait, le visage de **Jésus**. Il est là ! Présent ! Me faisant face avec une humilité débordante méconnue chez nous. Que c'est bon, et c'est plus fort que ça encore, parce que le merveilleux est indicible.

De Jésus, irradie une compassion, une candeur élégante, un amour pur. Près de lui, dans les mêmes nuances et de dégradés identiques, se dresse, aussi nettement que Jésus, le visage de **Marie**. Il émane d'elle une exceptionnelle élégance. Un charme éclatant, débordant, il n'est que douceur profonde. Son visage regorge et transpire d'une magnificence inexprimable autant qu'il semble transmettre un amour sans bornes. Ils sont là ! Tous deux ! Immobiles, rien que pour moi.

C'est sublime. Ce qui se dégage de leurs visages comme de leurs présences est tout bonnement impressionnant, délicieux, merveilleux. Tous deux transpirent le pardon, l'amour immense, intense, infini. Ils encensent l'espace d'une sérénité profonde, incommensurable, qui emplit la pièce. La maman et le fils représentent tout ce qu'il y a de beau et de bon à l'état pur. Rien de comparable ne peut égaler cet état d'être ici-bas.

En eux, tout est parfaite harmonie qui me traverse, me transporte. Je ne saurais pas mieux exprimer le sentiment qui m'habite parce que ça ne s'explique pas. Soit parce que les mots me manquent, soit parce que je ne les connais pas, soit parce qu'ils n'existent tout simplement pas pour définir ce morceau d'univers qui s'est invité dans ma pièce, mon espace. Un sentiment d'enchantement inédit m'enveloppe, je suis à la fois dans mon lit en même temps qu'invité dans cette brèche ouverte sur un autre monde ; c'est merveilleux.

Mes hôtes, en ce lieu qui m'est inconnu, se dévoilent à moi dans la plus grande modestie. À aucun moment ils ne s'exprimeront ; est-ce par excès de pudeur ? Aucun mot ne sera dit parce qu'ils ne sont pas nécessaires en pareille situation. Je suis inondé de bonheur dont les larmes naissantes me caressent le visage. Elles ne cesseront jamais à compter de ce jour, lorsqu'au calme le soir, je me les remémore. Mes yeux coulent de ces larmes de… Je n'ai toujours pas trouvé le terme adéquat parce qu'il me faudrait mettre dans une centrifugeuse tous les superlatifs du bonheur, de la plénitude, de la joie intense, et moult éloges, voire divines, comme tant d'autres auxquelles je ne pense pas, pour en extraire un concentré d'élixir qui créerait le mot manquant. Mot qui ne pourrait encore égaler à lui seul tout ce dont je fus imprégné durant cet instant.

Parfois, elles coulent en telle quantité que ma taie d'oreiller s'en trouve mouillée. Je ne sais pourquoi cela se produit. En fait ça se produit régulièrement lorsque mes pensées se tournent vers eux. Cette eau qui perle de mon corps vaut tout l'or et le bonheur du monde. Durant ce bel instant, j'ai la sensation d'être à la fois connecté et déconnecté du temps présent. Par la présence de mes visiteurs, ce que je sais ou pressent est probablement dû à ce périmètre de quelques mètres carré qui nous rassemble, zone mêlant entre elles deux dimensions opposées. Je suis intégré partiellement à cette fenêtre ouverte sur notre monde. Je me situe plus proche de leur côté, en tant qu'esprit - âme, plutôt que du mien où mon corps inerte, allongé dans ce lit d'hôpital, repose.

Peut-être est-ce cette proximité rapprochée qui favorise ce lien si particulier. Me voici en grande partie déconnecté de cette unité de mesure que je ne connais que trop bien : *"le temps"*. Temps cette fois-ci perturbé sur lequel je ne peux m'appuyer pour évaluer la durée du moment vécu. Il m'est impossible de définir combien de secondes se sont écoulées lors de notre rencontre, trente ou trois fois plus ? Des minutes ? Je sais maintenant qu'il peut exister des brèches ouvertes s'appropriant en partie la personne visitée tout en ne lui autorisant pas l'accès.

Tout ce qui peut représenter ce qu'il y a de mauvais n'y est pas convié. Je suis et resterai marqué jusqu'à mon dernier souffle par ce qui s'est déroulé chambre 211, 9ème étage du CHU de Caen ce jour-là. Par la suite, j'ai tant et tant regretté que mon co-loc ne fût pas invité à participer à cette rencontre, à ce repas. Repas composé d'une nourriture spirituelle unique et abondante. J'ai "vu" et j'ai "vécu". Cet événement est incroyable. J'y pense très souvent. Parfois dans la journée, mais essentiellement le soir au coucher. Tous les soirs, sans exception. Moment où mon environnement est calme, sans bruits ni parasites extérieurs perturbants, lorsque je me délecte enfin de cet apaisement total. Je me détends dans ma petite parcelle privée, ma bulle de sérénité absolue, dans le noir complet de ma chambre pour réciter mes prières, puis lancer mes remerciements.

Pourquoi cette rencontre ? Je subodore qu'il y a bien un sens non affiché, une raison non exprimée à cette conjonction parce que mettre en œuvre et déployer autant d'énergie pour un simple bonjour de fraternité, puis s'en retourner, n'a pas de sens. Je sens, je sais, que cette ouverture, cette...liaison...m'a déposé ce que je ne considèrerais pas longtemps comme une énigme. Mon indécision, si tant est qu'elle en soit une, fut de courte durée pour vite devenir certitude, puis conviction, ou plus exactement, évidence ; sans que je n'eus à chercher de m'en convaincre.

Jésus, accompagné de Marie, est donc venu me voir pour me déposer son message ; mais alors lequel ? J'en conclus promptement qu'il me faut désormais me mettre au travail, si je puis m'exprimer ainsi. Il m'aura fallu du temps pour qu'il se révèle. Avais-je les outils à portée de main pour aboutir à la signification réelle de notre rencontre ? En disposais-je suffisamment pour révéler l'objectif inavoué d'une possible action ou mission qu'il me faudrait mettre en œuvre ? Parce que je le sentais au plus profond de mon être mais n'y étais pas suffisamment attentif ni concentré. Je savais que la réponse était là, toute proche. Je la discernais, je l'effleurais, la caressais du bout des doigts, puis elle m'en glissait à nouveau pour m'échapper.

Il m'aura fallu patienter à peu près trois ans, trois agaçantes années durant lesquelles j'ai consacré en moyenne deux à trois heures par jour pour en déchiffrer la signification. Essentiellement le soir au coucher, véritable moment de tranquillité où l'esprit se libère, s'éclaire, sans perturbations extérieurs. Puis, rapidement, en quelques soirées, il a pris forme pour se révéler à moi, assez soudainement, tard un soir. Ce message était là ! Devant moi, il me crevait les yeux depuis le tout début, alors pourquoi ne pouvais-je le voir plus tôt ? Parce que je ne l'affrontais tout simplement pas correctement, parce qu'enfin je me libérais, je m'ouvrais à lui sans retenue. Dès lors, cette acceptation, cet abandon total me permit de le recevoir enfin avec clarté. Voici ce qui m'a été révélé.

« Vois-tu ! Si nous sommes là aujourd'hui avec toi, c'est parce que nous t'accordons un temps de vie supplémentaire, pour être avec les tiens, ceux de ta famille, et pour les tiens. C'est nous qui avons maintenu ton corps en vie afin qu'il ne s'éteigne pas, que tu ne le quittes pas, ta famille a besoin de toi et... ». Il y a mon épouse, nos trois enfants en très bas âge ainsi que mes deux fils aînés. Subsiste toutefois le sentiment que je passe encore à côté de quelque chose de beaucoup plus important que le simple fait d'être avec les miens, ce qui n'est pas rien, mais je ne vois pas la suite qui est supposée m'être soumise. Je ne l'entends pas, ne la voit pas. Je ne peux la déchiffrer. Mais je la sens. Elle est là. Toute proche, au bout de mon nez. Ça m'horripile, parce que du message, je n'ai reçu que la première partie, qu'elle crotte. Alors je cherche, encore et encore, mais ça ne vient pas.

Pourquoi tant de tracas, tant d'incertitudes ? J'aurais tellement aimé que Jésus et Marie me laissent un message oral, audible, mais à mon grand regret, il n'en fut rien. C'eut été bien trop simple. Cette fois-ci je ne vais pas tomber dans le même travers. Je ne vais pas faire deux fois la même erreur parce que je sais depuis pas mal de temps qu'il me faut sans cesse porter mon regard ailleurs. Le placer là où il faut, évitant ainsi de tomber dans la facilité, la suffisance. Tel est le but, mais cela requiert d'ouvrir grand mon cœur. C'est à moi de laisser venir cette "suggestion" si proche de moi, déposée là tel un message prisonnier d'une bouteille jetée à la mer que je ne peux saisir. Il est si présent que je peux le sentir, entrevoir sa présence, je pourrais presque m'en saisir. C'est à la fois en le découvrant, c'est à la fois en acceptant l'investissement de ma personne qui en découlera, qu'il se dévoilera en moi dans sa globalité. J'ai fait l'erreur de me laisser parasiter par ce quotidien qui nous détourne en permanence de la réalité de la vie, de ce que nous y sommes venus chercher, comme de ce que devons-y faire, alors je dois être plus attentif à tout ce qui peut me mettre sur la bonne voie.

Je n'attendrai pas longtemps pour ça. Aussi aurais-je le plaisir de le recevoir dans sa globalité et d'en accepter les termes avec plaisir.

DACLV

Chapitre 12

℘ Les portraits ℘

℘ Les portraits en détail

N'imaginez surtout pas qu'il y ait dans mes propos et descriptifs relatés ci-dessous un excès de générosité de ma part. Je demeure lucide quant à l'utilisation des termes employés. Je garde en toute circonstance la tête froide en ne me laissant surtout pas influencer par le caractère exceptionnel de ce qui est en train de se produire dans ma chambre. Dans mon quotidien, j'ai plutôt tendance à être avare de compliments, alors si vous me trouvez ridicule dans l'exposé ci-après, je ne m'en verrai pas offusqué, parce que je me dois avant tout d'être honnête envers ceux qui m'ont soutenu. Ceux qui m'ont porté à bout de bras en m'offrant ce temps de vie supplémentaire qui représente une rare et belle opportunité. Ceux qui m'ont désigné pour devoir transmettre un message fort et durable dans le temps.

C'est pourquoi je me dois d'être empreint de cette même honnêteté envers vous, lecteurs. Dussé-je me battre jusqu'à mes derniers jours, je poursuivrai ce chemin que m'ont proposé mes rédempteurs. Si tel est ce qui est attendu de moi, c'est avec plaisir, force et conviction que je me munirai de mon bâton de pèlerin, puis poursuivrai cette mission.

Coiffeur de ma première activité professionnelle, j'ai conservé quelques notions, dont une qui n'est pas des moindres, celle d'évaluer les proportions et volumes ; qui font que la physionomie d'un buste, "tête – épaules", permet de déterminer assez aisément celle du reste du corps. Je vais donc me prêter à ce délicat exercice en espérant dresser les portraits de chacun d'eux le plus précisément possible dans le souci d'apporter le maximum de détails pour chacun d'eux. Ainsi, peut-être pourrez-vous obtenir une représentation de ce qu'étaient leurs visages. Malgré une perception visuelle constituée de blancs, de gris et de noirs de différents tons, je recevais une image précise de leurs contrastes, nuances et couleurs. Je commence donc par celui de Jésus.

DACLV

Portrait de Jésus

Ce que j'ai découvert en premier lieu, c'est sa jolie masse capillaire noire. Un noir de jais. Pas un brun quelconque, mais un noir fort, prononcé. Similaire à celui du plumage d'un corbeau, reluisant ; comme peut l'être un cheveu en bonne santé. Tout en faisant face à Marie, il me dévoile son visage.

Je découvre son profil droit qui est légèrement tourné vers moi. Son assez longue chevelure tombante de chaque côté est divisée par une raie de milieu sur le dessus de la tête, plaquée sur son crâne. C'est dû au poids de cette toison soignée. Ce n'est pas un type de cheveux crépus, ils présentent plutôt un aspect gaufré. S'ils avaient été plus courts – question de poids – ses cheveux seraient alors bouclés en présentant de fines boucles serrées sur toute leur longueur.

Tel que je les vois, j'ai nettement l'impression qu'ils sont coiffés, brossés. En terme clair, cette coiffure semble entretenue. Sa belle chevelure tombe sensiblement sous son épaule droite en prenant légèrement du volume en pointes.

Le front de Jésus est assez dégagé parce que son implantation capillaire prend naissance légèrement plus haut que la normale. Depuis sa base haute, ce dernier expose une inclinaison sensiblement fuyante vers l'avant. Inclinaison prononcée pour prendre fin à la racine du nez qui est juste un petit peu haute, longue. C'est ce léger creux que nous possédons entre le nez et le front.

L'arête nasale de Jésus, très sensiblement bombée, permet d'afficher un nez relativement rectiligne dont le lobule (bout du nez) est tout en courbes, ce qui lui fait une pointe nasale arrondie.

La fine aile nasale marque un faible sillon creux qui laisse voir, jusqu'au rebord alaire (la narine), un galbe fin.

Sa pointe de nez ne s'étire pas vers l'avant tel les nez longs. Les trois parties, – racine – arête – lobule –, donnent ainsi aux ''dos'' leur forme particulière. Ces derniers s'élargissent en descendant de chaque côté mais pas trop (ce sont les deux côtés du nez qui forment une pente). Chez lui, ces dos sont assez verticaux, relativement plats si vous préférez, Ils n'affichent qu'une faible inclinaison vers l'extérieur.

L'aile nasale à peine courbée, juste ce qu'il faut, avec un rebord alaire légèrement bombé, laisse apparaître une narine (le trou apparent) assez grande. Dans l'ensemble son nez est plutôt grand mais pas gros, pas épais, il est correctement proportionné.

Ses lèvres, fermées l'une sur l'autre, sont assez volumineuses. Pas très épaisses, pas trop charnues. La muqueuse labiale sèche supérieure, située entre la ligne centrale faite des deux lèvres fermées jusqu'à l'ourlet de lèvre supérieur, est haute.

L'arc de cupidon[1], (c'est le w inversé au-dessus du bourgeon central de la lèvre) est proprement dessiné, on le remarque parce qu'il est d'une belle dimension. L'arc met en évidence un philtrum prononcé qui remonte jusqu'à la base du nez. Philtrum dont les crêtes phyltrales, droite et gauche, dressent une fine arête haute, au-delà de la normale.

La lèvre rouge (la lèvre inférieure), est charnue, ronde, avec l'ourlet de lèvres qui se démarque bien.

La commissure labiale droite s'étire finement vers la base du sillon nasolabial qui lui, est peu visible, sillon appelé plus communément "ride d'expression". Les lèvres affichent donc un volume certain. Correctement dessinées, leur couleur tend vers le marron soutenu, foncé.

L'épiderme de mon visiteur est lisse, le teint est basané avec des reflets clairs dorés qui lui apportent une fraîcheur de peau.

Sa barbe fournie, aux contours proprement dessinés, est courte, presque rase. Ce qui m'a interpelé, c'est que, présentée tel quel, elle paraît entretenue.

Un centimètre et demi, à deux, sous la patte droite, la ligne tracée par les poils ras affiche un trait franc descendant de manière rectiligne et sans bavure jusqu'à la base du nez. Cette ligne est nette, droite et propre, comme si les petits poils

---

[1] La lèvre supérieure est constituée de trois zones nommées les bourgeons. Le gauche, le droit puis le central situé sous l'arc de cupidon.

montants parsemés ici et là avaient été rasés à mi pommette pour qu'elle soit aussi soignée.

Pommette qui, elle-même, est quelque peu généreuse, présentant un galbe doux, uniforme. Elle n'est pas saillantes comme certaines qui ont une forme pointue, ou trop bombée, épaisse ou large. Je remarque la douceur de cette modeste et remarquable dune.

De bonne ossature, assez large et de forme angulaire est le maxillaire. Le calibre du menton est proportionné, costaud mais pas proéminent pour autant.

Le sillon mento-labial (concavité située entre le contour de la lèvre inférieure à la pointe du menton) ne présente qu'une légère courbe rentrante.

Comme je le vois beaucoup plus de profil que de face, j'estime son menton plus rondouillard que rectangulaire mais un peu large quand même. Son long sourcil est noir, il n'est pas épais, assez fin même, s'étirant un peu plus loin que la normale vers la tempe. Il est gracieux pour un visage plutôt volumineux.

L'orbite de Jésus, tout comme celle de Marie, n'est pas creusée, n'a pas une profondeur marquée disgracieuse. Elle lui apporte une douceur qui accompagne ce regard paisible. Elle est assez grande, tout comme son œil dont le canthus externe s'étire sensiblement sur l'extérieur (c'est cette pointe effilée en bout d'œil). Tout cet ensemble est harmonieux.

Le cou dégagé est épais, tout autant que ses hautes et larges épaules à faible inclinaison.

Le haut de poitrine est bien visible, il porte un linge largement ouvert sur le devant. Ce vêtement est foncé mais pas noir.

La vue d'ensemble laisse à penser qu'il porte ce qui paraît être une tunique ample, laissant apparaître que l'homme a du coffre. Il est donc aisé de penser qu'il est plutôt bien charpenté.

L'ensemble forme un volume plus important que la normale, ce qui laisse largement supposer qu'il possède un corps développé, large, affichant une certaine épaisseur. Il est d'une taille plutôt grande, voisine du 1,80m, 82. L'ensemble de son visage, extrêmement doux, dégage une grâce que je ne peux expliquer.

J'estime son âge aux alentours des 27, 30 ans au grand maximum. J'ai eu cet extraordinaire privilège de voir en détail, puis d'admirer, un bel homme au regard tendre qui tend plus vers le jeune homme que vers l'homme d'âge mûr, vu avec 2000 ans de recul.

℘ DACLV ℘

☙ Portrait de Marie

L'image que je reçois d'elle est de la même netteté que celle de son vis-à-vis. Identique à l'homme qui lui fait face, son fils.

Ses longs cheveux sont superbes, ils sont d'un noir ébène soutenu. La brillance capillaire est quant à elle plus subtile. Leur aspect est identique à ceux de Jésus, coiffés, brossés, soignés.

Elle lui fait face en étant sensiblement tournée vers moi afin de me présenter son profil gauche. Mes deux visiteurs se tiennent à un mètre l'un de l'autre.

Cheveux Plaqués sur le haut du crâne, ce qui est dû au poids d'ensemble, la chevelure de marie laisse clairement afficher un aspect gaufré, voire, présenter de très fines bouclettes. Tout comme son fils au regard gracile qui lui fait face, sa coiffure est séparée sur le dessus de la tête par une raie de milieu.

Ils sont longs et lui tombent entre la ligne médiane de son bras gauche et de son coude. Sa coiffure est légèrement tirée vers l'arrière, me dévoilant ainsi, non seulement tout le haut de son torse, de son cou, mais également de l'intégralité de sa fine épaule.

L'ensemble du visage de Marie est fin, ses traits délicatement dessinés le rendent agréable. Il dégage une douceur impressionnante, une tendresse qui ne se décrit pas.

Sa peau, très lisse, distille un teint clair basané-doré. Son front est plutôt court, presque droit affichant une très légère inclinaison vers l'avant, ce qui lui apporte un charme certain.

Le nez de cette ravissante femme est d'une finesse agréable à contempler, tout autant que le trait délicat de l'aile narinaire, gracile.

Il ne laisse pas apparaître de bosse sur l'arête nasale, il est droit.

Sa pointe est fine, ni arrondie ni pointue, mais idéalement proportionnée. Au même titre, le nez de Marie est de taille moyenne, ni long ni court. Contrairement à Jésus dont le philtrum (le sillon nasolabial) est plus long et plus profondément ancré (C'est cette fossette qui est située entre le dessous du nez et la lèvre supérieure. Il est aussi appelé coupe d'amour ou arc de Cupidon) celui de Marie est relativement court.

Ses fines lèvres fermées donnent l'allure d'une assez petite bouche toute en élégance, car elles ne sont pas tellement prononcées. Bien moins que celles de son fils.

Ses sourcils, assez fins, ne sont pas épais. Leur démarcation d'avec la peau est nette, donnant de ce fait une impression d'avoir été épilés.

Ses yeux de velours noir et fins émettent une douceur sans pareil. Ils affichent un regard soutenu ; ils débordent d'une sérénité et d'une suavité flagrante.

À l'image de ce bel éphèbe dressé devant elle, ses yeux ne sont pas encrés profondément, ce qui participe à la douceur irradiante de son visage.

Marie me dévoile son joli regard qui exprime un arc en ciel d'amour.

Elle n'a pas un long cou, je le distingue parfaitement parce qu'il est dégagé, fin, tout comme son haut de poitrine qui est laissé apparent par un haut de robe, ou de tunique foncée dont le contour est dégagé, assez bas.

Ses épaules sont graciles. Donc assez fines, très légèrement tombantes.

La vue d'ensemble laisse apparaître une silhouette de femme plutôt menue, ayant une assez petite taille, autour du mètre cinquante-huit, un mètre soixante.

Son visage très gracieux avec les traits légèrement tirés et marqués, est drapé d'une remarquable peau lisse.

Elle porte un linge qui me semble fin, d'une couleur qui tend vers le foncé, il recouvre sensiblement ses épaules dégagées.

La finesse de ses traits, l'extrême douceur de son visage et la beauté de son teint, rendent plus difficile l'estimation de l'âge de cette ravissante personne. Elle semble avoir la trentaine d'années, pas beaucoup plus. En tout cas, elle présente un visage de femme mûre.

Le fils et sa maman se font face. Il est impressionnant de voir ce qui se dégage de leurs visages, surtout de leurs regards, d'où émane une grâce qui ne s'explique pas, parce qu'ils exhalent un amour mutuel. Un amour hors du commun. Un amour tellement puissant, indéfinissable, profond, sans concession ; d'une quantité telle qu'il y en a pour qui veut bien en recevoir. Peut-être est-ce aussi cela "Le corps du Christ".

Regard comme peut l'être celui d'un fil aimant envers sa mère et ses semblables. Regard d'une mère, aimante, admirative, débordante de compassion porté vers son fils aimé et le reste du monde.

Je souhaite de tout cœur avoir réussi mon périlleux exercice concernant la description la plus précise possible de leurs portraits. J'espère les avoir réussi en m'acquittant convenablement de cette tâche qui représente un exercice complexe à réaliser, pour le non initié que je suis, entre ce que j'ai vu puis, ce que j'ai couché sur papier.

Pour ce faire, je me suis aidé d'Internet, en y puisant tous les termes techniques, mais la différence est de taille entre ce que j'ai reçu et ce que je dois transmettre par écrit.

Alors j'aspire sincèrement que vous puissiez réussir à vous faire d'eux une image précise de leurs portraits, tout comme moi qui les ai encore parfaitement en mémoire. Comme si c'était hier. J'aurai tant aimé être doué en dessin pour vous en faire les croquis, mais peut-être n'est-il pas nécessaire qu'il me faille à tout prix vouloir dupliquer leur image. En tous cas j'en suis totalement incapable. J'ai pour moi seul, leurs visages gravés en mon âme.

C'est certes un peu égoïste de ne pas pouvoir les partager avec vous toutes et tous, mais en fait, le plus important ne tient pas en une image, un buste, ou une photo, non ! Il tient dans le fait que nous les ayons dans notre cœur, dans nos pensées en leur offrant tout notre amour, sans réserves ni concessions, puis de le leur faire savoir. Comment ? Par la prière, la pensée profonde, mais par-dessus tout, grâce à une foi intense.

Foi puissante qui fait alors office de transmetteur de nos pensées, de nos messages. Ainsi voyagent-ils vers les cieux pour y être déposés, c'est également ce que j'ai découvert.

Après cet instant merveilleux, pensais-je être au bout de mes délicieuses surprises ? Et bien non ! Parce que quelque chose d'extraordinaire arrive. Je vais être épaté par ce qui va à nouveau se produire, rien que pour moi. Alors que ce que je croyais être une fin de séance, a été prolongé par un incroyable film, animé, en trois dimensions, et haut en couleur.

Je vous avais promis de l'exceptionnel, n'est-ce pas ? De l'extraordinaire même. Je pense que vous avez été magnifiquement servis, alors ne détachez pas vos yeux de mes lignes qui arrivent parce que vous n'êtes pas au bout de vos surprises. Je puis vous assurer que le dessert est à la hauteur du plat principal que notre auteur vient de vous servir.

DACLV

Mon bel Oiseau, quelle surprise

J'aurais tellement désiré que cet instant privilégié, que j'ai partagé avec Jésus et Marie, dure plus longtemps. Tellement plus longtemps. Je suis même tenté de dire une "éternité", oui ; parce que seul l'amour est éternel, mais ça...c'est pour plus tard ; chaque chose en son temps.

Petit à petit, les visages de mes divins visiteurs se sont graduellement estompés, jusqu'à disparaître complètement sans que la trame de fond n'ait changé d'aspect. L'espace d'un court instant, et, arrivé de nulle part, d'un coup d'un seul, un grand et bel oiseau revêtu de deux ravissantes couleurs. Bleu à plus de 80 pourcent de son plumage, argent pour le reste.

Il est affublé d'un assez long bec noir et fin qui lui donne une jolie petite frimousse.

Son regard extrêmement particulier ne me laisse pas indifférent, il est perçant au possible, traversant, vif, intense, un soupçon coquin, il est à pénétrer en vous jusqu'à vous mettre à nu.

Ce bel oiseau, virevoltant à la vitesse de l'éclair, dégage une allure princière.

Mon ravissant visiteur se tient essentiellement sur la partie droite du mur de ma chambre par rapport à ma position. Je dis "mur" parce que je ne sais toujours pas quel nom attribuer à cet environnement de fond qui y a pris place, et qui est toujours actif.

Tel un serviteur de rang royal, il se dresse sans prétention en position verticale. De cet être se dégagent une fierté, une prestance, une élégance, époustouflantes.

Il en émane une formidable assurance qui donne l'impression que rien ne peut l'atteindre. Son allure est majestueuse.

C'est assez curieux, mais il n'a pas de pattes au bas de son corps, je n'en vois pas.

Il me dévisage avec avidité, quelle que soit la position qu'il adopte, de face comme de profil. Ses yeux, constamment rivés sur moi, sont d'une profondeur incroyable. Intense ! Nos regards sont liés comme par enchantement. Jamais auparavant je n'ai eu le bonheur de connaître cette sensation sans équivalent.

Ses ailes balançaient d'avant en arrière, à grande vitesse, mouvements ressemblants à s'y méprendre avec ceux d'un colibri, mais moins véloces, je les voyais nettement.

Mon élégant phénix se déplaçait rapidement, gauche droite, droite gauche ou encore, faisait du sur place sans jamais me quitter de ses yeux perçants et pétillants qui répandaient la joie, le bonheur, le sublime.

Je vais une fois de plus aborder quelque chose d'inexplicable, mais ces ailes effectuaient à la fois un mouvement avant-arrière rapide alors que je les percevais à la fois grandes ouvertes et immobiles. Oui ! Immobiles. Je sais, c'est déroutant. Je n'en revenais pas moi-même, j'étais abasourdi, cloué sur place. Comment ce phénomène était-il possible ?

Durant toute cette scène, les seuls mouvements dont j'étais capable, étaient de remuer les bras et la tête, rien d'autre. "Spectateur inerte" dans mon lit était mon maigre statut.

Lui, déambulait sur cette toile blanche comme un petit fou joyeux, là, devant moi, immobile à la fois, adoptant une allure qui m'a rappelé étrangement celle d'une croix. Il restait ainsi, posté, mais le plus inexplicable tient dans le fait que j'assistais conjointement à deux représentations distinctes.

À moi de choisir entre celle qui est animée ou celle dont l'image est figée. Je vois, ou perçois, ces ailes qui virevoltent à tout va ; c'est à n'y rien comprendre. Deux séances troublantes me sont offertes par ce bel ambassadeur qui n'est pas de mon monde. Être qu'il ne m'est pas permis de voir sous sa véritable identité.

En revanche, je retiens surtout la projection qui m'atteint de pleine face, celle qui est animée, celle qui me fait savoir toute son allégresse.

La seconde vue, celle qui est en arrière-plan, je la situe en profondeur, en un autre lieu. Elle est la représentation d'un oiseau immobile de grande taille adoptant une position verticale, gracile, aux ailes déployées dont la vue d'ensemble me rappelle celle d'une croix, qui, ici-bas, est la marque d'un symbole fort. Un symbole puissant.

La plus extraordinaire projection reste celle qui est animée par la vie de ce dignitaire de rang élevé. Il évolue entre nos deux mondes, mais ne va pas tarder à me rejoindre. Rencontre d'une bien trop courte durée qui me laissera sur ma faim.

Ce troisième illustre personnage franchissait le portail ouvert de cette voûte céleste avec une assurance déconcertante par rapport à ces augustes prédécesseurs de rang royal.

Non seulement mon visiteur quittait son univers pour pénétrer le mien, mais en y prenant place, il s'y mouvait avec une aisance impressionnante. Rien ne le perturbait.

Cet angélique volatile bienveillant, à l'attitude pure et généreuse, j'aurai presque pu le toucher du bout des doigts, l'effleurer même, si je n'avais pas été planté là, dans mon lit, comme un pantin immobile.

Jamais je n'oublierai son regard perçant, envoûtant. Regard si exceptionnel, qu'il me semblait qu'il connaissait tout de moi. Cette façon de me pénétrer ne tenait pas tant du hasard que du plaisir, mais bien parce qu'il cherchait également à me faire savoir ce qu'il ne pouvait prononcer. Lui aussi était porteur d'un message qu'il me faudrait déchiffrer.

À le voir évoluer de la sorte devant moi, je savais qu'il prenait un plaisir intense à me regarder, ou plutôt, à me dévisager goulûment ; il s'en donnait alors à cœur joie parce qu'il savait son temps compté. Son attitude me laissait clairement penser que c'était pour lui la première fois que pareille occasion lui était offerte d'approcher une personne de l'univers visible.

Il savourait donc avec gourmandise son instant privilégié, notre instant à tous les deux. Ou bien encore, donnait-il le sentiment qu'il rencontrait avec plaisir, et sans retenue, un être cher qu'il connaissait déjà probablement, faisant montre de devoir le quitter à regret. Sa jolie frimousse affichait ce plaisir immense d'un trop rare moment partagé. Je me régalais de sa joie extrême dont il témoignait. Joie débordante de trop courte durée.

À cet instant j'ai eu la certitude qu'il se délectait de notre face à face, parce qu'à n'en pas douter, là était "notre fraction" de rencontre entre nos deux univers reliés par ce morceau de mur. Précieux instant dont nous étions les seuls bénéficiaires, et qu'être tous les deux si proches l'un de l'autre, était une rare et exceptionnelle proximité.

Je regretterai toujours qu'aucune communication n'ait pu s'établir entre nous, ou ne serait-ce que par un simple contact physique ; jonction incompatible entre deux représentants d'univers opposés. Le corps de mon élégant oiseau de grande taille arborait, à la manière d'une bannière, un très joli bleu que je ne définissais pas sur l'instant, mais qu'il me semblait reconnaître. J'avais un sentiment de déjà vu sans pouvoir en déterminer l'origine.

Aussi incroyable que cela était, je distinguais précisément toutes les plumes de son ramage. Quant aux bordures supérieures de ses ailes, elles étaient à l'opposé de ce bleu divinement sublime, "archangélique", qu'il n'est pas exagéré de définir comme tel. Les bordures hautes, droites et gauches de ses pavillons latéraux, étincelaient de mille feux argentées. D'un argent tellement brillant, d'une énergie si puissante qu'il eût été normalement impossible d'y porter les yeux sous peine d'aveuglement imminent. Et pourtant..., quel qu'en fut la fulgurance, j'y déposais mon regard, irrésistiblement attiré sans pour autant que mes yeux n'en soient incommodés. Je ne me l'explique pas.

Prenons un exemple simple qui me semble similaire. Fixons du regard notre soleil quelques instants, nous sommes assurés de tomber aveugles à cause des graves lésions qui en résulteront. Devant moi j'ai cette même intensité de lumière, flamboyante, argentée, de puissance équivalente. Ce spectacle auquel j'assiste est saisissant. Je n'en suis ni ébloui, ni aveuglé. Cette incandescence ne blesse pas. Ce qui émane de ce personnage est impressionnant, incroyable. Il regorge et déborde de sentiments d'une bonté exceptionnelle. Il est ce qu'il y a de parfait. L'excellence pure.

Une myriade de petits points pétillants argentés se dégagent de ces haubans. Points qui se dispersent tous azimuts. Les plus longs, les plus puissants, pointent au zénith ; je fus spectateur ébloui par ce scintillement divin, de tant de beauté, de pureté. Étincellement d'un autre monde. Pour vous représenter cette scène, pensez à ces petits bâtons festifs ronds et gris que l'on pique le plus souvent sur les gâteaux d'anniversaire. Ceux que l'on allume pour qu'ils se révèlent en rayonnant de mille feux grâce à leurs petites étincelles pétillantes qui inondent l'espace. Bâtons qui n'ont de ressemblance que cette pâle description, parce que... ce que j'ai vu était d'une tout autre dimension. Le plus incroyable est que cette phosphorescence céleste n'illuminait pas la chambre pour autant. Là encore une évidence s'est inscrite en moi.

Après un temps qu'il m'est impossible à déterminer, mon majestueux émissaire bleu – argent a réalisé une grande pirouette. S'élançant de l'avant, vers moi, pour remonter au plafond, vers l'arrière ensuite, puis à nouveau vers moi. Il dessina ainsi une grande boucle sur lui-même pour se diriger droit dans ma direction à une vitesse croissante. Sur l'instant j'ai cru qu'il passerait par-dessus mon épaule gauche, frôlant de si près mon cou que je sentirai la caresse du souffle de son aile. Au fur et à mesure de sa progression, je m'aperçus que la direction de son vol pointait droit sur moi. Je ne sais pas si je peux parler de rencontre inévitable puisqu'il m'était impossible de me déplacer, mais là... bon sang de bois, il va me percuter. Pour l'éviter j'ai fait un léger écart de la tête sur ma droite. La vitesse de mon magnifique damoiseau céleste éthéré était telle que je m'attendais à recevoir, soit le choc de cette embrassade incongrue, soit le contact rugueux de ses plumes contre ma peau, voire le souffle impétueux de son déplacement sur mon épaule, mon cou, mon oreille, mon visage ; parce qu'il ne pouvait en être autrement. Mais il n'en a rien été.

Sur l'instant je n'ai pas compris l'absence de cette rencontre dont j'aurais dû être sujet. Ce peut-il qu'il m'ait traversé ? M'aurait-il transmis, par là même, une bribe de sa force, ou bien m'aurait-il déposé un message que je déchiffrerais ultérieurement ? Un secret, une énigme, une trace de sa présence indélébile. L'essence du parfum Angélique de sa transcendance ? Pourquoi pas ! J'y songe très souvent, en fait presque tout le temps, comme s'il était présent, mon ombre insoupçonnée.

Parfois je me demande s'il ne m'a pas déposé une trace de son passage, une infinitésimale partie de lui. De l'endroit d'où il prit son élan, et après qu'il fit sa grande pirouette jusqu'à ce qu'il arrive à ma hauteur, non seulement sa vitesse croissait, mais lui, rapetissait à vue d'œil au fur et à mesure qu'il s'approchait de mon corps, jusqu'à devenir petit, de la taille d'un petit oiseau, puis encore plus petit, minuscule, jusqu'à ne plus être là. Jusqu'à disparaître.

Pour bien se représenter cette scène, imaginez un entonnoir transparent, long de 3 – 4 mètres devant lequel se tient dressé, à l'entrée la plus large du cône, mon éclatant représentant des cieux, et qu'à l'autre extrémité, la plus petite, le goulot soit positionné au niveau de mon cou, côté gauche. Et bien mon auguste et princier pèlerin rapetissait avec fluidité, épousant cette forme conique alors qu'il s'y engouffrait, se rapprochant de moi en adoptant ses contours fuselés. IL rétrécissait à vue d'œil. Le choc auquel je m'attendais n'eut donc pas lieu.

Immédiatement, j'ai tenté, avec difficulté, de me retourner sur ma gauche afin de le suivre des yeux, des fois que…. je réussis la manœuvre mais mon visiteur s'était évaporé. Disparu, comme par enchantement. Il n'y avait que le mur au ras de ma tête de lit. Aussitôt j'ai repris ma position. À peine je regardais à nouveau droit devant, exactement à l'endroit où se dressaient mes merveilleux visiteurs, que déjà le portail céleste reprenait bien vite son apparence initiale. Celle d'un ordinaire mur de chambre d'hôpital. Je suis resté sur ma faim, parce que nous voudrions tous que de tels beaux moments durent plus longtemps encore.

L'atmosphère de la chambre, ainsi que celle du couloir du service, est de suite redevenue ce qu'elle était avant que ce portail ouvert relie nos deux mondes. Les bruits ambiants reprenaient naturellement leurs droits. Depuis cet évènement, je suis resté enchanté de toutes mes rencontres, terriblement comblé, sans que n'en baisse la magnitude des sentiments dont j'ai été envahi.

C'est au mois août suivant, en vacances chez une de mes belles sœurs à Erquy en Bretagne, que j'ai su enfin avec certitude qui j'avais eu l'opportunité de rencontrer, surtout la dernière visite, chambre 211. J'avais pourtant la réponse sous le nez, elle me crevait les yeux ; c'était si évident. Mais une fois de plus je ne pas posais mon regard dans la bonne direction, pas du bon côté, alors que j'avais la réponse devant les yeux et ne la voyais pas.

Lors de mon entretient avec un prêtre Africain, j'ai pu parler pour la première fois de mes différentes rencontres lors de mon hospitalisation et lui en donnais le détail. Cela devenait si pesant qu'il me fallait me confier auprès d'un homme d'église à l'oreille attentive ; aussi je fus récompensé. Après un court temps de réflexion, il répondit à mon interrogation première qui était l'identification de mon visiteur ailé. Que je fus comblé lorsqu'il me confirma que ce ravissant volatil bleu, dont les bordures supérieures de ses ailes argentées scintillaient, qui succédait à Jésus et Marie, était tout simplement mon Ange gardien. Il m'affirma également qu'il était assez rare de rencontrer son représentant céleste, intermédiaire entre Dieu et l'homme. Qu'encore plus rare pour un humain s'offrait l'opportunité de le découvrir sous son véritable aspect, et que pour se faire, le mien avait revêtu l'apparence d'un oiseau ; dans une livrée des plus explicites.

Dans la symbolique terrestre, c'est la représentation la plus évidente qui me fut présentée. J'ai demandé à mon confesseur ce que pouvait bien représenter ses deux couleurs. Premièrement, en ce qui concerne ce bleu lapis-lazuli dont il était paré, teinte si sublime qu'on ne peut l'oublier. Et secundo, pour ce flamboiement féérique argenté dont ses mâts de voilures étaient parés. Après un moment de silence et de considération, mon confesseur repris la parole et me fit la révélation suivante. *« Ce que vous ne savez probablement pas, c'est que ces deux couleurs déterminent pour chacune d'elle, une signification extrêmement précise. Elles expriment l'identité irréfutable des deux premiers hauts personnages qui se sont présenté à votre chevet. Prenons tout d'abord ce bleu qui revêtait le corps et les ailes de votre Ange gardien. C'est le bleu Marial, intense, celui que vous connaissez. À vos yeux, cette teinte particulière représente Marie, bleu marial que nul ne peut oublier, celui qui lui est attribué ici, sur terre. Telle est la première indication que vous a transmise votre protecteur »*. C'est à l'instant même où le prêtre concluait sa phrase que j'ai su que je la connaissais pour l'avoir vu à maintes reprises sur des statues représentant Marie dans cette livrée, voire de temps à autre sur des statues d'Anges.

Puis il poursuivit, *« Prenons maintenant la partie supérieure de ses ailes. Elles scintillaient abondement d'une couleur argentée, en partie dirigée vers le ciel, luminescence vive à l'excès. Placée à l'échelon culminant de son corps, elle représentait tout simplement Jésus, personnage élevé au plus haut de tout, au plus haut des hommes. À époque du Christ, la monnaie des rois était l'argent, pas l'or comme on peut le supposer à tort. Jésus "Est" le roi des hommes. Voilà pourquoi votre Ange gardien revêtait également cette précieuse parure argentée au plus haut de son corps, vers les cieux. Au plus haut des cieux. Étiquette qui représente puis annonce Jésus. Jésus roi des hommes.*

Telle était la seconde indication que vous offrait votre Angélique protecteur. En revêtant les couleurs de ces célestes et divins représentants du ciel, puisque ne pouvant s'adresser à vous par le langage, votre ange gardien vous apportait la preuve concrète de ce à quoi vous veniez d'assister. Il vous donnait confirmation de l'identité de ceux qui se présentaient à vous l'instant d'avant ; la preuve irréfutable que les illustres personnages qui l'avaient précédé étaient les plus hauts représentants des cieux. Jésus, accompagné de Marie sa maman qui, vous faisant face, tenaient à vous rencontrer, pour mieux prouver aux hommes leur attachement autant que leur amour ».

Depuis ce sensationnel évènement, j'ai acquis la conviction d'être en vie parce qu'ils l'ont ainsi décidé. Qu'ils aient souhaité venir à ma rencontre relève tout simplement de l'exceptionnel, c'est un cadeau merveilleux dont ils m'ont fait preuve ; tout comme celui de m'avoir permis d'aller à la rencontre de mes trois parents qui m'ont été envoyés. Dans quel but ? Celui de m'intercepter, de me récupérer puis de m'empêcher de franchir le seuil d'entrée de leur maison. Entrée synonyme de tout retour impossible. Entrée qui m'aurait interdit définitivement de retrouver les miens, parce que probablement que ma mission n'est pas achevée en ce monde. Les quelques mots qu'ils prononcèrent résonneront en moi jusqu'au jour de mon transfert, *« Un pas de plus et tu ne pouvais plus repartir »*.Un pas !

Maintenant je vis ma vie d'apparence normale mais tout à fait différemment. Tout se passe essentiellement dans l'approche spirituelle que j'en ai, avec les désagréments liés à ce corps abîmé. Cet épisode de ma vie m'a bouleversé, transformé à un point… Depuis cet instant mémorable, je perçois mon temps de présence sur terre d'une autre manière. Depuis cette courte période je sais que la vie est éminemment précieuse. Lorsque l'on a vécu une expérience semblable à la mienne, ce sentiment devient encore plus fort et plus puissant après que l'on en a pris pleinement conscience.

Dès lors, ce qui est précieux doit être protégé, choyé, aimé, entouré de tendresse, de prévenance, de compréhension et d'amour. De la manière dont nous la menons dépendra notre véritable vie à venir au sein de l'univers invisible.

Dieu, créateur du ciel, de la terre, de l'univers visible, invisible et de toute chose.

C'est un court moment que nous vivons dans notre univers matérialiste visible, limité dans le temps, pour rejoindre l'invisible, l'éternel ; celui de Dieu, de Jésus, de Marie et de tous nos Anges gardiens. Ce fameux jour, ma tendre épouse me rejoindra aux alentours des quinze heures, mon co-loc fera surface dans le même temps. Tout comme ma chérie, il me demandera si je vais bien. Autant dire que je me suis bien gardé de leur dire quoi que ce soit de cette scène inopinée. Etant donné que M n'est absolument pas croyant, je ne comptais pas créer une ambiance douteuse, lourde. Je resterai donc muet comme une carpe et garderai le silence encore quelque temps.

J'ai maintenant besoin de comprendre puis de digérer ce qui vient de m'arriver. Il y a nécessité absolue d'y réfléchir sérieusement parce que je sens qu'il y a un message derrière tout ça. Je raconterai plus tard à ma bichette mon aventure, aux aspects extraordinaires, à laquelle je fus témoin.

Waaaaouh, je ne sais pas pour vous, mais à moi, ce récit me ficherait presque la feuille de poule, enfin, la chair de poule. Bien sûr, cet aspect de la chose m'est inconnu, mais j'aimerai tellement être comme vous, les humains. Alors que moi, en dehors de vos histoires que j'imagine, que je suppose, je mène une vie des plus platoniques. Une vie fade, sans assaisonnements.

Seul le contact d'un de mes congénères me permet de m'enrichir et de transmettre. Enfin..., je veux dire par là que c'est à travers le contact de couverture à couverture. Bon ! Poursuivons votre lecture, moi, elle me captive toujours autant. Jamais je ne m'en lasserais. Je vous retrouve un peu plus loin.

C'est promis.

DACLV

Chapitre 13

℘ Quatrième rencontre ☙

Dernière rencontre

☙ Préparation de la scène

Celle-ci fut génialissime. Extraordinaire, tant elle requiert à elle seule l'ensemble des propos qui revêtent un caractère que je pourrais qualifier plus ou moins "d'excessifs", mais que je ne juge pas au stade de superlatifs. J'ai encore la tête en ébullition lorsque peu après ce que je viens de traverser, une infirmière, accompagnée d'une aide-soignante, me rendent visite armées d'un déambulateur, puis prennent place dans mes quartiers, près de ma carrée, à ma droite ; collées au lit. Je comprends de suite la situation embarrassante à laquelle je vais être confronté.

Elles m'annoncent en cœur qu'elles vont devoir me lever lentement de mon couchage. Qu'il me faudra essayer de tenir debout, puis, si tout se déroule bien, tenteront de me faire placer un pied devant l'autre, en m'armant de cet engin de malheur, et que si mon petit corps répond présent à l'exercice, j'en ferais deux. J'ai bien ri en la renvoyant dans ses vingt-deux mètres avec son déambulateur à la noix. En fait, ce que j'ai pris pour une blague n'en était pas vraiment une. Plus sérieusement, je lui fais savoir que je n'ai pas besoin d'elles pour simplement me lever un instant ; quoi de plus facile à réaliser.

Celle qui passe pour être la cheftaine insiste, moi aussi parce que je j'accepte mal d'être relégué au rang de vieillard délabré ; je crains toutefois d'avoir été un brin désagréable dans notre échange. J'ai pris conscience de mon écart d'attitude lorsqu'elle m'a fait clairement comprendre qui était le patron ici. Elle bien entendu. Je me suis alors rendu compte que mes deux joviales accompagnatrices, lèvres pincées, étaient on ne peut plus sérieuses. Je ne souhaitais pas leur tenir tête plus longtemps et repris donc mon rôle de malade docile coopérant.

Je m'adresse une dernière fois à cette gentille matrone en chef et lui déclare que pour un exercice aussi banal qu'est celui de s'assoir au bord du lit, je vais le faire seul. « *Très bien monsieur !* » me dit-elle bouche serrée *« puisque vous êtes si fort que ça, vous allez vous lever seul, allez-y, mais doucement, parce que c'est la première fois que vous allez vous redresser. Votre tête risque de tourner fort dans tous les sens. Allez levez-vous ! »* M'intime-t-elle, *« Puisque vous êtes si fort »*. Je n'avais pas encore réalisé que pas une seule fois je n'avais essayé de me lever, ni même de me redresser dans un lit depuis mon arrivée au CHU. *« C'est bon ! Je me lève »*, lui répondis-je en bougonnant.

C'est tout du moins l'ordre que mon cerveau a tenté de transmettre à ma bonne vieille carcasse. Crotte ! Ça ne fonctionne pas. Y aurait-il un petit souci ? Allez…, Hop…, je me lève. Seul le cou s'est redressé. les épaules ? Un peu. En fait rien ne se passe, en tout cas, pas comme ça le devrait. Je me sens dépassé, totalement désemparé ; j'ai l'air malin maintenant. L'infirmière affiche un petit sourire sarcastique, puis d'un ton ironique me lance *« Alors, On n'est pas si fort que ça hein. Je croyais que vous n'aviez besoin de personne pour vous assoir au bord du lit ?* ». Je capitule d'un regard de chien battu aux abois, puis leur présente mes excuses, les priant aimablement dans la foulée de bien vouloir me donner un petit coup de main pour décoller du matelas. Ce corps, en passe de devenir une marionnette de chiffon aux cordes détendues, est bon à réformer. Qu'est-ce que j'ai pris au moral.

Comment peut-on, au bout de quelques jours, être semblable à une petite larve sans colonne vertébrale ni muscles ? Ma commandante en chef m'explique pourquoi mon corps ne peut répondre à ma sollicitation, que nous allons devoir y aller tout en délicatesse, prudemment. Toutes deux assurent leur prise puis me redressent graduellement mais surement. Dans le tempo, elles font glisser, l'une après l'autre, mes jambes hors du lit, me soutiennent fort par-dessous les bras. Je réalise en fait que je suis un véritable pantin soumis à leur volonté, tout comme à la gravité terrestre qui me ferait vite m'avachir au sol. J'espère que je retrouverai rapidement mes capacités physiques. Mes sensations perdues me manquent déjà.

À peine ai-je été mis en position assise que ma tête se mit à tournebouler à la vitesse folle de ces motards fous dans leur sphère métallique de la mort, allant dans toutes les directions à vous en faire perdre les sens. Aux aguets, elles me découvrent blanc comme la craie, la tête en balance. Illico, elles me couchent, puis me relèvent passées mes premières chaleurs. S'appliquant à renouveler l'opération trois fois d'affilée. Oh la honte. Une aide-soignante est appelée en renfort.

C'est donc à trois qu'elles me soutiendront debout. Dans un premier temps j'ai les jambes flageolantes, identiques à des rubans de coton prenant la brise, puis dans un second temps, mes cannes dansèrent à la vitesse de castagnettes Espagnoles endiablées. Mes mains positionnées de chaque côté de mon support chéri, dont l'aide m'est plus qu'appréciable, s'y cramponnent comme elles peuvent parce que mes bras de guimauve m'offrent leur bien maigre soutien. Oh les boules ! Oh la honte ! J'ai eu l'impression d'avoir pris 40 ans d'un coup. Je ne parviendrais même pas à faire ne serait-ce qu'un petit pas. Nous avons remis ça en fin de journée avec des exercices de levers de lit, avec de meilleurs résultats pour récompense. Et quelle récompense...un malheureux petit pas de fourmi. Les, vendredi, samedi et dimanche 31 janvier, ma progression est remarquable mais insuffisante pour que je puisse me débrouiller seul.

Ce fût par ce beau week-end que j'ai vu défiler, le samedi, en plus de ma tendre épouse, une grande partie de la famille. Frère, sœur, beaux-frères, belles-sœurs et neveux, certains d'entre eux venaient de loin. Même mes deux fils ainés présents étaient accompagnés de leur mère. Les gens arrivaient de partout. Que d'attention à mon égard. J'étais touché de tant de sollicitude et à la fois très heureux d'avoir toutes ces visites chaleureuses, mais épuisé promptement de devoir rester éveillé autant de temps. Tous étaient si prévenants avec moi, si agréables, mignons. Pour dire vrai, j'étais en bien mauvais état. Toujours dans l'ignorance de ce fameux pronostic vital qui déambulait sournoisement au-dessus de moi comme une masse de plomb prête à s'abattre sur le candidat au coup de sifflet final.

Comblé de tant de délicates visites, je me sentais bien. Épuisé mais heureux de tant de gentillesses, assez satisfait que tout se déroulât à peu près correctement. Après-midi durant lequel plusieurs poses de sommeil s'invitèrent. C'est en soirée, après que j'eu achevé le bilan de toutes ces sollicitations, qu'un sentiment bizarre se mit à poindre le bout du nez, et là ! Paf ! Le déclic. Déclic de forte amertume d'ailleurs. Je dis alors à mon épouse « *Dis donc chérie, ôtes moi d'un doute, avec toutes ces personnes que j'ai vu défiler cet après-midi, j'ai l'impression d'avoir reçu les visites du mourant ? Tant de monde en une journée, ça n'est pas normal* » Du tac au tac elle me répond avec assurance « *Mais bien sûr que non mon chéri ! Ne dis de bêtises* ». Pourtant, sans lui exposer mon doute, je ne fus pas convaincu de cette conclusion.

C'est bien plus tard qu'elle m'avouera que mon intuition était avérée. Si je ne me trompe pas, c'est le samedi 30 janvier que j'ai perdu la vue pour la première fois, sans compter que mes fameuses douleurs fantômes sont de plus en plus présentes. Copieusement douloureuses, à souhait. J'interpelais aussitôt le personnel soignant. Malheureusement, je m'aperçus bien vite qu'aucun ne se sentait concerné par mes problèmes naissants, d'ailleurs, comme pour tout ce qui est en dehors de ce pourquoi vous êtes là. En l'occurrence, "la cardiologie". J'ai donc perdu la vue de l'œil droit en totalité, ce qui fut super flippant. Lorsque j'ai appelé pour la première fois, apeuré comme c'est pas possible, l'interne présent m'a écouté d'un air détaché. Ce jeune homme m'observait comme si j'étais une bête de foire. Des fois que je n'aurai su que dire dans le but de m'attirer son attention. Ça m'horripilait de le voir ne pas se sentir concerné par mon incident.

Me laissant en plan, il prétextait qu'il fallait attendre, voir si cela se reproduirait. Je suis donc resté avec mon anomalie passagère sur les bras. Le dimanche j'eu droit à deux nouvelles répliques, le tout arrosé de ces fichues douleurs incontrôlées qui sourdent de partout. Sans prévenir. J'ai à nouveau signalé ces incohérences, l'accueil fut le même que celui de la veille, suivi du même désintérêt. La désinvolture en plus. Mon épouse joue de ruses pour masquer son inquiétude, mais cette fois-ci je m'en rends compte, elle se sent impuissante ne sachant que faire pour m'aider à me sentir mieux. C'est aussi à cette période que sont arrivés mes étourdissements, très forts en général.

Depuis, aucun de ces mauvais symptômes ne m'ont quitté. Ils sont devenus mon quotidien. À mes questions et mes préoccupations, il m'était répondu que tout ça était normal, que ça disparaîtrait avec le temps, qu'il me fallait être patient. Seulement voilà, ça fait plus de sept ans que je patiente.

Lundi matin premier février 2016, après une nuit de repos peu agitée, suivie d'un petit déjeuner réconfortant et quelques soins plus tard, une sympathique aide-soignante vient me voir pour me proposer la toilette au lit. Très humiliante la toilette au lit, parce qu'il faut ranger son amour propre là où la décence m'interdit de dire, ou bien me laisse le choix d'aller à la douche pour la première fois. Ce qui dans mon cas, me fait-elle remarquer, serait préférable car je dois m'entrainer à marcher le plus possible pour muscler mes jambes. Domaine où je suis en retard. « *Mais bien sûr chère madame, plus jamais vous ne poserez vos yeux sur mon petit corps douillet, et encore moins vos mains sur mon anatomie de bodybuilder. Le nettoyage au lit, c'est du passé. À compter de ce jour, ce sera douche obligatoire à chaque fois* », pensais-je. Parce que c'est ainsi que j'aurais aimé lui annoncer mon choix qui s'est transformé en un petit *« Oui madame je vais aller à la douche ».*

Dix heures sonnent. Mon tour est annoncé, c'est d'un pas mal assuré que je me rends à la salle de douche. Douche dont je rêve, parce qu'en fait, la dernière séance d'ablutions au lavabo fut faite avec l'assistance d'un aide-soignant désagréable à qui j'aurai bien botté les fesses. J'avais oublié le plaisir que l'on peut ressentir lorsque l'eau tiède vient s'abandonner en pluie fine sur le corps. Quelle agréable sensation de sentir à nouveau la douceur du gel douche sur ma peau, d'humer ce délicat parfum qui caresse mes narines. Je me délecte enfin de ce moment privilégié, tout en tranquillité, mais surtout, je me délecte d'être enfin seul. Ma complaisante aide-soignante s'était pourtant proposé de m'y accompagner en se donnant pour mission de m'aider à faire ma toilette, puis, le cas échéant, de me surveiller, des fois qu'un évènement inattendu se produirait.

« Que nenni ma mie ! N'en faites rien. Je veux profiter pleinement de ce délicieux moment, aussi je resterai définitivement seul, sans gardienne à mes baskets », ai-je pensé très fort. Mon Dieu, si j'avais su ce qui m'attendait, j'aurai accepté sans retenue sa présence car le mauvais sort n'allait pas tarder à s'abattre à nouveau sur Bibi. Ma douche se déroule à merveille. Délicieuse, je la savoure, m'enivre de ces filaments de pluie qui me font tourner la tête, jusqu'au moment où je décide de me rincer le corps. Instant précis où une soudaine douleur me ceinture tout le bas du dos, forte. C'est si brutal, si puissant. Sans tarder, je me dirige vers la porte d'entrée où sont, ma serviette et mon pyjama. La douleur grimpe en flèche. À tel point que je pose, bien malgré moi, un genou au sol.

Déjà ma respiration devient haletante. Ne pas paniquer. Je comprends que si je ne me relève pas immédiatement, je ne le pourrais plus, pas même ramper pour atteindre le cordon d'appel d'urgence qui me nargue à l'autre bout, près du pommeau. Je m'aide du mur, puis m'arrache d'un coup prenant appuie dessus de mes deux mains. Ce petit supplice augmente pour devenir très vite insupportable. Le mal se propage à la ceinture abdominale, à toute ma jambe gauche, avec pour conséquence de me bloquer la respiration. Mes jambes ne me supportent que mollement. Je peine à rester debout. Je vacille mais parvient à me ressaisir. Ne pas tomber.

À cet instant, je réalise qu'il ne me reste pratiquement plus de temps pour retourner à ma chambre, 15 mètres plus loin, avant de m'écrouler. Je sors tant bien que mal de la salle de douche, à moitié avachi sur mes jambes flageolantes ; n'ayant pour simple protection que ma serviette de bain que je tiens d'une main devant moi. Vite signaler ma présence, crier. Ma respiration poussive et saccadée, conjuguée à cette souffrance qui n'en finit pas de monter crescendo, m'empêche de sortir le moindre son.

Impossible d'appeler au secours. Un médecin ou une soignante du service va obligatoirement passer dans ce fichu couloir qui, habituellement, est constamment en mouvement. Je viens d'accomplir péniblement la moitié du chemin. À nouveau je reconnais cette pétoche du diable des jours passés m'envahir, celle d'Alençon. Je suis tout près de la porte d'entrée de la chambre lorsque je chancelle. Main sur la clenche, surtout ne pas tomber. Non, je ne ramperais pas comme un ver. Décidément je n'ai pas de chance, parce qu'habituellement il y a toujours du passage ici, tout près des bureaux. Comme par le fait exprès, à cet instant le couloir est désert, pas un chat à l'horizon, pas âme qui vive.

Je dois faire vite parce que je vais m'écrouler. Mes jambes ne me supportent presque plus tant la douleur les paralyse un peu plus à chaque pas fait, à chaque seconde passée, surtout la gauche. Je vais lâcher ma serviette, bon sang je n'ai pas envie de me retrouver à poil devant M, ce serait la honte, déjà que j'ai les fesses à l'air mais quand-même. Tout endolori que je suis, la pudeur me fait la maintenir à tout prix, telle une feuille de vigne prête à s'envoler. À gauche, ma guibole m'abandonne plus encore. Rester debout, coûte que coûte. Maintenant la droite s'y met. Je vais bientôt marcher à quatre pattes. Un poignard me découpe en profondeur tout le bas du dos, les entrailles, y compris le fessier. Ce n'est pas possible, je m'affaisse dangereusement en respirant avec toujours plus de difficulté. De ses grands yeux ébahis et écarquillés, M me voit pénétrer dans la chambre. Je déambule comme un petit singe à la démarche nonchalante, claudiquant comme un malade de gauche à droite. Bourré. C'est un miracle que je tienne encore debout. Il comprend de suite qu'un évènement de mauvaise nature s'est produit.

Je tombe quasiment au pied de mon lit, puise dans mes dernières forces, me hisse dessus avec la plus grande peine du monde, puis fini par m'allonger. Péniblement. Là, je pousse un cri de douleur libérateur qui me permet de prendre une grande bouffée d'air. Je respire enfin. J'ai déjà compris que ce qui est en train de se passer dans le bas de mon corps est grave, bon sang de bon soir ! Qu'ai-je encore bien pu faire pour mériter un tel châtiment ? Pourquoi le sort s'acharne-t-il sur moi de la sorte ? Cette cochonnerie ne m'est pas inconnue, parce que je l'ai déjà rencontrée récemment. Vraiment ça ne sent pas bon.

À cet instant, je ne sens pratiquement plus ma jambe dont la douleur atteint maintenant un seuil élevé, ainsi que tout le bas du dos. Je reconnais cette macabre partition pour l'avoir déjà joué à l'hôpital d'Alençon deux heures durant. Merde, merde et re-merde. Je n'ose y croire, mais cette affaire pue à fond la thrombose. Saloperie de caillot de sang au goût de fiel, amer...

Mais je suis au CHU, ce qui est rassurant, parce qu'au moins, la prise en charge va être rapide. En théorie ! Après un bref échange avec M, j'appuie sur le bouton d'appel d'urgence. C'est d'un pas décidé qu'un jeune interne déboule dans la chambre. Je lui expose la chronologie de ce qui s'est déroulé. Debout de manière prolongée pour la première fois depuis l'opération, la douche, puis l'incident vers la fin. Un de ses acolytes me rend visite peu de temps après lui, il me faut recommencer mon histoire depuis le début alors que je me tortille comme un ver de terre dans mon paddock, et visiblement, comme son prédécesseur, ça ne l'émeut pas plus que ça. Dès lors je comprends que je n'aurais pas d'oreilles attentives de leur part et n'en attendrai plus rien. Ah la vache, qu'est-ce que je déguste. Comment peut-on laisser une personne dans l'état qui est le mien sans rien y faire. Pour la seconde fois, je vis ce que j'ai enduré à Alençon. Incroyable ! Me voici dans la mouise à nouveau. Pourquoi ? Seul, je gesticule à tout va sur le matelas, sans informations ni prise en charge.

Mon ami de galère, pour qui cela va un peu mieux, appel pour mon compte, demande que l'on me soulage à minima. Demande qu'ils ne me laissent pas dans cet état. Pour ma part, j'appellerai encore et encore jusqu'à ce qu'une personne décide d'intervenir, ne serait-ce que pour me soulager de ce mal intense qui ne me laisse plus une seconde de répit, parce qu'à ce stade, seule la morphine adoucira cette vermine qui me ronge de l'intérieur. Bon sang...qui me prêtera une oreille attentive, qui me prendra au sérieux ? Bien des fois j'aurais voulu leur crier *« Y a-t-il un pilote dans l'avion ? Qui veut sauver Willy ?».*

En ce néfaste jour, je doute qu'il y ait eu un commandant de bord aux commandes. Il m'aura fallu attendre pratiquement deux heures avant d'être soulagé, en partie, de ces afflictions qui avaient vraiment décidées de me coller aux baskets. Il faut croire que je leur étais un terrain propice. On me fait enfin passer un scanner, tardivement, puis c'est retour dans ma cambuse. Je dois avouer que mon brancardier fait tout son possible pour me rassurer, tout comme l'infirmière qui me réceptionne au neuvième. Tous deux tentent, dans la mesure de leurs maigres moyens, de me réconforter. Ils me dorlotent comme un enfant inquiet qui a perdu sa maman, ce qui me fait un bien fou. À mes questions, ils ne peuvent malheureusement pas m'apporter d'explications, et encore moins de réponses concrètes. C'est à partir de cet instant qu'à nouveau je vais traverser un sacré moment de solitude. L'après-midi sera longue, malgré la douleur atténuée par la morphine, mais hélas bien présente. Tout le fessier et la jambe gauche sont atteints, ouille ouille ouille.

Un jeune interne, sympathique et compréhensif, reste près de moi pour me rassurer, me confie que j'ai de la chance d'être au CHU, que je vais être rapidement pris en charge, etc. En principe. Plus tard, un second me confirme que c'est bien une thrombose que j'ai au niveau de la fémorale, ce qui n'est pas une bonne nouvelle. Le caillot de sang est situé assez haut dans l'artère, entre le genou et l'aine. Une heure plus tard, ces récurrences douloureuses ne me quittent toujours pas, me voici donc soulagé par une nouvelle injection de ce bon jus distillé, mais je ne connaitrais pas l'accalmie attendue. Le temps a passé, déjà plus de trois heures se sont écoulées, puis quatre.

J'appel, sans cesse, le bouton de la sonnette chauffe. Il n'en peut plus, aimerait jeter l'éponge. Tout comme moi dans le coin de mon ring. Je ne fais que geindre, la panique enfle insidieusement. Le mal me ronge, le doute en moi se sent comme chez lui. Dorénavant, la sonnette est ma meilleure amie, mais à force de les enquiquiner, je vais me faire rabrouer par le personnel du service. Je m'en moque, c'est moi qui souffre après tout, pas eux, et puis c'est l'avenir de ma jambe qui se joue en ce moment, alors je ne vais pas me laisser faire. Ça non ! J'me suis pas déguisé en feuille de choux pour m' faire botter l'cul par un lapin d'six s'maines, comme aimait à le dire un de mes clients.

DACLV

Dernier rendez-vous

C'est au cours de la cinquième heure que je perçois au loin, venant du bureau de la chef de service absente, la voix d'une femme qui se préoccupe du temps qui file trop vite à son goût alors qu'elle n'a pas reçu de nouvelles concernant mon opération réclamée à cor et à cris. Elle est furibonde au téléphone lorsqu'elle demande à son interlocuteur si on ne se fiche pas de sa pomme. Une demi-heure supplémentaire s'est écoulée lorsque je reconnais sa voix qui, cette fois-ci, ne cache plus son lourd agacement parce que ma situation l'inquiète terriblement.

Je ne sais pas ce qu'elle s'est vu répondre, mais pendue à son téléphone, je la sais sur l'instant plus qu'énervée. Le ton, déjà haut, vient de monter d'un cran.

Qui est cette femme qui défend avec intérêt sa position ? Une infirmière du service chirurgie cardiaque dont je suis pensionnaire ? Un médecin vasculaire ? Aussi annonce-t-elle avec fermeté qu'elle arrive avec le patient, et de conclure *« parce que ça va devenir critique pour sa jambe »*. Tout ce salamalec me fiche franchement la trouille parce que là, je me vois déjà amputé, et haut s'il vous plait. C'est après cinq heures et quarante-cinq minutes d'attente, depuis le début de cette fichue thrombose, qu'une infirmière et cette femme rappliquent dans ma chambre, me préparent, puis m'emmènent. Tout va très vite. L'une d'elles décèle mon angoisse, me confirme, en me caressant le front, que cette fois-ci je vais être bientôt délivré parce nous nous dirigeons vers le bloc.

Délivré, oui ! Mais de quoi ? J'ai tout de même capté la dernière conversation téléphonique pour me rendre à l'évidence que je ne suis pas vraiment attendu, encore moins avec des fleurs, parce que les opérations planifiées se succèdent selon un calendrier dans lequel je n'ai visiblement pas été programmé. Pourquoi ? Mystère et boule de gomme. En clair, je ne vais pas être le bienvenu. Je dis au revoir à M d'un signe de la main. Je sors de la chambre la boule au ventre, la confiance m'a abandonnée depuis longtemps. La crainte tenace d'une catastrophe inévitable ne me quitte plus. La dernière fois que mon délicieux nectar m'a soulagé doit remonter aux calendes Grecques dans la mesure où je sens revenir, d'un pas pressé, la tourmente. Tourmente impatiente qui frappe à la porte.

Cet arrogant point douloureux, assez haut placé dans ma jambe, qui est possiblement l'endroit où se niche ce caillot de sang de malheur, me rappelle à son bon souvenir. "Fumier d'lapin » » comme aimait encore le dire le même client. Je ne verrai donc pas mon épouse avant de quitter la chambre 211. Aujourd'hui, elle a quitté plus tardivement que d'habitude le domicile. Dieu sait qu'à cet instant j'ai terriblement besoin d'elle, besoin de recevoir son sourire, de la sentir, de toucher sa peau, besoin qu'elle me transmette du bon réconfort, comme elle sait si bien le faire. Je voudrais que ma petite puce me transfuse de sa force dans ma perf.

Je n'en reviens toujours pas d'être au CHU même, et que, pour je ne sais quelles raisons, je risque peut-être, dans un instant, d'être allégé, raccourci, amputé ! Et merde. Dire que le jeune homme m'avait assuré d'être pris en charge rapidement. C'est quand même fort de café, non ? On informera assez tôt mon épouse de cette mauvaise nouvelle, par téléphone, avec toujours la même réserve. *« Venez vite si vous le pouvez parce qu'il doit subir une nouvelle intervention chirurgicale, c'est la jambe gauche qui pose problème, il se peut qu'il ne remonte pas du bloc. Une troisième fois en si peu de temps, pour lui, ça peut être la fois de trop ».* Que de tortures morales pour ma tendre épouse. Combien de fois lui faudra-t-il encore subir des épreuves affligeantes comme celles-ci, si cruelles?

Moi, je suis toujours dans mon petit monde, seul, à me poser des tas de questions. À essayer de relativiser, mais c'est peine perdue. Le tout couronné d'une bonne dose de fatigue physique ; le moral dans les chaussettes en prime. Peut-être aurais-je le loisir de dire prochainement, *''dans la chaussette''*. Bien que l'on me rabâche sans cesse que tout va bien, qu'il n'y a rien de grave, que m'inquiéter n'est pas nécessaire, patati et patata, je sais mon état au plus bas de sa forme.

Alors je me laisse bercer, mais garde tout de même à l'esprit que je risque d'être transformé en sucette géante dans pas longtemps si ça tourne vinaigre. Arrivées à la porte du bloc opératoire, une de mes deux accompagnatrices reprendra le chemin du service cardio-vasculaire tandis que l'autre, qui semble être une responsable, m'explique succinctement, en me caressant le front, que je vais devoir patienter seul quelques instants. Juste pour elle le temps de régler mon entrée. Le moment d'une vive et chaude explication s'annonce. Il est clair que je vais assister à "Règlements de comptes à OK Coral" dans deux secondes. Pour tout dire, me retrouver seul dans un couloir, contre un mur, tout près de la porte du bloc, avec en bonus cette bataille de chiffonniers dont je capte parfaitement les mots doux, me fiche un tantinet le bourdon. Cette situation très singulière, je ne souhaite à personne de la vivre. Que d'angoisses. Que de tentions inutiles occasionnées par un manque de communication et d'organisation.

Me voici maintenant abandonné au pied d'une porte tel un paquet de linge sale tandis que ma championne montre les crocs auprès de je ne sais qui, pour faire valoir ma place plus qu'un autre dans cette salle si désirée, avec pour seul but que je n'en ressorte pas déséquilibré d'ici deux heure. En d'autres situations, d'aucuns diraient, *« Eh bien, tout ça m'a mis en appétit »*. Mais pour moi, ce serait plutôt, *« Eh bien, cette situation est fichtrement désolante, dans quel état vais-je finir ? »*. Ça me file la gerbe. Là ! J'ai tous les sens en éveil, attentif comme un renard aux aguets. Je ne perds pas une miette de la scène de ménage qui enfle comme un ballon de baudruche à côté. Mon niveau d'anxiété augmente sans relâche, il vire au rouge sur la partie haute du thermomètre. Ça jacasse si fort et si vite qu'il devient impossible de comprendre quoi que ce soit de cette prise de bec animée qui, maintenant, est franchement houleuse.

Le ton est à nouveau monté d'un cran. Celle qui a pris fait et cause de mon cas ne se démonte pas. Déterminée, cette Valkyrie ne s'en laisse pas compter. Elle en impose et finira, après moult palabres, par obtenir gain de cause. Mais là, à l'instant, la situation semble ne pas franchement tourner à mon avantage lorsque je crois comprendre qu'il va me falloir encore patienter un certain temps au pied la porte du bloc. Parce qu'apparemment, un autre élu pourrait bien me griller la politesse. Je me demande vraiment comment l'on peut cumuler autant de galères en si peu de jours. Qu'ai-je bien pu faire de si mauvais dans une autre vie pour mériter autant de déconvenues ? Pour couronner le tout, la malchance ne me quitte pas, c'est la guigne, là, juste à ma droite, au-dessus d'une porte battante, je reluque depuis le début une horloge. J'ai déjà eu largement le temps de compter les heures passées depuis cette fameuse douche. Bien trop se sont écoulées pour qu'à présent mon cas sente le roussi.

Oh là là, suis-je en train de perdre la boule ? Le niveau sonore de la discussion me paraît soudain moins clair, moins direct, imprécis, plus lointain. Sur l'instant je n'y prête pas d'attention particulière car elle est cent pour cent focalisée sur cette breloque de malheur qui me nargue du haut de son crochet. Je réalise que j'erre au sein d'une situation devenue autant incompréhensible que rocambolesque. Situation qui s'est enlisée en un peu plus de six heures trente. Quelle poisse… être pensionnaire du CHU ne m'a pas apporté le privilège escompté, ou alors je suis tombé sur un jour en manque de chirurgiens vasculaires.

Seulement voilà, la course contre la montre est on ne peut plus engagée. J'ai bien peur, cette fois-ci, de perdre définitivement celle qui depuis 56 ans m'a rendu de bons et loyaux services. Peu de temps s'est écoulé entre le ton de la prise d'empoigne, devenu lointain, et à l'instant même.

Mon environnement devient quelque peu différent ; à une différence près, c'est que cette fois-ci, j'y suis attentif. Déjà les mots deviennent étrangement imprécis. Le fond sonore devenu presque inaudible vogue dans le lointain, naviguant sur une brise venue d'ailleurs. Un vent céleste nouveau se lèverait-il ?

J'ai pourtant souvenir d'un échange enflammé. Souvenir qui m'informait que la confrontation tournait tempête, alors qu'à présent, cette conscience s'évapore au rythme d'une volute de fumée. Aussi inconcevable que cela paraisse, je me déconnecte tangiblement de cet espace, pas de la pièce, qui elle, reste présente. Je me sens attiré par un contexte qui n'est pas celui dont je m'éloigne. Lui, est nouveau, agréable par sa consistance, plaisant par sa légèreté. Contexte au sein duquel les soucis n'y trouvent pas leur place, parce qu'ils sont tout simplement priés de rester à la porte.

La dominante qui en exhale ? Une sorte de légèreté, d'insouciance divinement délicieuse. Progressivement mais surement, mon environnement semble changer quelque peu d'aspect. Oui, son apparence change. Je ne suis ni surpris ni intrigué, bien au contraire. Peu à peu je suis absorbé, attiré, mais par quoi, par qui ?

Je ne tarde pas à découvrir cette concordance singulière dans laquelle je me fonds tel un élément passif en attente de quelque chose. L'atmosphère, tout comme ma position, appartiennent désormais à un autre monde.

Pour tenter de l'expliquer, imaginez pour exemple, deux feuilles de papier, assez largement ouvertes au centre. Comme si chacune avait une fenêtre ouverte. Vous les placez verticalement sur votre table, devant vous. L'une en face de l'autre. Séparée toutefois d'un mince espace ; deux centimètres. La première, sur votre gauche, est celle sur laquelle je suis installé. Assis dessus à califourchon, je regarde vers l'extérieur. C'est le côté qui n'a pas de vis-à-vis. Cette direction donne sur la terre.

La seconde, est donc positionnée sur votre droite. Celle-ci donne sur un autre monde. Chaque façade extérieure est liée à son environnement, à son temps, ou plutôt, à son espace, à son univers. J'ai à la fois une fesse à moitié assise sur l'ouverture de ma feuille, orientée vers mon "chez moi", et l'autre qui navigue au centre des deux, là où ces mondes contradictoires se rencontrent. Lieu où ils se mêlent. Territoire neutre autorisé au sein duquel la matière n'a pas sa place. Uniquement l'esprit peut y accéder.

La certitude de me déplacer de mon lieu d'attache initial est indéniable. Oui, je m'en éloigne. La distance qui m'en sépare maintenant est suffisante pour en modifier l'apparence et le contenu. À cet instant le temps n'est plus, et je sais que seul moi, en tant qu'esprit, suis attiré vers quelque chose ou quelqu'un qui m'appelle, qui m'attire.

Déposé en partie sur ce chemin mitoyen, l'entre deux feuilles, zone où l'espace et le temps n'ont plus de consistance parce qu'elle est d'une tout autre nature, je flotte. Chaud, froid, faim, vent et autres indices de ma vie quotidienne appartiennent à une autre époque, un autre univers. Comment se fait-il qu'engagé sur ce layon bienveillant, je ne sois ni surpris ni étonné? Rien ne m'interpelle ici.

En absolue confiance, je m'y abandonne sans sourciller. Je peux apparenter cette singularité à un glissement de deux univers liés entre eux par cette aire tampon centrale. Chef-lieu de deux localités presque voisines. Immobile, je me laisse bercer à l'intérieure de cette faille ouverte par je ne sais quelle force invisible, parce que j'y suis intégré jusqu'aux moindres recoins de mon âme.

À présent, c'est à rien y comprendre, alors que ma jambe mal en point me le faisait de plus en plus savoir, dame douleur a fichu le camp en un rien de temps. L'inquiétude qui me dévorait ? Disparue ! Je réalise que je ne perçois plus grand-chose des palabres animées de l'autre côté du mur, et puis je m'en moque éperdument. J'ai mieux à faire, préférant me laisser porter dans cet intervalle sans pareil. Habitat aimable, délectable, enchanteur, calme, chaleureux, douillet. Maison de repos où le silence est d'or.

D'aucun dirait qu'avoir le derrière entre deux chaises est désagréable, mais pour moi, c'est tout le contraire. C'est même très bon. Je suis immergé dans un bain de légèreté extraordinaire, une mer ô combien apaisante. J'y suis, alors j'y reste.

En revanche, mon petit doigt qui me dit que mon enveloppe charnelle n'est pas bien loin, et ça me fait ni chaud ni froid. Tellement déconnecté que je suis, je n'y prête plus aucune importance, dans l'immédiat, ce corps m'est égal. Je m'en fiche complètement. Parti du stade angoissé, je suis à un stade totalement détaché de la situation anxiogène qui était mienne.

Dans cet ailleurs, je me sens intouchable, invulnérable, parce qu'entouré, enveloppé, protégé. Noyé d'une présence douce et forte. J'en suis délicieusement imprégné. L'ambiance qui règne est divinement bienveillante, elle empli à présent tout l'espace, y compris moi.

Nous sommes deux et ne faisons qu'un, ce qui devrait m'interpeller, mais il n'en est rien. *« Qu'a-t-il bien pu se produire ?* » Question furtive qui disparaît aussi vite qu'elle m'est apparue. Assurément, cette présence est féminine, chaleureuse, d'une douceur inégalée. Ce sont des sentiments qui n'ont rien de comparable dans mon "chez moi". *Douceur inégalée* ; ces deux mots n'expriment pas tout à fait la réalité du moment. Cette essence si raffinée, si précieuse, qui est d'une tendresse infinie, d'une douceur suprême sans rien de comparable, imprègne l'espace. Il en émane un pur amour. Un Amour absolu.

Ces émotions me submergent, me traversent de toutes parts, ou plutôt, se mêlent en moi, âme ; puisque mon enveloppe, mon vêtement de tous les jours, est resté aux vestiaires. Je pourrais presque dire que le sentiment de ne faire qu'un avec cette présence ne tient qu'à un fil. Un infime fil fragile, invisible.

Je ne me pose plus de questions parce que je baigne littéralement en son sein, confiant et abandonné. J'ai la sensation d'être enveloppé par deux larges bras invisibles, emmitouflé, ou bien revêtu d'une voilure azurée venue d'un monde éthéré, cristallin, suave. Nous flottons, à deux, en un seul corps, en un seul lieu. Un lieu unique, exceptionnel, irrationnel.

Domaine réservé rien que pour nous deux. Moi, âme immatérielle presque séparée de ce corps resté couché, je suis subjugué par tant de pureté, par autant de pur amour.

Un mince lien me rattache toujours à mon enveloppe, mais l'on m'en a soustrait. La présence de Marie est d'une évidence totale, c'est imprimé en moi sans que je ne cherche à comprendre quoi que ce soit. Sans avoir à chercher qui "est" cette présence, je sais. C'est incroyable, mais là encore je ne suis absolument pas surpris. Marie est là ! Présente, à côté de moi, en moi et partout à la fois.

Je suis dans ses bras, imprégné de sa présence, peut-être pourrais-je apparenter cette impression à une fusion. Mince alors, je ne sais toujours pas comment exprimer cet autre lieu, ce que je ressens, parce que je n'ai pas les termes adéquats pour définir précisément ce que je vis, et ce que je vis est d'une nature opposée à celle dans laquelle j'évolue habituellement.

Marie est partout, elle me réconforte. C'est tout simplement extraordinaire. Ce qui s'apparente à une fragrance, la sienne, n'en est pas une en tant que telle, et pourtant je la sens. Je sais que ce parfum indéfinissable ne m'est pas transmis par mon hôte, fait de chair et de sang, celui qui attend patiemment mon retour, non ; et je ne m'explique toujours pas ce phénomène.

Celui qui est un condensé de très haute technologie, m'attend patiemment, installé contre un mur à la porte du bloc opératoire, alors que j'ai la ferme perception d'être sur le seuil d'un autre univers, à mi-chemin entre deux mondes antagoniques. Cela semble être un espace parallèle de jonction qui ne m'effraye, ni ne m'étonne. J'y suis pris en charge comme un enfant à la confiance inébranlable en celle qui lui prend la main.

Moi, esprit ou âme, suis en apesanteur, c'est une fort agréable sensation, ce qui ne m'abstient pas d'avoir conscience qu'en arrière-plan, une empreinte qui ne m'appartient plus vraiment attend, celle de mon corps terrestre, tout près. Lui qui dans quelques instants risque d'être allégé de plusieurs kilos. Idée dont je me fiche éperdument d'ailleurs.

Je sais exactement où est hébergé le point normalement douloureux. Mon compagnon est anormalement silencieux. En suis-je surpris ? Non ! Et je m'en contre-fiche. Pourquoi cela m'arrive-t-il, encore, à moi ! Pourquoi pas à quelqu'un d'autre dont la vie ne tient qu'à un fil ? À une personne cent fois plus méritante ? Il ne se passe pas un jour s'en que je ne repense à tout ce qui m'est arrivé, à tout ce que j'ai vu, tout ce que j'ai vécu. C'est bouleversant.

Jamais de ma vie je n'ai ressenti, comme à cet instant, une présence aussi forte, aussi belle, si chaleureuse, aimante, avec toute cette effusion de tendresse et de délicatesses infinies. Jamais je n'ai reçu autant de cet amour profond sans commune mesure à ce que l'on connaît, avec autant de compassion à mon égard. Le réconfort est absolu.

Que dire encore de ce sentiment de plénitude totale et d'abandon ? J'espère ne pas faire montre de maladresses dans la transmission écrite de ma petite excursion privilégiée, si extraordinaire, mais à nouveau, je suis obligé de me répéter, il n'y a pas de mots terrestres pour exprimer ce qui ne l'est pas. Nous ne possédons pas le langage adéquat qui permet de définir cette zone où deux univers diamétralement opposés sont reliés.

Durant cet évènement, je ne me suis pas posé la question de savoir pourquoi cette visite impromptue. C'est tout de même fou non ? Comme par enchantement, une fois de plus la notion du temps écoulé était absente. À l'instant même où j'ai traversé ce rideau de voile, pour la seconde fois je reprenais possession de mon corps, puis recouvrais mes esprits. Déjà tout redevenait quasiment et presque subitement comme avant. Mon retour au monde concret est allé très vite. Cette admirable femme qui a pris fait et cause de mon cas revient, puis se positionne à ma droite après être sortie du bloc. Elle va me veiller encore quelques instants, avec empathie, se saisissant de ma main pour m'apporter chaleur et réconfort. Juste le temps que le personnel de salle nettoie la table d'opération, puis remette tout en ordre afin de m'accueillir. Enfin !

J'ai la tête en ébullition, par contre, je ne sais pas pourquoi, mais je ne suis plus inquiet quant au devenir de ma jambe. Il m'est impossible de distinguer l'horloge murale pour connaitre le temps qui s'est écoulé, que déjà mon brancard s'ébranle. C'est ma bienfaitrice qui me guide. De sa main droite, elle me caresse le front délicatement, peut-être me croit-elle au fond du gouffre. Ce qui était vrai il y a peu encore, mais plus à présent. Elle me lance un dernier sourire chaleureux que je lui retourne, puis me quitte sur le seuil d'entrée du bloc.

Je fus extrêmement touché de tant de prévenance spontanée de cette gentille inconnue. Je suis rapidement installé. Mes pensées sont encore accaparées par ce que je viens de vivre, qu'un jeune homme me ramène à la réalité pour m'annoncer qu'il va devoir, malheureusement, être méchant avec moi. *« Pourquoi ? »* Lui répondis-je. *« Je vais devoir vous piquer à l'arrière du pouce, dans le creux, pour aller chercher l'artère. Vous risquez d'avoir très mal »*. Un peu que je vais la sentir passer son aiguille, parce que mon épouse m'avait prévenu que si je devais avoir cette intervention, la douleur serait balaise. Je sens le froid de son badigeon qui désinfecte tout le côté intérieur et extérieur de ma main droite, lorsque qu'une douce et agréable petite voix féminine, venant de derrière moi, dit à mon jeune bourreau *« Tu peux quand même attendre un peu au lieu de le martyriser tout de suite. J'endors monsieur Girault dans un instant, après tu pourras le piquer »*.

Le jeune homme acquiesce. Au son de cette voix claire et mélodieuse, il me semble distinguer une bien jeune femme, attentionnée de surcroit. Plus en forme, je l'aurai volontiers embrassé afin de la remercier de son intervention. Elle me pose le masque sur le nez, me demande de prendre de profondes inspirations, puis de compter jusqu'à dix au rythme des secondes.

1 – 2 – 3 – 4 –........10 – 11 – 12 –..........20 – 21 – 22 –.............30.

« Vous ne dormez pas monsieur Girault ? », s'étonne-t-elle

« Ben non puisque je compte toujours »

« Mais il faut dormir » reprend-t-elle en souriant.

« Je n'y peux rien si je ne dors pas » Lui dis-je gaiement, avec cette voix de bouffon que vous donne le masque collé sur le groin. La situation était tout de même assez cocasse compte tenu des évènements, mais elle a contribué au prolongement de la bonne ambiance régnante. Je reconnais la voix de mon apprenti sorcier interpeller ma charmante princesse, *« Regarde, tu as oublié d'ouvrir le gaz »*.

« Oups...ça y est monsieur Girault, cette fois-ci c'est la bonne, vous allez pouvoir prendre une grande inspiration et compter jusqu'à dix ». Il est à l'instant précis, 17h15. *« 1 – 2. – 3.. – 4... – 5..... »* Peut-être suis-je allé à 6, et encore, puis dodo, je ne me souviens de rien d'autre.

J'ouvre les yeux, je reconnais cette fois-ci l'endroit où je me trouve à nouveau allongé. Même salle de réveil, mêmes instruments, disposition identique. Tout me prouve que je suis en vie, que l'opération est terminée. Ma lucidité est intacte. *« Ai-je encore ma jambe gauche ? »*, fut ma première interrogation. À partir du bassin, je ne sens pas la partie basse de mon corps. Comme je suis seul et qu'il n'y a pas âme qui vive alentour, je n'aurai pas ma réponse à l'issue redoutée. Ça peut bien attendre encore un peu après tout, parce que j'avoue avoir une forme en berne.

Je vais prendre le temps nécessaire de recouvrer mes esprits, puis aviserai plus tard. Ma chérie me manque tellement. Où peut-elle bien être en ce moment, que fait-elle ? Pas d'horloge dans mon piètre dortoir. Quelle heure est-il ? Toujours personne à l'horizon ; l'absence du résultat m'angoisse de plus en plus. Ma sérénité d'avant ? Ma certitude ? Envolées ! Je sens cette épouvantable appréhension enfler en moi comme un ballon de baudruche, à fond la caisse. Crotte alors, il ne manquait plus qu'elle.

Je patiente pensivement. Ce que je vois, les odeurs que dégage cette salle de préparations, et les quelques bruits qui me parviennent, appartiennent-ils à l'instant présent ? Est-ce la réalité ? Je suis à nouveau prisonnier de ce sordide rêve. Ras le bol de lui ; comment m'en dépatouiller ? C'est sûr qu'à force d'agacement, je vais m'éveiller piane-piane sous ma couette, d'humeur coquine, dans ma chambre aux murs vert anis, collé-serré avec mon épouse.... Soudain, je vois poindre à l'instant précis de cette pensée, là, à la porte de ma salle, parce qu'il me tardait de la retrouver, mon amoureuse, comme il me plait à dire. Elle s'approche d'un pas accéléré à mon chevet, de suite je lui déclare un sourire benoît qu'elle me renvoi débordant de tendresse.

Adossée à ma tête de lit, mon épouse adorée s'incline délicatement, s'approche de mon visage pour mieux m'envelopper de son regard, s'efforçant de dépeindre avec force un enthousiasme que je lis émoussé par tant d'épreuves douloureuses aux issues incertaines. De ses premiers mots prononcés, je détecte sa voix tremblotante, empreinte de trop de sanglots contenus. Je sens qu'elle pourrait craquer à tout instant, mais non ! Pas elle. Pas ma puce. Pas maintenant.

Ses yeux rouges embués transpirent le doute contenu. Transpirent une rage qui a empoisonnée ses minutes, ses heures et ses jours d'attente. Ses lèvres frémissent lorsqu'elles balbutient leurs premiers mots. *« Alors tu es là, j'attendais à côté qu'ils me préviennent »*, je la sais prête à défaillir, et ça me fait mal. Malgré tout, la revoir me fait un bien fou, m'apporte une chaleur…, un réconfort…, tout ce dont j'ai besoin à l'instant. Tout ce que je ne peux lui offrir en retour.

Son regard ne peut effacer le doute et la crainte de m'avoir perdu. Je suis malheureux de la savoir plongée dans cette tourmente physique et morale. Résignée, mon amour craque, pleure en silence au plus profond de ses tripes, déversant à n'en plus finir des larmes invisibles, se retenant de toutes ces forces pour ne pas éclater en sanglots. De ça, je suis certain. Par contre, devant moi, ma chérie essayera constamment d'afficher son pétillant sourire enjôleur, un tantinet empreint d'anxiété. De cette capacité à être forte, jamais je n'en aurai autant que ma puce. Il faut avouer que les infirmières du service ont tout simplement oublié de la prévenir, alors que j'étais sorti du bloc depuis pas mal de temps, puis qu'elles m'avaient réinstallé à ma place, en salle de surveillance.

C'est installée dans cette chambre de repos, mise aimablement à sa disposition par le personnel d'étage très avenant à son égard, qu'elle se rongeait les sangs dans l'attente de mon retour, devenu tardif. Trop de temps s'était écoulé sans qu'elle ne vit soignants ou médecins déambuler dans les coursives, craignant désormais de recevoir à tout instant la plus mauvaise des nouvelles. Ma chérie trépignait autant d'impatience qu'elle ne vivait, se faisant guère d'illusions quant au fait que cette fois-ci avait été l'intervention de trop, que ce corps trop affaibli n'avait pas tenu son dernier combat, sonnant ainsi la fin d'un round d'honneur voué à l'échec.

℘ DACLV ℘

℘ Divin coup de pouce

Qu'il lui fallait être forte pour tout encaisser de la sorte, parce qu'une première fois, à Alençon, un médecin l'avait informée qu'elle ne me reverrait plus, vu la gravité de mon état ; que je faisais l'objet d'un baptême de l'air de principe à l'inévitable retour funeste. Son téléphone n'était plus que le pâle reflet d'un oiseau de mauvais augure aux sonneries funèbres dont elle redoutait les annonces. La crainte et le doute étaient devenues l'ombre pernicieuse d'elle-même, ses meilleures ennemies quotidiennes, de bien lamentables amies, vicieuses à souhait.

Son quotidien ne lui offrait que le pâle reflet d'un tunnel ténébreux, aussi boueux que nauséabond. Marécage funeste dont on ne s'extrait que difficilement, où chaque pas englué demande tellement d'énergie qu'en sortir est un calvaire. On dit que chaque individu doit porter une croix dans sa vie. Personnellement, je pense que cette épreuve fut celle de ma femme. À une différence près, c'est qu'elle ne portait pas que le patibulum, comme les crucifiés à l'époque de Jésus, non, elle, elle la portait dans son intégralité, ce qui ne fut pas une mince affaire. Se tenir continuellement sur le qui-vive, quelle horreur. À sa place, aurais-je eu seulement la force de tenir le coup ne serait-ce qu'un tiers du cauchemar que je lui imposais ?

N'y tenant plus, mon épouse a donc pris la décision de quitter sa pièce de repos pour venir jeter un coup d'œil dans cette salle des préparations qui m'était attribuée. C'est ainsi qu'elle eut la joie de me retrouver. Sa surprise était totale. Quelles belles retrouvailles avons-nous eu, que du bonheur. Pour répondre à ma question pressante, ma bichette m'apprenait que j'étais toujours équipé de ma fidèle amie, complète. *« Encore une qui revient de loin »*, pensais-je, *« comme sa voisine de droite »*. Elle dont l'issue était tristement programmée, revenait de loin ; parce qu'elle diffusait des senteurs de glas et d'adieu il n'y a pas si longtemps que ça.

Je ne peux toujours pas m'empêcher de croire aujourd'hui que si je suis entier, ça n'est pas dû qu'au travail de ma chirurgienne, Ô combien compétente, encore moins au destin bienveillant, ou bien moins à la chance, si elle me rend de bons et loyaux services tous les jours que Dieu m'accorde, mais que c'est grâce à une force qui se place au plus haut de tout. Marie m'a attiré à elle pour me prodiguer, non seulement un réconfort salvateur dont j'avais besoin, mais également, et j'en suis intimement persuadé, pour agir sur cette jambe que chaque minutes supplémentaires écoulées condamnaient irrémédiablement.

Merci à tout le monde pour le bon travail que vous avez réalisé, quand bien même que mes jambes fonctionnent moyennement, surtout la gauche. Cela vaut mieux que d'être transformé en esquimau géant ou en cul de jatte. Merci mon amour de ta présence quotidienne. Merci de tous les sacrifices pour lesquels tu as dû consentir durant mes trois mois d'absence. Devant sans cesse être par monts et par vaux durant cette période qui ne t'a rien épargné. Merci à toutes les personnes qui t'ont entouré, soutenue, encouragé, pour que tu ne lâche pas prise et garde espoir. Merci pour leurs efforts qui t'ont permis de me rejoindre tous les jours dans le calvados. Je remercie ta maman de son inconditionnel investissement. Merci à toutes ces personnes qui, devant le doute, la crainte et le manque d'informations, te portaient, ne pouvant que t'encourager.

C'est plus tard, lorsque j'ai rencontré cette femme aussi tenace que chevronnée, qui est allé au-delà de son acte parce qu'elle se refusait de capituler devant ce fichu caillot de sang rébarbatif, que j'ai su toute la difficulté à laquelle elle a été confronté ce jour-là. Je dois avouer que je suis admiratif de ma génialissime chirurgienne chevronnée. Elle qui a refusé de baisser les bras afin d'extraire ce bouchon récalcitrant niché dans l'artère ; parce que c'est à l'échec de sa cinquième tentative qu'elle demanda à son équipe d'apporter le matériel déjà prévu en cas d'insuccès, pour pratiquer l'amputation.

Dès lors, ma praticienne sait l'artère trop abîmée. Elle risque assurément de lâcher parce qu'elle l'a fragilisé par les multiples introductions de son matériel d'extraction et retraits infructueux. Toutefois, elle se refuse de considérer cet échec comme inéluctable. L'admettre lui est devenu une fatalité insupportable, inenvisageable. C'est alors qu'elle s'est sentie portée par une volonté sublimée, tenace, extraordinaire. Une souveraineté lui accordait le geste de trop, celui qui devait être fatal à cette fémorale. Force est de lui reconnaître qu'elle ne rejeta pas cette volonté inhabituelle venue d'ailleurs qui la guidât vers cette ultime entreprise.

Elle doit le faire, il le faut, elle le sait, *« je ne dois pas baisser les bras, et encore moins capituler. Un point c'est tout »* se répète-t-elle. Ne pas faiblir, ne pas faillir. Est-ce tant par crainte de perdre la face que du refus de l'échec ? Ou bien ne serait-ce pas plutôt par quelque chose d'extrêmement plus subtile qu'inaccessible, d'indécelable ? Ne serait-ce pas plutôt dû à une présence invisible qui nous a accompagné elle et moi ? Présence et force d'un autre univers qui nous portait tout autant qu'elle nous protégeait tous deux dans cette épreuve des plus délicates et décisive que nous traversions ? Force divine qui a poussé ma praticienne à renouveler son geste chirurgical bien au-delà du raisonnable.

Jeune femme devenue soudainement conquérante. Femme transcendée par une autre femme. Elle représentait l'exception qui ne répondait plus aux conventions établies, refusant d'aller là où tout autre qu'elle se serait dirigé, armes rendues sur l'autel de l'échec, pour céder au geste de la capitulation. Celui de la soumission à la raison, celui de l'amputation. Cette remarquable chirurgienne m'expliquait qu'introduire à nouveau ce très étroit matériel entre la paroi de la fine artère fragilisée et le caillot, risquait d'irrémédiablement la déchirer, abandonnant ainsi ce membre à son triste sort. Heures d'attente, plus tentatives infructueuses, égal, une canne en moins.

Tant pis, il lui fallait recommencer, c'était plus fort qu'elle, tout comme l'était cette force inconnue dont elle se sentait portée, transcendée, sans que la raison ne lui soit révélée ; parce que nous sommes deux à présent sous la cape de Marie. Oui ! Marie, ici présente, était notre hôte. Cette jeune praticienne et moi étions dorénavant sous sa protection. Elle annonçait fermement à son équipe sa priorité. *« On n'abandonne pas, on reprend »*. La consigne était lâchée ; persévérer pour sauver ce membre. Jusqu'alors, le ballonnet gonflé ne parvenait pas à remonter cette cochonnerie, qu'en tant que tenancier d'estaminet j'ai tant et tant de fois retiré des contenants aux contenus si appréciés de mes clients. Des bouchons. Des bouchons par milliers. Jamais un seul ne m'avait créé de soucis à ce point. Sauf...aujourd'hui. Et merde, pas de bol. Un crétin de bouchon à la noix avait décidé de se venger, précisément aujourd'hui, au nom de tous les siens. Ou... *« Au nom de tous les miens »*, aurait-il pu dire aussi. Mais cette fois-ci, et contre toute attente, la ténacité de ma super héroïne, qui ne figure pas à la liste des Avengers, va payer. Va payer,puis la récompenser.

Elle félicitera les membres de son équipe de tous leurs efforts déployés ainsi que du soutient que tous lui ont témoigné tout au long de cet exercice délicat. Si ce n'est déjà fait, peut-être qu'un jour elle saura la force qu'elle reçut ce jour-là, celle que Marie lui insuffla. J'ai sincèrement souhaité avoir l'opportunité de tous les prendre un à un dans mes bras, de les remercier, de les embrasser chaleureusement tour à tour pour avoir, in extrémis, évité l'irréparable, préservant ainsi mon intégrité physique pour la seconde fois en huit jours. Merci madame *Ténacité*, merci *divine Marie*.

DACLV

Souvenirs

À mon retour, dans notre *''chambre des difficiles''*, c'est avec un grand plaisir non dissimulé que m'accueille mon ami M, ça me fait chaud au cœur de le revoir tout sourire, mais surtout, de revenir une fois de plus entier. Je dis, ami, parce que c'est bien ce que nous sommes en train de devenir. Grâce à cette traversée du désert, nous le resterons jusqu'à la fin de nos jours, même si l'on se doute mutuellement qu'il y a peu de chance pour que nous nous retrouvions un jour.

J'ai trop envie de lui raconter tout ce que j'ai vécu d'exceptionnel, de partager avec lui ces rencontres inattendues, ces rencontres inoubliables, mais je souhaite ne pas l'embarrasser avec ce qui ne lui est pas imaginable et respecter sa façon de croire. Celle de ne pas croire. De toute manière, je n'ai pas non plus envie d'entendre des réponses ou réflexions contraires à mes dires. En tout cas, pas en ce moment. Dans l'immédiat, je préfère savourer mon retour.

Quel bonheur d'avoir retrouvé, pour quelques instants, maman, papa, et mon beau père. D'avoir reçu leur message, d'être revenu de ce voyage improbable qui ne tînt qu'à un seul et unique petit pas. D'en être revenu avec un nombre impressionnant de souvenirs précis, de tant d'indications et de détails si déterminants sur ce qu'est l'univers invisible qui nous attend.

Tant de renseignements précieux m'ont été dévoilés qu'il me faut dorénavant les transmettre, parce qu'en cela tient ma mission. Mission que j'ai tellement souhaité découvrir. Trop tôt, parce qu'il me fallait tout d'abord la laisser venir, l'intégrer puis l'accepter sans réserve pour qu'elle se dévoile à moi dans son intégralité. Quel merveilleux cadeau m'ont fait Jésus, Marie ainsi que mon Ange gardien en venant à ma rencontre, chambre 211, neuvième étage du CHU de Caen, dans le calvados. Ce fût une rencontre magnifique, inattendue, inoubliable, précieuse, forte de sens, dont je finirai plus tard par comprendre le but précis de ce qui m'était proposé. Proposé mais pas réclamé, et surtout pas imposé.

À la suite de ce rendez-vous, j'ai cherché tant et plus la signification de leur pensée déposée, mais non déclarée, jusqu'au jour où j'ai commencé à poser le regard du bon côté. Alors j'ai su, et ai accepté de m'y consacrer avec un plaisir que je ne dissimule pas auprès des miens.

Vous souvenez vous de ces quelques mots, plus haut, *« que puis-je faire pour rendre service à Jésus, à Dieu ? » « Que puis-je faire pour eux ? »*. Moi, je sais, alors je le réalise maintenant. Je n'aurai jamais assez de ce temps terrestre qu'il me reste à consommer pour les remercier de tant de bienfaits. Tout comme celui qu'il me reste pour parcourir les routes, si Dieu le veut, afin de transmettre leur message d'espoir. S'aurai-je, aurai-je, et pourrai-je mener à bien cette mission ? Je le souhaite, mais Dieu seul en possède la réponse.

Que puis-je dire de plus de Marie qui m'a accompagné jusqu'au bout de mon parcours chaotique, dont tout me prouve qu'elle y est pour beaucoup dans la sauvegarde, tant de ma jambe que de mon bon compagnon de route que je quitterai tôt ou tard. Elle n'a pas été seule dans cette entreprise. Jésus accompagné de son fidèle serviteur, mon cher Ange gardien, y ont participé.

Depuis ces quelques jours, je ressasse avec détermination et engouement tous mes souvenirs afin d'en éviter toute dissolution, ne serait-ce que partielle, tellement il est important que je garde en mémoire toutes ces successions d'évènements auxquels il m'a été donné de participer. Je ne suis qu'au début de cette nouvelle route sur laquelle je chemine. Il ne me sera pas toujours aisé de l'arpenter, parce que des pièges et des embuches, il me faudra en surmonter. Je sais la tâche ardue qu'il me reste à mettre en œuvre, écrire pour transmettre.

Que ce soit en hiver 2000, ou bien encore sur cette courte période du vingt-trois janvier 2016 au premier février de cette même année, je fus tout d'abord spectateur d'une rencontre magistrale en réalisant un rare voyage que je pourrais qualifier d'extrême. J'ai été envoyé là d'où on ne revient normalement pas. J'ai fait une halte en ce lieu où nous sommes tous appelés à nous retrouver un jour, mais voilà, je suis resté devant le seuil d'entrée. Comme me l'ont fait savoir mes trois parents. Un petit pas de plus et s'en était fini pour moi. Il m'aurait alors été impossible de retourner à ma place, parmi les miens.

J'étais en ce lieu au sein duquel je ne rencontrerai probablement pas de suite mes proches le jour où je serai appelé à y retourner. Cet univers merveilleux qui nous est invisible, appelé "Cieux", est notre prochaine destination. Notre prochaine demeure dotée de la plus fabuleuse et incontournable gare aux destinations multiples. Soit nous serons, par nos actes en ce bas monde, destinés pour la plus part d'entre nous à cheminer vers l'ascension du "plus haut des Cieux", soit vers des affectations peu enviables destinées aux êtres mauvais de ce monde. Les meneurs et décideurs affichés, ou ceux tapis dans l'ombre, ceux qui manipulent, ceux aux vils desseins de tous pays. Les criminels en tout genre. Les religieux de l'extrême qui n'existent qu'à travers la violence, l'asservissement, le crime et l'intransigeance aveugle. Tous et bien d'autres y goûteront assurément. Eux, qui ne pensent que pour le présent, subiront l'implacable jugement de Dieu. Dieux bon, Dieu miséricordieux. Dieu qui n'accorde ni meurtres ni souffrances en son nom, et tous seront accueillis à la hauteur de leurs actes.

Puis j'ai rencontré trois âmes pures, Jésus et Marie, suivis de mon Ange gardien. Toutes trois résidentes au plus haut sommet des cieux. Toutes trois débordantes d'un amour incroyablement merveilleux, tellement incommensurable. Toutes ces extraordinaires rencontres furent inattendues, inoubliables, exceptionnelles. Toutes pratiquement plus ineffables les unes que les autres.

Après cette ultime péripétie du premier février, les journées se déroulèrent avec leurs lots de soins, de bobos, de pansements, de désillusions, de galères, d'espoirs. Le tout couronné de quelques franches rigolades salvatrices. M et moi étions soutenus par le personnel tellement dévoué, si attentif, y compris ma tendre épouse qui le fut tout autant. Mon ami n'affiche toujours pas une forme de jeune premier de cordée, alors il se rétabli lentement, gentiment, tout comme moi qui a maintenant deux jambes d'éléphant. Aussi larges aux chevilles qu'à mi-cuisses. Des poteaux quoi ! Beurk, que c'est moche à voir.

Mes fameuses douleurs fantôme se font un peu plus fréquentes chaque jour, elles iront crescendo avec le temps. Aucune zone de mon corps n'est épargnée. Coups d'aiguilles ou de couteaux, entrants, sortants, sabres qui me traversent de part en part, fourmillements puissants et douloureux. Sensations de brulures, de déchirures, électricité dans les membres, étourdissements. Perte de vue partielle d'un œil, heureusement jamais les deux à la foi. La marche qui ne fonctionne pas durant quelques secondes, accompagnée d'une douleur insoutenable qui part du bas du dos jusqu'aux pieds. Mes jambes continuellement en proie à la douleur. Avec autant de parties insensibles, c'est le comble. Aussi incroyable que cela paraisse, se sont ces zones, qui, lorsqu'elles reçoivent le moindre petit choque, deviennent extrêmement douloureuses. De tous mes mauvais symptômes apparus, les plus pénibles sont d'une part ; La superposition des images lorsque, subitement, je me mets à loucher, mais pas des yeux. Crise de courte durée mais ô combien gênante.

J'ai toutefois mieux en magasin. Les acouphènes. Ils sont apparus assez tôt, qu'elle chianlie. Tantôt c'est un chuintement, tantôt un grésillement qui me fait penser aux vieux postes à galène, les premiers transistors d'avant-guerre. Ils peuvent durer des jours de suite, avant une trop courte accalmie que je m'empresse de savourer parce que je sais ce qui m'attend. Le plus difficile à supporter arrive ; le sifflement dans les oreilles, ou dans la tête, car je ne sais pas vraiment à quel niveau se situe l'anomalie, mais ça vous ferait devenir zinzin ce truc.

Lorsque je tenais mon établissement j'avais un client, Raymond, un gentil monsieur qui souffrait d'acouphènes puissants. Lui, c'était un sifflement strident permanent qu'il vivait, à en devenir fou. Un jour il a décidé de prendre son propre médicament. Un remède radical. Cet homme a choisi sa libération par le suicide. Et l'étouffement, qu'en dire ? Une main m'empoigne de l'intérieur puis me serre la cage thoracique, ou les poumons. Alors commence mon doux supplice, à chaque instant mon souffle devient un peu plus court, respirer demande plus d'effort, le manque d'air progresse tout doucement, lentement, comme une petite mort qui se glisse sournoisement près de moi, elle me fixe droit dans les yeux. Elle prend plaisir à me voir suffoquer jusqu'à la rejoindre. Le sentiment d'étouffer est terrible, impossible de contrôler le rythme respiratoire. Je n'arrive pas m'habituer à cette saloperie. Régulièrement je ressens de puissantes douleurs écœurantes sous et derrière les omoplates, l'on m'aurait arraché deux ailes du dos que ça ferait exactement le même effet, quelles sales sensations.

Je ne vais pas tout énumérer, mais il y a ci-dessus une grande partie des conséquences suite à trop longue période de manque d'oxygène après ma rupture valve-aorte, ainsi que du manque de vascularisation de mes jambes par ces cochonneries de thromboses. En fait, je me suis vite rendu compte que, sortis de leurs champs de compétences, les médecins vous écoutent mais ne creusent pas le sujet de.vos tracas.

J'en ai rencontré quelques-uns de différentes spécialités, grâce à mes recherches, à ma volonté d'aller plus loin afin de savoir, puis de comprendre tout ce qu'il y a en moi de déconnant, avec toujours le même résultat au final. Idem au centre de rééducation fonctionnelle de crique bœuf, près de Deauville, où tous mes mauvais symptômes se sont amplifiés lentement mais surement, sans attention aucune de la part des spécialistes présents à qui je me confiais. Sachant que je n'aurais jamais une oreille attentive, je décidai de me taire.

Je souhaite que le docteur I du CHU, qui m'a opéré puis accompagné durant plusieurs jours, sache qu'il avait absolument raison lorsqu'il me disait le matin, avec son petit accent, *« Vous verrez monsieur Girault, vous vivrez d'apparence normalement mais complètement différemment »*. À cette époque je ne voyais pas à quoi il faisait allusion. Maintenant oui !

À la question que l'on m'a posée à plusieurs reprises, et pour laquelle je donnerai toujours la même réponse. *« Si vous pouviez faire marche arrière, ne plus souffrir, ne plus avoir cette multitude de gênes, ne plus vivre avec cette épée de Damoclès sur la tête (parce qu'il y a toujours une bonne partie de l'aorte malade), récupérer un intérieur neuf pour vivre comme avant, seriez-vous partant ? »*, Avec certitude, c'est NON ! Parce que ce que j'ai vécu et vu ne s'échange pas, parce qu'il y a tellement pire que moi, parce que je pense aujourd'hui que vivre longtemps n'est pas spécialement un cadeau qui nous est fait, même si c'est en bonne santé.

M, mon ami de chambrée et de galères a quitté le CHU le premier. Son départ a laissé un vide énorme. Avec nos discutions interminables nous refaisions le monde, nous nous confiions mutuellement. M tu resteras toujours mon ami, tu auras toujours ta place dans mon cœur *(réparé, tout comme le tient)*. Alors, et quoi que tu en penses M, je te dédie un notre Père suivi d'un je vous salue Marie pour tout le soutien et le si bon moral que tu m'as apporté.

Notre Père qui es aux cieux, que ton nom soit sanctifié, que ton règne vienne que ta volonté soit faite, sur la terre comme au ciel. Donne nous aujourd'hui notre pain de ce jour, pardonne nous nos offenses comme nous pardonnons aussi à ceux qui nous ont offensés et ne nous laisse pas entrer en tentation, mais délivre nous du mal. Amen.

Je vous salue Marie pleine de grâces, le seigneur est avec vous. Vous êtres bénie entre toutes les femmes et Jésus, le fruit de vos entrailles, est béni. Sainte Marie mère de Dieu, priez pour nous, pauvres pécheurs, maintenant et à l'heure de notre mort. Amen.

Je dédie aussi ces prières à ma tendre épouse pour son précieux soutien indéfectible. Elle a été d'un engagement sans faille, tant par son courage que sa force qu'elle m'a transmise par sa présence quotidienne à mon chevet. Toi, qui effectuais chaque jour ces longs et pénibles kilomètres, 280, par tous les temps, froid, pluie, neige, et les vents forts de la côte. Que dire encore, lorsque tu prenais le volant à la nuit tombée, chargée de cette fatigue accumulée au fil des jours, accentuée par toutes ses longues journées harassantes ? Par l'ensemble des soucis qu'il te fallait affronter. Tu les surmontais avec force. Tu t'en retournais toujours trop tard à mon goût. T'en rappelles-tu ma chérie ? Merci pour toute ta bonne humeur que tu essayais de me transmettre, ainsi que le bon moral. Je te remercie pour tous tes sourires enchanteurs, de toute ta tendresse et de ton amour ; celui que tu me témoignais à chaque instants passés ensemble. Tu étais ma source d'eau vive, ma rivière de bonheur, mon océan d'espoirs.

Merci ma chérie.

Fichtre, tout ce que vous venez de découvrir était trop fort pour que je me permette de vous interrompre dans votre lecture. Si j'en avais les moyens, je dirais, "ça décoiffe". Fait de cellulose, moi les cheveux... C'est coquille d'œuf.

Parole de livre, et comme au nom de tous les miens, jamais, au grand jamais, je n'ai lu pareils rencontres. Pareils faces à faces, ni n'aurai cru participer à dévoiler un jour de tels évènements.

Évènements d'ampleurs pharaoniques dont la portée peut avoir de réelles et heureuses conséquences sur la vie de qui voudra, ou pourra porter crédit à ces écrits. Je laisse à chacun ce qu'il souhaite en penser.

En revanche, j'affirme que si quelqu'un lui avait ne serait-ce que suggéré ces allégories, avant que ne se produise son souci de santé majeur, lui-même n'y aurait probablement pas cru, ou bien alors que partiellement.

Mais je le sais curieux comme c'est pas possible, il aurait alors affiché une banane dubitative de circonstance, puis serait vite revenu sur le sujet pour l'approfondir jusqu'aux moindres recoins. Tel que je le connais, il aurait même acheté le bouquin que je suis, c'est vous dire.

Alors ne manquez pas le paragraphe suivant, il est celui qui boucle la boucle.

DACLV

Chapitre 14

ꟿ Le lien manquant ꟿ

Le lien

Hier, dix janvier 2021, invité par un ami qui n'a pu se joindre à nous, nous rentrons de la chasse à deux pour le retrouvons chez lui. Pratiquement au milieu de l'après-midi pour nous restaurer. Un salvateur repas chaud nous y attend. Dès le début du déjeuner, la discussion arrive rapidement sur l'achèvement de l'écriture de mon témoignage, qui, il est vrai, tarde à venir. Ce à quoi je pense régulièrement, sachant pertinemment que je pourrais m'y consacrer un peu plus que je ne le fais chaque jour. Notre hôte souhaite réécouter ma merveilleuse rencontre. Celle concernant maman, papa, et mon beau père ; la partageant ainsi avec son ami.

Sans m'en rendre compte, je peins immédiatement à mes deux compères le tableau de mon face à face pour le moins particulier, celui avec l'objet volant. Ma première aventure. "Rencontre d'un soir hivernal par une belle nuit étoilée". Quelques instants plus tard, P me fait remarquer que ma narration, n'est pas celle réclamée. Trop concentré, ou trop empressé peut-être, je ne me souviens plus du sujet de sa demande. Bizarrerie qui ne m'était encore jamais arrivée. Ai-je fait cette boulette ? Persuadé d'avoir raison, je lui rétorque, « *non, tu fais erreur P, je n'ai pas abordé ce sujet !* ». Mais il insiste. « *Je te dis Steph que tu as commencé par cette rencontre du troisième type, et je pense d'ailleurs que ce n'est pas un hasard* », me lance-t-il. Pour ma part, je ne vois pas où il veut en venir avec le fait qu'il n'y a pas de hasard, mais ne lui en dis rien. J'insiste, « *Non ! Tu te trompes ! Je n'ai pas encore évoqué ce sujet puisque tu m'as demandé de vous parler de mon voyage dans l'au-delà* ».

« *Mais je t'assure que tu as commencé par nous dire qu'un jour tu as rencontré un ovni* », poursuit-il. Ce que me confirma son ami. Deux ou trois petites chamailleries plus tard, « *je te le redis Steph, je reste persuadé qu'il existe un lien entre cette première rencontre et les autres. Cherche ! Parce que pour moi, il y a quelque chose qui relie l'ensemble de tes aventures. J'en suis persuadé* », conclut P. Pour ma part, je ne vois pas véritablement de lien ou de fil conducteur réel, ni pertinence, entre mes rencontres.

En revanche, je reconnais qu'il a posé le doigt sur ce que je pense être une petite incohérence à résoudre, et c'est celle-là même qu'il m'exposa. Mais quand même, reprend-t-il, « *Steph, il n'y a pas de hasard dans ton aventure vécue. Que ce soit entre ton premier, ton second, ou ton troisième contact, tout est lié, alors tu as forcément un lien à trouver. Il est le fil conducteur de toute ton incroyable aventure* ».

Je garde dans un coin de ma tête cet épisode de notre échange. Les heures passent mais ce sujet m'interpelle de plus en plus, de manière plus flagrante. Ma soirée s'écoulera comme d'habitude, tranquillement, en famille. Et puis je n'oublie pas de faire mon rapport aux enfants des animaux que j'ai vus au cours de la journée. Je suis bien fatigué, comme après chacune de ces journées, même si je reste posté sans bouger. Assis à attendre la plus part du temps au cœur de la nature. Au moins, je prends l'air dans un milieu apaisant. Seulement voilà, depuis pratiquement cinq ans mon bon vieux compagnon de route ne suit tout à fait comme avant. Le moindre effort lui devient rapidement fatiguant, voire épuisant, et ce petit cochon sait me le faire savoir.

Je ressasse à nouveau la réflexion de P. Décidément, je ne vois pas à quoi cela peut bien me mener. Le lendemain matin, ma journée du onze ressemble à beaucoup d'autres. Homme au foyer devant écumer une à une les tâches quotidiennes ; rien de plus normal. Ennuyeux comme y a pas. De retour après avoir déposé les enfants à l'école en début d'après-midi, je décide de faire, pour ma tribu, une nouvelle salade de fruits. J'avoue que ma tendre épouse et nos trois bambins se régalent de celles que je leur concocte, surtout lorsqu'elles sont arrosées d'un sirop de cerises, qui lui, est attribué aux forêts noires. Les gâteaux. Mon cousin germain É est pâtissier boulanger pas loin d'ici.

J'épluche et coupe en petits dés deux pommes, deux poires, deux mandarines, puis deux bananes. C'est en détaillant le premier fruit que je me remémore le sujet de la vielle, celui d'un lien quelconque existant entre ma première rencontre et les suivantes. D'ailleurs, c'est plus sur "l'insistance" de mon ami que je m'y attarde. Je ne l'avais encore jamais vu comme ça, aussi puissamment insistant. C'est incroyable cette façon de croire dure comme fer qu'un lien conducteur puisse exister. Lien que je n'ai ni vu, ni détecté. Décidément, je ne vois pas ce qui peut relier cet engin volant non identifié, habité par une vie méconnue, du reste des différents épisodes que j'ai vécu.

J'en suis à détailler en petits dés mon second fruit, alors que je pense encore à ce colossal engin, obligatoirement "piloté", lorsque deux petits mots raisonnement en moi pour la première fois, ou plutôt, lorsqu'ils se sont imposés à moi. *« La Vie »*. Puisqu'il est piloté, il y a forcément une intelligence à bord, quelle qu'en soit sa nature, elle est forcément mue par ce qu'il y a de plus précieux, la vie. Il y a donc une présence vivante à son bord.

Comment ai-je fait pour passer à côté de ça tellement c'est évident ? Ça me crevait les yeux. Ces deux mots viennent de m'être soufflés. Incroyable, je reste cloué sur place, pantois ! Je n'en reviens pas. Couteau à la main, je ne bouge plus. En une fraction de temps extrêmement courte, même pas le temps d'une fraction de pensée, ce n'est pas cette réponse ou ce lien, tant évoqué par mon ami que j'ai en moi, mais c'est ''La solution''.

Solution qui aurait dû me sauter à l'esprit, mais non ! C'était pourtant si simple, si évident, là, juste devant moi. Une fois de plus j'étais aveugle. La Vie, pièce manquante de ce puzzle qui s'est mis en place, comme ça, d'un coup. Ce fut une évidence soudaine qui s'inscrit en moi. Je n'arrive plus à faire un mouvement tellement je suis ébahi et heureux de cette réponse qui vient de m'être apportée, c'est tout simplement prodigieux.

Tout est enfin lié. Merci Dieu, merci Jésus, merci Marie, merci mon Ange gardien. Le lien est fait et le voici. Dieu créateur du ciel et de la terre, de l'univers visible et invisible. L'univers visible, celui au sein duquel Dieu a créé LA VIE. La vie sur cette planète Terre qui nous accueille, puis la vie partout ailleurs. La vie existe dans toutes les galaxies, dans tout l'univers, c'est tellement évident. Une fois encore, j'avais depuis le début, là, devant moi, la solution. La réponse. Je ne posais tout simplement pas les yeux du bon côté. J'aurais dû les fermer, faire le vide pour mieux me concentrer afin de regarder ''de l'autre côté'', le bon ! Dieu représente la vie, essaimée aux quatre coins de l'infinité cosmique, à nous de pouvoir l'accepter, de savoir la chercher, puis de la trouver.

Sommes-nous seulement prêts pour ça ? Une telle découverte ne remettrait-elle pas en cause les dogmes religieux, politiques ou bien philosophiques, ou encore cartésiens. Toutes ces opinions qui nous sont données comme certaines, intangibles, puis imposées comme vérités indiscutables. Ce qui effraie nos dirigeants de tous ordres, c'est la perte de tout contrôle.

P, tu as croisé ma route et comme tu l'as si bien dit, il n'y a pas vraiment de hasard, donc ça n'en est pas un si nos routes se sont rejointes.

Eh bien nous y voilà ! Notre rencontre touche pratiquement à sa fin. Il vous reste dès à présent à digérer tout ce que notre auteur vient de vous dévoiler, car telle est sa mission. C'est à vous qu'incombe cette dernière mission, croire ou ne pas croire. Point n'est besoin d'essayer de croire tout de suite si vous n'êtes pas prêt ni convaincu par ce qui vous a été révélé.

Mon petit doigt me dit, pour reprendre cette formule qui n'appartient qu'à vous, êtres mortels, qu'il se pourrait bien que vous et moi soyons toutefois amenés à nous revoir, parce que ça va vous titiller l'esprit. Tôt ou tard. Ça va vous démanger, alors vous plongerez à nouveau les yeux dans cet univers qui est le mien, l'univers des pages et des lettres qui constituent ce livre que vous tenez encore entre vos mains.

Les évènements de votre vie à venir vous conduiront forcément à vous remémorer ce que vous avez lu, ainsi qu'à reconsidérer votre position sur l'univers invisible. Celui de Dieu, de Jésus, de Marie et de tous les Anges gardiens, celui de tout le monde. C'est pourquoi vous ne serez plus jamais la personne que vous étiez avant d'avoir posé vos yeux sur moi, d'avoir lu notre écrivain en herbe. Dorénavant, lui est moi ne faisons qu'un. Non, plus jamais vous ne serez la même personne.

Ce qu'a vécu Stéphane a changé sa vie, tout comme il souhaite qu'il en soit de même pour vous, non croyants, peu croyants et croyants, pratiquants ou non. Aux différents croyants et aux autres, sachez que le meilleur à venir dépendra des moyens mis en œuvre par vous-même ici-bas. Vous en découvrirez toute l'importance lorsqu'enfin arrivera le moment de votre transfert, lorsque vous vous retrouverez mis à nu, au seuil de l'univers invisible, tel que le fut notre témoin, et qu'il vous suffira juste de réaliser ce petit pas de plus, qui ne lui a pas été accordé, pour le franchir. Le temps joue toujours en faveur de ce qu'il y a de meilleur.

La vie après la vie.

DACLV

ÉPILOGUE

Par un beau matin d'hiver, j'ai quitté mon domicile pour n'y revenir que soixante-seize jours plus tard, durée de mon incroyable aventure. Depuis, je prie tous les jours pour tous ceux qui m'ont soutenu, tant par la pensée que par leurs prières ; tout comme je prie fort pour ma merveilleuse épouse si dévouée et engagée à mes côtés. Je prie également pour mes enfants, mon frère, ma sœur, pour toutes les personnes de mon entourage ainsi que pour ma belle-famille. Tous m'ont témoigné leur soutien à travers la prière et leurs belles et adorables pensées.

À vous toutes et à vous tous, ainsi qu'à tous les croyants du monde entier, quels qu'ils soient, voici le dernier message que j'ai à transmettre. Un jour, alors que nous discutions d'un sujet d'actualité brûlant, le terrorisme islamique, un membre de ma belle-famille m'a répondu *« de toute façon il faut prier parce que la prière va tout arranger »*. J'aimerais beaucoup que cela se passe de cette manière, mais ça ne marche pas spécialement comme ça chaque fois que l'on a envie que tout aille mieux. En tout cas, pas toujours pour tout et n'importe quoi, parce que ça serait alors trop simple.

Compter sur notre seigneur n'est pas la solution miracle qu'il nous faut en attendre, mais au contraire, c'est à nous, êtres humains, réfléchis, sensés et intelligents, de tout mettre en œuvre pour éradiquer le mal là où il se trouve, là où il tente de prendre racine, et ce bougre ne manque pas d'imagination. Nul ne pourra empêcher des êtres humains de perdre la vie, même si cela se passe dans des conditions atroces, écœurantes, contre nature, et au-delà de l'entendable. Ainsi est la vie qui nous mène là où il ne nous est pas possible d'en connaître la véritable nature avant l'heure.

Notre temps, compté, doit être mis à profit pour accepter de tout quitter sans regrets, nos biens, nos richesses et ceux qui nous sont chers, pour saluer en dernier lieu ce corps qui nous a accueilli sans réserve. Par contre, je confirme que la prière est entendue, les prières sont reçues et entendues. Oui ! Elles le sont. Le ou les messages et demandes seront d'autant mieux reçus et entendus au ciel, lorsque l'on aura à faire à un groupe de priants ou également par une personne seule, mais dont la foi est sans faille. Foi puissante, forte, profonde et surtout parce que cette foi est INTENSE.

Alors cette foi intense, sincère, profonde et sans failles a pour effet de servir de..., comment dire..., de transmetteur ou bien d'émetteur de nos pensées humaines. Pensées qui sont acheminées tout droit vers l'univers invisible, le ciel, les cieux. Ces pensées porteuses de messages sont donc transmises, captées, reçues puis entendues, par Dieu, par Jésus, ou encore Marie, Saint Joseph et par tous les Anges gardiens lorsqu'ils sont sollicités, et d'autres aussi. Peut-être que ces pensées sont entendues par tous à la fois. Dès lors, elles seront exaucées ou non.

Il ne nous appartient pas de décider si elles le seront, et encore moins de vouloir imposer notre volonté à ceux qui font et dirigent les deux univers. En ce qui me concerne, l'issue de ma bien périlleuse situation fut positive, ce qui me permet d'être enfin heureux de pouvoir rendre témoignage, de le transmettre à qui voudra l'entendre, parce que telle est la mission qui m'a été confiée à travers la visite de Jésus, Marie et de mon Ange gardien. J'ai été envoyé de l'autre côté, l'univers invisible, puis j'en suis revenu chargé d'une somme considérable de précieux renseignements à révéler à travers ce livre. Que tous ceux qui, curieux, ou bien désireux de savoir, y puisent leur bonheur, que ce soit pour donner un sens à la vie, à votre vie, comme pour découvrir la foi ou bien encore pour la raffermir, et si possible, pour retrouver l'espoir.

J'ai cherché durant des mois la raison, le véritable sens de leur visite, raison qui était là ! Devant moi ! Elle me crevait les yeux, mais une fois de plus je ne voyais pas, aveuglé et déformé par cette vie qui nous est imposée. Une vie emportée par le rythme quotidien croissant, le "temps limité". Vie déformée et détournée par le non-sens, alors une fois de plus je ne regardais tout simplement pas du bon côté.

À toutes et à tous, croyants ou non croyants, quelles que soient vos épreuves ici-bas, déchirantes, douloureuses, abjectes, ou bien parce que votre vie est fade, parce que le bonheur n'est pas toujours au rendez-vous, parce que pas assez d'argent pour contribuer à votre bonheur, parce que mal entourés, pas soutenus, je dis, soyez patients. Essayez malgré tout de faire un pas vers l'église de votre choix " en dehors des douteuses", car il ne peut-y avoir en elles que de bonnes et belles choses à espérer, à gagner, mais rien à perdre. Peut-être finirez-vous par y trouver votre compte, et mieux encore, y rencontrer la foi. La nourrir, la vivre, puis la porter en vous pour mieux la transmettre, car la vraie richesse tient en cela. Gardez toujours espoir parce qu'ici n'est pas la vraie vie, parce qu'ici nous la préparons.

FIN

Je rends hommage à mon épouse qui fut si forte, qui s'est investi comme personne. Son courage m'a impressionné.

Je rends hommage aux personnels soignants dévoués qui n'hésitent pas à s'exposer au quotidien et mettre, par là même, leurs vies en danger pour sauver les nôtres.

À mes parents

DACLV

Sommaire

DACLV

Stéphane GIRAULT, né en 1961

J'ai eu une vie bien remplie, ainsi qu'une carrière professionnelle riche en expériences et responsabilités.

J'ai toujours lu, parfois beaucoup, tous les styles me sont bons à découvrir, mais n'ai jamais éprouvé le besoin d'écrire, sauf cette fois-ci. C'est en lisant cette histoire, mon histoire, que vous comprendrez pourquoi je me suis battu pour que ce livre paraisse et soit lu aux quatre coins de notre monde.

Mordant et engagé lorsqu'il le faut, je n'ai jamais reculé devant les difficultés. C'est ainsi que j'ai appris que lorsque l'on est persuadé du bien-fondé de son action, les montagnes se déplacent. Certes, il est plus aisé de ne pas être seul pour cela. Voilà pourquoi je souhaite de tout cœur que vous vous engagiez dans l'aventure à mes côtés. Faire connaître mon témoignage.

DACLV

Peut-on imaginer un instant que notre vie puisse être bouleversée à un point tel que l'on ne peut l'imaginer. Quel monde pourrait nous rendre fous ? Ou plutôt, devrais-je dire, nous rendre fou de joie ?

C'est une vie bien huilée que je mène, à l'image de la plupart d'entre nous, presque ordinaire, et qui pourtant va rencontrer, un soir d'hiver, quelque chose d'inattendu. Une chose qui remet en question certaines valeurs de notre position en tant qu'êtres vivants. Celle que nous occupons dans l'univers. Puis le temps passe, mais des questions restent en suspens.

Le cours normal de cette vie reprend ses droits, jusqu'à ce jour très particulier du 16 janvier 2016, l'incident. Puis ce fut au tour de ce fameux et inoubliable 23 janvier 2016. L'accident. Grave. Tant soudain qu'inattendu. Et violent. Imprévisible pour tous.

Un cheminement se met alors en branle dont s'en suivront des rencontres inattendues, des rencontres inoubliables, bouleversantes ; de celles qui remettent tout en question. Tant vos convictions que votre façon de penser ou votre manière d'imaginer un plus tard. Ou bien encore des convictions qui sont de celles qui raffermissent ce que vous supposiez ou croyiez déjà. Ma vie prend alors une tout autre tournure.

Les questions fondamentales de cette vie ainsi que du sens qu'il me faut lui donner deviennent de plus en plus nettes, de plus en plus claires chaque semaine, chaque mois. Maintenant.

Vous avez lu le récit d'une vie qui aurait pu être ordinaire, mais qui ne le fut pas, la mienne. Remuée, bouleversée, plus limpide et évidente aujourd'hui.

Quoi que vous pensiez avant votre lecture, il se pourrait bien que vous ne soyez plus jamais la même personne après avoir pris connaissance de mes rencontres, de mon histoire. Elle ne vous laissera certainement pas indifférent et pourrait bien changer votre vie.

Non pas pour le pire, mais pour le meilleur.

Remerciements

ꕤ DACLV ꕤ

Je tiens à remercier tout particulièrement ma chère épouse, Agnès, ainsi que nos trois jeunes enfants, qui ont dû me supporter, que ce soit en 2016 ou durant ces années d'écriture, entre mes questions concernant tel ou tel sujet et le temps que j'y consacrais. Tout comme mes demandes incessantes pour que tu mettes au profit de mon témoignage tes connaissances inégalées de la grammaire Française. Écriture qui fut parfois le sujet de nos petites chamailleries tellement j'y étais investi.

Merci pour ta patience et ta compréhension ma chérie.

Je remercie Valérie Hoinard, Angevine et autrice dont sa trilogie *Brumes à Mer** mérite véritablement d'être découverte, avec qui j'étais en contact téléphonique assez régulièrement. Sans qu'elle ne s'en doute, lorsque je n'avais pas le moral, sa belle énergie et son enthousiasme débordant me revigoraient grandement.

Je remercie Philippe Meisbuger, auteur Villageneuvois de *C'est arrivé en avril*** et tout récemment de *Le livre qui parle de toi***, *mon coup de cœur*, pour son investissement personnel afin que paraisse mon témoignage. Il y a des aspects techniques que je ne maîtrise pas, mais toi, merveilleusement bien.

Je remercie également mon beau-frère Gilles ainsi que Quentin pour leurs aides techniques quant aux créations, du support promotionnel Internet de mon livre, et de la création de sa couverture en respectant scrupuleusement mes souhaits.

Éditer un livre soi-même demande non seulement beaucoup de travail, mais il faut savoir également s'entourer de personnes compétentes en ces domaines. Parfois, les rencontres se font grâce à une mise en relation initiée par un tiers. En l'occurrence, je remercie Clément, mon second fils.

Tout comme je remercie mon dernier lecteur-correcteur, Nicolas mon fils aîné, sans qui quelques bourdes seraient passées au travers des différentes lectures.

À toutes celles et ceux que j'oublie, ne m'en veuillez pas, je vous porte dans mon cœur.

Jamais je n'ai baissé les bras pour que paraissent ces épisodes qui changèrent ma vie.

DACLV

* *Valérie Hoinard*

Trilogie urban-fantasy

Brumes à Mer

L'envol du Faucon
La Mort du Tigre
L'Éveil de L'ours

** *Philippe Meisburger*

C'est arrivé en avril
Le livre qui parle de toi
L'inaccessible étoile
Romans sortis chez M+ Éditions

Editeur :
Stéphane Girault
F-72600 Villaines la Carelle

Imprimé par Amazon.

Imprimé à la demande.

Dépot légal : Juin 2023